BIBLIOTHÈQUE LATINE-FRANÇAISE

COMMENTAIRES

SUR

LA GUERRE DES GAULES

II

PARIS. — IMPRIMERIE CHARLES BLOT, RUE BLEUE, 7.

BIBLIOTHÈQUE LATINE-FRANÇAISE

CÉSAR
OEUVRES COMPLÈTES

COMMENTAIRES

SUR

LA GUERRE DES GAULES

AVEC LES RÉFLEXIONS DE NAPOLÉON Ier

SUIVIS DES

COMMENTAIRES SUR LA GUERRE CIVILE

ET DE LA VIE DE CÉSAR PAR SUÉTONE

TRADUCTION D'ARTAUD

NOUVELLE ÉDITION TRÈS SOIGNEUSEMENT REVUE.

PAR M. FÉLIX LEMAISTRE

ET PRÉCÉDÉE D'UNE ÉTUDE SUR CÉSAR

PAR M. CHARPENTIER

TOME SECOND

PARIS

GARNIER FRÈRES, LIBRAIRES-ÉDITEURS

6, RUE DES SAINTS-PÈRES, 6

COMMENTAIRES DE JULES CÉSAR

SUR

LA GUERRE DES GAULES

LIVRE VIII

ATTRIBUÉ A HIRTIUS[1]

A. HIRTIUS A BALBUS.

Tes instances, Balbus[2], et la crainte de voir mes refus imputés à la paresse plutôt qu'à la difficulté de la matière, m'ont engagé dans une entreprise périlleuse. J'ai continué les *Commentaires* de notre César sur la guerre de la Gaule, sans prétendre toutefois comparer mon ouvrage aux livres précédents[3], ni à ceux qui suivent[4]. J'ai aussi achevé son dernier livre[5], depuis les événements d'Alexandrie jusqu'à la fin, non de nos discordes, dont nous ne voyons pas encore le terme, mais de la vie de César[6]. Puissent ceux qui jetteront les yeux sur ce travail être persuadés que je ne l'ai entrepris qu'à regret, et ne point m'accuser d'une vaine présomption pour avoir placé mon travail au milieu des écrits de César. C'est, en effet, une vérité reconnue, que ces Commentaires surpassent en élégance les ouvrages composés avec le plus de soin. Ils ne devaient être que d'utiles

LIBER VIII.

A. Hirtius Balbo S.

Coactus assiduis tuis vocibus, Balbe, quum quotidiana mea recusatio non difficultatis excusationem, sed inertiæ videretur deprecationem habere, difficillimam rem suscepi. Cæsaris nostri Commentarios rerum gestarum Galliæ, non comparandis superioribus atque insequentibus ejus scriptis, contexui, novissimumque imperfectum ab rebus gestis Alexandriæ confeci usque ad exitum non quidem civilis dissensionis, cujus finem nullum videmus, sed vitæ Cæsaris. Quos utinam qui legent scire possint quam invitus susceperim scribendos; quo facilius careat stultitiæ atque arrogantiæ crimine, qui me mediis interposuerim Cæsaris scriptis. Constat enim inter omnes, nihil tam operose ab aliis esse per-

documents pour l'histoire ; et telle est leur perfection, qu'ils semblent moins avoir donné que ravi aux historiens le moyen d'écrire[7] sur le même sujet. Quant à nous, plus que personne, nous devons les admirer : on en connaît l'élégance et la pureté ; nous seuls savons avec quelle facilité et quelle promptitude ils ont été écrits. A un style plein de naturel et d'une exquise élégance, César joignait l'avantage d'exposer ses desseins avec la plus parfaite exactitude. Quant à moi, je n'ai pas même assisté à la guerre d'Alexandrie, ni à celle d'Afrique ; et bien que je tienne de la bouche de César une partie des détails, autre chose est d'entendre des faits avec l'étonnement qu'excite la nouveauté, ou d'en avoir été soi-même le témoin. Mais tandis que je m'épuise à rassembler des excuses pour n'être point comparé avec César, je m'expose, par cela même, au reproche de vanité, en paraissant croire qu'une telle pensée puisse jamais venir à l'esprit de personne. Adieu.

I. César, vainqueur de toute la Gaule, désirait que l'armée se délassât dans ses quartiers d'hiver des fatigues

fectum, quod non horum elegantia Commentariorum superetur : qui sunt editi, ne scientia tantarum rerum scriptoribus deesset, adeoque probantur omnium judicio, ut prærepta, non præbita facultas scriptoribus videatur. Cujus tamen rei major nostra, quam reliquorum, est admiratio : ceteri enim, quam bene atque emendate, nos etiam, quam facile atque celeriter eos perfecerit, scimus. Erat autem in Cæsare quum facultas atque elegantia summa scribendi, tum verissima scientia suorum consiliorum explicandorum. Mihi ne illud quidem accidit, ut alexandrino atque africano bello interessem : quæ bella quanquam ex parte nobis Cæsaris sermone sunt nota, tamen aliter audimus ea quæ rerum novitate aut admiratione nos capiunt, aliter, quæ pro testimonio sumus dicturi. Sed ergo nimirum, dum omnes excusationis causas colligo, ne cum Cæsare conferar, hoc ipso crimen arrogantiæ subeo, quod me judicio cujusquam existimem posse cum Cæsare comparari. Vale.

I. Omni Gallia devicta, Cæsar, quum superiore æstate nullum bellandi tempus intermisisset, militesque hibernorum quiete reficere a tantis labo-

d'une guerre non interrompue pendant toute la campagne précédente, lorsqu'il apprit que plusieurs nations se concertaient pour reprendre en même temps les armes. Le motif qu'on leur supposait était assez naturel : les Gaulois avaient appris que, réunis sur un seul point, ils ne pouvaient résister aux Romains; mais si la guerre éclatait à la fois en divers lieux, les Romains n'auraient pas assez de temps ni de troupes pour y faire face. Quelle cité refuserait de supporter quelques maux passagers, si elle pouvait concourir ainsi à l'affranchissement général?

II. César ne voulut pas laisser aux Gaulois le temps de s'affermir dans cette idée : il donna au questeur M. Antoine le commandement de ses quartiers d'hiver, partit de Bibracte avec une escorte de cavalerie, la veille des calendes de janvier[8], rejoignit la treizième légion qu'il avait placée sur la frontière des Bituriges, à peu de distance des Éduens, y ajouta la onzième, qui en était la plus proche, et, laissant deux cohortes pour la garde des bagages, conduisit le reste de l'armée dans le pays fertile des Bituriges. Ce peuple possédait un vaste territoire et un grand nombre de places fortes. La

ribus vellet, complures eodem tempore civitates renovare belli consilia nuntiabantur, conjurationesque facere. Cujus rei verisimilis causa afferebatur, quod Gallis omnibus cognitum esset neque ulla multitudine in unum locum coacta resisti posse Romanis, nec, si diversa bella complures eodem tempore inissent civitates, satis auxilii, aut spatii, aut copiarum habiturum exercitum populi Romani ad omnia persequenda : non esse autem alicui civitati sortem incommodi recusandam, si tali mora reliquæ possent se vindicare in libertatem.

II. Quæ ne opinio Gallorum confirmaretur, Cæsar M. Antonium quæstorem suis præfecit hibernis : ipse cum æquitatus præsidio pridie kal. januarias ab oppido Bibracte proficiscitur ad legionem XIII, quam non longe a finibus Æduorum collocaverat in finibus Biturigum, eique adjungit legionem XI, quæ proxima fuerat. Binis cohortibus ad impedimenta tuenda relictis, reliquum exercitum in copiosissimos agros Biturigum inducit : qui, quum latos fines et complura oppida haberent, unius legionis hibernis non potuerant contineri, quin bellum pararent, conjurationesque facerent.

)résence d'une seule légion n'avait pu suffire pour empêcher ses apprêts de guerre et ses projets de révolte.

III. L'arrivée soudaine de César produisit son effet nécessaire sur des hommes surpris et dispersés : cultivant leurs
champs sans défiance, ils furent écrasés par la cavalerie,
avant de pouvoir rentrer dans les villes. Rien ne put les
avertir. L'incendie, ce signal ordinaire d'une invasion hostile, avait été sévèrement défendu par César, de peur de les
effrayer, ou de manquer de vivres et de fourrages, s'il voulait avancer dans le pays. On fit plusieurs milliers de captifs.
Ceux des Bituriges qui purent échapper à notre première
approche cherchèrent un asile chez les nations voisines
avec lesquelles ils étaient unis par des alliances publiques
ou des liens d'hospitalité. Ce fut en vain : César, par des
marches forcées, arrivait sur tous les points, ne permettant
à aucun de ces peuples de songer au salut des autres plutôt
qu'au sien propre. Cette activité retenait dans le devoir les
peuples amis, et ramenait par la terreur ceux qui hésitaient
à se soumettre. Ainsi, les Bituriges, voyant que la clémence
de César leur ouvrait un nouvel accès dans son amitié, et

III. Repentino adventu Cæsaris accidit quod imparatis disjectisque
accidere fuit necesse, ut sine timore ullo rura colentes prius ab equitatu
opprimerentur quam confugere in oppida possent. Namque etiam illud
vulgare incursionis signum hostium, quod incendiis ædificiorum intelligi
consuevit, Cæsaris erat interdicto sublatum : ne aut copia pabuli fru-
mentique, si longius progredi vellet, deficeretur, aut hostes incendiis
terrerentur. Multis hominum millibus captis, perterriti Bituriges, qui
primum adventum effugere potuerant Romanorum, in finitimas civitates,
aut privatis hospitiis confisi, aut societate consiliorum, confugerant!
Frustra : nam Cæsar magnis itineribus omnibus locis occurrit, nec dat
ulli civitati spatium de aliena potius quam de domestica salute cogi-
tandi : qua celeritate et fideles amicos retinebat, et dubitantes terrore
ad conditiones pacis adducebat. Tali conditione proposita, Bituriges,
quum sibi viderent clementia Cæsaris reditum patere in ejus amicitiam,
finitimasque civitates sine ulla pœna dedisse obsides, atque in fidem
receptas esse, idem fecerunt.

que les villes voisines n'avaient eu a subir d'autre peine que de livrer des otages, imitèrent leur exemple.

IV. Pour récompenser ses soldats de tant de fatigues supportées avec constance au milieu des froids excessifs de l'hiver et par des chemins si difficiles, César leur promit deux cents sesterces, et aux centurions deux mille écus; puis, renvoyant les légions dans leurs quartiers, il revint à Bibracte après une absence de quarante jours. Pendant qu'il y rendait la justice, les Bituriges députèrent vers lui pour implorer son secours et se plaindre des Carnutes : ce peuple leur avait déclaré la guerre. Sur cet avis, César, quoiqu'il ne fût que depuis dix-huit jours à Bibracte, tira les quatorzième et sixième légions de leurs quartiers d'hiver, près de la Saône, où, comme on l'a dit au livre précédent [9], il les avait placées pour assurer les vivres. Il partit avec ces deux légions à la poursuite des Carnutes [10].

V. Ceux-ci connurent à peine son approche, que, craignant le sort des autres peuples, ils abandonnèrent les villes et les bourgs, où la nécessité leur avait fait dresser de chétives cabanes pour passer l'hiver (car ils avaient déserté presque toutes leurs villes depuis leurs dernières défaites), et

IV. Cæsar militibus, pro tanto labore ac patientia, qui brumalibus diebus, itineribus difficillimis, frigoribus intolerandis, studiosissime permanserant in labore, ducenos sestertios, centurionibus II millia nummum, prædæ nomine, condonanda pollicetur; legionibusque in hiberna remissis, ipse se recipit die XL Bibracte. Ibi quum jus diceret, Bituriges ad eum legatos mittunt, auxilium petitum contra Carnutes, quos intulisse bellum sibi querebantur. Qua re cognita, quum non amplius X et VIII dies in hibernis esset commoratus, legiones XIV et VI ex hibernis ab Arare educit; quas ibi collocatas, explicandæ rei frumentariæ causa, superiore commentario demonstratum est. Ita cum duabus legionibus ad persequendos Carnutes proficiscitur.

V. Quum fama exercitus ad hostes esset perlata, calamitate ceterorum ducti Carnutes, desertis vicis oppidisque, quæ tolerandæ hiemis causa, constitutis repente exiguis ad necessitatem ædificiis, incolebant (nuper enim devicti complura oppida dimiserant), dispersi profugiunt. Cæsar, erumpentes eo maxime tempore acerrimas tempestates quum subire mi-

ils se dispersèrent de côté et d'autre. César ne voulut point exposer ses soldats à toutes les rigueurs de la saison la plus rude : il établit son camp à Genabe, ville des Carnutes, et logea ses soldats, soit dans les habitations gauloises, soit sous des tentes recouvertes à la hâte d'un peu de chaume. Cependant il envoya la cavalerie et l'infanterie auxiliaires partout où l'on disait que l'ennemi s'était retiré. Son espoir ne fut pas trompé ; la plupart des nôtres revinrent chargés de butin. Les Carnutes, accablés par la rigueur de l'hiver, frappés d'effroi, chassés de leurs demeures sans oser s'arrêter nulle part, ne pouvant même trouver dans leurs forêts un abri contre les plus affreuses tempêtes, se répandirent, après une perte considérable, chez les nations voisines.

VI. C'était assez pour César, dans une saison si fâcheuse, d'avoir dissipé les rassemblements et prévenu par là les hostilités : il pensait d'ailleurs, selon toute vraisemblance, qu'aucune guerre importante ne pouvait éclater avant l'été. Il mit donc C. Trebonius en quartiers d'hiver à Genabe avec les deux légions qui l'avaient suivi. De nombreuses députations des Rémois l'avertissaient que les Bellovaques, dont la gloire militaire surpassait celle des autres Gaulois et des

---

lites nollet, in oppido Carnutum Genabo castra ponit, atque in tecta partim Gallorum, partim quæ, conjectis celeriter stramentis tentoriorum integendorum gratia, erant inædificata, milites contegit : equites tamen et auxiliarios pedites in omnes partes mittit, quascumque petisse dicebantur hostes. Nec frustra : nam plerumque magna præda potiti nostri revertuntur. Oppressi Carnutes hiemis difficultate, terrore periculi, quum tectis expulsi nullo loco diutius consistere auderent, nec silvarum præsidio tempestatibus durissimis tegi possent, dispersi, magna parte amissa suorum, dissipantur in finitimas civitates.

VI. Cæsar tempore anni difficillimo quum satis haberet convenientes manus dissipare, ne quod initium belli nasceretur, quantumque in ratione esset, exploratum haberet sub tempus æstivorum nullum summum bellum posse conflari, C. Trebonium cum II legionibus, quas secum habebat, in hibernis Genabi collocavit. Ipse, quum crebris legationibus Remorum certior fieret, Bellovacos, qui belli gloria Gallos omnes Belgasque præstabant, finitimasque his civitates, duce Correo Bellovaco et Commio

Belges, s'étaient réunis aux nations voisines et rassemblaient une armée sous les ordres du Bellovaque Correus et de l'Atrébate Commius, pour fondre en masse sur les terres des Suessioniens, alliés des Rémois. Persuadé qu'il n'importait pas moins à son intérêt qu'à son honneur de préserver de toute injure des alliés si dévoués à la république, il rappelle la onzième légion, écrit à C. Fabius d'amener sur les frontières des Suessioniens les deux légions qu'il commandait, et demande à T. Labiénus l'une des siennes. C'est ainsi que, sans se reposer jamais lui-même, il répartissait entre les légions le fardeau de la guerre, autant que le permettaient la situation des quartiers et le bien du service.

VII. Ces troupes réunies, il marche contre les Bellovaques, campe sur leurs frontières, et envoie de tous côtés la cavalerie pour faire quelques prisonniers qui puissent l'instruire des desseins de l'ennemi. De retour, les cavaliers rapportent qu'ils ont trouvé peu d'habitants dans les maisons; que ceux-ci même n'étaient point restés pour cultiver la terre (tous s'étaient empressés de fuir), mais bien pour espionner. César, interrogeant les captifs sur le

Atrebate, exercitus comparare, atque in unum locum cogere, ut omni multitudine in fines Suessonum, qui Remis erant attributi, facerent impressionem; pertinere autem non tantum ad dignitatem, sed etiam ad salutem suam judicaret, nullam calamitatem socios optime de republica meritos accipere, legionem ex hibernis evocat rursus XI, litteras autem ad C. Fabium mittit, ut in fines Suessionum legiones duas, quas habebat, adduceret, alteramque ex duabus ab T. Labieno arcessit. Ita, quantum hibernorum opportunitas bellique ratio postulabat, perpetuo suo labore, in vicem legionibus expeditionum onus injungebat.

VII. His copiis coactis, ad Bellovacos proficiscitur, castrisque in eorum finibus positis, equitum turmas dimittit in omnes partes ad aliquos excipiendos, ex quibus hostium consilia cognosceret. Equites, officio functi, renuntiant paucos in ædificiis esse inventos, atque hos, non qui agrorum colendorum causa remansissent (namque esse undique diligenter demigratum), sed qui speculandi gratia essent remissi. A quibus quum quæreret Cæsar quo loco multitudo esset Bellovacorum, quodve esset con-

lieu où se trouvaient les ennemis et sur leurs desseins, apprit que tous les Bellovaques en état de porter les armes s'étaient rassemblés sur un même point : avec eux étaient les Ambianiens[11], les Aulerciens[12], les Calètes[13], les Velocasses[14], les Atrébates[15], campés sur une hauteur, dans un bois environné d'un marais : ils avaient réuni tous les bagages dans des forêts plus reculées. Plusieurs chefs les excitaient à la guerre ; mais Correus avait plus d'autorité que tous les autres, à cause de sa haine bien connue pour le nom romain. Depuis quelques jours, l'Atrébate Commius avait quitté le camp pour aller dans les contrées Germaines les plus proches, et en ramener de nombreux secours. Les Bellovaques, de concert avec tous les chefs, et selon le vœu de la multitude, avaient résolu, si César, comme on le disait, n'avait que trois légions, de lui présenter la bataille, de peur d'être ensuite obligés de combattre avec plus de désavantage contre toutes ses troupes : s'il en avait un plus grand nombre, ils se tiendraient dans le camp qu'ils avaient choisi, et se borneraient à ôter aux Romains, par des embuscades, les vivres et les fourrages, que la saison rendait très-rares et très-disséminés.

silium eorum, inveniebat Bellovacos omnes, qui arma ferre possent, in unum locum convenisse ; itemque Ambianos, Aulercos, Caletos, Velocasses, Atrebates, locum castris excelsum, in silva circumdata palude, delegisse ; omnia impedimenta in ulteriores silvas contulisse ; complures esse principes belli auctores, sed multitudinem maxime Correo obtemperare, quod ei summo esse odio nomen populi Romani intellexissent ; paucis ante diebus ex his castris Atrebatem Commium discessisse, ad auxilia Germanorum adducenda, quorum et vicinitas propinqua, et multitudo esset infinita : constituisse autem Bellovacos, omnium principum consensu, summa plebis cupiditate, si (ut dicebatur) Cæsar cum tribus legionibus veniret, offerre se ad dimicandum, ne miseriore ac duriore postea conditione cum toto exercitu decertare cogerentur : si majores copias ageret, in eo loco permanere, quem delegissent ; pabulatione autem, quæ propter anni tempus quum exigua, tum disjecta esset, et frumentatione et reliquo commeatu ex insidiis prohibere Romanos.

VIII. D'après l'accord unanime qui régnait dans ces rapports, César trouva ce plan rempli de prudence et bien éloigné de la témérité ordinaire aux Barbares : il pensa qu'il devait tout faire pour inspirer aux ennemis le mépris de ses forces, afin de les attirer au combat. Il avait près de lui de vieilles légions d'un courage éprouvé : la septième, la huitième et la neuvième ; puis la onzième, composée d'une jeunesse d'élite et de grande espérance, comptant déjà huit campagnes, mais n'ayant point encore la même réputation de valeur et d'expérience militaire. Il assembla un conseil, y exposa ce qu'il avait appris, encouragea ses troupes, et régla sa marche de manière à attirer l'ennemi au combat, en ne lui montrant que trois légions. Les septième, huitième et neuvième devaient marcher en avant, tandis que les bagages, assez peu considérables, comme il est d'usage dans de simples expéditions, viendraient à la suite, sous l'escorte de la onzième. Son intention était de ne point paraître aux ennemis plus fort qu'ils ne le désiraient. Il arriva dans cet ordre, formant presque un bataillon carré[16], et se trouva en présence des ennemis plus tôt qu'ils ne s'y attendaient.

VIII. Quæ Cæsar consentientibus pluribus quum cognovisset, atque ea, quæ proponerentur, consilia plena prudentiæ, longeque a temeritate Barbarorum remota esse judicaret, rebus omnibus inserviendum statuit, quo celerius hostes, contempta suorum paucitate, prodirent in aciem. Singularis enim virtutis veterrimas legiones VII, VIII et IX habebat; summæ spei delectæque juventutis XI, quæ, octavo jam stipendio functa, tamen collatione reliquarum nondum eamdem vetustatis ac virtutis ceperat opinionem. Itaque, consilio advocato, rebus iis, quæ ad se essent delatæ, omnibus expositis, animos multitudinis confirmat. Si forte hostes trium legionum numero posset elicere ad dimicandum, agminis ordinem ita constituit, ut legio VII, VIII, IX ante omnia irent impedimenta ; deinde omnium impedimentorum agmen (quod tamen erat mediocre, ut in expeditionibus esse consuevit) cogeret undecima, ne majoris multitudinis species accidere hostibus posset, quam ipsi depoposcissent. Hac ratione pæne quadrato agmine instructo, in conspectum hostium, celerius opinione eorum, exercitum adducit.

1.

IX. Les Gaulois, voyant tout à coup les légions s'avancer en bataille et d'un pas assuré, semblèrent perdre cette confiance dont on avait parlé à César. Craignant le péril, ou peut-être étonnés de notre arrivée soudaine, incertains et dans l'attente, ils se bornent à ranger leurs troupes à la tête du camp, et ne quittent point la hauteur. Quoiqu'il désirât combattre, César, les voyant si nombreux et séparés de lui par un vallon plus profond que large, se décida à placer son camp en face du leur. Il fait élever un rempart de douze pieds avec un parapet proportionné à cette hauteur; il ordonne de creuser en avant deux fossés de quinze pieds, taillés à pic; il fait élever un grand nombre de tours à trois étages, jointes ensemble par des ponts et des galeries, dont le front était garni de mantelets d'osier, de telle sorte que l'ennemi fût arrêté par un double fossé et deux rangs de soldats; le premier rang sur les galeries, d'où il lançait les traits plus loin et avec moins de péril; le second sur le rempart et plus près de l'ennemi, où la galerie le protégeait contre la chute des traits. Il plaça des portes et de plus hautes tours aux issues du camp.

IX. Quum repente instructas velut in acie certo gradu legiones accedere Galli viderent, quorum erant ad Cæsarem plena fiduciæ consilia perlata, sive certaminis periculo, sive subito adventu, seu exspectatione nostri consilii, copias instruunt pro castris, nec loco superiore decedunt. Cæsar, etsi dimicare optaverat, tamen, admiratus tantam multitudinem hostium, valle intermissa, magis in altitudinem depressa, quam late patente, castra castris hostium confert. Hæc imperat vallo pedum XII muniri, loriculamque pro ratione ejus altitudinis inædificari; fossam duplicem pedum quinum denum lateribus directis deprimi; turres crebras excitari in altitudinem III tabulatorum, pontibus trajectis constratisque conjungi, quorum frontes viminea loricula munirentur, ut ab hostibus duplici fossa, duplici propugnatorum ordine defenderentur : quorum alter ex pontibus, quo tutior altitudine esset, hoc audacius longiusque tela permitteret; alter, qui propior hostem in ipso vallo collocatus esset, ponte ab incidentibus telis tegeretur. Portis fores altioresque turres imposuit.

X. En se retranchant ainsi, César avait un double but :
ces travaux sembleraient indiquer sa frayeur et augmente-
raient la confiance des Barbares : d'un autre côté, lorsqu'il
faudrait chercher au loin des fourrages et des vivres, on
pourrait, à l'abri de ces retranchements, défendre le camp
avec peu de troupes. Cependant il se livrait souvent
de petits combats entre les deux camps séparés par un
marais. Tantôt nos auxiliaires, Gaulois ou Germains, passaient ce marais et poursuivaient vivement les ennemis ;
tantôt ceux-ci attaquaient à leur tour et nous repoussaient
au loin. Plusieurs fois nos fourrageurs, obligés chaque jour
de chercher des vivres dans quelques habitations éparses,
furent enveloppés dans des lieux désavantageux ; et, bien
que le dommage se réduisît à la perte d'un petit nombre de valets et de chevaux, ces faibles avantages ne
laissaient pas d'enfler la folle présomption des Barbares.
D'ailleurs Commius, que nous avons vu se porter [17] en
Germanie pour y chercher du secours, en était revenu
avec des cavaliers. Ils n'étaient que cinq cents ; et pourtant
leur arrivée avait suffi pour augmenter encore l'orgueil
des Barbares.

X. Hujus munitionis duplex erat consilium. Namque et operum magnitudinem et timorem suum sperabat fiduciam Barbaris allaturum : et,
quum pabulatum frumentatumque longius esset proficiscendum, parvis
copiis castra munitione ipsa videbat posse defendi. Interim, crebro paucis
utrinque procurrentibus, inter bina castra palude interjecta, contende-
batur : quam tamen paludem nonnunquam aut nostra auxilia Gallorum
Germanorumque transibant, acriusque hostes insequebantur, aut vicis-
sim hostes, eamdem transgressi, nostros longius submovebant. Accidebat
autem quotidianis pabulationibus (id quod accidere erat necesse, quum
raris disjectisque ex ædificiis pabulum conquireretur), ut impeditis locis
dispersi pabulatores circumvenirentur : quæ res etsi mediocre detrimen
tum jumentorum ac servorum nostris afferebat, tamen stultas cogita
tiones incitabat Barbarorum ; atque eo magis, quod Commius, quem pro
fectum ad auxilia Germanorum arcessenda docui, cum equitibus venerat :
qui, tametsi numero non amplius erant quingenti, tamen Germanorum
adventu Barbari inflabantur.

XI. César, voyant que les ennemis, défendus par un marais et par leur position, se tenaient depuis plusieurs jours dans leur camp, jugea qu'il ne pouvait ni les attaquer sans grandes pertes, ni les investir sans un renfort de troupes. Il écrivit à Trébonius d'appeler sur-le-champ la treizième légion, qui hivernait chez les Bituriges sous le commandement de T. Sextius, et de venir le joindre à grandes journées avec trois légions. Il employa tour à tour les cavaliers des Rémois, des Lingons[18], et des autres cités qui lui en avaient fourni un grand nombre, à protéger les fourrages et à soutenir les attaques soudaines des ennemis.

XII. Cette manœuvre se renouvelait chaque jour : l'habitude, comme il arrive souvent, amena la négligence. Les Bellovaques, connaissant les postes habituels de notre cavalerie, choisirent un corps d'infanterie, et le mirent en embuscade dans un bois : le lendemain, ils envoyèrent des cavaliers pour y attirer les nôtres et les envelopper. La mauvaise chance tomba sur les Rémois, qui, ce jour-là, étaient de service. A la vue des cavaliers ennemis, méprisant leur petit nombre, ils les poursuivirent avec ardeur, et

---

XI. Cæsar, quum animadverteret hostem complures dies castris, palude et loci natura munitis, se tenere, neque oppugnari castra eorum sine dimicatione perniciosa, nec locum munitionibus claudi, nisi a majore exercitu, posse : litteras ad Trebonium mittit, ut, quam celerrime posset, legionem XIII, quæ cum T. Sextio legato in Biturigibus hiemabat, arcesseret, atque ita cum III legionibus magnis itineribus ad se veniret : ipse equites invicem Remorum ac Lingonum, reliquarumque civitatum, quorum magnum numerum evocaverat, præsidio pabulationibus mittit, qui subitas hostium incursiones sustinerent.

XII. Quod quum quotidie fieret, ac jam consuetudine diligentia minuetur (quod plerumque accidit diuturnitate), Bellovaci, delecta manu peditum, cognitis stationibus quotidianis equitum nostrorum, silvestribus locis insidias disponunt; eodemque equites postero die mittunt, qui primum elicerent nostros insidiis, deinde circumventos aggrederentur. Cujus mali sors incidit Remis, quibus ille dies fungendi muneris obvenerat. Namque ii, quum repente hostium equites animadvertissent, ac

tout à coup ils furent enveloppés par les fantassins. Étonnés de cette attaque, ils se retirèrent avec plus de vitesse qu'on ne le fait ordinairement dans un engagement de troupes à cheval. Le chef de leur nation, Vertiscus, commandant de la cavalerie, périt dans l'action. Son grand âge lui permettait à peine de se soutenir à cheval ; mais, fidèle aux mœurs gauloises, il n'avait point voulu que sa vieillesse le dispensât du commandement ni du combat. Ce succès et la mort du prince des Rémois accrurent la fierté de l'ennemi, mais avertirent les nôtres d'examiner soigneusement les lieux avant d'y placer des postes, et d'être moins ardents à la poursuite de l'ennemi, quand il céderait le terrain.

XIII. Cependant il ne se passait point de jour où il n'y eût quelque escarmouche à la vue des deux camps, vers les endroits guéables du marais. Dans l'un de ces combats, l'infanterie Germaine, à qui César avait fait passer le Rhin pour la mêler à la cavalerie, franchit le marais avec audace, tua le petit nombre de ceux qui résistaient, et poursuivit vivement le reste. Tous, non-seulement ceux qui étaient serrés de près ou atteints de loin, mais même les soldats de la réserve, prirent honteusement la fuite, et, chassés

numero superiores paucitatem contempsissent, cupidius insecuti, a peditibus undique sunt circumdati. Quo facto perturbati, celerius quam consuetudo fert equestris prælii se receperunt, amisso Vertisco, principe civitatis, præfecto equitum; qui quum vix equo propter ætatem posset uti, tamen, consuetudine Gallorum, neque ætatis excusatione in suscipienda præfectura usus erat, neque dimicari sine se voluerat. Inflantur atque incitantur hostium animi secundo prælio, principe et præfecto Remorum interfecto, nostrique detrimento admonentur diligentius exploratis locis stationes disponere, ac moderatius cedentem insequi hostem.

XIII. Non intermittuntur interim quotidiana prælia in conspectu utrorumque castrorum, quæ ad vada transitusque fiebant paludis. Qua contentione Germani (quos propterea Cæsar traduxerat Rhenum, ut equitibus interpositi præliarentur) quum constantius universi paludem transissent, paucisque resistentibus interfectis pertinacius reliquam multitudinem essent insecuti, perterriti non solum ii, qui aut cominus opprimebantur,

rable ; il se montra d'abord avec peu de monde, et chargea les premières troupes. Les nôtres soutiennent le choc avec fermeté, sans se réunir en masse, manœuvre ordinaire dans les combats de cavalerie en un moment d'alarme, mais nuisible par la confusion qu'elle produit.

XIX. Tandis qu'on se battait par escadrons et en petites troupes sans se laisser envelopper, le reste des Gaulois, voyant Corréus dans la mêlée, sort de la forêt. Un vif combat s'engage sur tous les points. L'avantage était depuis longtemps disputé, lorsque l'infanterie ennemie quitte le bois et s'avance en ordre de bataille : nos cavaliers sont obligés de reculer. Aussitôt ils sont soutenus par l'infanterie légère que César avait envoyée en avant des légions : elle se mêle aux escadrons et combat avec courage. L'affaire fut encore quelque temps indécise ; enfin, comme il devait arriver, ceux qui avaient soutenu le premier choc des Gaulois embusqués obtinrent la supériorité, par cela seul que les assaillants n'avaient pu les surprendre. Cependant les légions s'approchent, et de nombreux courriers annoncent l'arrivée de César et de ses troupes. Les nôtres,

---

præliandum animo atque armis parati, quum, subsequentibus legionibus, nullam dimicationem recusarent, turmatim in eum locum devenerunt. Quorum adventu quum sibi Correus oblatam occasionem rei gerendæ existimaret, primum cum paucis se ostendit, atque in proximas turmas impetum fecit. Nostri constanter impetum sustinent insidiatorum ; neque plures in unum locum conveniunt : quod plerumque equestribus præliis quum propter aliquem timorem accidit, tum multitudine ipsorum detrimentum accipitur.

XIX. Quum dispositis turmis invicem rari præliarentur, neque ab lateribus circumveniri suos paterentur, erumpunt ceteri, Correo præliante ex silvis. Fit magna contentione diversum prælium. Quod quum diutius pari Marte iniretur, paulatim ex silvis instructa multitudo procedit peditum, quæ nostros cogit cedere equites : quibus celeriter subveniunt levis armaturæ pedites, quos ante legiones missos docui, turmisque nostrorum interpositi, constanter præliantur. Pugnatur aliquamdiu pari contentione : deinde, ut ratio postulabat prælii, qui sustinuerant primos impetus insidiarum, hoc ipso fiunt superiores, quod nullum ab insidian-

sûrs de l'appui des cohortes, redoublent leurs efforts, de
peur de partager avec les légions l'honneur de la victoire.
L'ennemi perd courage et cherche à s'enfuir par divers
chemins. Mais il rencontre les mêmes obstacles préparés
contre les Romains. Vaincus, repoussés avec perte, tous
fuient en désordre et au hasard, les uns vers les forêts,
d'autres vers le fleuve; ils sont poursuivis et massacrés.
Corréus, que n'avait abattu aucune infortune, ne voulut
ni quitter le combat, ni gagner les forêts, ni entendre à aucune proposition : il se battit avec courage, et, par ses
coups redoublés, força les vainqueurs irrités à lancer leurs
traits contre lui.

XX. Cette affaire terminée, César, entouré de ses troupes
victorieuses, pensa bien que l'ennemi, consterné de ce
revers, n'en aurait pas plus tôt appris la nouvelle, qu'il
abandonnerait son camp situé à huit mille pas environ du
lieu où s'était livrée la bataille. Il n'hésita point à traverser
la rivière, et marcha en avant. Les Bellovaques et les autres
États avaient été instruits de la défaite par le petit nombre
de blessés qui s'étaient échappés, à la faveur des bois. Ils

tibus imprudentes acceperant detrimentum. Accedunt propius interim
legiones, crebrique eodem tempore et nostris et hostibus nuntii afferuntur
imperatorem instructis copiis adesse. Qua re cognita, præsidio cohortium
confisi, nostri acerrime præliantur, ne, si tardius rem gessissent, victoriæ gloriam communicasse cum legionibus viderentur. Hostes concidunt
animis, atque itineribus diversis fugam quærunt. Nequidquam : nam quibus difficultatibus locorum Romanos claudere voluerant, iis ipsi tenebantur : victi tamen perculsique, majore parte amissa, quo fors tulerat, con-
sternati profugiunt, partim silvis petitis, partim flumine; qui tamen in fuga
a nostris acriter insequentibus conficiuntur : quum interim nulla calamitate
victus Correus excedere prælio silvasque petere, aut, invitantibus nostris
ad deditionem, potuit adduci, quin, fortissime præliando compluresque
vulnerando, cogeret elatos iracundia victores in se tela conjicere.

XX. Tali modo re gesta, recentibus prælii vestigiis ingressus Cæsar,
quum victos tanta calamitate existimaret hostes, nuntio accepto, locum
castrorum relicturos, quæ non longius ab ea cæde abesse plus minus
octo millibus passuum dicebantur, tametsi flumine impeditum transitum

apprennent tout le désastre, la mort de Corréus, la perte de leur cavalerie et de leur meilleure infanterie, enfin, l'approche des Romains. Aussitôt on convoque une assemblée au son des trompettes, et l'on s'écrie qu'il faut envoyer à César des députés et des otages.

XXI. Cet avis étant unanimement adopté, l'Atrébate Commius s'enfuit chez ces mêmes Germains auxquels il avait emprunté des auxiliaires. Les autres envoient sur-le-champ des députés à César : ils le prient « de se contenter d'un châtiment que sa clémence et son humanité ne leur infligeraient certainement pas, s'il avait à les punir avant qu'ils eussent essuyé tant de désastres : leur cavalerie est détruite; plusieurs milliers de fantassins d'élite ont péri; à peine s'en est-il échappé pour annoncer la défaite. Toutefois, ce malheur n'a pas été inutile : il les a délivrés de ce Corréus, qui seul fut l'auteur de la guerre, et qui soulevait la multitude; de son vivant, le sénat avait moins d'autorité qu'une populace ignorante. »

XXII. César répondit à cette prière « que déjà l'année précédente les Bellovaques et les autres peuples de la Gaule

videbat, tamen, exercitu traducto, progreditur. At Bellovaci reliquæque civitates, repente ex fuga paucis, atque his vulneratis, receptis, qui silvarum beneficio casum evitaverant, omnibus adversis, cognita calamitate, interfecto Correo, amisso equitatu et fortissimis peditibus, quum adventare Romanos existimarent, concilio repente cantu tubarum convocato, conclamant « legati obsidesque ad Cæsarem mittantur. »

XXI. Hoc omnibus probato consilio, Commius Atrebas ad eos profugit Germanos, a quibus ad id bellum auxilia mutuatus erat. Ceteri e vestigio mittunt ad Cæsarem legatos, petuntque « ut ea pœna sit contentus hostium, quam si sine dimicatione inferre integris posset, pro sua clementia atque humanitate nunquam profecto esset illaturus. Afflictas opes equestri prælio Bellovacorum esse ; delectorum peditum multa millia interisse; vix refugisse nuntios cædis. Tamen magnum, ut in tanta calamitate, Bellovacos eo prælio commodum esse consecutos, quod Correus, auctor belli, concitator multitudinis, esset interfectus : nunquam enim senatum tantum in civitate, illo vivo, quantum imperitam plebem, potuisse. »

XXII. Hæc orantibus legatis commemorat Cæsar « eodem tempore

s'étaient réunis contre lui; qu'eux seuls avaient persisté dans la révolte, sans se laisser ramener au devoir par l'exemple de la soumission des autres. Il est facile de rejeter ces fautes sur ceux qui ne sont plus. Mais jamais un particulier put-il, avec le seul secours d'une faible populace, exciter et soutenir une guerre malgré les chefs, malgré le sénat, contre le vœu de tous les gens de bien? Toutefois, le mal qu'ils se sont fait à eux-mêmes lui suffit. »

XXIII. La nuit suivante, les députés rapportent cette réponse à leurs concitoyens. Les Bellovaques préparent aussitôt des otages; les autres nations, qui étaient dans l'attente du résultat, s'empressent également de donner des otages et de se soumettre : Commius seul n'osait se confier à la foi de qui que ce fût. L'année précédente, tandis que César rendait la justice dans la Gaule citérieure, T. Labiénus, instruit que Commius cherchait à soulever les peuples contre César, crut pouvoir, sans perfidie, réprimer cette trahison. Ne voulant pas le mander au camp, de peur que cette invitation ne fût rejetée ou ne l'avertît d'être circonspect, il envoya C. Volusenus Quadratus, sous prétexte d'une entrevue, avec ordre de le tuer. Des centurions

---

superiore anno Bellovacos ceterasque Galliæ civitates suscepisse bellum ; pertinacissime hos ex omnibus in sententia permansisse, neque ad sanitatem reliquorum deditione esse perductos ; scire atque intelligere se causam peccati facillime mortuis delegari ; neminem vero tantum pollere, ut, invitis principibus, resistente senatu, omnibus bonis repugnantibus, infirma manu plebis bellum concitare et gerere posset : sed tamen se contentum fore ea pœna, quam sibi ipsi contraxissent. »

XXIII. Nocte insequenti legati responsa ad suos referunt, obsides conficiunt. Concurrunt reliquarum civitatum legati, quæ Bellovacorum speculabantur eventum. Obsides dant, imperata faciunt, excepto Commio, quem timor prohibebat cujusquam fidei suam committere salutem. Nam superiore anno T. Labienus, Cæsare in Gallia citeriore jus dicente, quum Commium comperisset sollicitare civitates, et conjurationem contra Cæsarem facere, infidelitatem ejus sine ulla perfidia judicavit comprimi posse. Quem quia non arbitrabatur vocatum in castra venturum, ne tentando cautiorem faceret, C. Volusenum Quadratum mi-

de hauteur en hauteur, ils ne s'arrêtèrent qu'à leur camp;
quelques-uns même, dans leur confusion, se sauvèrent au
delà. Le désordre des Gaulois fut tel au milieu de cette
déroute, qu'on n'aurait pu dire si le plus léger succès leur
donnait plus d'orgueil que le moindre revers ne leur in-
spirait de frayeur.

XIV. Après avoir passé plusieurs jours dans leur camp,
lorsqu'ils surent que C. Trébonius approchait avec les légions, les chefs bellovaques, craignant un siége semblable
à celui d'Alise, firent partir de nuit avec le bagage ceux
que l'âge, les infirmités ou le défaut d'armes rendaient
inutiles. Cette multitude, embarrassée et confuse (car les
Gaulois, dans les moindres expéditions, traînent toujours
après eux une foule de chariots), s'était à peine mise en
mouvement, que le jour la surprit. Des troupes se rangèrent
en bataille à la tête du camp, pour donner aux bagages le
temps de s'éloigner, avant que les Romains pussent les atteindre. César, ne pouvant les attaquer ni de front ni dans
la retraite, à cause de l'escarpement de la colline, résolut
toutefois de faire assez avancer les légions, pour que les
Barbares ne pussent se retirer sans péril en leur présence.

aut eminus vulnerabantur, sed etiam, qui longius subsidiari consueverant, turpiter fugerunt; nec prius finem fugæ fecerunt, sæpe amissis
superioribus locis, quam se aut in castra suorum reciperent, aut nonnulli, pudore coacti, longius profugerent. Quorum periculo sic omnes
copiæ sunt perturbatæ, ut vix judicari posset utrum secundis parvulis
rebus insolentiores, an adversis mediocribus timidiores essent.
    XIV. Compluribus diebus iisdem in castris consumptis, quum propius
accessisse legiones et C. Trebonium legatum cognovissent, duces Bellovacorum, veriti similem obsessionem Alesiæ, noctu dimittunt eos, quos
aut ætate aut viribus inferiores, aut inermes habebant, unaque reliqua
impedimenta. Quorum perturbatum et confusum dum explicant agmen
(magna enim multitudo currorum etiam expeditos sequi Gallos consuevit), oppressi luce, copias armatorum pro suis instruunt castris, ne
prius Romani persequi se inciperent, quam longius agmen impedimentorum suorum processisset. At Cæsar neque resistentes aggrediendo,
neque cedentes tanto collis ascensu lacessendos judicabat; neque non

Comme le marais qui séparait les deux camps pouvait l'arrêter par la difficulté du passage, et que la hauteur qui était au delà du marais touchait presque au camp ennemi, dont elle n'était séparée que par un petit vallon, il jeta des ponts de claies sur le marais, fit passer les légions, et gagna rapidement la hauteur dont la pente servait de rempart des deux côtés. Les légions y montèrent en ordre de bataille, et, parvenues au sommet, choisirent une position d'où les traits des machines pouvaient porter sur les rangs ennemis.

XV. Les Barbares, se fiant à l'avantage de leur position, restaient en bataille, prêts à combattre si les Romains venaient les attaquer sur la colline, mais n'osant faire défiler leurs troupes en détail, de peur d'être mis en désordre s'ils se divisaient. César, voyant leur résolution, laissa vingt cohortes sous les armes, traça le camp en cet endroit, et ordonna de le retrancher. Les travaux finis, il rangea les légions à la tête de ses retranchements, et plaça aux avant-postes les cavaliers avec leurs chevaux tout bridés. A cette vue, les Bellovaques sentirent qu'ils ne pouvaient ni veiller toutes les nuits, ni rester sans vivres dans leur position : ils imaginèrent un moyen de retraite. Les Gaulois, ainsi qu'il a

---

usque eo legiones admovendas, ut discedere ex eo loco sine periculo Barbari, militibus instantibus, non possent. Ita, quum paludem impeditam a castris castra dividere (quæ transeundi difficultas celeritatem insequendi tardare posset), atque id jugum, quod trans paludem pæne ad hostium castra pertineret, mediocri valle a castris eorum intercisum animadverteret, pontibus palude constrata, legiones traducit, celeriterque in summam planitiem jugi pervenit, quæ declivi fastigio duobus ab lateribus muniebatur. Ibi legionibus instructis ad ultimum jugum pervenit, aciemque eo loco constituit, unde tormento missa tela in hostium cuneos conjici possent.

XV. Barbari, confisi loci natura, quum dimicare non recusarent, si forte Romani subire collem conarentur, paulatimque copias distributas dimittere non auderent, ne dispersi pertubarentur, in acie permanserunt. Quorum pertinacia cognita, Cæsar, viginti cohortibus instructis, castrisque eo loco metatis, muniri jubet castra. Absolutis operibus, legiones pro vallo instructas collocat: equites frenatis equis in stationibus disponit.

été dit dans les livres précédents [19], on a coutume, quand ils restent en ligne, de s'asseoir sur des fascines formées de paille et de branchages. Ils en avaient une grande quantité ; et, sans se déranger, ils se les passèrent de main en main, et les placèrent à la tête de leur camp, puis, sur la fin du jour, au signal convenu, y mirent le feu en même temps. Cette vaste flamme nous déroba tout à coup la vue de leurs troupes : elles profitèrent de ce moment pour s'enfuir en toute hâte.

XVI. Bien que les flammes empêchassent César d'apercevoir la retraite des ennemis, il soupçonna leur dessein, fit avancer les légions, et envoya des escadrons à leur poursuite : mais de peur de quelque embuscade, et craignant que l'ennemi, resté peut-être à la même place, n'eût voulu nous attirer dans une mauvaise position, il ne s'avança lui-même que lentement. Nos cavaliers n'osaient pénétrer à travers la fumée et les flammes : si quelques-uns, plus hardis, essayaient de le faire, à peine voyaient-ils la tête de leurs chevaux. La crainte d'un piége laissa à l'ennemi tout le temps d'opérer sa retraite. C'est ainsi que, par une ruse qui fut le fruit de la peur et de l'adresse, les Bellovaques franchirent sans perte un espace de dix milles, et

Bellovaci, quum Romanos ad insequendum paratos viderent, neque pernoctare, aut diutius permanere sine cibariis eodem loco possent, tale consilium sui recipiendi inierunt. Fasces, uti consueverant (namque in acie sedere Gallos consuesse, superioribus commentariis declaratum est), stramentorum ac virgultorum, quorum summa erat in castris copia, per manus inter se traditos, ante aciem collocaverunt, extremoque tempore diei, signo pronuntiato, uno tempore incenderunt. Ita continens flamma copias omnes repente a conspectu texit Romanorum. Quod ubi accidit, Barbari vehementissimo cursu fugerunt.

XVI. Cæsar, etsi discessum hostium animadvertere non poterat, incendiis oppositis, tamen id consilium quum fugæ causa initum suspicaretur, legiones promovet, turmas mittit ad insequendum : ipse veritus insidias, ne forte in eodem loco subsistere hostis, atque elicere nostros in locum conaretur iniquum, tardius procedit. Equites quum intrare fumum et flammam densissimam timerent, ac, si qui cupidius intraverant, vix suorum ipsi priores partes adverterent equorum, insidias veriti, liberam

s'arrêtèrent dans un lieu très-avantageux : de là ils incom-
modaient nos fourrageurs par de fréquentes embuscades.

XVII. Ces attaques se renouvelaient souvent, lorsque César
apprit d'un prisonnier que Corréus, chef des Bellovaques,
avait choisi six mille fantassins des plus braves et mille
cavaliers pour placer une embuscade dans un lieu où il
soupçonnait que l'abondance de blé et de fourrages attire-
rait les Romains. Sur cet avis, César fit sortir plus de légions
que de coutume, et envoya en avant la cavalerie, qui toujours escortait les fourrageurs ; il y mêla l'infanterie légère, et lui-même s'avança le plus près qu'il put avec les
légions.

XVIII. L'ennemi s'était mis en embuscade dans une plaine
qui, en tous sens, n'avait pas plus de mille pas d'étendue :
elle était entourée d'épaisses forêts et d'une rivière très-
profonde ; des piéges nous enveloppaient de toutes parts.
Nos cavaliers connaissaient le projet de l'ennemi : également bien disposés de cœur et de main, appuyés d'ailleurs
par les légions, ils auraient accepté tout genre de combat ;
ils arrivèrent en escadrons. Corréus crut l'occasion favo-

facultatem sui recipiendi Bellovacis dederunt. Ita fuga, timoris simul
calliditatisque plena, sine ullo detrimento millia non amplius x progressi
hostes, loco munitissimo castra posuerunt. Inde, quum sæpe in insidiis
equites peditesque disponerent, magna detrimenta Romanis in pabulationibus inferebant.

XVII. Quod quum crebrius accideret, ex captivo quodam comperi
Cæsar, Correum, Bellovacorum ducem, fortissimorum millia vi peditum
delegisse, equitesque ex omni numero mille, quos in insidiis eo loco col-
locarat, quem in locum, propter copiam frumenti ac pabuli, Romanos
pabulatum missuros suspicaretur. Quo cognito consilio, Cæsar legiones
plures, quam solebat, educit; equitatumque, quem præsidio semper pabulatoribus mittere consuerat, præmittit. Huic interponit auxilia levis
armaturæ : ipse cum legionibus, quam potest maxime, appropinquat.

XVIII. Hostes in insidiis dispositi, quum sibi delegissent campum ad
rem gerendam, non amplius patentem in omnes partes passibus M, silvis
undique impeditissimis aut altissimo flumine munitum, velut indagine
unc insidiis circumdederunt. Nostri, explorato hostium consilio, ad

d'élite lui furent adjoints pour l'exécution de ce projet.
Lorsqu'on fut en présence, et que, selon le signal convenu,
Volusenus eut pris la main de Commius, le centurion, soit
qu'il se troublât, soit que les amis de Commius eussent
promptement arrêté sa main, ne put achever le Gaulois;
cependant il le blessa grièvement à la tête du premier
coup. De part et d'autre on tira l'épée, moins pour se
battre que pour s'assurer la retraite; les nôtres croyaient
Commius mortellement blessé; les Gaulois, reconnaissant
le piége, craignaient de plus grands périls. On disait que,
depuis ce temps, Commius avait résolu de ne jamais paraître devant un Romain.

XXIV. César, vainqueur des nations les plus belliqueuses,
ne voyait plus aucune cité qui pensât à lui faire la guerre
et à lui résister; mais, remarquant que plusieurs habitants
quittaient les villes et s'enfuyaient des campagnes pour se
soustraire à la domination nouvelle, il résolut de distribuer
l'armée sur différents points. Il garda près de lui le questeur M. Antoine, avec la onzième légion; il envoya le lieutenant C. Fabius, avec vingt-cinq cohortes, à l'extrémité
opposée de la Gaule[20], où l'on disait que plusieurs peuples

sit, qui eum per simulationem colloquii curaret interficiendum. Ad eam
rem delectos ei tradit centuriones. Quum in colloquium ventum esset, et,
ut convenerat, manum Commii Volusenus arripuisset, centurio, vel ut
insueta re permotus, vel celeriter a familiaribus prohibitus Commii, conficere hominem non potuit; graviter tamen primo ictu gladio caput per-
cussit. Quum utrinque gladii districti essent, non tam pugnandi quam
diffugiendi fuit utrorumque consilium; nostrorum, quod mortifero vulnere Commium credebant affectum; Gallorum, quod, insidiis cognitis,
plura, quam videbant, extimescebant. Quo facto statuisse Commius dicebatur nunquam in conspectum cujusquam Romani venire.

XXIV. Bellicosissimis gentibus devictis, Cæsar, quum videret nullam
jam esse civitatem quæ bellum pararet quo sibi resisteret, sed nonnullos
ex oppidis demigrare, ex agris diffugere, ad præsens imperium evitan-
dum, plures in partes exercitum dimittere constituit. M. Antonium quæstorem cum legione XI sibi conjungit; C. Fabium legatum cum cohortibus XXV mittit in diversissimam Galliæ partem, quod ibi quasdam

étaient en armes : le lieutenant C. Caninius Rébilus qui y commandait ne lui paraissait pas assez fort avec ses deux légions. Il rappela T. Labiénus, et envoya la douzième légion, qui avait hiverné avec lui, protéger les colonies romaines dans la Gaule citérieure ; il craignait pour elles quelque désastre semblable à celui des Tergestins[24], qui, l'été précédent, avaient été pillés et ruinés par suite d'une irruption subite des Barbares. Pour lui, il alla dévaster le territoire d'Ambiorix. Désespérant de réduire en son pouvoir cet ennemi fugitif et tremblant, il crut devoir à son honneur de détruire si bien, dans les États de ce prince, les hommes, les bestiaux, les édifices, qu'en horreur à ceux que le hasard aurait épargnés, Ambiorix ne pût jamais rentrer dans un pays où il aurait attiré tant de désastres.

XXV. César dispersa donc ses légions et ses auxiliaires sur toutes les parties du territoire d'Ambiorix : tout fut détruit par le meurtre, l'incendie, le pillage, et un grand nombre d'hommes furent pris ou tués. Alors il envoya Labiénus avec deux légions chez les Trévires, qui, sans cesse en guerre à cause du voisinage des Germains, avaient si bien

---

civitates in armis esse audiebat, neque C. Caninium Rebilum legatum, qui in illis regionibus præerat, satis firmas II legiones habere existimabat. T. Labienum ad se evocat, legionemque XII, quæ cum eo fuerat in hibernis, in Togatam Galliam mittit, ad colonias civium Romanorum tuendas, ne quod simile incommodum accideret decursione Barbarorum, ac superiore æstate Tergestinis accidisset, qui repentino latrocinio atque impetu eorum erant oppressi. Ipse ad vastandos depopulandosque fines Ambiorigis proficiscitur : quem perterritum ac fugientem quum redigi posse in suam potestatem desperasset, proximum suæ dignitatis esse ducebat, adeo fines, ejus vastare civibus, ædificiis, pecore, ut odio suorum Ambiorix, si quos fortuna fecisset reliquos, nullum reditum propter tantas calamitates haberet in civitatem.

XXV. Quum in omnes partes finium Ambiorigis aut legiones aut auxilia dimisisset, atque omnia cædibus, incendiis, rapinis vastasset, magno numero hominum interfecto aut capto, Labienum cum duabus legionibus in Treviros mittit, quorum civitas, propter Germaniæ vicinitatem, quotidianis exercitata bellis, cultu et feritate non multum a Ger-

pris leurs mœurs sauvages, qu'il fallait toujours une armée pour les contraindre à l'obéissance.

XXVI. Le lieutenant C. Caninius, informé par Duratius (toujours fidèle aux Romains, malgré la défection d'une partie de sa nation) qu'une foule d'ennemis s'étaient rassemblés sur les frontières des Pictons, se dirigea vers la place de Lemonum [22]. Des prisonniers l'instruisirent, durant cette marche, que Duratius se trouvait assiégé dans Lemonum par plusieurs milliers d'hommes, sous la conduite de Dumnacus, chef des Andes. N'osant combattre avec si peu de légions, il choisit une forte position. Dumnacus, à la nouvelle de notre approche, tourna ses forces contre nos légions et vint attaquer notre camp. Mais il perdit beaucoup de temps et de monde à cette attaque, sans avoir pu faire la moindre brèche à nos retranchements, et retourna au siége de Lemonum.

XXVII. Dans le même temps, le lieutenant C. Fabius, alors occupé à recevoir les soumissions et les otages de plusieurs peuples, apprit par des lettres de C. Caninius ce qui se passait chez les Pictons, et partit aussitôt au secours

---

manis differebat, neque imperata unquam, nisi exercitu coacta, faciebat.

XXVI. Interim C. Caninius legatus, quum magnam multitudinem convenisse hostium in fines Pictonum litteris nuntiisque Duratii cognosceret (qui perpetuo in amicitia Romanorum permanserat, quum pars quædam civitatis ejus defecisset), ad oppidum Lemonum contendit. Quo quum adventaret, atque ex captivis certius cognosceret, multis hominum millibus a Dumnaco, duce Andium, Duratium clausum Lemoni oppugnari, neque infirmas legioues hostibus committere auderet, castra munito loco posuit. Dumnacus, quum appropinquare Caninium cognovisset, copiis omnibus ad legiones conversis, castra Romanorum oppugnare instituit. Quum complures dies in oppugnatione consumpsisset, et, magno suorum detrimento, nullam partem munitionum convellere potuisset, rursus ad obsidendum Lemonum redit.

XXVII. Eodem tempore C. Fabius legatus complures civitates in fidem recipit, obsidibus firmat, litterisque C. Caninii fit certior, quæ in Pictonibus gerantur. Quibus rebus cognitis, proficiscitur ad auxilium Duratio ferendum. At Dumnacus, adventu Fabii cognito, desperata salute, si co-

de Duratius. Dumnacus sut à peine son arrivée, que, dés
espérant de son propre salut, s'il devait à la fois résister aux
ennemis du dehors et contenir les assiégés, il se hâta de
retirer ses troupes, et ne se crut point en sûreté qu'il n'eût
passé la Loire, ce qu'il ne pouvait faire qu'au moyen d'un
pont, à cause de la largeur du fleuve. Quoique Fabius n'eût
pas encore paru devant l'ennemi ni joint Caninius, cependant, sur le rapport de ceux qui connaissaient le pays, il
ne douta point que l'ennemi effrayé ne prît la route qui
menait à ce pont. Il s'y dirigea avec ses troupes, et ordonna
à la cavalerie de devancer ses légions, de manière pourtant à pouvoir sans fatigue se replier sur le camp. Nos
cavaliers, conformément à ces ordres, s'avancent et joignent l'armée de Dumnacus; ils attaquent, dans sa retraite et au milieu de ses bagages, l'ennemi frappé de terreur, lui tuent beaucoup de monde, font un riche butin, et
rentrent au camp après ce succès.

XXVIII. La nuit suivante, Fabius envoie encore sa cavalerie, avec ordre de harceler l'ennemi et de retarder sa
marche, tandis que l'armée la suivrait de près. Dans ce

dem tempore coactus esset et Romanum externum sustinere hostem,
et respicere ac timere oppidanos, repente ex eo loco cum copiis recedit;
nec se satis tutum fore arbitratur, nisi flumen Ligerim, quod erat ponte
propter magnitudinem transeundum, copias traduxisset. Fabius, etsi
nondum in conspectum venerat hostibus, neque se cum Caninio conjunxerat, tamen, doctus ab iis qui locorum noverant naturam, potissimum
credidit hostes perterritos eum locum, quem petebat, petituros. Itaque
cum copiis ad eumdem pontem contendit, equitatumque tantum proce-
dere ante agmen imperat legionum, quantum, quum processisset, sine
defatigatione equorum in eadem se reciperet castra. Consequuntur
equites nostri, ut erat præceptum, invaduntque Dumnaci agmen, et
fugientes perterritosque sub sarcinis in itinere aggressi, magna præda,
multis interfectis, potiuntur. Ita, re bene gesta, se recipiunt in castra.

XXVIII. Insequenti nocte Fabius equites præmittit, sic paratos, ut
confligerent, atque omne agmen morarentur, dum consequeretur ipse.
Cujus præceptis ut res gereretur, Q. Atius Varus, præfectus equitum,
singularis et animi et prudentiæ vir, suos hortatur, agmenque hostium

dessein, Q. Atius Varus, préfet de la cavalerie, aussi prudent que brave, exhorte sa troupe, atteint l'ennemi, partage ses escadrons, en place une partie dans de bonnes
positions, et attaque avec l'autre. La cavalerie ennemie
combat avec audace : elle était soutenue par ses fantassins,
qui avaient fait halte pour lui porter secours. L'action fut
très-vive : les nôtres, méprisant un ennemi vaincu dans le
combat précédent, sachant que les légions étaient à peu de
distance, se sentaient animés par la honte de reculer et
par le désir de recueillir seuls toute la gloire ; d'un autre
côté, l'ennemi, ne croyant pas avoir à combattre plus de
troupes que la veille, pensait avoir trouvé l'occasion de
détruire notre cavalerie.

XXIX. Durant cette action opiniâtre, Dumnacus met son
infanterie en bataille pour soutenir ses escadrons. Tout à
coup les légions paraissent en rangs serrés. A cette vue, les
Barbares sont frappés de terreur, s'embarrassent dans les
bagages, s'enfuient çà et là en jetant de grands cris. Notre
cavalerie, dont la valeur venait de triompher en partie de
la résistance des ennemis, exaltée par le succès, pousse un

---

consecutus, turmas partim idoneis locis disponit, partim equitum prælium
committit. Confligit audacius equitatus hostium, succedentibus sibi peditibus, qui, toto agmine subsistentes, equitibus suis contra nostros ferunt
auxilium. Fit prælium acri certamine : namque nostri, contemptis pridie
superatis hostibus, quum subsequi legiones meminissent, et pudore cedendi,
et cupiditate per se conficiendi prælii, fortissime contra pedites prælia-
bantur ; hostesque, nihil amplius copiarum accessurum credentes, ut pridie cognoverant, delendi equitatus nostri nacti occasionem videbantur.

XXIX. Quum aliquandiu summa contentione dimicaretur, Dumnacus
instruit aciem, quæ suis esset equitibus invicem præsidio. Tum repente
confertæ legiones in conspectum hostium veniunt. Quibus visis, perculsæ
Barbarorum turmæ, ac perterritæ acies hostium, perturbato impedimentorum agmine, magno clamore discursuque passim fugæ se mandant. At
nostri equites, qui paulo ante cum resistentibus fortissime conflixerant,
lætitia victoriæ elati, magno undique clamore sublato, cedentibus circum-
fusi, quantum equorum vires ad persequendum dextræque ad cædendum
valent, tantum eo prælio interficiunt. Itaque amplius millibus XII aut

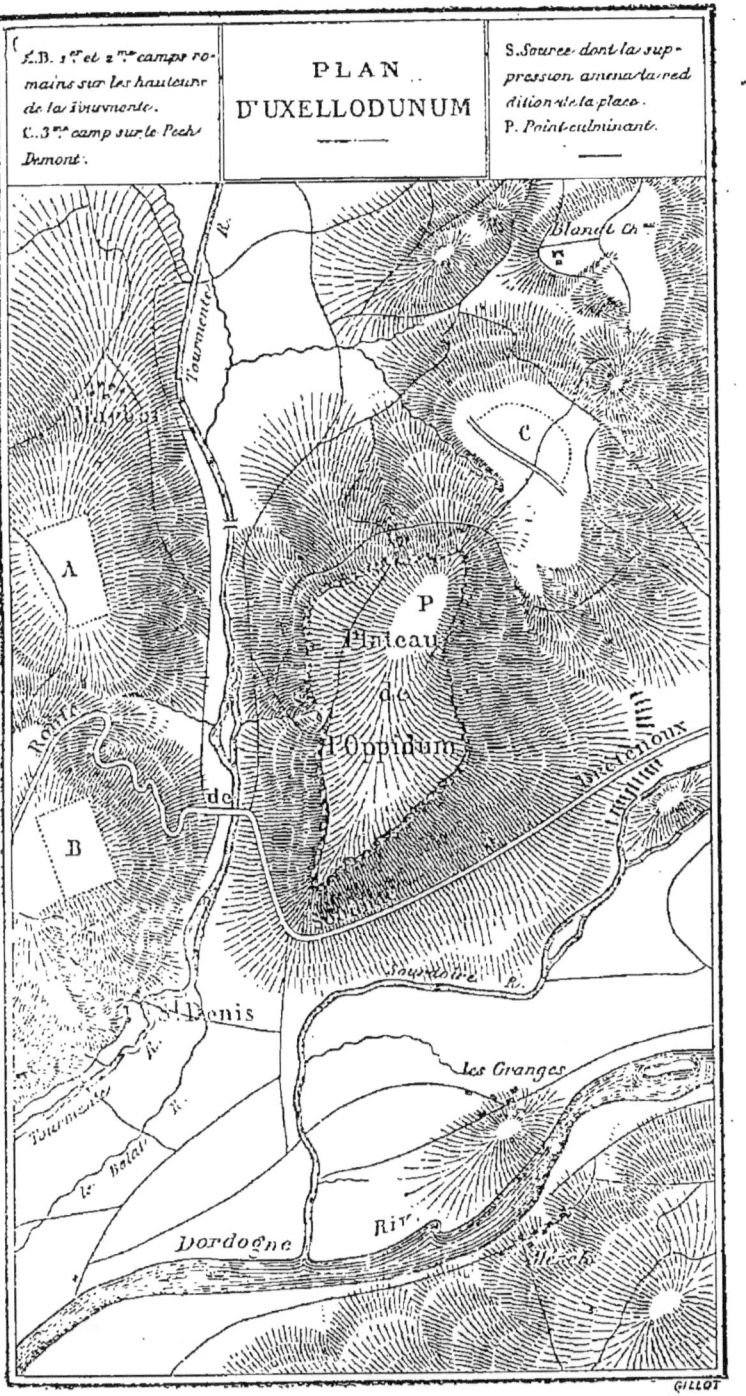

PLAN
D'UXELLODUNUM

N.B. 1.er et 2.me camps romains sur les hauteurs de la Tourmente.
C..3.me camp sur le Pech Demont.

S.Source dont la suppression amena la reddition de la place.
P. Point culminant.

GILLOT

cri de joie, se jette sur les fuyards, et en tue autant que les chevaux ont de force pour les poursuivre, et les bras pour les frapper. Plus de douze mille hommes périrent dans l'action, soit les armes à la main, soit après les avoir jetées ; tout le bagage tomba en notre pouvoir.

XXX. Cinq mille fuyards environ furent recueillis par le Sénonais Drappès, le même qui, à la première révolte des Gaules, avait rassemblé une foule d'hommes perdus, d'esclaves à qui il promettait la liberté, de bannis, de brigands avec lesquels il enlevait nos bagages et nos convois. Dès qu'on sut qu'il marchait sur la Province de concert avec le Cadurcien Luctérius, qui déjà, comme on l'a vu au livre précédent, avait tenté une invasion semblable, Caninius se mit à leur poursuite avec deux légions, pour éviter la honte de voir des brigands causer à notre Province quelque perte ou quelque effroi.

XXXI. C. Fabius marcha avec le reste de l'armée contre les Carnutes et autres nations dont il venait d'abattre les forces dans ce dernier combat. Il ne doutait point que leur défaite récente ne les rendît plus soumis, et il prévoyait

armatorum, aut eorum qui timore arma projecerant, interfectis, omnis multitudo capitur impedimentorum.

XXX. Qua ex fuga, quum constaret Drappeten Senonem (qui, ut primum defecerat Gallia, collectis undique perditis hominibus, servis ad libertatem vocatis, exsulibus omnium civitatum adscitis, receptis latronibus, impedimenta et commeatus Romanorum interceperat), non amplius hominum v millibus ex fuga collectis, Provinciam petere, unaque consilium cum eo Lucterium Cadurcum cepisse (quem superiore commentario, prima defectione Galliæ, facere in Provinciam impetum voluisse cognitum est), Caninius legatus cum legionibus ii ad eos persequendos contendit, ne de timore aut detrimento Provinciæ magna infamia perditorum hominum latrociniis caperetur.

XXXI. C. Fabius cum reliquo exercitu in Carnutes ceterasque proficiscitur civitates, quarum eo prœlio, quod cum Dumnaco fecerat, copias esse accisas sciebat. Non enim dubitabat quin recenti calamitate submissiores essent futuræ, dato vero spatio ac tempore, eodem instante Dumnaco, possent concitari. Qua in re summa felicitas celeritasque in reci-

que, s'il leur laissait le temps de se reconnaître, les instances de Dumnacus pourraient encore les soulever. Sa
promptitude fut suivie d'un heureux succès. Les Carnutes,
qui, souvent battus, n'avaient jamais parlé de paix, se
soumirent et donnèrent des otages. Entraînés par leur
exemple, les autres peuples qui habitent à l'extrémité de
la Gaule, près de l'Océan, et qu'on nomme Armoriques,
déposèrent les armes sans délai à l'arrivée de Fabius et des
légions. Dumnacus, chassé de son territoire, errant, réduit
à se cacher, fut forcé de se sauver seul au fond de la Gaule.

XXXII. Drappès et Luctérius, apprenant l'arrivée de
Caninius et des légions, sentirent que, dans cet état, ils ne
pourraient pénétrer sur le territoire de la Province sans
une perte certaine, ni continuer en liberté leurs brigandages : ils s'arrêtèrent chez les Cadurciens. Luctérius, qui
dans sa prospérité avait toujours eu un grand crédit parmi
ses concitoyens, et que son caractère entreprenant faisait
aimer des Barbares, entra, avec ses troupes et celles de
Drappès, dans Uxellodun, place très-forte, autrefois dans
sa clientèle. Il en gagna les habitants.

piendis civitatibus Fabium consequitur. Nam Carnutes, qui sæpe vexati
nunquam pacis fecerant mentionem, datis obsidibus, veniunt in deditionem; ceteræque civitates, positæ in ultimis Galliæ finibus, Oceano conjunctæ, quæ Armoricæ appellantur, auctoritate adductæ Carnutum,
adventu Fabii legionumque imperata sine mora faciunt. Dumnacus, suis
finibus expulsus, errans latitansque solus, extremas Galliæ regiones petere coactus est.

XXXII. At Drappes, unaque Lucterius, quum legiones Caniniumque
adesse cognoscerent, nec se sine certa pernicie, persequente exercitu,
putarent Provinciæ fines intrare posse, nec jam liberam vagandi latro-
ciniorumque faciendorum facultatem haberent, consistunt in agris Cadurcorum. Ibi, quum Lucterius apud suos cives, quondam integris rebus,
multum potuisset, semperque auctor novorum consiliorum magnam apud
Barbaros auctoritatem haberet, oppidum Uxellodunum, quod in clientela
fuerat ejus, natura loci egregie munitum, occupat suis et Drappetis copiis,
oppidanosque sibi conjungit.

XXXIII. C. Caninius y accourut aussitôt. Il reconnut que la place était de tous côtés défendue par des rochers escarpés, dont l'accès eût été difficile à des hommes armés, même sans avoir d'ennemis à combattre. Sachant que les bagages des habitants étaient nombreux, et ne pouvaient sortir en secret sans être atteints par la cavalerie et même par les légions, il partagea ses cohortes en trois camps, sur des positions très-élevées, et de là il commença peu à peu, autant que le permit le nombre des troupes, à tirer une ligne de circonvallation autour de la place.

XXXIV. A cette vue, les assiégés se rappelèrent les malheurs d'Alise, et craignirent un sort semblable. Luctérius, qui avait assisté à ce désastre, les avertit de pourvoir surtout aux subsistances. Ils arrêtent, d'un consentement unanime, qu'on laissera une partie des troupes dans la ville, et que les autres iront chercher des vivres. Cette résolution prise, ils laissent deux mille hommes, et, la nuit suivante, Drappès et Luctérius sortent de la place avec le reste. En peu de jours ils eurent rassemblé, de gré ou de

XXXIII. Quo quum confestim C. Caninius venisset, animadverteretque omnes oppidi partes præruptis saxis esse munitas, quo, defendente nullo, tamen armatis ascendere esset difficile, magna autem impedimenta oppidanorum videret, quæ si clandestina fuga subtrahere conarentur, effugere non modo equitatum, sed ne legiones quidem possent, tripartito cohortibus divisis, trina excelsissimo loco castra fecit, a quibus paulatim, quantum copiæ patiebantur, vallum in oppidi circuitum ducere instituit.

XXXIV. Quod quum animadverterent oppidani, miserrimaque Alesiæ memoria solliciti similem casum obsessionis vererentur, maximeque ex omnibus Lucterius, qui fortunæ illius periculum fecerat, moneret frumenti rationem esse habendam, constituunt omnium consensu, parte ibi relicta copiarum, ipsi cum expeditis ad importandum frumentum proficisci. Eo consilio probato, proxima nocte, duobus millibus armatorum relictis, reliquos ex oppido Drappes et Lucterius educunt : ii, paucos dies morati, ex finibus Cadurcorum, qui partim re frumentaria sublevare eos cupiebant, partim prohibere, quo minus sumerent, non poterant,

force, une grande quantité de blé sur les terres des Cadurciens. Plusieurs fois nos forts eurent à essuyer des attaques
nocturnes. C'est pourquoi Caninius suspendit ses ouvrages
de circonvallation, de peur de ne pouvoir défendre ses
lignes, ou de n'avoir que des postes insuffisants et trop
disséminés.

XXXV. Cependant Drappès et Luctérius vinrent s'établir à
dix mille pas de la place, pour y introduire peu à peu leurs
convois. Ils se partagent les rôles : Drappès reste à la garde
du camp ; Luctérius protége les transports. Après avoir
établi des postes, il fait avancer le convoi, vers la dixième
heure[23] de la nuit, à travers les forêts et par d'étroits chemins. Nos sentinelles entendent du bruit : des éclaireurs
sont envoyés et rapportent ce qui se passe. Aussitôt Caninius
tire des forts les plus voisins les cohortes armées, et tombe
au point du jour sur les fourrageurs : ceux-ci s'effraient et
fuient vers leur escorte ; les nôtres, voyant des ennemis en
armes, s'irritent et ne veulent faire aucun prisonnier. Luctérius, échappé avec un petit nombre des siens, ne put
regagner son camp.

magnum numerum frumenti comparant: nonnunquam autem expeditionibus nocturnis castella nostrorum adoriuntur. Quam ob causam C. Caninius toto oppido munitiones circumdare cunctatur, ne aut opus effectum tueri non possit, aut plurimis locis infirma disponat præsidia.

XXXV. Magna copia frumenti comparata, considunt Drappes et Lucterius non longius ab oppido x millibus passuum, unde paulatim frumentum in oppidum supportarent. Ipsi inter se provincias partiuntur :
Drappes castris præsidio cum parte copiarum restitit ; Lucterius agmen
jumentorum ad oppidum ducit. Dispositis ibi præsidiis, hora noctis
circiter x, silvestribus angustisque itineribus frumentum importare in
oppidum instituit. Quorum strepitum vigiles castrorum quum sensissent,
exploratoresque missi, quæ agerentur, renuntiassent, Caninius celeriter
cum cohortibus armatis ex proximis castellis in frumentarios sub ipsam
lucem impetum fecit. Ii, repentino malo perterriti, diffugiunt ad sua præsidia : quæ nostri ut viderunt, acrius contra armatos incitati, neminem
ex eo numero vivum capi patiuntur. Effugit inde cum paucis Lucterius,
nec se recipit in castra.

XXXVI. Après ce succès, Caninius apprit par des prisonniers qu'une partie des troupes était restée au camp avec Drappès, à une distance de douze milles au plus. Cet avis ayant été confirmé de toutes parts, il pensa que, l'autre chef étant en fuite, il lui serait aisé d'accabler, dans leur effroi, le reste des ennemis. Il regardait comme un grand bonheur qu'aucun de ceux qui avaient échappé au carnage n'eût pris la route du camp pour en porter la nouvelle à Drappès. Ne trouvant nul danger à faire une tentative, il envoie en avant toute sa cavalerie, avec cette infanterie Germaine composée d'hommes si agiles; il laisse une légion à la garde des trois camps, et prend l'autre avec lui sans bagages. Lorsqu'il fut près des ennemis, ses éclaireurs lui rapportèrent que, selon leur usage, les Barbares, négligeant les hauteurs, avaient placé leur camp sur le bord d'une rivière; que les Germains et les cavaliers étaient tombés sur eux à l'improviste, et que déjà l'on combattait. Sur cet avis, il fait avancer sa légion en ordre de bataille, donne partout le signal, et s'empare des hauteurs. A la vue de nos enseignes, les Germains et la cavalerie redoublent leurs efforts; les cohortes chargent avec violence; tout est tué ou pris : le

XXXVI. Re bene gesta, Caninius ex captivis comperit partem copiarum cum Drappete esse in castris a millibus non amplius XII. Qua re rex compluribus cognita, quum intelligeret, fugato duce altero, perterritos reliquos facile opprimi posse, magnæ felicitatis esse arbitrabatur neminem ex cæde refugisse in castra, qui de accepta calamitate nuntium Drappeti perferret. Sed in experiendo quum periculum nullum videret, equitatum omnem Germanosque pedites, summæ velocitatis homines, ad castra hostium præmittit; ipse legionem unam in trina castra distribuit, alteram secum expeditam ducit. Quum propius hostes accessisset, ab exploratoribus, quos præmiserat, cognoscit castra eorum, ut Barbarorum fert consuetudo, relictis locis superioribus, ad ripas fluminis esse demissa : at Germanos equitesque imprudentibus omnibus de improviso advolasse, et prælium commisisse. Qua re cognita, legionem armatam instructamque adducit. Ita, repente omnibus ex partibus signo dato, loca superiora capiuntur. Quod ubi accidit, Germani equitesque, signis legionis visis, vehementissime præliantur : confestim omnes cohortes

butin est immense; Drappès lui-même est fait prisonnier.

XXXVII. Caninius, ayant terminé cette expédition heureusement et presque sans perte, vint reprendre le siége. Comme il n'avait plus au dehors d'ennemi qui pût l'empêcher de travailler à ses lignes de circonvallation et d'augmenter ses postes, il ordonna de continuer activement les travaux. Le jour suivant, C. Fabius arrive avec ses troupes, et se charge d'assiéger l'un des côtés de la place.

XXXVIII. Cependant César laisse le questeur M. Antoine chez les Bellovaques avec quinze cohortes, pour ôter aux Belges tout moyen de tenter quelque nouvelle entreprise. Il parcourt lui-même les autres cités, demande un plus grand nombre d'otages, rassure les esprits par de consolantes paroles. Arrivé chez les Carnutes, qui les premiers, comme on l'a vu au livre précédent, avaient commencé la guerre, il s'aperçut que le souvenir de leur conduite leur causait de vives alarmes. Afin de dissiper sur-le-champ leurs craintes, il demanda, pour le livrer au supplice, Gutruat, premier moteur de la révolte et de la guerre. Cet homme n'avait confié à personne le lieu de sa retraite; mais tous le cherchent soigneusement, et bientôt on l'amène. César,

---

undique impetum faciunt, omnibusque aut interfectis, aut captis, magna præda potiuntur. Capitur ipse eo prœlio Drappes.

XXXVII. Caninius, felicissime re gesta, sine ullo pæne militis vulnere, ad obsidendos oppidanos revertitur, externoque hoste deleto, cujus timore antea dividere præsidia et munitione oppidanos circumdare prohibitus erat, opera undique imperat administrari. Venit eodem cum suis copiis postero die C. Fabius, partemque oppidi sumit ad obsidendum.

XXXVIII. Cæsar interim M. Antonium quæstorem cum cohortibus xv in Bellovacis reliquit, ne qua rursus novorum consiliorum capiendorum Belgis facultas daretur. Ipse reliquas civitates adit, obsides plures imperat, timentes omnium animos consolatione sanat. Quum in Carnutes venisset, quorum consilio in civitate, superiore commentario, Cæsar exposuit initium belli esse ortum, quod præcipue eos propter conscientiam facti timere animadvertebat, quo celerius civitatem metu liberaret, principem sceleris ipsius et concitatorem belli, Gutruatum, ad supplicium deposcit. Qui, etsi ne civibus quidem suis se committebat tamen celeriter,

faisant violence à son naturel, fut obligé de céder aux instances des soldats, qui lui redisaient tous les périls, toutes les
pertes qu'ils devaient à Gutruat. Il fut battu de verges jusqu'à
ce qu'il ne donnât plus signe de vie, puis frappé de la hache.

XXXIX. Plusieurs lettres de Caninius apprennent à César
le sort de Drappès et de Luctérius, et la ferme résolution
des assiégés. Quoique leur petit nombre méritât le mépris, il
pensa qu'il fallait punir leur opiniâtreté, de peur que la Gaule
entière ne vînt à croire que, pour résister aux Romains, ce
n'était pas la force qui avait manqué, mais la constance, et
qu'encouragées par ces exemples les autres villes auxquelles
leur position rendait la défense facile ne voulussent recou-
vrer leur indépendance. Les Gaulois savaient d'ailleurs que
le gouvernement de César ne devait plus durer que pendant une campagne, après laquelle ils n'auraient plus rien
à craindre, s'ils pouvaient se soutenir jusqu'à ce terme.
Il laisse donc deux légions à son lieutenant Q. Calénus,
avec ordre de le suivre à grandes journées; lui-même
prend la cavalerie, et se hâte de joindre Caninius.

XL. César arriva à Uxellodunum sans être attendu de per-

omnium cura quæsitus, in castra perducitur. Cogitur in ejus supplicium
Cæsar contra naturam suam, maximo militum concursu, qui ei omnia.
pericula et detrimenta belli, à Gutruato accepta, referebant, adeo ut
verberibus exanimatum corpus securi feriretur.

XXXIX. Ibi crebris litteris Caninii fit certior, quæ de Drappete et
Lucterio gesta essent, quoque in consilio permanerent oppidani. Quorum
etsi paucitatem contemnebat, tamen pertinaciam magna pœna esse affi-
ciendam judicabat, ne universa Gallia, non vires sibi defuisse ad resistendum Romanis, sed constantiam, putaret, neve hoc exemplo ceteræ
civitates, locorum opportunitate fretæ, se vindicarent in libertatem;
quum omnibus Gallis notum sciret, reliquam esse unam æstatem suæ
provinciæ; quam si sustinere potuissent, nullum ultra periculum vererentur. Itaque Q. Calenum legatum cum legionibus II reliquit, qui justis
itineribus se subsequeretur : ipse cum omni equitatu, quam potest celerrime, ad Caninium contendit.

XL Quum contra exspectationem omnium Cæsar Uxellodunum venisset, oppidumque operibus clausum animadverteret, neque ab oppu-

sonne. Il trouva la place investie, les travaux achevés ; on
ne pouvait plus, sous aucun prétexte, lever le siége. Ayant
su par les transfuges que les assiégés étaient abondamment
pourvus de vivres, il essaya de les priver d'eau. Une rivière traversait le vallon qui environnait presque en entier
le rocher escarpé où était situé Uxellodunum : la nature
du lieu ne permettait pas d'en détourner le cours de l'eau ;
elle coulait dans un terrain si bas, qu'il était impossible de
creuser nulle part des fossés pour la mettre à sec. Mais les
assiégés n'y descendaient qu'avec peine, et, si nos troupes
s'opposaient à eux, ils ne pouvaient y arriver ni regagner la
hauteur sans un grand péril. César, s'en étant aperçu, plaça
des archers, des frondeurs, disposa des machines de guerre
vers les endroits où la descente était le plus facile : par là
on interdit aux assiégés l'accès de la rivière ; toute la population n'eut plus d'autre ressource qu'une fontaine abon-
dante, sortant du pied même des murs, dans cet espace d'environ trois cents pieds, le seul que la rivière n'entourait pas.

XLI. On désirait priver de cette cette eau les assiégés :
César seul en vit le moyen. Il dressa des mantelets et éleva

gnatione recedi videret ulla conditione posse, magna autem copia frumenti abundare oppidanos, ex perfugis cognosset, aqua prohibere hostem
tentare cœpit. Flumen infimam vallem dividebat, quæ totum pæne
montem cingebat, in quo positum erat præruptum undique oppidum
Uxellodunum. Hoc Flumen averti loci natura prohibebat : sic enim imis
radicibus montis ferebatur, ut nullam in partem, depressis fossis, deri-
vari posset. Erat autem oppidanis difficilis et præruptus eo descensus,
ut, prohibentibus nostris, sine vulneribus ac periculo vitæ neque adire
flumen, neque arduo se recipere possent ascensu. Qua difficultate
eorum cognita, Cæsar, sagittariis funditoribusque dispositis, tormentis
etiam quibusdam locis contra facillimos descensus collocatis, aqua fluminis prohibebat oppidanos, quorum omnis postea multitudo aquatum
unum in locum conveniebat sub ipsius oppidi murum, ubi magnus fons
aquæ prorumpebat, ab ea parte, quæ fere pedum ccc intervallo fluminis
circuitu vacabat.

XLI. Hoc fonte prohiberi posse oppidanos quum optarent reliqui,
Cæsar unus videret ; e regione ejus vineas agere adversus montem, et

une terrasse en face de la fontaine, contre la montagne : ce
ne fut pas sans de grandes peines et de continuels combats. Les habitants, accourant des hauteurs, combattaient
de loin sans danger, et blessaient les nôtres, à mesure qu'ils
se présentaient. L'opiniâtreté de nos soldats ne se lassa
point : ils faisaient avancer les mantelets, et surmontaient,
par leurs efforts, les difficultés du lieu. En même temps ils
conduisaient sous terre des galeries couvertes, depuis la terrasse jusqu'à la source de la fontaine. Ce travail se faisait sans
péril et sans donner l'éveil à l'ennemi. La terrasse avait
neuf pieds de haut ; on y plaça une tour de dix étages, non
pour égaler la hauteur des murs, ce qui était impossible,
mais de manière à dominer la fontaine. Ainsi les avenues
étaient exposées aux traits de nos machines ; les assiégés
ne pouvaient plus y aborder ; les chevaux, les bestiaux, les
hommes même en grand nombre, mouraient de soif.

XLII. Dans cette position critique, les habitants effrayés
remplissent des tonneaux de suif, de poix et de lattes, et les
roulent tout enflammés sur nos ouvrages. En même temps ils
font une vive attaque, pour que les Romains, occupés de
leur propre défense, ne puissent porter remède à l'incendie.

aggeres instruere cœpit, magno cum labore et continua dimicatione.
Oppidani enim, loco superiore decurrentes, eminus sine periculo præ-
liabantur, multosque pertinaciter succedentes vulnerabant, ut tamen non
déterrerentur milites nostri vineas proferre, atque operibus locorum
vincere difficultates. Eodem tempore tectos cuniculos ab vineis agunt ad
caput fontis ; quod genus operis sine ullo periculo et sine suspicione
hostium facere dicebat. Exstruitur agger in altitudinem pedum IX ; col-
locatur in eo turris X tabulatorum, non quidem quæ mœnibus æquaretur
(id enim nullis operibus effici poterat), sed quæ superaret fontis fasti-
gium. Ex ea quum tela tormentis jacerentur ad fontis aditus, nec sine
periculo possent adaquari oppidani, non tantum pecora atque jumenta,
sed etiam magna hominum multitudo siti consumebatur.

XLII. Quo malo perterriti oppidani cupas sevo, pice, scindulis com-
plent : eas ardentes in opera provolvunt. Eodem tempore acerrime præliantur, ut ab incendio restinguendo dimicatione et periculo deterreant
Romanos. Magna repente in ipsis operibus flamma exstitit. Quæcumque

Tout à coup nos ouvrages sont en feu. Ces tonneaux qui roulaient sur la pente, arrêtés par les mantelets et la terrasse, embrasaient les matières mêmes qui les retenaient. Nos soldats, de leur côté, n'étaient rebutés ni par le péril, ni par le désavantage du lieu ; ils déployaient tout leur courage : l'action se passait sur une hauteur, à la vue de notre armée. Des deux côtés on entendait de grands cris ; chacun voulait se signaler devant tant de témoins et bravait les traits de l'ennemi et les flammes.

XLIII. César, voyant qu'il avait déjà beaucoup de blessés, feignit de vouloir escalader les murs : il fait monter de toutes parts ses cohortes, et leur ordonne de pousser de grands cris. Les habitants surpris, effrayés, et ne sachant ce qui se passait sur d'autres points, rappellent à la défense des murs ceux qui attaquoient nos ouvrages. Nos soldats, n'ayant plus d'adversaires à combattre, eurent bientôt étouffé ou coupé l'incendie. Déjà un grand nombre des habitants étaient morts de soif, et la résistance n'en était pas moins opiniâtre. Enfin, nos mines souterraines parvinrent à couper et détourner les veines de la source. Les assiégés, la voyant tout à coup tarie, crurent, dans leur désespoir, y recon-

---

enim per locum præcipitem missa erant, ea, vineis et aggere suppressa, comprehendebant id ipsum quod morabatur. Milites contra nostri, quanquam periculoso genere prœlii locoque iniquo premebantur, tamen omnia paratissimo sustinebant animo : res enim gerebatur et excelso loco, et in conspectu exercitus nostri ; magnusque utrinque clamor oriebatur. Ita quam quisque poterat maxime insignis, quo notior testatiorque virtus ejus esset, telis hostium flammæque se offerebant.

XLIII. Cæsar quum complures suos vulnerari videret, ex omnibus oppidi partibus cohortes montem ascendere, et, simulatione mœnium occupandorum, clamorem undique jubet tollere. Quo facto perterriti oppidani, quum, quid ageretur in locis reliquis, essent ignari, suspensi revocant ab impugnandis operibus armatos, murisque disponunt. Ita nostri, fine prœlii facto, celeriter opera flamma comprehensa partim restinguunt, partim interscindunt. Quum pertinaciter resisterent oppidani, et jam magna parte suorum siti amissa, in sententia permanerent, ad postremum cuniculis venæ fontis intercisæ sunt atque aversæ. Quo facto repente

naître, non l'ouvrage des hommes, mais un ordre des dieux. Ils cédèrent à la nécessité, et se rendirent.

XLIV. César, dont la clémence était assez connue, ne pouvait craindre qu'un acte de rigueur fût imputé à la cruauté de son caractère. Comme il sentait que ses efforts n'auraient point de terme, si des révoltes semblables éclataient en divers lieux, il résolut de faire un exemple qui intimidât les autres peuples. Tous ceux qui avaient porté les armes eurent les mains coupées : on leur laissa la vie, pour mieux attester le châtiment réservé aux pervers. Drappès, fait prisonnier par Caninius, soit honte et douleur de sa captivité, soit crainte d'un plus grand supplice, s'abstint de nourriture pendant plusieurs jours, et mourut de faim. Vers le même temps, Luctérius, qui s'était échappé du combat, tomba entre les mains de l'Arverne Épasnact : sans cesse obligé de changer de retraite, il avait dû se confier à beaucoup de gens, et il savait qu'il devait tout craindre du juste ressentiment de César. Épasnact, fidèle à son amitié pour le peuple romain, n'hésita pas à le livrer enchaîné à César.

---

perennis exaruit fons, tantamque attulit oppidanis salutis desperationem, ut id non hominum consilio, sed deorum voluntate factum putarent. Itaque, necessitate coacti, se tradiderunt.

XLIV. Cæsar, quum suam lenitatem cognitam omnibus sciret, neque vereretur ne quid credulitate naturæ videretur asperius fecisse, neque exitum consiliorum suorum animadverteret, si tali ratione diversis in locis plures rebellare consilia inissent, exemplo supplicii deterrendos reliquos existimavit. Itaque omnibus qui arma tulerant manus præcidit ; vitam concessit, quo testatior esset pœna improborum. Drappes, quem captum esse a Caninio docui, sive indignitate et dolore vinculorum, sive timore gravioris supplicii, paucis diebus sese cibo abstinuit, atque ita interriit. Eodem tempore Lucterius, quem profugisse ex prælio scripsi, quum in potestatem venisset Epasnacti Arverni (crebro enim mutandis locis, multorum fidei se committebat, quod nusquam diutius sine periculo commoraturus videbatur, quum sibi conscius esset quam inimicum deberet Cæsarem habere), hunc Epasnactus Arvernus, amicissimus populi Romani, sine dubitatione ulla vinctum ad Cæsarem deduxit.

XLV. Cependant Labiénus battait les Trévires dans un combat de cavalerie ; il leur tua beaucoup de monde, ainsi qu'aux Germains, qui ne refusaient à personne leur secours contre nous. Il fit leurs chefs prisonniers, et, parmi eux, Surus, Éduen également illustre par son mérite et sa haute naissance, le seul de ses compatriotes qui n'eût pas encore déposé les armes.

XLVI. A la nouvelle de ce succès, César, voyant qu'il avait réussi sur tous les points de la Gaule, et que ses dernières campagnes avaient achevé de la dompter, résolut de passer dans l'Aquitaine, où il n'était jamais allé en personne, et dont il n'avait soumis une partie que par les armes de P. Crassus : il s'y rendit avec deux légions pour y passer le reste de la saison. Cette expédition fut, comme les autres, prompte et heureuse. Tous les États de l'Aquitaine envoyèrent des députés à César, et lui donnèrent des otages. Il partit ensuite pour Narbonne, avec une escorte de cavalerie, et mit l'armée en quartiers d'hiver, sous les ordres de ses lieutenants. Il plaça quatre légions dans la Belgique, avec M. Antoine, C. Trébonius, P. Vatinius et

XLV. Labienus interim in Treviris equestre prœlium secundum facit ; compluribusque Treviris interfectis, et Germanis, qui nullis adversus Romanos auxilia denegabant, principes eorum vivos in suam redegit potestatem, atque in iis Surum Æduum, qui et virtutis et generis summam nobilitatem habebat, solusque ex Æduis ad id tempus permanserat in armis.

XLVI. Ea re cognita, Cæsar, quum in omnibus partibus Galliæ bene res gestas videret, judicaretque superioribus æstivis Galliam devictam et subactam esse, Aquitaniam nunquam ipse adisset, sed per P. Crassum quadam ex parte devicisset, cum ii legionibus in eam partem est profectus, ut ibi extremum tempus consumeret æstivorum. Quam rem, sicut cetera, celeriter feliciterque confecit. Namque omnes Aquitaniæ civitates legatos ad eum miserunt, obsidesque ei dederunt. Quibus rebus gestis, ipse cum equitum præsidio Narbonem profectus est ; exercitum per legatos in hiberna deduxit ; iv legiones in Belgio collocavit cum M. Antonio, et C. Trebonio, et P. Vatinio, et Q. Tullio, legatis ; duas in Æduos misit, quorum in omni Gallia summam esse auctoritatem scie-

Q. Tullius: deux chez les Éduens, dont il connaissait le crédit sur la Gaule ; deux chez les Turons, sur la frontière des Carnutes, pour contenir toutes les contrées qui touchent l'Océan ; deux autres, enfin, chez les Lémovices, non loin des Arvernes, pour ne laisser aucune des parties de la Gaule sans troupes. Il s'arrêta quelques jours dans la Province, parcourut rapidement les assemblées, prit connaissance des affaires litigieuses, et distribua des récompenses à ceux qui l'avaient bien servi. Il pouvait aisément reconnaître de quels sentiments chacun avait été animé dans cette révolte de toute la Gaule, à laquelle la fidélité et les secours de la Province l'avaient mis en état de résister : de là il revint dans la Belgique, et passa l'hiver à Némétocenne.

XLVII. Là il apprend que l'Atrébate Commius s'est battu contre nous avec sa cavalerie. Antoine s'était rendu dans ses quartiers d'hiver, et le pays des Atrébates restait dans le devoir; mais Commius, depuis la blessure dont on a parlé, était toujours prêt à seconder tous les mouvements de ses concitoyens, et à se faire le chef de ceux qui voudraient

bat; duas in Turones ad fines Carnutum posuit, quæ omnem regionem conjunctam Oceano continerent ; duas reliquas in Lemovicum fines, non longe ab Arvernis, ne qua pars Galliæ vacua ab exercitu esset. Paucos dies ipse in Provincia moratus, quum celeriter omnes conventus percucurrisset, publicas controversias cognovisset, bene meritis præmia tribuisset (cognoscendi enim maximam facultatem habebat, quali quisque animo in rempublicam fuisset totius Galliæ defectione, quam sustinuerat fidelitate atque auxiliis Provinciæ), his rebus confectis, ad legiones in Belgium se recipit, hibernatque Nemetocennæ.

XLVII. Ibi cognoscit Commium Atrebatem prœlio cum equitatu suo contendisse. Nam quum Antonius in hiberna venisset, civitasque Atrebatum in officio maneret, Commius, qui post illam vulnerationem, quam supra commemoravi, semper ad omnes motus paratus suis civibus esse consuesset, ne consilia belli quærentibus auctor armorum duxque deesset, parente Romanis civitate, cum suis equitibus se suosque latrociniis alebat, infestisque itineribus commeatus complures, qui comportabantur in hiberna Romanorum, intercipiebat.

prendre les armes; et, tandis que sa nation obéissait aux
Romains, il vivait de brigandages avec sa cavalerie, in-
festait les chemins, et enlevait les convois destinés à nos
quartiers d'hiver.

XLVIII. Antoine avait pour préfet de la cavalerie C. Volusénus Quadratus, qui hivernait avec lui. Il l'envoya à la
poursuite des cavaliers ennemis. Volusénus, qui joignait à
un rare courage une grande haine pour Commius, obéit avec
joie. Il dressa des embuscades, attaqua souvent les cavaliers
ennemis, et eut toujours l'avantage. Dans un dernier combat,
comme on était vivement aux prises, et que Volusénus, emporté par le désir de prendre Commius en personne, le poursuivait ardemment avec une faible escorte, Commius, qui
l'avait attiré fort loin par une fuite précipitée, s'adressant
tout à coup à ses compagnons, les prie de le venger de
la perfidie des Romains; il tourne bride, se sépare des
siens avec audace, s'élance contre le préfet. Tous ses cavaliers l'imitent, font reculer notre faible troupe, et la poursuivent. Commius presse de l'éperon les flancs de son
cheval, joint Quadratus et lui perce la cuisse de son ja-

XLVIII. Erat attributus Antonio præfectus equitum, C. Volusenus
Quadratus, qui cum eo hiemaret. Hunc Antonius ad persequendum
equitatum hostium mittit. Volusenus autem ad eam virtutem, quæ singularis in eo erat, magnum odium Commii adjungebat, quo libentius id
faceret, quod imperabatur. Itaque dispositis insidiis, sæpius ejus equites
aggressus, secunda prœlia faciebat. Novissime, quum vehementius contenderetur, ac Volusenus, ipsius intercipiendi Commii cupiditate, pertinacius eum cum paucis insecutus esset, ille autem fuga vehementi Volusenum longius produxisset, repente omnium suorum invocat fidem atque
auxilium, ne sua vulnera, perfidia interposita, paterentur inulta; con-
versoque equo, se a ceteris incautius permittit in præfectum. Faciunt
idem omnes ejus equites, paucosque nostros convertunt atque insequuntur. Commius incensum calcaribus equum jungit equo Quadrati, lancea-
que infesta medium femur ejus magnis viribus trajicit. Præfecto vulne-
rato, non dubitant nostri resistere, et conversi hostem pellere. Quod ubi
accidit, complures hostium, magno nostrorum impetu pulsi, vulnerantur,
et partim in fuga proteruntur, partim intercipiuntur. Quod ubi malum

velot. A cette vue, nos cavaliers n'hésitent pas à faire face aux ennemis et les repoussent. Ils en blessent un grand nombre, écrasent les autres dans leur fuite, ou les font prisonniers. Commius ne dut son salut qu'à la vitesse de son cheval ; Volusénus fut ramené au camp, blessé et en danger de mort. Alors Commius, soit que sa vengeance fût satisfaite, soit qu'il fût trop affaibli par la perte des siens, députa vers Antoine, offrit des otages, promit d'aller où il lui serait prescrit, et de faire ce qu'on lui ordonnerait. Il pria seulement qu'on accordât à sa frayeur la permission de ne jamais paraître devant un Romain. Antoine, jugeant cette demande fondée sur une crainte légitime, y consentit et reçut les otages.

Je sais que César a fait un livre pour chacune de ses campagnes. Je n'ai pas cru devoir adopter cette division, parce que l'année suivante, qui fut celle du consulat de L. Paulus et de C. Marcellus, n'offre rien de bien important dans les affaires de la Gaule. Cependant, pour ne pas laisser ignorer où étaient en ce temps César et son armée, je joins ici quelques faits au mémoire qui précède.

---

dux equi velocitate evitavit, graviter vulneratus præfectus, ut vitæ periculum aditurus videretur, refertur in castra. Commius autem, sive expiato suo dolore, sive magna parte amissa suorum, legatos ad Antonium mittit, seque et ibi futurum, ubi præscripserit, et ea facturum, quæ imperaverit, obsidibus datis firmat. Unum illud orat, ut timori suo concedatur, ne in conspectum veniat cujusquam Romani. Quam postulationem Antonius, quum judicaret ab justo nasci timore, veniam petenti dedit, obsides accepit.

Scio Cæsarem singulorum annorum singulos commentarios confecisse : quod ego non existimavi mihi esse faciendum, propterea quod insequens annus, L. Paulo, C. Marcello coss., nullas res Galliæ habet magno opere gestas. Ne quis tamen ignoraret quibus in locis Cæsar exercitusque eo tempore fuissent, pauca scribenda conjungendaque huic commentario statui.

XLIX. César, en hivernant dans la Belgique, n'avait d'autre but que de maintenir dans notre alliance les peuples de la Gaule, et de ne leur donner ni espoir ni prétexte de guerre. Au moment de son départ, et près de retirer l'armée, il ne voulait point se mettre dans la nécessité de combattre ni laisser derrière lui une guerre que la Gaule entière entreprendrait volontiers, dès qu'elle n'aurait plus rien à craindre. Il adressa aux cités des éloges honorables, combla de récompenses les principaux habitants, n'établit point de nouveaux impôts : en rendant l'obéissance plus douce, il lui fut aisé de maintenir en paix la Gaule épuisée par ses revers.

L. L'hiver fini, César, contre son usage[24], partit pour l'Italie en toute hâte, afin de recommander aux villes municipales et aux colonies son questeur M. Antoine, qui briguait le sacerdoce : en l'appuyant de tout son crédit, non-seulement il voulait servir un ami fidèle, qu'il avait lui-même excité à solliciter cette charge ; mais il luttait contre une faction qui désirait faire échouer Antoine, pour ébranler le pouvoir de César, dont le gouvernement expirait. Il apprit en route, avant d'arriver en Italie, qu'Antoine venait d'être nommé augure. Cependant il crut devoir parcourir les villes municipales et les colonies, afin de les

XLIX. Cæsar, in Belgio quum hiemaret, unum illud propositum habebat, continere in amicitia civitates, nulli spem aut causam dare armorum. Nihil enim minus volebat, quam sub decessu suo necessitatem sibi aliquam imponi belli gerendi, ne quum exercitum deducturus esset, bellum aliquod relinqueretur, quod omnis Gallia libenter sine præsenti periculo susciperet. Itaque, honorifice civitates appellando, principes maximis præmiis afficiendo, nulla onera nova imponendo, defessam tot adversis prœliis Galliam, conditione parendi meliore, facile in pace continuit.

L. Ipse, hibernis peractis, contra consuetudinem in Italiam quam maximis itineribus est profectus, ut municipia et colonias appellaret, quibus M. Antonii, quæstoris sui, commendaret sacerdotii petitionem. Contendebat enim gratia quum libenter pro homine sibi conjunctissimo, quem paulo ante præmiserat ad petitionem, tum acriter contra factionem et potentiam paucorum, qui, M. Antonii repulsa, Cæsaris decedentis

remercier de leur empressement à servir Antoine. Il voulait aussi se recommander lui-même pour l'année suivante ; car ses ennemis se vantaient avec insolence d'avoir fait nommer consuls L. Lentulus et C. Marcellus, qui dépouilleraient César de toutes ses charges et de toutes ses dignités ; ils ajoutaient que Servius Galba[25], quoiqu'il eût eu plus de crédit et de suffrages, avait été exclu parce qu'il était l'ami de César et avait été son lieutenant.

LI. César fut accueilli par toutes les villes municipales et par les colonies avec des témoignages incroyables de respect et d'affection : c'était la première fois qu'il y venait depuis la guerre générale de la Gaule. On n'oublia rien de ce qui put être imaginé pour orner les portes, les chemins, les places, sur son passage. Femmes, enfants, tous accouraient en foule : partout on immolait des victimes ; on dressait des tables ; la foule remplissait les places publiques et les temples. César goûtait par avance le charme d'un triomphe vivement désiré. Les riches étalaient leur magnificence, les pauvres rivalisaient de zèle.

convellere gratiam cupiebant. Hunc etsi augurem prius factum quam Italiam attingeret, in itinere audierat, tamen non minus justam sibi causam municipia et colonias adeundi existimavit, ut iis gratias ageret quod frequentiam atque officium suum Antonio præstitissent ; simulque se et honorem suum in sequentis anni commendaret petitione, propterea quod insolenter adversarii sui gloriarentur, L. Lentulum et C. Marcellum coss. creatos, qui omnem honorem et dignitatem Cæsaris exspoliarent ; ereptum Servio Galbæ consulatum, quum is multo plus gratia suffragiisque valuisset, quod sibi conjunctus et familiaritate et necessitudine legationis esset.

LI. Exceptus est Cæsaris adventus ab omnibus municipiis et coloniis incredibili honore atque amore : tum primum enim veniebat ab illo universæ Galliæ bello. Nihil relinquebatur, quod ad ornatum portarum, itinerum, locorum omnium, qua Cæsar iturus erat, excogitari posset. Cum liberis omnis multitudo obviam procedebat : hostiæ omnibus locis immolabantur ; tricliniis stratis fora templaque occupabantur, ut vel exspectatissimi triumphi lætitia præcipi posset. Tanta erat magnificentia apud opulentiores, cupiditas apud humiliores !

LII. Après avoir ainsi parcouru toutes les contrées de
la Gaule citérieure, César rejoignit promptement l'armée
à Némétocenne; il tira toutes les légions de leurs quartiers
d'hiver, les envoya chez les Trévires, se rendit dans ce
pays, et y passa l'armée en revue. Il donna à T. Labiénus le
commandement de la Gaule citérieure, afin qu'il fût plus
à même de le seconder dans la poursuite du consulat. Lui-
même ne fit marcher son armée qu'autant qu'il le fallait
pour entretenir la santé du soldat par le changement de
lieu. Quoiqu'il entendit souvent dire que ses ennemis
excitaient Labiénus contre lui [26], et qu'il sût que quelques-
uns travaillaient à lui faire enlever par le sénat une partie
de ses troupes, on ne put ni lui rendre Labiénus suspect,
ni l'amener à rien entreprendre contre l'autorité du sénat.
Il savait que, si les voix étaient libres, les pères conscrits
lui rendraient justice. Déjà C. Curion, tribun du peuple,
prenant soin des intérêts et de l'honneur de César, avait
dit hautement dans le sénat, que si l'on avait quelque
ombrage des armées de César, aussi bien que du pouvoir

LII. Quum omnes regiones Galliæ Togatæ Cæsar percucurrisset,
summa cum celeritate ad exercitum Nemetocennam rediit, legionibusque
ex omnibus hibernis ad fines Trevirorum evocatis, eo profectus est, ibique
exercitum lustravit. T. Labienum Galliæ Togatæ præfecit, quo majore
commendatione conciliaretur ad consulatus petitionem. Ipse tantum itinerum faciebat, quantum satis esse ad mutationem locorum, propter
salubritatem, existimabat. Ibi quanquam crebro audiebat Labienum ab
inimicis suis sollicitari, certiorque fiebat id agi paucorum consiliis, ut,
interposita senatus auctoritate, aliqua parte exercitus spoliaretur, tamen
neque de Labieno credidit quidquam, neque, contra senatus auctoritatem ut aliquid faceret, potuit adduci : judicabat enim liberis sen-
tentiis patrum conscriptorum causam facile obtineri. Nam C. Curio,
tribunus plebis, quum Cæsaris causam dignitatemque defendendam suscepisset, sæpe erat senatui pollicitus, « si quem timor armorum Cæsaris
læderet, et quoniam Pompeii dominatio atque arma non minimum terrorem foro inferrent, discederet uterque ab armis, exercitusque dimitteret; fore eo facto liberam et sui juris civitatem. » Neque hoc tantum
pollicitus est; sed etiam per se discessionem facere cœpit quod ne

de Pompée, l'un et l'autre devaient désarmer et licencier leurs troupes; qu'ainsi Rome serait libre et reprendrait ses droits. Non-seulement il fit cette motion, mais encore il demanda qu'on la mît aux voix. Les consuls et les amis de Pompée s'y opposèrent; le sénat se sépara en apaisant l'affaire.

LIII. C'était là une preuve manifeste des sentiments du sénat, et cette preuve s'accordait avec un autre fait plus ancien. L'année précédente, Marcellus, cherchant à perdre César, avait, contrairement à la loi de Pompée et de Crassus [27], proposé au sénat de le rappeler avant le temps. Marcellus, qui voulait établir son crédit sur les ruines de celui de César, s'efforça en vain de faire adopter cet avis ; le sénat entier passa à d'autres affaires. Cet échec, loin de rebuter les ennemis de César, les avertit seulement de former des liaisons plus étendues, pour forcer le sénat d'approuver leurs desseins.

LIV. Bientôt un sénatus-consulte ordonne à Cn. Pompée et à C. César de fournir chacun une légion pour la guerre des Parthes. Il est évident que ces deux légions furent prise sur l'armée de César; car Cn. Pompée donna pour son contingent la première légion qu'il avait autrefois envoyée [28] à

fieret, consules amicique Pompeii jusserunt, atque ita rem moderando discesserunt.

LIII. Magnum hoc testimonium senatus erat universi, conveniensque superiori facto. Nam Marcellus proximo anno, quum impugnaret Cæsaris dignitatem, contra legem Pompeii et Crassi retulerat ante tempus ad senatum de Cæsaris provinciis; sententiisque dictis, discessionem faciente Marcello, qui sibi omnem dignitatem ex Cæsaris invidia quærebat, senatus frequens in alia omnia transiit. Quibus non frangebantur animi inimicorum Cæsaris, sed admonebantur, quo majores pararent necessitudines, quibus cogi posset senatus id probare, quod ipsi constituissent.

LIV. Fit deinde S. C. ut ad bellum parthicum legio una a Cn. Pompeio, altera a C. Cæsare mitteretur : neque obscure hæ duæ legiones uni Cæsari detrahuntur. Nam Cn. Pompeius legionem primam, quam ad Cæsarem miserat, confectam ex delectu provinciæ Cæsaris, eam tan-

César, et qui, tout entière, avait été levée dans la province de celui-ci. Cependant, quoique les intentions de ses ennemis ne fussent point douteuses, César renvoya à Pompée cette légion ; et, en vertu du sénatus-consulte, il donna en son nom la quinzième, qu'il avait levée dans la Gaule citérieure. A la place de celle-ci, il fit passer en Italie [29] la treizième légion pour garnir les postes que quittait la quinzième. Il mit l'armée en quartiers d'hiver, envoya C. Trébonius dans la Belgique avec quatre légions, et C. Fabius avec le même nombre chez les Éduens. Il ne doutait point de la tranquillité de la Gaule, si la valeur des Belges et le crédit des Éduens étaient contenus par ces troupes. Il partit lui-même pour l'Italie.

LV. Là il apprit que les deux légions qu'il avait livrées, et qui, selon le décret du sénat, devaient être menées contre les Parthes, avaient été remises par C. Marcellus à Cn. Pompée, et étaient retenues en Italie. Cette conduite ne laissait plus de doute sur les projets tramés contre César : cependant il résolut de tout souffrir, tant qu'il lui resterait quelque espoir de décider le différend par la force de son droit plutôt que par celle des armes. Il demanda [30]

quam ex suo numero dedit. Cæsar tamen, quum de voluntate minime dubium esset adversariorum suorum, Cn. Pompeio legionem remisit et suo nomine xv, quam in Gallia Citeriore habuerat, ex S. C. jubet tradi. In ejus locum xiii legionem in Italiam mittit, quæ præsidia tueatur, ex quibus præsidiis xv deducebatur. Ipse exercitui distribuit hiberna ; C. Trebonium cum legionibus iv in Belgio collocat ; C. Fabium cum totidem in Æduos deducit. Sic enim existimabat, tutissimam fore Galliam, si Belgæ, quorum maxima virtus, et Ædui, quorum auctoritas summa esset, exercitibus continerentur. Ipse in Italiam profectus est.

LV. Quo quum venisset, cognoscit per C. Marcellum consulem legiones duas, ab se remissas, quæ ex S. C. deberent ad parthicum bellum duci, Cn. Pompeio traditas atque in Italia retentas esse. Hoc facto, quanquam nulli erat dubium, quidnam contra Cæsarem pararetur, tamen Cæsar omnia patienda esse statuit, quoad sibi spes

au sénat que Pompée abdiquât le pouvoir, et promît de
l'imiter; sinon, ajouta-t-il, César ne se manquera point à
lui-même, et défendra la patrie.

aliqua relinqueretur jure potius disceptandi, quam belli gerundi. Contendit. . . . .
. . . .

NOTES DU LIVRE VIII

1. Préface. Hirtius passe généralement pour être l'auteur de ce livre; d'autres l'ont attribué à un certain Oppius : leur opinion ne paraît pas très-fondée. Voyez H. Dodwel.

2. *Tes instances, Balbus;* C. Balbus, né à Cadix, devint citoyen romain, et parvint au consulat. Cicéron fit un discours en sa faveur.

3. *Aux livres précédents.* Les sept livres sur la guerre des Gaules

4. *Ni à ceux qui suivent.* Les trois livres sur la guerre civile.

5. *Son dernier livre.* Le troisième de la guerre civile.

6. *La Vie de César.* Il ne paraît pas qu'Hirtius soit allé jusqu'à cette époque.

7. *Ravir aux autres le moyen d'écrire.* C'est aussi l'avis de Cicéron. (Brutus, ch. lxxv): *Ineptis gratum fortasse fecit, qui volent illa calamistris inurere; sanos quidem homines a scribendo deterruit.* « Il a peut-être fait plaisir à de petits esprits, qui seront tentés de charger d'ornements frivoles ces grâces naturelles; mais pour les gens sensés, il leur a ôté à jamais l'envie d'écrire. » (*Trad. de* Burnouf.)

I. **8.** *La veille des calendes de janvier.* 31 décembre.

IV. **9.** *Comme on l'a dit au livre précédent.* — Voyez liv. vii, ch. 90.

10. *Les Carnutes.* Pays Chartrain.

VII. **11.** *Les Ambianiens.* Amiens.

12. *Les Aulerciens.* Le Maine.

13. *Les Calètes.* Pays de Caux.

14. *Les Velocasses.* Le Vexin.

15. *Les Atrébates.* Partie de l'Artois.

VIII. **16.** *Un bataillon carré.* — Voyez Schwebel (*ad Veget., de Re milit.,* lib. iii, cap. 20).

X. **17.** *Que nous avons vu partir.* — Voyez plus haut, ch. vii.

XI. **18.** *Lingons.* Langres.

XV. **19.** *Dans les livres précédents.* On ne lit rien de semblable dans les Commentaires de César ; peut-être est-ce une méprise d'Hirtius.

XXIV. **20.** *A l'extrémité opposée de la Gaule.* En Aquitaine.

21. *Tergestins.* Territoire de Trieste.

XXVI. **22.** *Lemonum.* Poitiers.

XXXV. **23.** *Vers la dixième heure.* Quatre heures du matin.

L. **24.** *Contre son usage.* Jusqu'alors, César n'était allé en Italie que l'hiver, et reprenait au printemps ses campagnes.

25. *Servius Galba.* Il devint ensuite l'ennemi de César, et fut un des conjurés.

LII. 26. *Ses ennemis excitaient Labiénus contre lui.* Labiénus suivit, en effet, le parti de Pompée.

LIII. 27. *Contre la loi de Pompée et de Crassus.* Cette loi avait prorogé pour cinq ans le gouvernement de César.

LIV. 28. *Qu'il avait autrefois envoyée, etc.* — *Voyez* plus haut, liv. vi, ch. 1.

29. *Il fit passer en Italie.* C'est-à-dire dans la Gaule citérieure ou cisalpine.

LV. 30. *Il demanda, etc.* Ce commencement de phrase se trouve dans plusieurs manuscrits; ce qui suppose une légère lacune, facile à suppléer. Nous avons traduit la phrase proposée dans le texte de M. Lemaire, pour remplir cette lacune. La voici : Contendit, *per litteras senatui missas, ut etiam Pompeius se imperio abdicaret, seque idem facturum promisit; sin minus, se neque sibi, neque patriæ defuturum.*

FIN DE LA GUERRE DES GAULES.

REMARQUES

DE L'EMPEREUR NAPOLÉON Ier

SUR LES

COMMENTAIRES DE CÉSAR[1]

LIVRE PREMIER

1. César mit huit jours pour se rendre de Rome à Genève; il pourrait aujourd'hui faire ce trajet en quatre jours.

2. Les retranchements ordinaires des Romains étaient composés d'un fossé de douze pieds de large sur neuf pieds de profondeur, en cul-de-lampe; avec les déblais ils faisaient un coffre de quatre pieds de hauteur, douze pieds de largeur, sur lequel ils élevaient un parapet de quatre pieds de haut, en y plantant leurs palissades et les fichant de deux pieds en terre, ce qui donnait à la crête du parapet dix-sept pieds de commandement sur le fond du fossé. La toise courante de ce retranchement, cubant 324 pieds (une toise et demie), était faite par un homme en trente-deux heures ou trois jours de travail, et par douze hommes en deux ou trois heures. La légion qui était en service a pu faire ces six lieues de retranchement, qui cubaient 21,000 toises, en cent vingt heures ou dix à quinze jours de travail.

3. C'est au mois d'avril que les Helvétiens essayèrent de passer le Rhône. (Le calendrier romain était alors dans un grand désordre; il avançait de quatre-vingts jours : ainsi le 13 avril répondait au 23 janvier.) Depuis ce moment les légions d'Illyrie eurent le temps d'arriver à Lyon et sur la haute Saône : cela a exigé cinquante jours. C'est vingt jours après son passage de la Saône que César a vaincu les

---

1. Nous avons cru devoir donner à part, et d'une manière suivie, ces remarques publiées par d'autres éditeurs après chaque livre.

Helvétiens en bataille rangée : cette bataille a donc eu lieu du 1ᵉʳ au 15 mai, qui correspondait à la mi-août du calendrier romain.

4. Il fallait que les Helvétiens fussent intrépides pour avoir soutenu l'attaque aussi longtemps contre une armée de ligne romaine aussi nombreuse que la leur. Il est dit qu'ils ont mis vingt jours à passer la Saône, ce qui donnerait une étrange idée de leur mauvaise organisation; mais cela est peu croyable.

5. De ce que les Helvétiens étaient 130,000 à leur retour en Suisse, il ne faudrait pas en conclure qu'ils aient perdu 230,000 hommes, parce que beaucoup se réfugièrent dans les villes gauloises et s'y établirent, et qu'un grand nombre d'autres rentrèrent depuis dans leur patrie. Le nombre de leurs combattants était de 90,000 : ils étaient donc, par rapport à la population, comme un à quatre, ce qui paraît très-fort. Une trentaine de mille du canton de Zurich avaient été tués ou pris au passage de la Saône. Ils avaient donc 60,000 combattants au plus à la bataille. César, qui avait six légions et beaucoup d'auxiliaires, avait une armée plus nombreuse.

6. L'armée d'Arioviste n'était pas plus nombreuse que celle de César; le nombre des Allemands établis dans la Franche-Comté était de 120,000 hommes : mais quelle différence ne devait-il pas exister entre des armées formées de milices, c'est-à-dire de tous les hommes d'une nation capables de porter les armes, avec une armée romaine composée de troupes de ligne, d'hommes la plupart non mariés et soldats de profession! Les Helvétiens, les Suèves, étaient braves, sans doute, mais que peut la bravoure contre une armée disciplinée et constituée comme l'armée romaine? Il n'y a donc rien d'extraordinaire dans les succès qu'a obtenus César dans cette campagne, ce qui ne diminue pas cependant la gloire qu'il mérite.

7. La bataille contre Arioviste a été donnée dans le mois de septembre, et du côté de Belfort.

LIVRE II

1. César, dans cette campagne, avait huit légions, et outre les auxiliaires attachés à chaque légion, il avait un grand nombre de Gaulois à pied et à cheval, un grand nombre de troupes légères des îles Baléares, de Crète et d'Afrique, qui lui formaient une armée très-nombreuse. Les 300,000 hommes que les Belges lui opposèrent étaient composés de nations diverses, sans discipline et sans consistance.

2. Les commentateurs ont supposé que la ville de Fismes ou de Laon était celle que les Belges avaient voulu surprendre avant de se

porter sur le camp de César. C'est une erreur : cette ville est Bièvre ; le camp de César était au-dessous de Pont-à-Vaire ; il était campé, la droite appuyée au coude de l'Aisne, entre Pont-à-Vaire et le village de Chaudarde ; la gauche à un petit ruisseau ; vis-à-vis de lui étaient les marais qu'on y voit encore. Galba avait sa droite du côté de Craonne, sa gauche au ruisseau de la Mielle, et le marais sur son front. Le camp de César à Pont-à-Vaire se trouvait éloigné de 8,000 toises de Bièvre, de 14,000 de Reims, de 22,000 de Soissons, de 16,000 de Laon, ce qui satisfait à toutes les conditions du texte des Commentaires. Les combats sur l'Aisne ont eu lieu au commencement de juillet.

3. La bataille de la Sambre a eu lieu à la fin de juillet, aux environs de Maubeuge.

4. La position de Falais remplit les conditions des Commentaires. César dit que la contrevallation qu'il fit établir autour de la ville était de douze pieds de haut, ayant un fossé de dix-huit pieds de profondeur : cela paraît être une erreur ; il faut lire dix-huit pieds de largeur, car dix-huit pieds de profondeur supposeraient une largeur de six toises ; le fossé était en cul-de-lampe, ce qui donne une excavation de neuf toises cubes. Il est probable que ce retranchement avait un fossé de seize pieds de largeur sur neuf pieds de profondeur, cubant 486 pieds par toise courante ; avec ces déblais il avait élevé une muraille et un parapet dont la crête avait dix-huit pieds sur le fond du fossé.

Il est difficile de faire des observations purement militaires sur un texte aussi bref et sur des armées de nature aussi différente : comment comparer une armée de ligne romaine, levée et choisie dans toute l'Italie, et dans les provinces romaines, avec des armées barbares, composées de levées en masse, braves, féroces, mais qui avaient si peu de notions de la guerre, qui ne connaissaient pas l'art de jeter un pont, de construire promptement un retranchement, ni de bâtir une tour, qui étaient tout étonnés de voir des tours s'approcher de leurs remparts ?

5. On a cependant avec raison reproché à César de s'être laissé surprendre à la bataille de la Sambre, ayant tant de cavalerie et de troupes légères. Il est vrai que sa cavalerie et ses troupes légères avaient passé la Sambre ; mais, du lieu où il était, il s'apercevait qu'elles étaient arrêtées à 150 toises de lui, à la lisière de la forêt ; il devait donc ou tenir une partie de ses troupes sous les armes, ou attendre que ses coureurs eussent traversé la forêt et éclairé le pays. Il se justifie en disant que les bords de la Sambre étaient si escarpés qu'il se croyait en sûreté dans la position où il voulait camper.

LIVRE III

1. L'on ne peut que détester la conduite que tint César contre le sénat de Vannes. Ces peuples ne s'étaient point révoltés; ils avaient fourni des otages, avaient promis de vivre tranquilles; mais ils étaient en possession de toute leur liberté et de tous leurs droits. Ils avaient donné lieu à César de leur faire la guerre sans doute, mais non de violer le droit de gens à leur égard et d'abuser de la victoire d'une manière aussi atroce. Cette conduite n'était pas juste; elle était encore moins politique. Ces moyens ne remplissent jamais leur but; ils exaspèrent et révoltent les nations. La punition de quelques chefs est tout ce que la justice et la politique permettent; c'est une règle importante de bien traiter les prisonniers...

2. La Bretagne, cette province si grande et si difficile, se soumit sans faire des efforts proportionnés à sa puissance. Il en est de même de l'Aquitaine et de la basse Normandie; cela tient à des causes qu'il n'est pas possible d'apprécier ou de déterminer exactement, quoiqu'il soit facile de voir que la principale était dans l'esprit d'isolement et de localité qui caractérisait les peuples des Gaules : à cette époque ils n'avaient aucun esprit national ni même de province; ils étaient dominés par un esprit de ville. C'est le même esprit qui depuis a forgé les fers de l'Italie. Rien n'est plus opposé à l'esprit national, aux idées générales de liberté, que l'esprit particulier de famille ou de bourgade. De ce morcellement il résultait aussi que les Gaulois n'avaient aucune armée de ligne entretenue, exercée, et dès lors aucun art ni aucune science militaire. Aussi, si la gloire de César n'était fondée que sur la conquête des Gaules, elle serait problématique. Toute nation qui perdrait de vue l'importance d'une armée de ligne perpétuellement sur pied, et qui se confierait à des levées ou des armées nationales éprouverait le sort des Gaules, mais sans même avoir la gloire d'opposer la même résistance, qui a été l'effet de la barbarie d'alors et du terrain, couvert de forêts, de marais, de fondrières, sans chemins, ce qui le rendait difficile pour les conquêtes et facile pour la défense.

LIVRE IV

1. Les deux incursions que tenta César dans cette Campagne étaient toutes les deux prématurées et ne réussirent ni l'une ni l'autre. Sa conduite envers les peuples de Berg et de Zutphen est contre le droit des gens. C'est en vain qu'il cherche dans ses Mémoires à colorer l'injustice de sa conduite. Aussi Caton le lui reprochait-il hautement. Cette victoire contre les peuples de Zutphen a été, du reste, peu glorieuse; car, quand même ceux-ci eussent passé le Rhin effectivement au nombre de 450,000 âmes, cela ne leur donnerait pas plus de 80,000 combattants, incapables de tenir tête à huit légions soutenues par les troupes auxiliaires et gauloises qui avaient tant d'intérêt à défendre leur territoire.

2. Plutarque vante son pont du Rhin, qui lui paraît un prodige; c'est un ouvrage qui n'a rien d'extraordinaire et que toute armée moderne eût pu faire aussi facilement. Il ne voulut pas passer sur un pont de bateaux, parce qu'il craignait la perfidie des Gaulois, et que ce pont ne vînt à se rompre. Il en construisit un sur pilotis en dix jours; il le pouvait faire en peu de temps : le Rhin, à Cologne, a trois cents toises; c'était dans la saison de l'année où il est le plus bas; probablement qu'il n'en avait pas alors deux cent cinquante.

3. César échoua dans son incursion en Allemagne, puisqu'il n'obtint pas que la cavalerie de l'armée vaincue lui fût remise, pas plus qu'aucun acte de soumission des Suèves, qui, au contraire, le bravèrent. Il échoua également dans son incursion en Angleterre. Deux légions n'étaient plus suffisantes; il lui en eût fallu au moins quatre, et il n'avait pas de cavalerie, arme qui était indispensable dans un pays comme l'Angleterre. Il n'avait pas fait assez de préparatifs pour une expédition de cette importance : elle tourna à sa confusion, et on considéra comme un effet de sa bonne fortune qu'il s'en fût retiré sans perte.

LIVRE V

1. La seconde expédition de César en Angleterre n'a pas eu une issue plus heureuse que la première, puisqu'il n'y a laissé aucune garnison ni aucun établissement, et que les Romains n'en ont pas été plus maîtres après qu'avant.

2. Le massacre des légions de Sabinus est le premier échec considérable que César ait reçu en Gaule.

3. Cicéron a défendu pendant plus d'un mois, avec 5,000 hommes, contre une armée dix fois plus forte, un camp retranché qu'il occupait depuis quinze jours : serait-il possible aujourd'hui d'obtenir un pareil résultat?

Les bras de nos soldats ont autant de force et de vigueur que ceux des anciens Romains; nos outils de pionniers sont les mêmes; nous avons un agent de plus, la poudre. Nous pouvons donc élever des remparts, creuser des fossés, couper des bois, bâtir des tours en aussi peu de temps et aussi bien qu'eux, mais les armes offensives des modernes ont une tout autre puissance, et agissent d'une manière toute différente que les armes offensives des anciens.

Les Romains doivent la constance de leurs succès à la méthode dont ils ne se sont jamais départis, de se camper tous les soirs dans un camp fortifié, de ne jamais donner bataille sans avoir derrière eux un camp retranché pour leur servir de retraite et renfermer leurs magasins, leurs bagages et leurs blessés. La nature des armes dans ces siècles était telle, que dans ces camps ils étaient non-seulement à l'abri des insultes d'une armée égale, mais même d'une armée supérieure ; ils étaient les maîtres de combattre ou d'attendre une occasion favorable. Marius est assailli par une nuée de Cimbres et de Teutons ; il s'enferme dans son camp, y demeure jusqu'au jour où l'occasion se présente favorable ; il sort alors précédé par la victoire. César arrive près du camp de Cicéron ; les Gaulois abandonnent celui-ci, et marchent à la rencontre du premier : ils sont quatre fois plus nombreux. César prend position en peu d'heures, retranche son camp, y essuie patiemment les insultes et les provocations d'un ennemi qu'il ne veut pas combattre encore ; mais l'occasion ne tarde pas à se présenter belle ; il sort alors par toutes les portes : les Gaulois sont vaincus.

Pourquoi donc une règle si sage, si féconde en grands résultats, a-t-elle été abandonnée par les généraux modernes ? Parce que les armes offensives ont changé de nature : les armes de main étaient les armes principales des anciens ; c'est avec sa courte épée que le légionnaire a vaincu le monde ; c'est avec la pique macédonienne qu'Alexandre a conquis l'Asie. L'arme principale des armées modernes est l'arme de jet, le fusil, cette arme supérieure à tout ce que les hommes ont jamais inventé : aucune arme défensive ne peut en parer l'effet ; les boucliers, les cottes de mailles, les cuirasses, reconnus impuissants, ont été abandonnés. Avec cette redoutable machine, un soldat peut, en un quart d'heure, blesser ou tuer soixante hommes ; il ne manque jamais de cartouches, parce qu'elles ne pèsent que six gros ; la balle atteint à cinq cents toises ; elle est dangereuse à cent vingt toises, très-meurtrière à quatre-vingt-dix toises.

De ce que l'arme principale des anciens était l'épée ou la pique, leur formation habituelle a été l'ordre profond. La légion et la phalange, dans quelque situation qu'elles fussent attaquées, soit de front, soit par le flanc droit ou par le flanc gauche, faisaient face partout sans aucun désavantage : elles ont pu camper sur des surfaces de peu d'étendue, afin d'avoir moins de peine à en fortifier les pourtours et pouvoir se garder avec le plus petit détachement. Une armée consulaire renforcée par des troupes légères et des auxiliaires, forte de

24,000 hommes d'infanterie, de 1,800 chevaux, en tout près de 30,000 hommes, campait dans un carré de 330 toises de côté, ayant 1,344 toises de pourtour ou vingt et un hommes par toise; chaque homme portant trois pieux, ou soixante-trois pieux par toise courante. La surface du camp était de 11,000 toises carrées; trois toises et demie par homme, en ne comptant que les deux tiers des hommes, parce qu'au travail cela donnait quatorze travailleurs par toise courante : en travaillant chacun trente minutes au plus, ils fortifiaient leur camp et le mettaient hors d'insulte.

De ce que l'arme principale des modernes est l'arme de jet, leur ordre habituel a dû être l'ordre mince, qui seul leur permet de mettre en jeu toutes leurs machines de jet. Ces armes atteignant à des distances très-grandes, les modernes tirent leur principal avantage de la position qu'ils occupent: s'ils dominent, s'ils enfilent, s'ils prolongent l'armée ennemie, elles font d'autant plus d'effet. Une armée moderne doit donc éviter d'être débordée, enveloppée, cernée; elle doit occuper un camp ayant un front aussi étendu que sa ligne de bataille elle-même : que si elle occupait une surface carrée et un front insuffisant à son déploiement, elle serait cernée par une armée de force égale, et exposée à tout le feu de ses machines de jet, qui convergeraient sur elle et atteindraient sur tous les points du camp, sans qu'elle pût répondre à un feu si redoutable qu'avec une petite partie du sien. Dans cette position, elle serait insultée, malgré ses retranchements, par une armée égale en force, même par une armée inférieure. Le camp moderne ne peut être défendu que par l'armée elle-même, et, en l'absence de celle-ci, il ne saurait être gardé par un simple détachement.

L'armée de Miltiade à Marathon, ni celle d'Alexandre à Arbelles, ni celle de César à Pharsale, ne pourraient maintenir leur champ de bataille contre une armée moderne d'égale force; celle-ci ayant un ordre de bataille étendu, déborderait les deux ailes de l'armée grecque ou romaine; ses fusiliers porteraient à la fois la mort sur son front et sur les deux flancs; car les armés à la légère, sentant l'insuffisance de leurs flèches et de leurs frondes, abandonneraient la partie pour se réfugier derrière les pesamment armés, qui alors, l'épée ou la pique à la main, s'avanceraient au pas de charge, pour se prendre corps à corps avec les fusiliers : mais, arrivés à cent vingt toises, ils seraient accueillis par trois côtés par un feu de ligne qui porterait le désordre et affaiblirait tellement ces braves et intrépides légionnaires, qu'ils ne soutiendraient pas la charge de quelques bataillons en colonne serrée qui marcheraient alors à eux la baïonnette au bout du fusil. Si, sur le champ de bataille, il se trouve un bois, une montagne, comment la légion ou la phalange pourra-t-elle résister à cette nuée de fusiliers qui s'y seront placés? Dans les plaines mêmes, il y a des villages, des maisons, des fermes, des cimetières, des murs, des fossés, des haies; et s'il n'y en a pas, il ne faudra pas un grand effort de génie pour créer des obstacles et arrêter la légion ou la phalange sous le feu meurtrier, qui ne tarde point à la détruire. On n'a point fait mention des soixante ou quatre-vingts bouches à feu qui composent l'artillerie de l'armée moderne, qui prolongeront les légions ou phalanges de la droite à la gauche, de la gauche à la droite, du front à la queue, vomiront la mort à cinq cents toises de distance. Les soldats d'Alexandre, de César, les héros de la liberté d'Athènes et de Rome fuiront en désordre, abandonnant leur champ de bataille à ces demi-dieux armés de la foudre de Jupiter. Si les Romains furent presque constamment battus par les Parthes, c'est que les Parthes étaient tous armés d'une arme de de jet, supérieure à celle des armés à la légère de l'armée romaine, de sorte que les boucliers des légions ne la pouvaient parer. Les légionnaires, armés de leur courte épée, succombaient sous une grêle de traits, à laquelle ils ne pouvaient rien opposer, puisqu'ils n'étaient armés que de javelots (ou *pilum*). Aussi, depuis ces expériences funestes, les Romains donnèrent cinq javelots (ou *hastes*), traits de trois pieds de long, à chaque légionnaire, qui les plaçait dans le creux de son bouclier.

Une armée consulaire renfermée dans son camp, attaquée par une armée moderne d'égale force, en serait chassée sans assaut et sans en venir à l'arme blanche; il ne serait pas nécessaire de combler ses fossés, d'escalader ses remparts : environnée de tous côtés par l'armée assaillante, prolongée, enveloppée, enfilée par les feux, le camp serait l'égout de tous les coups, de toutes les balles, de tous les boulets : l'incendie, la dévastation et la mort ouvriraient les portes et feraient tomber les retranchements. Une armée moderne, placée dans un camp romain, pourrait d'abord, sans doute, faire jouer toute son artillerie; mais, quoique égale à l'artillerie de l'assiégeant, elle serait prise en rouage et promptement réduite au silence; une partie seule de l'infanterie pourrait se servir de ses fusils; mais elle tirerait sur une ligne moins étendue, et serait bien loin de produire un effet équivalent au mal qu'elle recevrait. Le feu du centre à la circonférence est nul; celui de la circonférence au centre est irrésistible.

Une armée moderne, de force égale à une armée consulaire, aurait 26 bataillons de 840 hommes, formant 22,840 hommes d'infanterie; 42 escadrons de cavalerie, formant 5,040 hommes; 90 pièces d'artillerie servies par 2,500 hommes. L'ordre de bataille moderne étant plus étendu, exige une plus grande quantité de cavalerie pour appuyer les ailes, éclairer le front. Cette armée en bataille, rangée sur trois lignes, dont la première serait égale aux deux autres réunies, occuperait un front de 1,500 toises, sur 500 toises de profondeur; le camp aurait un pourtour de 4,500 toises, c'est-à-dire triple de l'armée consulaire; elle n'aurait que sept hommes par toise d'enceinte, mais elle aurait vingt-cinq toises carrées par homme : l'armée tout entière serait nécessaire pour le garder. Une étendue aussi considérable se trouvera difficile-ment sans qu'elle soit dominée à portée de canon par une hauteur : la réunion de la plus grande partie de l'artillerie de l'armée assié-geante sur ce point d'attaque détruirait promptement les ouvrages de campagne qui forment le camp. Toutes ces considérations ont décidé les généraux modernes à renoncer au système des camps retranchés, pour y suppléer par celui des *positions naturelles* bien choisies.

Un camp romain était placé indépendamment des localités : toutes étaient bonnes pour des armées dont toute la force consistait dans les armes blanches; il ne fallait ni coup d'œil ni génie militaire pour bien camper; au lieu que le choix des positions, la manière de les occuper et de placer les différentes armes, en profitant des circonstances du terrain, est un art qui fait une partie du génie du capitaine moderne.

La tactique des armées modernes est fondée sur deux principes : 1° qu'elles doivent occuper un front qui leur permette de mettre en action avec avantage toutes les armes de jet; 2° qu'elles doivent pré-férer, avant tout, l'avantage d'occuper des positions qui dominent, prolongent, enfilent les lignes ennemies, à l'avantage d'être couvert par un fossé, un parapet, ou toute autre pièce de la fortification de campagne.

La nature des armes décide de la composition des armées, des places de campagne, des marches, des positions, du campement, des ordres de bataille, du tracé et des profils des places fortes; ce qui met une opposition constante entre le système de guerre des anciens et celui des modernes. Les armes anciennes voulaient l'ordre profond, les modernes l'ordre mince; les unes, des places fortes saillantes, ayant des tours et des murailles élevées; les autres, des places rasantes, couvertes par des glacis de terre, qui masquent la maçonnerie; les premières, des camps resserrés, où les hommes, les animaux et les magasins étaient réunis comme dans une ville; les autres, des positions étendues.

Si on disait aujourd'hui à un général : Vous aurez, comme Cicéron, sous vos ordres, 5,000 hommes, 16 pièces de canon, 5,000 outils de pionniers, 5,000 sacs à terre; vous serez à portée d'une forêt, dans un terrain ordinaire; dans quinze jours vous serez attaqué par une armée de 60,000 hommes, ayant 120 pièces de canon, vous ne serez secouru que quatre-vingts ou quatre-vingt-seize heures après avoir été attaqué; quels sont les ouvrages, quels sont les tracés, quels sont les profils

que l'art lui prescrit? L'art de l'ingénieur a-t-il des secrets qui puissent
satisfaire à ce problème?

LIVRE VI

Le second passage du Rhin qu'effectua César n'a pas eu plus de
résultat que le premier; il ne laissa aucune trace en Allemagne; il
n'osa pas même établir une forteresse en forme de tête de pont. Tout
ce qu'il raconte de ces pays, les idées obscures qu'il en a, font connaître à quel degré de barbarie était encore alors réduite cette partie
du monde aujourd'hui si civilisée. Il n'a également sur l'Angleterre
que des notions fort obscures.

LIVRE VII

1. Dans cette campagne, César a donné plusieurs batailles et fait
trois grands siéges, dont deux lui ont réussi; c'est la première fois
qu'il a eu à combattre les Gaulois réunis. Leur résolution, le talent
de leur général Vercingétorix, la force de leur armée, tout rend cette
campagne glorieuse pour les Romains. Ils avaient dix légions, ce qui,
avec la cavalerie, les auxiliaires, les Allemands, les troupes légères,
devait faire une armée de quatre-vingt mille hommes. La conduite
des habitants de Bourges, celle de l'armée de secours, la conduite des
Clermontais, celle des habitants d'Alise, font connaître à la fois la
résolution, le courage des Gaulois, et leur impuissance par le manque
d'ordre, de discipline et de conduite militaire.

2. Mais est-il vrai que Vercingétorix s'était renfermé avec quatre-
vingt mille hommes dans la ville, qui était d'une médiocre étendue?
Lorsqu'il renvoie sa cavalerie, pourquoi ne pas renvoyer les trois quarts
de son infanterie? Vingt mille hommes étaient plus que suffisants pour
renforcer la garnison d'Alise, qui est un mamelon élevé, qui a
3,000 toises de pourtour, et qui contenait d'ailleurs une population
nombreuse et aguerrie. Il n'y avait dans la place de vivres que pour
trente jours; comment donc enfermer tant d'hommes inutiles à la
défense, mais qui devaient hâter la reddition? Alise était une place
forte par sa position; elle n'avait à craindre que la famine. Si au lieu
de quatre-vingt mille hommes, Vercingétorix n'eût eu que vingt mille
hommes, il eût eu pour cent vingt jours de vivres, tandis que
soixante mille hommes tenant la campagne eussent inquiété les assié-

geants. Il fallait plus de cinquante jours pour réunir une nouvelle armée gauloise, et pour qu'elle pût arriver au secours de la place. Enfin, si Vercingétorix eût eu quatre-vingt mille hommes, peut-on croire qu'il se fût enfermé dans les murs de la ville? il eût tenu les dehors à mi-côte, et fût resté campé, se couvrant de retranchements, prêt à déboucher et à attaquer César. L'armée de secours était, dit César, de deux cent quarante mille hommes. Elle ne campe pas, ne manœuvre pas comme une armée si supérieure à celle de l'ennemi, mais comme une armée égale. Après deux attaques, elle détache soixante mille hommes pour attaquer la hauteur du nord : ce détachement échoue, ce qui ne devait pas obliger l'armée à se retirer en désordre.

3. Les ouvrages de César étaient considérables; l'armée eut quarante jours pour les construire, et les armes offensives des Gaulois étaient impuissantes pour détruire de pareils obstacles. Un pareil problème pourrait-il être résolu aujourd'hui? cent mille hommes pourraient-ils bloquer une place par des lignes de contrevallation, et se mettre en sûreté contre les attaques de cent mille hommes derrière sa circonvallation?

LIVRE VIII

1. Dans cette campagne, César n'éprouva de résistance que de la part des Beauvoisins; c'est qu'effectivement ces peuples n'avaient pas eu ou n'avaient pris que peu de part à la guerre de Vercingétorix; ils n'eurent que deux mille hommes devant Alise; ils opposèrent plus de résistance, parce qu'ils mirent plus d'habileté et de prudence que n'avaient encore fait les Gaulois; mais les autres Gaulois n'en ont fait aucune en Berri comme à Chartres; tous sont frappés de terreur et cèdent.

2. La garnison de Cahors était formée du reste des armées gauloises. Le parti que prit César de faire couper la main à tous les soldats était bien atroce. Il fut clément dans la guerre civile envers les siens, mais cruel et souvent féroce contre les Gaulois.

COMMENTAIRES

SUR

LA GUERRE CIVILE

LIVRE PREMIER

I. Fabius ayant remis les lettres de C. César aux consuls, ce ne fut qu'avec beaucoup de peine, et sur les vives instances des tribuns du peuple, qu'on obtint d'eux qu'il en fût fait lecture au sénat; mais on ne put obtenir que le sénat délibérât sur le contenu de ces lettres. Au lieu de cela, les consuls parlèrent du danger de la république. Le consul L. Lentulus s'engage à défendre la république et le sénat, si l'on opine avec hardiesse et courage; mais si l'on ne veut que ménager César et gagner ses bonnes grâces, comme on a fait jusqu'alors, il prendra conseil de lui-même, et ne déférera plus à l'autorité du sénat : l'amitié de César lui offre aussi un asile. Scipion parla dans le

COMMENTARII DE BELLO CIVILI.

LIBER PRIMUS.

I. Litteris a Fabio C. Cæsaris consulibus redditis, ægre ab iis impetratum est, summa tribunorum plebis contentione, ut in senatu recitarentur; ut vero ex litteris ad senatum referretur, impetrari non potuit. Referunt consules de republica. L. Lentulus consul senatui reique publicæ se non defuturum pollicetur, si audacter ac fortiter sententias dicere velint; sin Cæsarem respiciant, atque ejus gratiam sequantur, ut superioribus fecerint temporibus, se sibi consilium capturum, neque senatus auctoritati obtemperaturum; habere se quoque ad Cæsaris

même sens : « Pompée, dit-il, est prêt à défendre la république. si le sénat le seconde. Si l'on hésite, si l'on agit mollement, le sénat, désormais, implorera en vain son secours. »

II. Ce langage de Scipion, à Rome, dans le sénat, tandis que Pompée était aux portes de la ville, semblait sortir de la bouche même de Pompée. Toutefois quelques-uns avaient proposé des avis plus modérés : M. Marcellus voulait qu'on ne fît au sénat aucun rapport sur cette affaire, avant d'avoir levé, dans toute l'Italie, des troupes qui assurassent au sénat sa liberté d'action et l'indépendance de ses décrets ; M. Calidius demandait que Pompée se retirât dans les provinces de son gouvernement, pour ôter tout motif de guerre ; car César, à qui l'on avait retiré deux légions, ne pouvait voir Pompée les retenir sous les murs de Rome, sans craindre qu'on ne les employât contre lui. M. Rufus opinait à peu près dans les mêmes termes ; mais le consul L. Lentulus les poursuivit de ses reproches : il refusa de mettre aux voix l'avis de Calidius. Marcellus s'effraya et retira le sien. Alors les clameurs du consul, la

gratiam atque amicitiam receptum. In eamdem sententiam loquitur Scipio : « Pompeio esse in animo reipublicæ non deesse, si senatus sequatur ; sin cunctetur, atque agat lenius, nequidquam ejus auxilium, si postea velit, senatum imploraturum. »

II. Hæc Scipionis oratio, quod senatus in Urbe habebatur, Pompeiusque aderat, ex ipsius ore Pompeii mitti videbatur. Dixerat aliquis leniorem sententiam, ut primo M. Marcellus, ingressus in eam orationem, non oportere ante de ea re ad senatum referri, quam delectus tota Italia habiti et exercitus conscripti essent, quo præsidio tuto et libere senatus, quæ vellet, decernere auderet ; ut M. Calidius, qui censebat ut Pompeius in suas provincias proficisceretur, ne qua esset armorum causa ; timere Cæsarem, abreptis ab eo II legionibus, ne ad ejus periculum reservare et retinere eas ad Urbem Pompeius videretur ; ut M. Rufus, qui sententiam Calidii, paucis fere mutatis rebus, sequebatur. Hi omnes, convicio L. Lentuli consulis correpti, exagitabantur. Lentulus sententiam Calidii pronuntiaturum se omnino negavit. Marcellus, perterritus conviciis. a sua sententia discessit. Sic vocibus

présence d'une armée, les menaces des amis de Pompée
entraînèrent la plupart des sénateurs, et les forcèrent, malgré eux, à se ranger à l'avis de Scipion, et à décréter :
« Que César licenciât son armée dans le terme prescrit ;
sinon, qu'il fût déclaré perturbateur du repos public. »
M. Antonius et Q. Cassius, tribuns du peuple, s'opposent
au décret. Aussitôt on fait un rapport sur leur opposition ;
on ouvre des avis violents : les plus acerbes et les plus
cruels sont les plus applaudis par les ennemis de César.

III. Sur le soir, au sortir de l'assemblée, Pompée mande
tous les sénateurs ; il encourage les uns par ses éloges, et
excite, par des réprimandes, la timidité des autres. Il rappelle un grand nombre de vétérans de ses armées par
l'espoir des récompenses et des grades ; la plupart des
soldats des deux légions livrées par César sont également
appelés sous les drapeaux. L'agitation règne partout. Le
tribun du peuple, C. Curion, invoque le droit des comices.
Pendant ce temps, les amis des consuls, les partisans de
Pompée, tous ceux qui avaient d'anciennes inimitiés contre
César, se rendent en foule au sénat : leurs cris et leur con-

---

consulis, terrore præsentis exercitus, minis amicorum Pompeii, plerique compulsi, inviti et coacti Scipionis sententiam sequuntur, « uti
ante certam diem Cæsar exercitum dimittat : si non faciat, eum adversus rempublicam facturum videri. » Intercedit M. Antonius, Q. Cassius, tribuni plebis. Refertur confestim de intercessione tribunorum :
dicuntur sententiæ graves : ut quisque acerbissime crudelissimeque
dixit, ita quam maxime ab inimicis Cæsaris collaudatur.

III. Misso ad vesperum senatu, omnes, qui sunt ejus ordinis, a
Pompeio evocantur. Laudat Pompeius, atque in posterum confirmat;
segniores castigat atque incitat. Multi undique ex veteribus Pompeii
exercitibus spe præmiorum atque ordinum evocantur : multi ex duabus
egionibus, quæ sunt traditæ a Cæsare, arcessuntur. Completur urbs;
at jus comitiorum tribunus plebis C. Curio evocat. Omnes amici con-
sulum, necessarii Pompeii atque eorum qui veteres inimicitias cum
Cæsare gerebant, in senatum coguntur : quorum vocibus et concursu
terrentur infirmiores, dubii confirmantur, plerisque vero libere decernendi potestas eripitur. Pollicetur L. Piso censor, sese iturum ad

cours intimident les faibles, rassurent ceux qui hésitent, enlèvent au plus grand nombre toute liberté de décision. Le censeur L. Pison offre d'aller vers César pour l'instruire de ce qui se passe; le préteur L. Roscius fait la même proposition : ils ne demandent pour cela qu'un délai de six jours. Quelques-uns veulent qu'on envoie à César des députés qui lui exposent la volonté du sénat.

IV. On résiste à tous ces avis; on oppose à chacun d'eux le discours du consul, de Scipion, de Caton. D'anciennes inimitiés et la honte d'un refus animent Caton contre César. Lentulus, accablé de dettes, espère obtenir une armée, des provinces, les largesses des rois avides de notre alliance, et se vante parmi ses amis d'être un autre Sylla, un maître futur de l'empire. Scipion se flatte du même espoir : ami de Pompée, il pense partager avec lui le commandement des armées; d'autres motifs l'animent encore, la crainte d'un jugement, l'intérêt de sa vanité, la faveur des hommes les plus puissants dans la république et dans les tribunaux. Enfin Pompée, excité par les ennemis de César, et ne voulant point d'égal, s'était entièrement séparé de lui, et s'unissait à leurs ennemis com-

Cæsarem; item L. Roscius prætor, qui de his rebus eum doceant : sex dies ad eam rem conficiendam spatii postulant. Dicuntur etiam a nonnullis sententiæ, ut legati ad Cæsarem mittantur, qui voluntatem senatus ei proponant.

IV. Omnibus his resistitur, omnibusque oratio consulis, Scipionis, Catonis opponitur. Catonem veteres inimicitiæ Cæsaris incitant, et dolor repulsæ. Lentulus æris alieni magnitudine, et spe exercitus ac provinciarum, et regum appellandorum largitionibus movetur; seque alterum fore Syllam inter suos gloriatur, ad quem summa imperii redeat. Scipionem eadem spes provinciæ atque exercituum impellit, quos se pro necessitudine partiturum cum Pompeio arbitratur; simul judiciorum metus, adulatio, atque ostentatio sui et potentium, qui in republica judiciisque tum plurimam pollebant. Ipse Pompeius, ab inimicis Cæsaris incitatus, et quod neminem secum dignitate exæquari volebat, totum se ab ejus amicitia averterat, et cum communibus inimicis in gratiam redierat, quorum ipse maximam partem illo affini-

muns, qu'il avait lui-même attirés en grande partie à César dans le temps de leur alliance. Son injustice, la honte
d'avoir fait servir à son pouvoir et à sa domination les
deux légions destinées pour l'Asie et la Syrie, tout lui
faisait désirer la guerre.

V. Par ces motifs, on décide en tumulte et à la hâte :
on ne laisse le temps ni aux parents de César de l'avertir, ni aux tribuns du peuple de détourner le péril qui
les menace, ou de faire valoir leur dernier privilége, le
droit d'opposition, que L. Sylla même avait respecté. Dès
le septième jour, ils sont forcés de songer à leur sûreté;
or jusque-là les tribuns les plus furieux n'avaient pas été
inquiétés, avant le huitième mois, sur le compte qu'ils
avaient à rendre de leur conduite. On a recours à ce
terrible sénatus-consulte, le plus sévère dont s'armât
la rigueur des lois, et qui était réservé pour les grands
désastres et les extrêmes périls : « Que les consuls, les
préteurs, les tribuns du peuple, les consulaires qui sont
près de Rome, veillent à ce que la chose publique ne
reçoive aucun dommage. » Ce décret fut rendu le 7 des
ides de janvier. Ainsi, des cinq premiers jours du consulat

latis tempore adjunxerat Cæsari. Simul infamia duarum legionum
permotus, quas ab itinere Asiæ Syriæque ad suam potentiam domi-
natumque converterat, rem ad arma deduci studebat.

V. His de causis aguntur omnia raptim atque turbate; nec docendi
Cæsaris propinquis ejus spatium datur; nec tribunis plebis sui periculi
deprecandi, neque etiam extremi juris intercessione retinendi, quod
L. Sylla reliquerat, facultas tribuitur : sed de sua salute septimo die
cogitare coguntur; quod illi turbulentissimi superioribus temporibus
tribuni plebis octavo denique mense suarum actionum respicere ac
timere consuerant. Decurritur ad illum extremum atque ultimum S. C.
quo, nisi pæne in ipso urbis incendio atque desperatione omnium
salutis, latorum audacia, nunquam ante discessum est : « Dent operam
consules, prætores, tribuni plebis, quique consulares sunt ad Urbem,
ne quid respublica detrimenti capiat. » Hæc S. C. præscribuntur a. d.
VII idus januarias. Itaque quinque primis diebus, quibus haberi
senatus potuit, qua ex die consulatum iniit Lentulus, biduo excepto

de Lentulus où le sénat put s'assembler, deux furent employés à la tenue des comices, et le reste à rendre les décrets les plus durs et les plus injurieux contre l'autorité de César et contre les tribuns du peuple, si dignes de respect. Les tribuns s'enfuient aussitôt de la ville, et se rendent près de César. Tranquille à Ravenne, il attendait une réponse à ses offres modérées, espérant que l'équité des hommes permettrait peut-être le maintien de la paix.

VI. Les jours suivants, le sénat s'assemble hors de Rome. Pompée y répète ce qu'il a fait dire par Scipion : il applaudit au courage et à la fermeté du sénat ; il énumère ses forces : « il a dix légions toutes prêtes : il sait en outre avec exactitude que les soldats n'aiment point César, et qu'on ne saurait leur persuader de le suivre et de le défendre. » Pour le reste, on en réfère au sénat : on propose de faire des levées dans toute l'Italie, d'envoyer en Mauritanie Faustus Sylla, en qualité de propréteur, et de prendre au trésor public de l'argent pour Pompée. On veut encore déclarer le roi Juba ami et allié du peuple romain. Mais Marcellus dit qu'il ne le souffrira pas ; Philippe, tribun du peuple, s'oppose également à la mission de Faustus : le reste passe en décrets. On donne des gou-

comitiali, et de imperio Cæsaris, et de amplissimis viris, tribunis plebis, gravissime acerbissimeque decernitur. Profugiunt statim ex Urbe tribuni plebis, seseque ad Cæsarem conferunt. Is eo tempore erat Ravennæ, exspectabatque suis lenissimis postulatis responsa, si qua hominum æquitate res ad otium deduci posset.

VI. Proximis diebus habetur senatus extra Urbem. Pompeius eadem illa, quæ per Scipionem ostenderat, agit : senatus virtutem constantiamque collaudat ; copias suas exponit ; « legiones habere sese paratas x ; præterea cognitum compertumque sibi, alieno esse animo in Cæsarem milites, neque iis posse persuaderi, uti eum defendant aut sequantus saltem. » De reliquis rebus ad senatum refertur : tota Italia delectus habeantur ; Faustus Sylla propraetor in Mauritaniam mittatur ; pecunia uti ex ærario Pompeio detur. Refertur etiam de rege Juba, ut sociur sit atque amicus. Marcellus vero, passurum se in præsentia, negat. De Fausto impedit Philippus, tribunus plebis. De reliquis rebus S. C.

vernements à de simples particuliers : deux de ces gouvernements étaient consulaires, les autres prétoriens. La Syrie échoit à Scipion, la Gaule à L. Domitius. Philippe et Marcellus sont exclus par des intrigues; leurs noms ne sont pas tirés au sort. Les autres provinces sont assignées à des préteurs. Ils n'attendent pas, selon l'usage, que le peuple ait ratifié leur élection, et qu'ils aient revêtu l'habit de guerre et prononcé les vœux accoutumés. Chose inouïe! les consuls sortent de la ville, et de simples particuliers se font précéder de licteurs à Rome et au Capitole, contre tous les exemples du passé. On fait des levées par toute l'Italie; on ordonne de fabriquer des armes; on demande de l'argent aux villes municipales; on en prend dans les temples : tous les droits divins et humains son confondus.

VII. A la nouvelle de ces événements, César harangue ses troupes : il leur rappelle les injures dont ses ennemis n'ont cessé de l'accabler dans tous les temps : il se plaint que les efforts d'une malignité envieuse lui aient à ce point aliéné Pompée, dont il avait toujours aidé et favorisé l'élévation et le crédit. Il se plaint que, par une violence sans exemple dans la république, on ait étouffé par les armes

præscribuntur, provinciæ privatis decernuntur, duæ consulares, reliquæ prætoriæ. Scipioni obvenit Syria; L. Domitio Gallia. Philippus et Marcellus privato consilio prætereuntur, neque eorum sortes dejiciuntur. In reliquas provincias prætores mittuntur; neque exspectant, quod superioribus annis acciderat, ut de eorum imperio ad populum feratur, paludatique, votis nuncupatis, exeunt. Consules, quod ante id tempus acciderat nunquam, ex Urbe proficiscuntur, lictoresque habent in Urbe et Capitolio privati, contra omnia vetustatis exempla. Tota Italia delectus habentur, arma imperantur, pecuniæ a municipiis exiguntur, e fanis tolluntur, omnia divina humanaque jura permiscentur.

VII. Quibus rebus cognitis, Cæsar apud milites concionatur. Omnium temporum injurias inimicorum in se commemorat, a quibus diductum ac depravatum Pompeium queritur, invidia atque obtrectatione laudis suæ, cujus ipse honori et dignitati semper faverit adjutorque fuerit. Novum in republica introductum exemplum queritur, ut tribunitia

le droit d'opposition tribunitienne, rétabli les années précédentes. Sylla, qui dépouilla les tribuns de tout le reste, leur laissa du moins la liberté d'opposition ; Pompée, qui passe pour le restaurateur de leurs droits, leur a même ôté ceux dont ils jouissaient. Et ce décret dont la teneur ordonne aux magistrats de veiller à la sûreté publique, décret qui appelle aux armes tout le peuple romain, on ne le rendit jamais qu'à l'occasion de lois désastreuses, de quelque violence tribunitienne, d'une révolte populaire, d'une invasion hostile des temples et des lieux fortifiés ; excès autrefois expiés par la mort de Saturninus et des Gracques. Mais aujourd'hui, rien de semblable : pas le moindre fait, pas le moindre projet ; aucune loi n'a été promulguée, aucune proposition faite au peuple, aucune sédition fomentée. Que les soldats se souviennent du général sous lequel ils ont, pendant neuf ans, servi la république avec tant de gloire, gagné tant de batailles, soumis la Gaule entière et la Germanie ; qu'ils défendent contre ses ennemis sa dignité et sa gloire. Aussitôt les soldats de la treizième légion, la seule qui fût alors arrivée (César l'avait rappelée dès le commencement des troubles),

intercessio armis notaretur atque opprimeretur, quæ superioribus annis esset restituta. Syllam, nudata omnibus rebus tribunitia potestate, tamen intercessionem liberam reliquisse : Pompeium, qui amissa restituisse videatur, dona etiam, quæ ante habuerit, ademisse. Quotiescumque sit decretum, darent magistratus operam ne quid respublica detrimenti caperet (qua voce et quo S. C. populus romanus ad arma sit vocatus), factum in perniciosis legibus, in vi tribunitia, in secessione populi, templis locisque editioribus occupatis ; atque hæc superioris ætatis exempla expiata Saturnini atque Gracchorum casibus docet : quarum rerum illo tempore nihil factum, ne cogitatum quidem; nulla lex promulgata, non cum populo agi cœptum, nulla secessio facta. Hortatur, cujus imperatoris ductu novem annis rempublicam felicissime gesserint, plurimaque prælia secunda fecerint, omnem Galliam Germaniamque pacaverint, ut ejus existimationem dignitatemque ab inimicis defendant. Conclamant legionis XIII, quæ aderat, milites (hanc enim initio tumultus evocaverat, reliquæ nondum convenerant) « sese

s'écrient unanimement « qu'ils sont prêts à venger les outrages de leur général et des tribuns du peuple. »

VIII. Ainsi assuré des dispositions du soldat, César part avec cette légion pour Ariminum, et y trouve les tribuns du peuple qui venaient se réfugier vers lui. Il donne ordre aux autres légions de quitter leurs quartiers d'hiver et de le suivre. Là, le fils de l'un de ses lieutenants, le jeune L. César, se rend près de lui. Après avoir exposé les motifs qui l'amènent, il déclare qu'il a reçu de Pompée une mission particulière ; « que Pompée désire justifier sa conduite aux yeux de César. Il voudrait qu'on ne lui imputât point à crime ce qu'il a fait pour le bien de la république ; toujours il a préféré les intérêts de l'État à ses affections personnelles : c'est aussi un devoir pour César de sacrifier ses ressentiments au bien de sa patrie, de peur qu'en voulant frapper ses ennemis, il n'atteigne la république. » Lucius ajoute encore quelques considérations tendant à justifier Pompée. Le préteur Roscius s'exprime dans le même sens, et déclare parler au nom de Pompée.

IX. Ces discours ne pouvaient être pris pour une réparation : cependant César, trouvant une occasion favorable

---

paratos esse imperatoris sui tribunorumque plebis injurias defendere.»

VIII. Cognita militum voluntate, Ariminum cum ea legione proficiscitur, ibique tribunos plebis, qui ad eum confugerant, convenit; reliquas legiones ex hibernis evocat, et subsequi jubet. Eo L. Cæsar adolescens venit, cujus pater Cæsaris erat legatus. Is, reliquo sermone confecto, cujus rei causa venerat, habere se a Pompeio ad eum privati officii mandata demonstrat : « velle Pompeium se Cæsari purgatum, ne ea, quæ reipublicæ causa egerit, in suam contumeliam vertat : semper se reipublicæ commoda privatis necessitatibus habuisse potiora : Cæsarem quoque pro sua dignitate debere et studium et iracundiam suam reipublicæ dimittere, neque adeo graviter irasci inimicis, ne, quum illis nocere se speret, reipublicæ noceat. » Pauca ejusdem generis addit, cum excusatione Pompeii conjuncta. Eadem fere atque eisdem de rebus prætor Roscius agit cum Cæsare, sibique Pompeium commemorasse demonstrat.

IX. Quæ res etsi nihil ad levandas injurias pertinere videbantur,

II. 5

de communiquer avec Pompée, pria les émissaires qui s'étaient chargés de la mission, de vouloir bien aussi se charger de la réponse : ils pouvaient peut-être, par ce message qui leur coûtait si peu, prévenir des démêlés funestes, et affranchir l'Italie de ses craintes. « Lui aussi il aime la gloire de la république plus que la vie; mais il s'indigne que ses ennemis lui arrachent par un affront la faveur du peuple romain; qu'ils lui ôtent six mois de son gouvernement, et le forcent de rentrer dans Rome, tandis que le peuple avait, pour les prochains comices, autorisé son absence. Toutefois, il avait supporté, dans l'intérêt de la république, ce sacrifice de sa gloire. Il a écrit et demandé au sénat que toutes les armées fussent licenciées : il n'a pu l'obtenir. On fait des levées dans toute l'Italie; on retient deux légions, qu'on lui a retirées sous prétexte d'une guerre contre les Parthes; la ville elle-même est en armes. Ces mouvements ont-ils d'autre but que sa ruine? Cependant il consent à tout; il est prêt à tout endurer pour le bien de la république. Que Pompée se rende dans ses gouvernements; que tous deux licencient leurs troupes; que l'Italie entière pose les armes; que Rome soit délivrée

tamen, idoneos nactus homines, per quos ea, quæ vellet, ad eum perferrentur, petit ab utroque, quoniam Pompeii mandata ad se detulerint, ne graventur sua quoque ad eum postulata deferre, si parvo labore magnas controversias tollere, atque omnem Italiam metu liberare possint. « Sibi semper reipublicæ primam fuisse dignitatem, vitaque potiorem; doluisse se, quod populi romani beneficium sibi per contumeliam ab inimicis extorqueretur, ereptoque semestri imperio in Urbem retraheretur, cujus absentis rationem haberi proximis comitiis populus jussisset; tamen hanc jacturam honoris sui reipublicæ causa æquo animo tulisse; quum litteras ad senatum miserit, ut omnes ab exercitibus discederent, ne id quidem impetravisse; tota Italia delectus haberi; retineri legiones duas, quæ ab se simulatione parthici belli sint abductæ; civitatem esse in armis. Quonam hæc omnia, nisi ad suam perniciem, pertinere? Sed tamen ad omnia se descendere paratum, atque omnia pati reipublicæ causa. Proficiscatur Pompeius in suas provincias; ipsi exercitus dimittant; discedant in Italia omnes ab

de ses craintes; que les comices soient libres, et les
affaires publiques remises au sénat et au peuple romain;
enfin, pour faciliter le traité et le sceller de la foi du
serment, que Pompée s'approche, ou qu'il souffre que
César aille le trouver : une entrevue terminera leurs différends. »

X. La mission est acceptée : Roscius se rend avec
L. César à Capoue, et y trouve les consuls et Pompée. Il
expose les propositions de César. Ceux-ci délibèrent, et le
renvoient avec une réponse par écrit : elle portait « que
César retournât en Gaule, sortît d'Ariminum et licenciât
ses troupes : Pompée alors irait en Espagne. Jusqu'à ce
que César eût pleinement garanti la fidélité de ses promesses, les consuls et Pompée ne cesseraient point les
levées. »

XI. Il était injuste d'exiger que César sortît d'Ariminum
et retournât dans son gouvernement, tandis que Pompée
retiendrait des provinces et des légions sur lesquelles il
n'avait aucun droit; que César licenciât ses troupes, et qu'on
fît des levées; que Pompée promît de se rendre dans son
gouvernement, sans fixer le jour de son départ : de sorte

---

armis; metus e civitate tollatur; libera comitia, atque omnis respublica senatui populoque romano permittatur. Hæc quo facilius cer-
tisque conditionibus fiant, et jurejurando sanciantur, aut ipse propius
accedat, aut se patiatur accedere : fore uti per colloquia omnes contro-
versiæ componantur. »

X. Acceptis mandatis, Roscius cum L. Cæsare Capuam pervenit,
ibique consules Pompeiumque invenit. Postulata Cæsaris renuntiat.
Illi, deliberata re, respondent, scriptaque ad eum mandata per eos
remittunt, quorum hæc erat summa : « Cæsar in Galliam reverteretur, Arimino excederet, exercitus dimitteret : quæ si fecisset, Pompeium in Hispanias iturum. Interea, quoad fides esset data Cæsarem
facturum quæ polliceretur, non intermissuros consules Pompeiumque
delectus. »

XI. Erat iniqua conditio, postulare, ut Cæsar Arimino excederet,
atque in provinciam reverteretur, ipsum et provincias et legiones
allenas tenere; exercitum Cæsaris velle dimitti; delectus habere; pol-

que si, à la fin du consulat de César, Pompée n'était pas
parti, il ne paraîtrait point avoir faussé son serment. De
plus, ne marquer aucun temps pour une entrevue, ne pas
promettre de se rapprocher de César, c'était ôter tout espoir de paix. César fait partir M. Antoine d'Ariminum, et
l'envoie à Arretium avec cinq cohortes; il en garde deux
à Ariminum, et y ordonne des levées. Il fait occuper Pisaurum, Fanum, Ancône, et met une cohorte dans chacune
de ces trois places.

XII. Cependant informé que le préteur Thermus tenait
Iguvium avec cinq cohortes, et s'y fortifiait, mais que
l'opinion des habitants était tout en sa faveur, César y
envoya Curion avec les trois cohortes de Pisaurum et
d'Ariminum. A leur approche, Thermus, se défiant des
dispositions des citoyens, retira sa troupe et s'enfuit. Mais
en chemin ses soldats le quittent et retournent chèz eux.
Curion est accueilli avec empressement dans Iguvium.
Sûr alors de l'opinion des villes municipales, César tire de
leurs garnisons les cohortes de la treizième légion, et part
pour Auximum, où Attius s'était jeté avec quelques

---

liceri se in provinciam iturum, neque, ante quem diem iturus sit,
definire; ut, si peracto Cæsaris consulatu Pompeius profectus non
esset, nulla tamen mendacii religione obstrictus videretur : tempus
vero colloquio non dare, neque accessurum polliceri, magnam pacis
desperationem afferebat. Itaque ab Arimino M. Antonium cum cohortibus quinque Arretium mittit : ipse Arimini cum duabus legionibus
subsistit, ibique delectum habere instituit : Pisaurum, Fanum, Anco-
nam singulis cohortibus occupat.

XII. Interea certior factus Iguvium Thermum prætorem cohortibus
quinque tenere, oppidum munire, omniumque esse Iguvinorum opti-
mam erga se voluntatem, Curionem cum tribus cohortibus, quas
Pisauri et Arimini habebat, mittit. Cujus adventu cognito, diffisus
municipii voluntate, Thermus cohortes ex urbe educit, et profugit :
milites in itinere ab eo discedunt, ac domum revertuntur. Curio
omnium summa voluntate Iguvium recipit. Quibus rebus cognitis,
confisus municipiorum voluntatibus, Cæsar cohortes legionis XIII ex
præsidiis deducit, Auximumque proficiscitur; quod oppidum Attius

cohortes, et d'où il envoyait des sénateurs faire des levées dans tout le Picenum.

XIII. Au bruit de l'arrivée de César, les décurions d'Auximum s'assemblent en grand nombre, et vont trouver Attius Varus. Ils lui disent « qu'ils n'ont point à juger la querelle présente, et que ni leurs concitoyens ni eux-mêmes ne peuvent souffrir que C. César, après tant de services et d'exploits, soit exclu de la ville et des murs; qu'ainsi il pourvoie à sa sûreté et songe à sa renommée dans l'avenir. » Attius, effrayé, retire la garnison qu'il avait amenée, et s'enfuit. Quelques soldats des premiers rangs le poursuivent et le forcent à combattre. Varus est abandonné des siens; plusieurs se retirent chez eux; les autres vont joindre César et amènent prisonnier L. Pupius, premier centurion, qui avait occupé ce même grade dans l'armée de Cn. Pompée. Quant à César, il donne des éloges aux soldats d'Attius, renvoie Pupius, remercie les Auximates, et promet de ne pas oublier leur dévouement.

XIV. Dès que ces nouvelles parvinrent à Rome, la terreur fut si grande, que le consul Lentulus, qui était venu,

cohortibus introductis tenebat, delectumque toto Piceno, circummissis senatoribus, habebat.

XIII. Adventu Cæsaris cognito, decuriones Auximi ad Attium Varum frequentes conveniunt : docent « sui judicii rem non esse; neque se, neque reliquos municipes pati posse, C. Cæsarem imperatorem, bene de republica meritum, tantis rebus gestis, oppido mœnibusque prohiberi : proinde habeat rationem posteritatis et periculi sui. » Quorum oratione permotus Attius Varus, præsidium quod introduxerat ex oppido educit, ac profugit. Hunc ex primo ordine pauci Cæsaris consecuti milites consistere cogunt : commisso prœlio, deseritur a suis Varus; nonnulla pars militum domum discedit; reliqui ad Cæsarem perveniunt, atque una cum iis deprehensus L. Pupius, primipili centurio, adducitur, qui hunc eumdem ordinem in exercitu Cn. Pompeii antea duxerat. At Cæsar milites Attianos collaudat, Pupium dimittit, Auximatibus agit gratias, seque eorum facti memorem fore pollicetur.

XIV. Quibus rebus Romam nuntiatis, tantus repente terror invasit, ut, quum Lentulus consul ad aperiendum ærarium venisset, ad pecu-

d'après l'ordre du sénat, ouvrir le trésor pour en tirer de l'argent destiné à Pompée, s'enfuit tout à coup de la ville, en laissant le trésor ouvert, parce qu'un faux bruit avait annoncé l'arrivée de César et de sa cavalerie. Marcellus, son collègue, et la plupart des magistrats le suivirent. La veille, Pompée était parti pour se rendre auprès des légions qu'il avait reçues de César et mises en quartier d'hiver dans l'Apulie. On suspendit les levées dans la ville; l'on ne se crut pas en sûreté en deçà de Capoue. A Capoue seulement, on commence à se rassurer; on se rassemble; on enrôle les colons qui y avaient été conduits d'après la loi Julia. César y entretenait une troupe de gladiateurs: Lentulus les rassemble sur la place publique, leur assure la liberté, leur donne des chevaux, avec ordre de le suivre; mais bientôt, averti par ses amis qu'on blâmait généralement cette mesure, il les distribua dans la Campanie pour veiller à la garde des esclaves.

XV. César, étant parti d'Auximum, parcourut le Picenum tout entier. Toutes les préfectures du pays l'accueillent avec joie, et fournissent à son armée toute espèce de secours. La ville même de Cingulum, que Labienus avait

---

niam Pompeio ex S. C. proferendam, protinus, aperto sanctiore ærario, ex Urbe profugeret : Cæsar enim adventare jamjamque, et adesse ejus equites falso nuntiabantur. Hunc Marcellus collega et plerique magistratus consecuti sunt. Cn. Pompeius, pridie ejus diei ex Urbe profectus, iter ad legiones habebat, quas a Cæsare acceptas in Apulia hibernorum causa disposuerat. Delectus intra Urbem intermittuntur : nihil citra Capuam tutum esse omnibus videtur. Capuæ primum sese confirmant et colligunt, delectumque colonorum, qui lege Julia Capuam deducti erant, habere instituunt; gladiatoresque, quos ibi Cæsar in ludo habebat, in forum productos Lentulus libertati confirmat, atque iis equos attribuit, et se sequi jussit : quos postea, monitus ab suis quod ea res omnium judicio reprehendebatur, circum familiares conventus Campaniæ, custodiæ causa, distribuit.

XV. Auximo Cæsar progressus, omnem agrum picenum percurrit. Cunctæ earum regionum præfecturæ libentissimis animis eum recipiunt, exercitumque ejus omnibus rebus juvant. Etiam Cingulo, quod

fondée et bâtie à ses frais, lui envoie des députés, et promet à César le plus grand empressement à suivre ses ordres. Il demande des soldats : on les donne. Cependant la douzième légion le rejoint : avec ces deux légions, il marche sur Asculum. Lentulus Spinther tenait cette place avec dix cohortes : il en sort à la nouvelle de l'approche de César, et s'efforce d'emmener ses troupes; mais le plus grand nombre l'abandonne. Laissé en chemin avec un petit nombre de soldats, il rencontre Vibullius Rufus, que Pompée envoyait dans le Picenum pour y rassurer les esprits. Vibullius, ayant appris ce qui se passe, prend ses soldats et le laisse aller. Il rassemble autant qu'il peut les cohortes levées par Pompée dans les villes voisines : il rencontre Ulcilles Hirrus qui fuyait de Camerinum avec six cohortes qu'il y avait eues en garnison ; il les joint aux siennes; en sorte qu'il en eut treize, avec lesquelles il se rendit à grandes journées à Corfinium, vers Domitius Ænobarbus, et lui apprit que César venait à la tête de deux légions. De son côté, Domitius avait levé environ vingt cohortes à Albe, chez les Marses, les Pelignes et autres peuples voisins.

oppidum Labienus constituerat, suaque pecunia exædificaverat, ad eum legati veniunt, quæque imperaverit, se cupidissime facturos pollicentur. Milites imperat: mittunt. Interea legio XII Cæsarem consequitur. Cum his duabus Asculum Picenum proficiscitur. Id oppidum Lentulus Spinther x cohortibus tenebat : qui, Cæsaris adventu cognito, profugit ex oppido, cohortesque secum abducere conatus, a magna parte militum deseritur. Relictus in itinere cum paucis, incidit in Vibullium Rufum, missum a Pompeio in agrum picenum confirmandorum hominum causa : a quo factus Vibullius certior, quæ res in Piceno gererentur, milites ab eo accipit, ipsum dimittit. Item ex finitimis regionibus, quas potest, contrahit cohortes ex delectibus Pompeianis : in iis Camerino fugientem Ulcillem Hirrum, cum sex cohortibus quas ibi in præsidio habuerat, excipit : quibus coactis, XIII efficit. Cum iis ad Domitium Ænobarbum Corfinium magnis itineribus pervenit, Cæsaremque adesse cum legionibus duabus nuntiat. Domitius per se circiter xx cohortes Alba, ei Marsis et Pelignis, et finitimis ab regionibus coegerat.

XVI. Après la prise de Firmum et d'Asculum, d'où Lentulus venait de fuir, César fit rechercher les soldats qui avaient abandonné ce général, et ordonna des levées dans le pays. Il s'arrêta un jour, afin de pourvoir aux subsistances, et marcha sur Corfinium. Cinq cohortes envoyées par Domitius travaillaient à rompre un pont qui était à trois milles environ de la ville. Un combat s'engagea avec les éclaireurs de César; les gens de Domitius furent bientôt repoussés : ils se réfugièrent dans la place. César fit passer ses légions et vint camper sous les murailles.

XVII. Instruit de ces faits, Domitius envoie en Apulie vers Pompée des hommes qui connaissent le pays : il leur promet de grandes récompenses, et les charge de lettres pour implorer son secours : « Avec deux armées, disait-il, il sera aisé d'enfermer César dans ses défilés, et de lui couper les vivres : mais si Pompée ne se hâte, il me laisse moi-même en péril avec plus de trente cohortes, une foule de sénateurs et de chevaliers romains. » En même temps il exhorte ses troupes, dispose les machines sur le rempart, assigne à chacun son poste; il promet à chaque soldat

XVI. Recepto Firmo, Asculoque expulso Lentulo, Cæsar conquiri milites, qui ab eo discesserant, delectumque institui jubet : ipse, unum diem ibi rei frumentariæ causa moratus, Corfinium contendit. Eo quum venisset, cohortes v, præmissæ a Domitio ex oppido, pontem fluminis interrumpebant, qui erat ab oppido millia passuum circiter iii. Ibi cum antecursoribus Cæsaris prœlio commisso, celeriter Domitiani, a ponte repulsi, se in oppidum receperunt. Cæsar, legionibus traductis, ad oppidum constitit, juxtaque murum castra posuit.

XVII. Re cognita, Domitius ad Pompeium in Apuliam peritos regionum, magno proposito præmio, cum litteris mittit, qui petant atque orent, ut sibi subveniat : « Cæsarem duobus exercitibus et locorum angustiis facile intercludi posse, frumentoque prohiberi. Quod nisi fecerit, se cohortesque amplius xxx, magnumque numerum senatorum atque equitum romanorum in periculum esse venturum. » Interim suos cohortatus, tormenta in muris disponit, certasque cuique partes ad custodiam urbis attribuit : militibus in concione agros ex suis pos-

quatre arpents de ses propriétés, et autant à proportion
aux centurions et aux vétérans.

XVIII. Cependant on apprend à César que les habitants
de Sulmone, ville à sept milles de Corfinium, désiraient
se soumettre, mais en étaient empêchés par le sénateur
Q. Lucretius et par Attius Pelignus, qui la gardaient avec
sept cohortes. César y envoie M. Antoine avec cinq cohortes
de la huitième légion. Sitôt que les habitants virent nos
enseignes, ils ouvrirent leurs portes; tous, citoyens et soldats, vinrent avec joie au-devant d'Antoine : Lucretius et
Attius se jetèrent du haut des murs. Attius, amené vers
Antoine, demanda d'être conduit à César. Antoine revint
le même jour avec lui et les cohortes; César joignit ces
cohortes aux siennes, et renvoya Attius. Les trois premiers
jours, il s'occupa de fortifier son camp, fit venir du blé
des villes municipales voisines, et attendit le reste de ses
troupes. Pendant ce temps arrivèrent la huitième légion,
vingt-deux cohortes nouvellement levées dans la Gaule, et
environ trois cents cavaliers envoyés par le roi de la
Norique. Avec ces troupes, il forma un nouveau camp de
l'autre côté de la place, et en donna le commandement à

sessionibus pollicetur, quaterna in singulos jugera, et pro rata parte
centurionibus evocatisque.

XVIII. Interim Cæsari nuntiatur Sulmonenses, quod oppidum a
Corfinio VII millium intervallo abest, cupere ea facere, quæ vellet; sed
a Q. Lucretio senatore, et Attio Peligno prohiberi, qui id oppidum
VII cohortium præsidio tenebant. Mittit eo M. Antonium cum legionis
octavæ cohortibus quinque. Sulmonenses, simul atque nostra signa
viderunt, portas aperuerunt, universique, et oppidani et milites, obviam
gratulantes Antonio exierunt : Lucretius et Attius de muro se dejece-
runt. Attius, ad Antonium deductus, petiit ut ad Cæsarem mitteretur.
Antonius cum cohortibus et Attio eodem die, quo profectus erat, revertitur. Cæsar eas cohortes cum exercitu suo conjunxit, Attiumque incolumem dimisit. Cæsar tribus primis diebus castra magnis operibus
munire, et ex finitimis municipiis frumentum comportare, reliquasque
copias exspectare instituit. Eo triduo legio VIII ad eum venit, cohortesque ex novis Galliæ delectibus XXII, equitesque ab rege Norico cir-

5.

Curion; les jours suivants, il entoura la place de retranchements et de forts. La plus grande partie de ces ouvrages était achevée, quand les députés envoyés vers Pompée revinrent dans la ville.

XIX. Domitius, ayant lu la lettre, en cacha le contenu, et dit dans le conseil que Pompée se hâterait de les secourir : il les exhorta à ne point perdre courage et à tout disposer pour la défense de la ville. Cependant il confère secrètement avec quelques amis, et forme le projet de s'enfuir. Sa contenance démentait son langage; on remarqua en lui une agitation et un trouble extraordinaires; contre sa coutume, il tenait des conseils secrets et se dérobait aux regards : la vérité fut bientôt connue. Pompée avait répondu « qu'il n'était pas disposé à courir une chance si périlleuse; que ce n'était ni de son avis, ni par son ordre, que Domitius s'était jeté dans Corfinium : qu'ainsi il tâchât de venir le joindre avec toutes ses troupes, s'il en avait la possibilité. » Mais déjà le siége et la circonvallation de la place ne le permettaient plus.

citer ccc. Quorum adventu altera castra ad alteram oppidi partem ponit. His castris Curionem præfecit : reliquis diebus oppidum vallo castellisque circumvenire instituit. Cujus operis maxima parte effecta, dem fere tempore missi ad Pompeium revertuntur.

XIX. Litteris perlectis, Domitius, dissimulans in concilio, pronuntiat ompeium celeriter subsidio venturum : hortaturque eos, ne animo deficiant, quæque usui ad defendendum oppidum sint, parent : ipse arcano cum paucis familiaribus suis colloquitur, consiliumque fugæ capere constituit. Quum vultus Domitii cum oratione non consentiret, atque omnia trepidantius timidiusque ageret quam superioribus diebus consuesset, multumque cum suis conciliandi causa secreto præter consuetudinem colloqueretur, concilia conventusque hominum fugeret, res diutius tegi dissimularique non potuit. Pompeius enim rescripserat, « sese rem in summum periculum deducturum non esse; neque suo consilio aut voluntate Domitium se in oppidum Corfinium contulisse : proinde, si qua facultas fuisset, ad se cum omnibus copiis veniret. » Id ne fieri posset, obsidione atque oppidi circummunitione fiebat.

XX. Le projet de Domitius étant divulgué, les soldats qui étaient à Corfinium se rassemblent sur le soir, et s'entretiennent de la situation avec les tribuns, les centurions et les principaux d'entre eux. « César les assiége : ses ouvrages sont presque achevés; leur chef Domitius, en qui ils avaient mis leur confiance et leur espoir, les trahit tous, et songe à s'enfuir : c'est à eux de pourvoir à leur sûreté. » D'abord les Marses s'y opposent, et s'emparent de la partie la plus fortifiée de la ville : la querelle s'échauffe au point qu'ils sont près d'en venir aux mains. Mais bientôt on s'explique; ils apprennent que Domitius veut s'échapper : tous alors, d'un commun accord, l'amènent sur la place, l'entourent, s'assurent de sa personne, et font dire à César « qu'ils sont prêts à lui ouvrir les portes, à lui obéir, et à remettre L. Domitius en son pouvoir. »

XXI. César n'ignorait pas qu'il lui importait d'être au plus tôt maître de la ville, et de s'attacher les cohortes qui s'y trouvaient : des largesses, une harangue, de fausses nouvelles pouvaient changer les esprits, et souvent à la guerre tout

XX. Divulgato Domitii consilio, milites, qui erant Corfinii, prima vesperi secessionem faciunt, atque ita inter se per tribunos militum centurionesque atque honestissimos sui generis colloquuntur : « obsideri se a Cæsare; opera munitionesque prope esse perfectas; ducem suum Domitium, cujus spe atque fiducia permanserint, projectis omnibus, fugæ consilium capere : debere se suæ salutis rationem habere. » Ab his primo Marsi dissentire incipiunt, eamque oppidi partem, quæ munitissima videretur, occupant; tantaque inter eos dissentio exsistit, ut manum conserere atque armis dimicare conentur : post paulo tamen, nternuntiis ultro citroque missis, quæ ignorabant, de L. Domitii fuga cognoscunt. Itaque omnes uno consilio Domitium, productum in publicum, circumsistunt et custodiunt, legatosque ex suo numero ad Cæsarem mittunt : « sese paratos esse portas aperire, quæque imperaverit, facere, et L. Domitium vivum in ejus potestatem tradere. »

XXI. Quibus rebus cognitis, Cæsar, etsi magni interesse arbitrabatur, quam primum oppido potiri, cohortesque ad se in castra traducere, ne qua aut largitionibus, aut animi confirmatione, aut falsis nuntiis

dépend d'un moment. Mais il craignait, si le soldat entrait de
nuit, d'exposer la ville à la licence et au pillage. Il remercia
donc les députés, les renvoya avec de grands éloges, et leur
recommanda de s'assurer des portes et des remparts; en
même temps, il plaça ses troupes le long des lignes, non
plus à différents intervalles, comme les jours précédents,
mais par une chaîne continue, de manière à garnir tous
les retranchements. Il fit faire des rondes par les tribuns
et les préfets militaires, et leur recommanda de se mettre
en garde, non-seulement contre toute sortie en masse,
mais même contre toute évasion d'individus isolés. Personne n'eut assez de mollesse et de langueur pour se
permettre cette nuit un instant de repos. Les esprits
étaient en suspens et dans l'attente; on se demandait que
deviendraient et les citoyens de Corfinium, et Domitius, et
Lentulus et les autres, et quelle serait la suite de ces événements.

XXII. Vers la quatrième veille, Lentulus Spinther annonça, du haut de la muraille, à nos sentinelles et à nos
gardes, qu'il demandait la permission de parler à César. Il

---

commutatio fieret voluntatis, quod sæpe in bello parvis momentis
magni casus intercederent, tamen veritus, ne militum introitu et noc-
turni temporis licentia oppidum diriperetur, eos, qui venerant, collaudat, atque in oppidum dimittit; portas murosque asservari jubet. Ipse
iis operibus, quæ facere instituerat, milites disponit, non certis spatiis
intermissis, ut erat superiorum dierum consuetudo, sed perpetuis vigiliis stationibusque, ut contingant inter se, atque omnem munitionem
expleant : tribunos militum et præfectos circummittit, atque hortatur,
non solum ab eruptionibus caveant, sed etiam singulorum hominum
occultos exitus asservent. Neque eo tam remisso ac languido animo
quisquam omnium fuit, qui ea nocte conquieverit. Tanta erat summa
rerum exspectatio, ut alius in aliam partem mente atque animo trahe-
retur, quid ipsis Corfiniensibus, quid Domitio, quid Lentulo, quid reliquis accideret, qui quosque eventus exciperent.

XXII. Quarta circiter vigilia, Lentulus Spinther de muro cum vigiliis custodibusque nostris colloquitur, velle, si sibi fiat potestas, Cæsarem convenire. Facta potestate, ex oppido mittitur, neque ab eo prius

l'obtient, sort de la ville, et les soldats de Domitius ne le quittent pas qu'il ne soit arrivé à notre camp. Là il demande la vie à César; il le prie de l'épargner, lui rappelle leur ancienne amitié et les bienfaits que César même lui avait prodigués : il l'avait fait admettre dans le collége des pontifes, lui avait fait donner le gouvernement d'Espagne au sortir de sa préture, et avait appuyé sa demande pour le consulat. César l'interrompit, et lui dit « qu'il n'était point sorti de sa province avec de mauvaises intentions, mais pour se défendre des outrages de ses ennemis; pour rétablir dans leur rang les tribuns du peuple, que l'on n'avait chassés qu'à cause de lui; pour rendre au peuple romain et à lui-même la liberté qu'une faction opprimait. » Lentulus, rassuré par ces paroles, demande la permission de rentrer dans la ville, afin que son exemple donne aux siens l'espoir d'une grâce semblable; car, dans leur frayeur, quelques-uns se croyaient forcés de se donner la mort. Cette permission lui est accordée; il se retire.

XXIII. Dès que le jour parut, César fit venir devant lui tous les sénateurs, leurs enfants, les tribuns militaires et

Domitiani milites discedunt, quam in conspectum Cæsaris deducatur. Cum eo de salute sua orat, atque obsecrat, sibi ut parcat; veteremque amicitiam commemorat; Cæsarisque in se beneficia exponit, quæ erant maxima, quod per eum in collegium pontificum venerat, quod provinciam Hispaniam ex prætura habuerat, quod in petitione consulatus ab eo erat sublevatus. Cujus orationem Cæsar interpellat: « se non maleficii causa ex provincia egressum, sed uti se a contumeliis inimicorum defenderet, ut tribunos plebis ea re ex civitate expulsos in suam dignitatem restitueret, ut se et populum romanum, paucorum factione oppressum, in libertatem vindicaret. » Cujus oratione confirmatus Lentulus, uti in oppidum reverti liceat, petit; « quod de sua salute impetraverit, fore etiam reliquis ad suam spem solatio; adeo esse perterritos nonnullos, ut suæ vitæ durius consulere cogantur. » Facta potestate, discedit.

XXIII. Cæsar, ubi illuxit, omnes senatores senatorumque liberos, tribunos militum equitesque romanos ad se produci jubet. Erant senatorii ordinis L. Domitius, P. Lentulus Spinther, L. Vibullius Rufus,

les chevaliers romains. De l'ordre des sénateurs étaient L. Domitius, P. Lentulus Spinther, L. Vibullius Rufus, Sext. Quintilius Varus, questeur, L. Rubrius; en outre le fils de Domitius, une foule d'autres jeunes gens et un grand nombre de chevaliers romains et de décurions que Domitius avait tirés des villes municipales. César les garantit des insultes et des reproches du soldat, se plaignit en peu de mots « de l'ingratitude dont plusieurs d'entre eux payaient ses nombreux bienfaits, » puis les renvoya tous sans tirer d'eux aucune vengeance. Les duumvirs de Corfinium lui présentant six millions de sesterces, que Domitius avait apportés et déposés au trésor, il les rendit à Domitius, pour ne point paraître plus clément que désintéressé; et cependant on savait que cet argent provenait des deniers publics, et avait été donné par Pompée pour la solde des troupes. César fit prêter serment aux troupes de Domitius, leva son camp après être resté sept jours devant Corfinium, et se rendit à marches forcées en Apulie, par les frontières des Marruciniens, des Frentaniens et des Larinates.

XXIV. Pompée, instruit de ce qui s'était passé à Cor-

Sext. Quintilius Varus, quæstor, L. Rubrius, præterea filius Domitii, aliique complures adolescentes, et magnus numerus equitum romanorum et decurionum, quos ex municipiis Domitius evocaverat. Hos omnes productos a contumeliis militum conviciisque prohibet : pauca apud eos loquitur, « quod sibi a parte eorum gratia relata non sit pro suis in eos maximis beneficiis. » Dimittit omnes incolumes. Sestertium sexagies, quod advexerat Domitius, atque in publicum deposuerat, allatum ad se ab duumviris corfiniensibus, Domitio reddit, ne continentior in vita hominum, quam in pecunia, fuisse videatur; etsi eam pecuniam publicam esse constabat, datamque a Pompeio in stipendium. Milites Domitianos sacramentum apud se dicere jubet, atque eo die castra movet, justumque iter conficit, VII omnino dies ad Corfinium commoratus, et per fines Marrucinorum, Frentanorum, Larinatium in Apuliam pervenit.

XXIV. Pompeius, iis rebus cognitis, quæ erant ad Corfinium gestæ, Luceria profiscitur Canusium, atque inde Brundisium. Copias undique

finium, va de Luceria à Canusium, et de là à Brindes. Il rassemble de toutes parts les troupes nouvellement levées, arme les esclaves et les pâtres, leur donne des chevaux et en forme à peu près trois cents cavaliers. Le préteur L. Manlius s'enfuit d'Albe avec six cohortes; Rutilius Lupus quitte Terracine avec trois autres : celles-ci, apercevant de loin la cavalerie de César, que commandait Bivius Curius, passent de son côté, en abandonnant le préteur. Plusieurs autres, dans le reste de la marche, rencontrèrent les légions de César ou sa cavalerie. On arrête et l'on amène Cn. Magius, de Crémone, commandant des ouvriers de Pompée : César le renvoie vers Pompée, avec ordre de lui dire que, « n'ayant pu jusqu'alors conférer avec lui, et devant bientôt le joindre à Brindes, il importait à la république et au salut commun qu'ils eussent ensemble une entrevue; qu'il était fort différent de communiquer par des tiers, et à de grandes distances, ou de tout discuter ensemble sur les lieux. »

XXV. Après avoir donné ces instructions, il arrive devant Brindes avec six légions, dont trois de vétérans; les autres, nouvellement levées, avaient été complétées en

---

omnes ex novis delectibus ad se cogi jubet; servos, pastores armat, atque his equos attribuit : ex iis circiter ccc equites conficit. L. Manlius prætor Alba cum cohortibus VI profugit; Rutilius Lupus prætor Terracina cum III : quæ procul equitatum Cæsaris conspicatæ, cui præerat Bivius Curius, relicto prætore, signa ad Curium transferunt, atque ad eum transeunt. Item reliquis itineribus nonnullæ cohortes in agmen Cæsaris, aliæ in equites incidunt. Reducitur ad eum deprehensus ex itinere Cn. Magius, Cremona, præfectus fabrum Cn. Pompeii; quem Cæsar ad eum remittit cum mandatis : « quoniam ad id tempus facultas colloquendi non fuerit, atque ad se Brundisium sit venturus, interesse reipublicæ et communis salutis, se cum Pompeio colloqui; neque vero idem profici longo itineris spatio, quum per alios conditiones ferantur, ac si coram de omnibus conditionibus disceptetur. »

XXV. His datis mandatis, Brundisium cum legionibus VI pervenit, veteranis III, reliquis, quas ex novo delectu confecerat, atque in itinere compleverat : Domitianas enim cohortes protinus a Corfinio in Siciliam

chemin : quant aux troupes de Domitius, il les avait aussitôt envoyées de Corfinium en Sicile. Il apprit que les
consuls étaient partis pour Dyrrachium avec une grande
partie de l'armée, et que Pompée était resté à Brindes avec
vingt cohortes : on ne savait si son intention avait été de
garder cette place, pour mieux dominer la mer Adriatique
par les extrémités de l'Italie et de la Grèce, et diriger ainsi
la guerre des deux côtés, ou s'il avait été retenu par le
manque de navires. César, craignant que Pompée ne voulût pas quitter l'Italie, résolut de fermer la sortie du port
de Brindes et de le rendre inutile. Telle fut la disposition
de ses travaux : là où l'entrée du port était le plus resserrée, il jeta aux deux côtés du rivage un môle et des digues ;
chose que les bas-fonds rendirent facile. Plus loin, comme
les eaux étaient trop profondes pour que la digue pût se
soutenir, il plaça à l'extrémité des digues deux radeaux,
fixés aux quatre angles par des ancres, pour que les vagues
ne pussent les ébranler. Ceux-ci posés et établis, il en
ajouta d'autres de pareille grandeur ; il les couvrit de terre
et de fascines, afin d'en maintenir l'accès libre pour la défense. Sur le front et sur les côtés, il les garnit de parapets

miserat. Reperit, consules Dyrrachium profectos cum magna parte
exercitus, Pompeium remanere Brundisii cum cohortibus XX (neque
certum inveniri poterat, obtinendine Brundisii causa ibi remansis-
set, quo facilius omne Adriaticum mare, extremis Italiæ partibus regio-
nibusque Græciæ, in potestatem haberet, atque ex utraque parte bellum
administrare posset, an inopia navium ibi restitisset); veritusque, n
taliam ille dimittendam non existimaret, exitus administrationesqu
brundisini portus impedire instituit : quorum operum hæc erat ratio
Qua fauces erant angustissimæ portus, moles atque aggerem ab utraqu
parte littoris jaciebat, quod his locis erat vadosum mare. Longius progressus, quum agger altiore aqua contineri non posset, rates duplices,
quoquoversus pedum XXX, e regione molis collocabat : has quaternis
ancoris ex quatuor angulis destinabat, ne fluctibus moverentur. His
perfectis collocatisque, alias deinceps pari magnitudine rates jungebat :
has terra atque aggere integebat, ne aditus atque incursus ad defendendum impediretur : a fronte atque ab utroque latere cratibus ac

et de claies; de quatre en quatre de ces radeaux, il éleva
des tours à deux étages, pour les mieux garantir de
l'attaque des navires et de l'incendie.

XXVI. Pompée opposa à ces travaux de grands vaisseaux de transport, qu'il avait trouvés dans le port de
Brindes. Il y éleva des tours à trois étages, les remplit de
machines et de traits de toute espèce, et les poussa contre
les ouvrages de César, pour briser les radeaux et troubler
les travailleurs. Ainsi chaque jour on combattait de loin
avec les frondes, les flèches et les autres traits. Cependant
César ne renonçait pas à un accommodement. Quoiqu'il
s'étonnât que Magius, envoyé vers Pompée avec des dé-
pêches, ne revînt point, et quoique ces tentatives réitérées
retardassent son activité et ses entreprises, il résolut de per-
sévérer dans son premier dessein. Il envoya donc Caninius
Rebilus, son lieutenant, ami intime de Scribonius Libon,
pour le prier de ménager un entretien. Il demanda surtout
à parler lui-même à Pompée. « Il ne doutait point qu'une
entrevue ne pût rétablir la paix à des conditions équi-
tables; si, par l'entremise de Libon, les deux partis se
décidaient à poser les armes, une grande partie de l'hon-

pluteis protegebat: in quarta quaque earum turres binorum tabulatorum
excitabat, quo commodius ab impetu navium incendiisque defenderet.
XXVI. Contra hæc Pompeius naves magnas onerarias, quas in portu
brundisino deprehenderat, adornabat. Ibi turres cum ternis tabulatis
erigebat, easque, multis tormentis et omni genere telorum completas,
ad opera Cæsaris appellebat, ut rates perrumperet, atque opera distur-
baret. Sic quotidie utrinque eminus fundis, sagittis, reliquisque telis
pugnabatur. Atque hæc ita Cæsar administrabat, ut conditiones pacis
dimittendas non existimaret. Ac tametsi magnopere admirabatur, Ma-
gium, quem ad Pompeium cum mandatis miserat, ad se non remitti,
atque ea res sæpe tentata etsi impetus ejus consiliaque tardabat, tamen
omnibus rebus in eo perseverandum putabat. Itaque Caninium Rebilum, legatum, familiarem necessariumque Scribonii Libonis, mittit ad
eum colloquii causa : mandat, ut Libonem de concilianda pace horte-
tur; in primis, ut ipse cum Pompeio colloqueretur, postulat. « Magnopere sese confidere » demonstrat, « si ejus rei sit potestas facta, fore ut

neur lui en reviendrait. » Libon, en quittant Caninius, alla
trouver Pompée; un instant après, il vint répondre que,
« les consuls étant absents, on ne pouvait traiter sans eux
d'aucun accommodement. » Après tant d'efforts inutiles,
César crut devoir enfin y renoncer, et ne plus songer qu'à
la guerre.

XXVII. Neuf jours s'étaient écoulés, et César avait
presque achevé la moitié de ses travaux, quand les vaisseaux qui avaient transporté les consuls et la première
partie de l'armée revinrent de Dyrrachium à Brindes.
Pompée, effrayé peut-être des travaux de César, ou résolu,
dès le commencement de la guerre, à quitter l'Italie, prépara aussitôt son départ; mais, pour retarder l'impétuosité
de César et de ses troupes, il fit murer les portes, barri-
cader les rues et les places, couper les chemins par des
fossés où il enfonça des pieux et des bâtons pointus, qu'il
recouvrit légèrement de claies et de terre. Les deux issues
qui conduisent de la ville au port furent aussi interceptées
par de grandes poutres pointues. Tout étant prêt, il
ordonna à ses troupes de s'embarquer sans bruit, et dis-

æquis conditionibus ab armis discedatur; cujus rei magnam partem
laudis atque existimationis ad Libonem perventuram, si, illo auctore atque agente, ab armis sit discessum. » Libo, a colloquio Caninii digres-
sus, ad Pompeium proficiscitur. Paulo post renuntiat, « quod consules
absint, sine illis de compositione agi non posse. » Ita sæpius rem frustra tentatam Cæsar aliquando dimittendam sibi judicat, et de bello
agendum.

XXVII. Prope dimidia parte operis a Cæsare effecta, diebusque in ea
re consumptis IX, naves, a consulibus Dyrrachio remissæ, quæ priorem
partem exercitus eo deportaverant, Brundisium revertuntur. Pompeius,
sive operibus Cæsaris permotus, sive etiam quod ab initio Italia excedere constituerat, adventu navium profectionem parare incipit; et, quo
facilius impetum Cæsaris tardaret, ne sub ipsa profectione milites oppidum irrumperent, portas obstruit, vicos plateasque inædificat, fossas
transversas viis præducit, atque ibi sudes stipitesque præacutos defigit.
Hæc levibus cratibus terraque inæquat: aditus autem atque itinera duo,
quæ extra murum ad portum ferebant, maximis defixis trabibus, atque

posa sur les murailles et les tours un petit nombre de
vétérans, d'archers et de frondeurs. Ceux-ci devaient partir à un signal convenu, dès qu'ils verraient toutes les
troupes embarquées; pour cela, il leur laissa, dans un lieu
sûr, quelques barques légères.

XXVIII. Les habitants de Brindes, fatigués des outrages
de Pompée et de ses soldats, favorisaient le parti de César.
Sur le premier indice du départ de Pompée, tandis que
ses soldats s'agitent et s'empressent, ils en donnent avis
du haut de leurs toits. César ne néglige point l'occasion :
il ordonne de prendre les armes et de préparer les
échelles. Pompée lève l'ancre à l'approche de la nuit. Les
gardes placés sur les murailles se retirent au signal convenu, et gagnent leurs vaisseaux par des chemins détournés. Nos soldats dressent les échelles et escaladent le mur;
mais, avertis par les habitants de prendre garde aux fossés
et aux piéges, ils s'arrêtent, puis, par un long détour,
arrivent au port, où ils trouvent deux navires chargés de
troupes qui avaient échoué contre la digue de César. Ils
s'en rendent maîtres avec des esquifs et des bateaux.

eis præacutis, præsepit. His paratis rebus, milites silentio naves con-
scendere jubet; expeditos autem ex evocatis sagittariis funditoribusque
raros in muro turribusque disponit. Hos certo signo revocare constituit,
quum omnes milites naves conscendissent; atque iis expedito loco ac-
tuaria navigia relinquit.

XXVIII. Brundisini, Pompeianorum militum injuriis atque ipsius
Pompeii contumeliis permoti, Cæsaris rebus favebant. Itaque, cognita
Pompeii profectione, concursantibus illis atque in ea re occupatis, vulgo
ex tectis significabant : per quos re cognita, Cæsar scalas parari militesque armari jubet, ne quam rei gerendæ facultatem dimittat. Pompeius
sub noctem naves solvit. Qui erant in muro custodiæ causa collocati,
eo signo, quod convenerat, revocantur, notisque itineribus ad naves
decurrunt. Milites, positis scalis, muros ascendunt; sed moniti a
Brundisinis, ut vallum cæcum fossasque caveant, subsistunt; et longo
itinere ab his circumducti, ad portum perveniunt, duasque naves cum
militibus, quæ ad moles Cæsaris adhæserant, scaphis lintribusque deprehendunt, deprehensas excipiunt.

XXIX. César pouvait espérer de terminer à souhait cette affaire, s'il assemblait des vaisseaux et poursuivait Pompée, avant que celui-ci eût tiré des secours d'outre-mer. Mais il eût fallu un trop long délai : Pompée avait emmené tous les navires, et ôté par là tout moyen d'une prompte poursuite. Il n'avait donc qu'à attendre des vaisseaux des contrées lointaines de la Gaule, du Picenum, ou du détroit de Sicile; mais la saison et les distances étaient un grand obstacle. Pendant ce temps, il craignait que les vieilles troupes et les deux Espagnes, dont l'une devait tout à Pompée, ne s'attachassent à lui davantage, et qu'on pût préparer des auxiliaires, de la cavalerie, et attaquer en son absence la Gaule et l'Italie.

XXX. Il renonce donc pour le moment à poursuivre Pompée, et se décide à passer en Espagne. Il ordonne aux duumvirs de toutes les villes municipales d'assembler des vaisseaux et de les envoyer à Brindes. Il fait passer en Sardaigne son lieutenant Valerius avec une légion, et Curion en Sicile, comme propréteur, avec quatre légions; il lui enjoint de se rendre en Afrique aussitôt que la Sicile sera soumise. M. Cotta commandait alors en Sardaigne,

XXIX. Cæsar, etsi ad spem conficiendi negotii maxime probabat, coactis navibus mare transire, et Pompeium sequi, priusquam ille sese transmarinis auxiliis confirmaret, tamen ejus rei moram temporisque longinquitatem timebat, quod, omnibus coactis navibus, Pompeius præsentem facultatem insequendi sui ademerat. Relinquebatur, ut ex longinquioribus regionibus Galliæ Piceniquie, et a freto naves essent exspectandæ. Id, propter anni tempus, longum atque impeditum videbatur. Interea veterem exercitum, duas Hispanias confirmari (quarum altera erat maximis beneficiis Pompeii devincta), auxilia, equitatum parari, Galliam Italiamque tentari, se absente, nolebat.

XXX. Itaque in præsentia Pompeii insequendi rationem omittit, in Hispaniam proficisci constituit; duumviris municipiorum omnium imperat, ut naves conquirant, Brundisiumque deducendas curent. Mittit in Sardiniam cum legione una Valerium legatum; in Siciliam Curionem proprætorem cum legionibus quatuor : eumdem, quum Siciliam recepisset, protinus in Africam traducere exercitum jubet. Sardiniam

M. Caton en Sicile; l'Afrique était échue à Tubéron. Dès
que les Carilitains surent qu'on leur envoyait Valerius,
sans même attendre qu'il fût parti d'Italie, ils chassèrent
Cotta de leurs murs. Effrayé du soulèvement de toute la
province, celui-ci s'enfuit de Sardaigne en Afrique. En
Sicile, Caton faisait réparer les vieilles galères, et ordonnait d'en fournir de nouvelles. Son activité était infatigable. Il faisait faire par ses lieutenants dans la Lucanie
et le Bruttium des levées de citoyens romains; il exigeait
des peuples de Sicile un nombre déterminé de cavaliers
et de fantassins. Ces préparatifs étaient presque achevés,
quand il apprit l'arrivée de Curion : alors il se plaint au
peuple « d'être abandonné et trahi par Cn. Pompée, qui,
sans être prêt en rien, avait entrepris une guerre inutile,
en affirmant dans le sénat, devant lui et les autres, qu'il
avait pourvu à tout. » Après avoir exhalé ces plaintes, Caton
s'enfuit de son gouvernement.

XXXI. Valerius et Curion arrivèrent avec leurs troupes,
l'un en Sardaigne, l'autre en Sicile. Tubéron, à son arrivée
en Afrique, trouva la province occupée par Attius Varus.
On a vu que cet Attius s'était retiré en Afrique après la

obtinebat M. Cotta, Siciliam M. Cato, Africam sorte Tubero obtinere
debebat. Caralitani, simul ad se Valerium mitti audierunt, nondum profecto ex Italia, sua sponte ex oppido Cottam ejiciunt. Ille perterritus,
quod omnem provinciam consentire intelligeret, ex Sardinia in Africam
profugit. Cato in Sicilia naves longas veteres reficiebat, novas civitatibus imperabat. Hæc magno studio agebat. In Lucanis Bruttiisque per
legatos suos civium romanorum delectus habebat, equitum peditumque
certum numerum a civitatibus Siciliæ exigebat. Quibus rebus pæne
perfectis, adventu Curionis cognito, queritur, in concione, « sese
projectum ac proditum a Cn. Pompeio, qui, omnibus rebus imparatis-
simus, non necessarium bellum suscepisset, et, ab se reliquisque in
senatu interrogatus, omnia sibi esse ad bellum apta ac parata confirma-
visset. » Hæc in concione questus, ex provincia fugit.

XXXI. Nacti vacuas ab imperiis Sardiniam Valerius, Curio Siciliam,
cum exercitibus eo perveniunt. Tubero, quum in Africam venisset,
invenit in provincia cum imperio Attium Varum, qui ad Auximum, ut

perte de ses cohortes à Auximum. N'ayant trouvé dans cette province personne qui y commandât, il s'en était emparé, y avait fait des levées et formé deux légions : déjà, peu d'années auparavant, il l'avait gouvernée au sortir de sa préture. La connaissance des lieux et ses relations avec les habitants lui avaient été d'un grand secours. Il refusa à Tubéron et à sa flotte l'entrée du port d'Utique, ne lui permit pas même de mettre à terre son fils malade, et le força de lever l'ancre et de se retirer.

XXXII. Ces dispositions faites, César, voulant donner du repos à ses troupes, les distribue dans les villes municipales voisines, et part pour Rome. Il assemble le sénat, et rappelle les outrages de ses ennemis. « Il n'a, dit-il, demandé aucune faveur extraordinaire; content des honneurs auxquels tout citoyen peut prétendre, il a attendu le temps prescrit pour briguer le consulat : malgré ses ennemis et la vive résistance de Caton, qui, selon son usage, perdit le temps en longs discours, les dix tribuns du peuple ont ordonné qu'on lui rendît justice en son absence. Pompée était alors consul : s'il improuvait le décret, que ne l'a-t-il combattu ? s'il l'approuve, pourquoi

---

supra demonstravimus, amissis cohortibus, protinus ex fuga in Africam pervenerat, atque eam sua sponte vacuam occupaverat, delectuque habito, duas legiones effecerat, hominum et locorum notitia et usu ejus provinciæ nactus aditus ad ea conanda, quod paucis ante annis ex prætura eam provinciam obtinuerat. Hic venientem Uticam cum navibus Tuberonem portu atque oppido prohibet, neque affectum valetudine filium exponere in terram patitur; sed, sublatis ancoris, excedere eo loco cogit.

XXXII. His rebus confectis, Cæsar, ut reliquum tempus a labore intermitteretur, milites in proxima municipia deducit : ipse ad Urbem proficiscitur. Coacto senatu, injurias inimicorum commemorat : docet, « se nullum extraordinarium honorem appetisse, sed exspectato legitimo tempore consulatus, eo fuisse contentum, quod omnibus civibus pateret : latum ab decem tribunis plebis, contradicentibus inimicis, Catone vero acerrime repugnante, et, pristina consuetudine, dicendi mora dies extrahente, ut sui ratio absentis haberetur, ipso consule Pom-

empêche-t-il César de profiter de la bienveillance du peuple romain ? » César parle de sa modération. Lui-même avait demandé qu'on licenciât les armées, quelque tort que cela dût faire à son crédit et à son honneur. Il fait voir l'acharnement de ses ennemis, qui refusaient de se soumettre à ce qu'ils exigeaient des autres, et aimaient mieux tout livrer au désordre que de quitter le commandement des troupes et le pouvoir ; il rappelle l'injustice avec laquelle on lui avait ôté deux légions, les dures et insolentes poursuites dirigées contre les tribuns du peuple ; tant d'offres faites par lui, tant d'entrevues demandées et refusées. Il prie donc et conjure les sénateurs « de veiller sur la république, et de s'unir à lui pour la gouverner. Si la crainte les en détourne, il ne leur sera pas à charge, et en prendra seul le soin. Il faut députer vers Pompée, pour traiter d'un accommodement. Il n'a point ces préventions de Pompée, qui pense que députer vers quelqu'un c'est reconnaître son autorité ou témoigner qu'on le craint. Ces sentiments sont d'une âme petite et faible : s'il a cherché à se distinguer par ses exploits, il veut aussi surpasser les autres en droiture ou en équité. »

peio : qui si improbasset, cur ferri passus esset? sin probasset, cur se uti populi beneficio prohibuisset? Patientiam proponit suam, quum de exercitibus dimittendis ultro postulavisset, in quo jacturam dignitatis atque honoris ipse facturus esset. Acerbitatem inimicorum docet, qui, quod ab altero postularent, in se recusarent, atque omnia permisceri mallent, quam imperium exercitusque dimittere. Injuriam in eripiendis legionibus prædicat : crudelitatem et insolentiam in circumscribendis tribunis plebis, conditiones a se latas, et expetita colloquia et denegata, commemorat. Pro quibus rebus orat ac postulat, rempublicam suscipiant, atque una secum administrent. Sin timore defugiant, illis se oneri non futurum, et per se rempublicam administraturum. Legatos ad Pompeium de compositione mitti oportere : neque se reformidare, quod in senatu paulo ante Pompeius dixisset, ad quos legati mitterentur, iis auctoritatem attribui, timoremque eorum, qui mitterent, significari : tenuis atque infirmi hæc animi videri : se vero, ut operibus anteire studuerit, sic justitia et æquitate velle superare. »

XXXIII. L'envoi d'une députation fut approuvé de tous; mais personne ne voulait en être. Chacun craignait pour soi le danger de cette mission; car Pompée, à son départ, avait dit dans le sénat qu'il traiterait les citoyens restés dans Rome comme ceux qui seraient au camp de César. Trois jours se passèrent en discussions et en excuses. Les ennemis de César suscitèrent encore L. Metellus, tribun du peuple, pour écarter sa proposition et entraver tous ses desseins. César s'en aperçut : craignant de perdre le temps qui lui restait, il quitta Rome sans avoir rien terminé, et partit pour la Gaule ultérieure.

XXXIV. Là il apprit que Pompée avait envoyé en Espagne Vibullius Rufus qui, peu de jours auparavant, avait été fait prisonnier à Corfinium, et relâché par l'ordre de César. Il sut aussi que Domitius était parti pour Marseille avec sept galères prises à des particuliers d'Igilium et de Cosanum, et qu'il avait remplies de ses esclaves, de ses affranchis, et de colons de ses terres; il sut aussi que Pompée, à son départ de Rome, avait fait partir en avant, comme députés, de jeunes Marseillais des plus nobles familles, les

XXXIII. Probat rem senatus de mittendis legatis; sed, qui mitterentur, non reperiebantur, maximeque timoris causa, pro se quisque id munus legationis recusabat. Pompeius enim discedens ab Urbe in senatu dixerat, eodem se habiturum loco, qui Romæ remansissent, et qui in castris Cæsaris fuissent. Sic triduum disputationibus excusationibusque extrahitur. Subjicitur etiam L. Metellus, tribunus plebis, ab inimicis Cæsaris, qui hanc rem distrahat, reliquasque res, quascumque agere instituerit, impediat. Cujus cognito consilio, Cæsar, frustra diebus aliquot consumptis, ne reliquum tempus omittat, infectis iis, quæ agere destinaverat, ab Urbe proficiscitur, atque in ulteriorem Galliam pervenit.

XXXIV. Quo quum venisset, cognoscit : missum in Hispaniam a Pompeio Vibullium Rufum, quem paucis diebus ante Corfinii captum ipse dimiserat : profectum item Domitium ad occupandam Massiliam navibus actuariis VII, quas, Igilii et in Cosano a privatis coactas, servis, libertis, colonis suis compleverat : præmissos etiam legatos massilienses domum, nobiles adolescentes, quos ab Urbe discedens Pompeius erat adhortatus, ne nova Cæsaris officia veterum suorum beneficiorum in

priant de ne pás oublier ses anciens bienfaits pour les services récents de César. Fidèles à ces instructions, les Marseillais avaient fermé leurs portes à César; ils avaient appelé près d'eux les Albices, peuple sauvage qui habitait les montagnes au-dessus de Marseille, et qu'ils avaient toujours trouvé dévoué; ils avaient fait entrer dans leur ville tout le blé des cantons et des châteaux voisins, établi des fabriques d'armes, et réparé leurs murailles, leurs portes, leurs navires.

XXXV. César mande quinze des principaux de la ville : il leur conseille de ne pas être les premiers à commencer la guerre; de se conformer au sentiment de l'Italie entière plutôt qu'à la volonté d'un seul. Il ajoute tout ce qu'il croit capable de les guérir de leur témérité. Les députés reportent ces paroles à leurs concitoyens, et reçoivent l'ordre de lui répondre que, « voyant le peuple romain divisé en deux partis, ils ne sont ni assez éclairés ni assez puissants pour décider laquelle des deux causes est la plus juste; que les deux chefs opposés, Cn. Pompée et C. César, étaient protecteurs de leur ville; que l'un leur avait publi-

---

eos memoriam expellerent. Quibus mandatis acceptis, Massilienses portas Cæsari clauserant : Albicos, barbaros homines, qui in eorum fide antiquitus erant, montesque supra Massiliam incolebant, ad se vocaverant : frumentum ex finitimis regionibus atque ex omnibus castellis in urbem convexerant : armorum officinas in urbe instituerant : muros, classem, portas reficiebant.

XXXV. Evocat ad se Cæsar Massiliensium xv primos : cum his agit, ne initium inferendi belli a Massiliensibus oriatur : « debere eos Italiæ totius auctoritatem sequi potius, quam unius hominis voluntati obtemperare. » Reliqua, quæ ad eorum sanandas mentes pertinere arbitrabatur, commemorat. Cujus orationem domum legati referunt; atque ex auctoritate hæc Cæsari renuntiant : « Intelligere se, divisum esse populum romanum in partes duas; neque sui judicii, neque suarum esse virium, discernere utra pars justiorem habeat causam : principes vero esse earum partium Cn. Pompeium et C. Cæsarem, patronos civitatis; quorum alter agros Volcorum Arecomicorum et Helviorum publice iis concesserit, alter bello victas Gallias attribuerit, vectigaliaque auxe-

quement accordé les terres des Volsques Arécomiciens et
des Helviens; que l'autre, vainqueur des Gaules, avait aug-
menté leur territoire et leurs revenus; qu'à des services
égaux ils devaient témoigner une égale reconnaissance,
ne servir aucun des deux contre l'autre, ne recevoir ni l'un
ni l'autre dans leur ville et leurs ports. »

XXXVI. Pendant ces explications, Domitius arrive à Marseille avec sa flotte, et, reçu par les habitants, il prend le
commandement de la ville. On lui donne aussi la conduite
de la guerre. Les vaisseaux sont mis à ses ordres. Ils vont
chercher partout des bâtiments de transport : ceux qui
étaient en mauvais état leur fournissent le fer, le bois, les
agrès, pour radouber et armer le reste; il mettent en commun le blé qu'ils ont pu recueillir; ils serrent les autres
approvisionnements, en cas de siége. Irrité de cette injure,
César amène trois légions, élève des tours et des mantelets pour l'attaque de la ville, fait équiper à Arles douze
galères. En trente jours, à compter de celui où l'on coupa
le bois, elles furent faites et armées; elles furent amenées
à Marseille. César en donne le commandement à D. Brutus,
et laisse son lieutenant C. Trebonius pour conduire le siége.

rit. Quare paribus eorum beneficiis parem se quoque voluntatem tri-
buere debere, et neutrum eorum contra alterum juvare, aut urbe aut
portibus recipere. »

XXXVI. Hæc dum inter eos aguntur, Domitius navibus Massiliam
pervenit; atque ab iis receptus, urbi præficitur. Summa ei belli admi-
nistrandi permittitur. Ejus imperio classem quoquoversus dimittunt :
onerarias naves, quas ubique possunt, deprehendunt, atque in portum
deducunt : earum clavis aut materia atque armamentis instructis ad
reliquas armandas reficiendasque utuntur : frumenti quod inventum
est, in publicum conferunt : reliquas merces commeatusque ad obsi-
dionem urbis, si accedat, reservant. Quibus injuriis permotus, Cæsar
legiones tres Massiliam adducit; turres vineasque ad oppugnationem
urbis agere, naves longas Arelate numero XII facere instituit. Quibus
eeffctis armatisque diebus triginta, a qua die materia cæsa est, adduc-
tisque Massiliam, his D. Brutum præficit : C. Trebonium legatum ad
oppugnationem Massiliæ relinquit.

XXXVII. En même temps, il fait partir pour l'Espagne son lieutenant C. Fabius, avec trois légions qu'il avait placées en quartier d'hiver à Narbonne et aux environs. Il lui ordonne de s'emparer des passages des Pyrénées, alors gardés par L. Afranius, et le fait suivre par les autres légions, dont les quartiers étaient plus éloignés. Fabius exécuta ces ordres avec promptitude, chassa les troupes qui occupaient ces défilés, et marcha à grandes journées contre Afranius.

XXXVIII. A l'arrivée de Vibullius Rufus, que nous avons vu envoyé en Espagne par Pompée, les lieutenants de Pompée, Afranius, Petreius et Varron se partagèrent le soin de la guerre : l'un commandait avec trois légions dans l'Espagne citérieure ; l'autre, avec deux, depuis les défilés de Castulo jusqu'au fleuve Anas ; le troisième, avec pareil nombre, dans le territoire des Vettones et en Lusitanie. Petreius devait partir de la Lusitanie par le pays des Vettones, et joindre Afranius avec toutes ses troupes, tandis que Varron tiendrait avec ses légions toute l'Espagne ultérieure. Cela réglé, Petreius fit des levées d'hommes et de chevaux dans la Lusitanie, et Afranius en

XXXVII. Dum hæc parat atque administrat, C. Fabium legatum cum legionibus tribus, quas Narbone circumque ea loca hiemandi causa disposuerat, in Hispaniam præmittit, celeriterque Pyrenæos saltus occupari jubet, qui eo tempore ab L. Afranio legato præsidiis tenebantur : reliquas legiones, quæ longius hiemabant, subsequi jubet. Fabius, ut erat imperatum, adhibita celeritate, præsidium ex saltu dejecit, magnisque itineribus ad exercitum Afranii contendit.

XXXVIII. Adventu Vibullii Rufi, quem a Pompeio missum in Hispaniam demonstratum est, Afranius et Petreius et Varro, legati Pompeii (quorum unus tribus legionibus Hispaniam citeriorem, alter a saltu Castulonensi ad Anam duabus legionibus, tertius ab Ana Vettonum grum Lusitaniamque pari numero legionum obtinebat), officia inter e partiuntur, uti Petreius ex Lusitania per Vettones cum omnibus copiis ad Afranium proficiscatur, Varro cum iis, quas habebat, legionibus, omnem ulteriorem Hispaniam tueatur. His rebus constitutis, equites auxiliaque toti Lusitaniæ a Petreio, Celtiberis, Cantabris, Bar-

ordonna chez les Celtibères, les Cantabres et tous les Barbares qui habitent les côtes de l'Océan. Petreius court aussitôt joindre Afranius : ils se décident, d'un commun accord, à soutenir la guerre près d'Ilerda, à cause de l'avantage de ce poste.

XXXIX. Ainsi Afranius commandait trois légions, et Petreius en avait deux, sans compter environ quatre-vingts cohortes levées dans les deux Espagnes et près de cinq mille chevaux. César y avait envoyé en avant trois légions, avec six mille auxiliaires et trois mille chevaux qui l'avaient servi dans toutes les guerres précédentes, et pareil nombre de troupes gauloises, que lui-même avait rassemblées en appelant de chaque ville ce qu'il y avait de plus illustre et de plus brave, principalement en Aquitaine et dans les montagnes qui touchent à la province romaine. A la nouvelle que Pompée arrivait en Espagne par la Mauritanie avec ses légions, il emprunta de l'argent aux tribuns des soldats et aux centurions, et le distribua aux troupes : par ce gage, il s'assurait de la fidélité des centurions, comme il gagnait les soldats par ses largesses.

barisque omnibus, qui ad Oceanum pertinent, ab Afranio imperantur. Quibus coactis, celeriter Petreius per Vettones ad Afranium pervenit. Constituunt communi consilio bellum ad Ilerdam, propter ipsius loci opportunitatem, gerere.

XXXIX. Erant, ut supra demonstratum est, legiones Afranii tres, Petreii duæ, præterea scutatæ citerioris provinciæ, et cetratæ ulterioris Hispaniæ cohortes circiter LXXX, equitum utriusque provinciæ circiter v millia. Cæsar legiones in Hispaniam præmiserat, ad vi millia auxilia peditum, equitum III millia, quæ omnibus superioribus bellis habuerat, et parem ex Gallia numerum, quem ipse paraverat, nominatim ex omnibus civitatibus nobilissimo et fortissimo quoque evocato. Hinc optimi generis homines ex Aquitanis montanisque, qui Galliam provinciam attingunt. Audierat Pompeium per Mauritaniam cum legionibus iter in Hispaniam facere, confestimque esse venturum : simul a tribunis militum centurionibusque mutuas pecunias sumpsit : has exercitui distribuit. Quo facto duas res consecutus est, quod pignore animos centurionum devinxit, et largitione redemit militum voluntates.

XL. Fabius essayait, par lettres et par messages, de soulever les villes voisines. Il avait jeté deux ponts sur la Ségre, à quatre milles l'un de l'autre, et s'en servait pour envoyer au fourrage, tout ce qui était en deçà du fleuve ayant été consommé les jours précédents. Les chefs de l'armée de Pompée faisaient à peu près de même, et pour le même motif : de là résultaient de fréquentes escarmouches entre les cavaliers des deux partis. Deux légions de Fabius, qui, selon leur usage, escortaient les fourrageurs, ayant passé le fleuve, suivies de la cavalerie et des bagages, tout-à-coup la violence des vents et la crue des eaux rompirent le pont et séparèrent l'armée. Petreius et Afranius s'aperçurent de cet accident par les débris de bois et de claies que la rivière emportait. Aussitôt Afranius, prenant quatre légions et toute sa cavalerie, traverse le pont qu'il avait construit entre son camp et la ville, et marche à la rencontre des deux légions de Fabius. L. Plancus, qui les commandait, fut obligé de gagner une hauteur et de faire face des deux côtés pour n'être pas enveloppé par la cavalerie. En cet état, malgré l'inégalité du

XL. Fabius finitimarum civitatum animos litteris nuntiisque tentabat. In Sicore flumine pontes effecerat duos, inter se distantes millia passuum IV. His pontibus pabulatum mittebat; quod ea, quæ citra flumen fuerant, superioribus diebus consumpserat. Hoc idem fere, atque eadem de causa, Pompeiani exercitus duces faciebant; crebroque inter se equestribus præliis contendebant. Huc quum quotidiana consuetudine congressæ pabulatoribus præsidio proprio legiones Fabianæ duæ flumen transissent, impedimentaque et omnis equitatus sequeretur, subito vi ventorum et aquæ magnitudine pons est interruptus, et reliqua multitudo equitum interclusa. Quo cognito a Petreio et Afranio ex aggere atque cratibus quæ flumine ferebantur, celeriter suo ponte Afranius, quem oppido castrisque conjunctum habebat, legiones IV equitatumque omnem trajecit, duabusque Fabianis occurrit legionibus. Cujus adventu nuntiato, L. Plancus, qui legionibus præerat, necessaria re coactus, locum capit superiorem, diversamque aciem in duas partes constituit, ne ab equitatu circumveniri posset. Ita, congressus impari numero, magnos impetus legionum equitatusque sustinet. Commisso ab equi-

6.

nombre, il soutint les vives attaques et de la cavalerie et des légions. L'action ainsi engagée, les deux partis aperçurent de loin les enseignes des deux légions que C. Fabius avait fait passer sur l'autre pont pour nous secourir. Il s'était bien douté que les chefs ennemis ne manqueraient pas de profiter de cette faveur de la fortune pour nous accabler. L'arrivée de ces troupes fit cesser le combat, et chacun ramena ses légions au camp.

XLI. Deux jours après, César arriva avec neuf cents chevaux qu'il avait gardés pour son escorte. On avait presque rétabli le pont qui avait été rompu : César le fit terminer dans la nuit. Lorsqu'il eut reconnu le pays, il laissa six cohortes à la garde du pont, du camp et des bagages, marcha le lendemain sur Ilerda avec toutes ses troupes rangées sur trois lignes, et s'arrêta devant le camp d'Afranius. Il y resta quelque temps sous les armes, et lui présenta le combat en rase campagne. De son côté, Afranius fit sortir ses troupes et les rangea sur le milieu d'une colline, en avant de son camp. César, voyant qu'Afranius ne se pressait pas de combattre, résolut de camper au pied de la montagne, à environ quatre cents pas de di-

tibus prælio, signa duarum legionum procul ab utrisque conspiciuntur, quas C. Fabius ulteriore ponte subsidio nostris miserat, suspicatus fore id, quod accidit, ut duces adversariorum occasione et beneficio fortunæ ad nostros opprimendos uterentur : quarum adventu prælium dirimitur, ac suas uterque legiones reducit in castra.

XLI. Eo biduo Cæsar cum equitibus DCCCC, quos sibi præsidio reliquerat, in castra pervenit. Pons, qui fuerat tempestate interruptus, pene erat refectus : hunc noctu perfici jussit. Ipse, cognita locorum natura, ponti castrisque præsidio sex cohortes relinquit, atque omnia impedimenta, et postero die omnibus copiis, triplici instructa acie, ad Ilerdam proficiscitur, et sub castris Afranii constitit : et, ibi paulisper sub armis moratus, facit æquo loco pugnandi potestatem. Potestate facta, Afranius copias educit, et in medio colle sub castris constituit. Cæsar, ubi cognovit, per Afranium stare, quo minus prælio dimicaretur, ab infimis radicibus montis, intermissis circiter passibus CD, castra facere constituit : et, ne in opere faciendo milites repentino hostium incursu

stance; et afin que ses troupes ne pussent être alarmées ou interrompues dans leurs travaux par quelque attaque soudaine de l'ennemi, au lieu d'élever un rempart qui nécessairement se serait vu de loin, il fit seulement creuser à la tête du camp un fossé de quinze pieds. La première et la seconde ligne restaient sous les armes, dans le même rang où elles étaient d'abord ; la troisième travaillait derrière elles : par ce moyen, l'ouvrage fut achevé avant qu'Afranius s'aperçut que l'on fortifiait le camp.

XLII. Sur le soir, César ramène ses troupes dans ce retranchement, et y passe la nuit sous les armes. Le lendemain il retient toute son armée dans le camp, et, comme il eût fallu trop s'éloigner pour se procurer des matériaux, il se contenta, pour le moment, de continuer l'ouvrage sur le même plan : il chargea deux légions de fortifier les côtés du camp, d'ouvrir des fossés de la même largeur, et tint les autres légions en bataille vis-à-vis de l'ennemi. Afranius et Petreius, voulant effrayer ou troubler les travailleurs, font paraître leurs troupes au pied de la colline et nous provoquent au combat. Mais César laisse continuer le travail, sûr d'être assez défendu par son fossé et ses

exterrerentur, atque opere prohiberentur, vallo muniri vetuit, quod eminere et procul videri necesse erat; sed a fronte contra hostem pedum xv fossam fieri jussit. Prima et secunda acies in armis, ut ab initio constituta erat, permanebat : post hos opus in occulto a tertia acie fiebat. Sic omne prius est perfectum, quam intelligeretur ab Afranio, castra muniri.

XLII. Sub vesperum, Cæsar intra hanc fossam legiones reducit, atque ibi sub armis proxima nocte conquiescit. Postero die omnem exercitum intra fossam continet, et, quod longius erat agger petendus, in præsentia similem rationem operis instituit, singulaque latera castrorum singulis attribuit legionibus munienda, fossasque ad eamdem magnitudinem perfici jubet : reliquas legiones in armis expeditas contra hostem constituit. Afranius Petreiusque terrendi causa, atque operis impediendi, copias suas ad infimas montis radices producunt, et prælio lacessunt. Neque idcirco Cæsar opus intermittit, confisus præsidio legionum trium, et munitione fossæ. Illi, non diu commorati, nec lon-

trois légions. L'ennemi n'osa s'avancer, et ne tarda pas à se retirer. Le troisième jour, César fortifie son camp d'un rempart et y fait venir les bagages et le reste des cohortes qu'il avait laissées dans l'autre.

XLIII. Entre la ville d'Ilerda et la colline voisine, où campaient Afranius et Petreius, était une plaine d'environ trois cents pas, et au milieu une petite hauteur : si César parvenait à s'en rendre maître et à s'y fortifier, il croyait pouvoir ôter aux ennemis toute communication avec le pont et la ville d'où ils tiraient leurs subsistances. Dans cet espoir, il fait sortir trois légions, les range en bataille dans un lieu convenable, et ordonne au premier rang de l'une d'elles de courir en avant et de prendre cette hauteur. A cette vue, les cohortes qui étaient de garde en tête du camp d'Afranius sont envoyées au même endroit par un chemin plus court. Le combat s'engage; mais les soldats d'Afranius, qui étaient arrivés les premiers, repoussent les nôtres, et, à l'aide d'un renfort, les contraignent de tourner le dos et de rejoindre les légions.

XLIV. Telle était la manière de combattre des soldats d'Afranius : ils attaquaient avec vivacité, s'emparaient

gius ab infimo colle progressi, copias in castra reducunt. Tertio die Cæsar vallo castra communit : reliquas cohortes, quas in superioribus castris reliquerat, impedimentaque ad se traduci jubet.

XLIII. Erat inter oppidum Ilerdam et proximum collem, ubi castra Petreius atque Afranius habebant, planities circiter passuum ccc : atque in hoc fere medio spatio tumulus erat paulo editior : quem si occupasset Cæsar et communisset, ab oppido et ponte et commeatu omni, quem in oppidum contulerant, se interclusurum adversarios confidebat. Hoc sperans, legiones tres ex castris eduxit, acieque in locis idoneis instructa, unius legionis antesignanos procurrere, atque occupare eum tumulum jubet. Qua re cognita, celeriter, quæ in statione pro castris erant, Afranii cohortes breviore itinere ad eumdem occupandum locum mittuntur. Contenditur prœlio; et, quod prius in tumulum Afraniani venerant, nostri repelluntur, atque, aliis submissis præsidiis, terga vertere, seque ad signa legionum recipere coguntur.

XLIV. Genus erat pugnæ militum illorum, ut magno impetu primo

d'une position avec audace, s'embarrassaient peu de garder leur rangs, ne se montraient que par peloton : s'ils étaient pressés, ils reculaient et lâchaient pied sans scrupule. Ils avaient pris cette habitude chez les Lusitaniens et les autres Barbares : car on sait que le soldat est fort disposé à prendre les coutumes des peuples chez lesquels il a longtemps séjourné. Les nôtres, peu faits à ce genre de combat, ne laissèrent pas d'être troublés. A chacune de ces attaques partielles et soudaines, ils croyaient qu'on voulait les envelopper et les prendre en flanc : car, pour eux, ils ne savaient que garder leurs rangs, ne point se séparer des étendards, ne jamais quitter, sans de fortes raisons, le poste qu'ils avaient pris d'abord. Le désordre s'étant donc mis dans les rangs avancés de la légion, cette aile entière s'ébranla et se retira sur un coteau voisin.

XLV. César, voyant l'effroi gagner presque tous les siens, contre leur coutume et contre son attente, cherche à les rassurer, et conduit la neuvième légion au secours des troupes en péril : il arrête les vives poursuites d'un ennemi enhardi par le succès, le force à son tour de fuir et de se retirer vers Ilerda, sous les murs mêmes de la

procurrerent, audacter locum caperent, ordines suos non magnopere servarent, rari dispersique pugnarent; si premerentur, pedem referre, et loco excedere, non turpe existimarent, cum Lusitanis reliquisque Barbaris genere quodam pugnæ assuefacti : quod fere fit, quibus quisque in locis miles inveteravit, uti multum earum regionum consuetudine moveatur. Hæc tamen ratio nostros perturbavit, insuetos hujus generis pugnæ : circumiri enim sese ab aperto latere, procurrentibus singulis, arbitrabantur; ipsi autem suos ordines servare, neque ab signis discedere, neque sine gravi causa eum locum, quem ceperant, dimitti censuerant oportere. Itaque, perturbatis antesignanis, legio, quæ in eo cornu constiterat, locum non tenuit, atque in proximum collem sese recepit.

XLV. Cæsar, pene omni acie perterrita, quod præter opinionem consuetudinemque acciderat, cohortatus suos, legionem nonam subsidio ducit: hostem, insolenter atque acriter nostros insequentem, supprimit, rursusque terga vertere, seque ad oppidum Ilerdam recipere, et sub muro consistere cogit. Sed nonæ legionis milites, elati studio, dum sar-

ville. Mais le désir de la vengeance emporta trop loin nos
soldats ; tandis qu'ils poursuivent imprudemment les
fuyards, ils s'engagent dans une position dangereuse, au
pied même de la montagne où la ville est située. Quand
ils voulurent se retirer, l'ennemi les accabla d'en haut.
L'endroit était escarpé et à pic des deux côtés; il n'avait
de largeur que pour contenir trois cohortes en bataille ; on
ne pouvait envoyer des renforts sur les flancs, ni faire soutenir l'attaque par la cavalerie. Du côté de la ville, le terrain descendait en pente douce durant environ cinq cents
pas; c'est par-là que les nôtres cherchaient à sortir du passage dangereux où leur ardeur les avait témérairement
engagés. Resserrés entre un défilé étroit et placés au pied
de la montagne, ils combattaient avec désavantage : aucun
des traits lancés contre eux n'était perdu. Cependant ils
se soutenaient par leur valeur et supportaient leurs blessures avec une inébranlable patience. A chaque instant le
nombre des ennemis augmentait; des cohortes fraîches
traversaient la ville, pour relever celles qui étaient fatiguées. César, de son côté, était forcé d'envoyer des cohortes
nouvelles, pour remplacer ses soldats harassés.

cire acceptum detrimentum volunt, temere insecuti fugientes, in locum
iniquum progrediuntur, et sub montem, in quo erat oppidum positum
Ilerda, succedunt. Hinc se recipere quum vellent, rursus illi ex loco
superiore nostros premebant. Praeruptus locus erat, utraque ex parte
directus, ac tantum in latitudinem patebat, ut tres instructae cohortes
eum locum explerent, et neque subsidia a lateribus submitti, neque
equites laborantibus usui esse possent. Ab oppido autem declivis locus
tenui fastigio vergebat in longitudinem passuum circiter cɔ. Hac nostris
erat receptus, quod eo, incitati studio, inconsultius processerant. Hoc
pugnabatur loco, et propter angustias iniquo, et quod sub ipsis radicibus montis constiterant, ut nullum frustra telum in eos mitteretur :
tamen virtute et patientia nitebantur, atque omnia vulnera sustinebant.
Augebatur illis copia, atque ex castris cohortes per oppidum crebro sub
mittebantur, ut integri defessis succederent. Hoc idem Caesar facere
cogebatur, ut, submissis in eumdem locum cohortibus defessos reciperet.

XLVI. L'action durait depuis cinq heures sans relâche, et les nôtres étaient vivement pressés par le nombre : tous leurs traits étaient épuisés; ils mirent l'épée à la main, s'élancèrent sur la colline avec impétuosité, renversèrent quelques cohortes et obligèrent le reste à reculer : elles furent repoussées jusque sous les murs, et même, en plus d'un endroit, la terreur les chassa jusque dans la ville : ainsi, elles laissèrent aux nôtres une facile retraite. En même temps, notre cavalerie passa sur les deux flancs : quoique placée au bas de la montagne, elle parvint au sommet par ses efforts, et, voltigeant entre les deux armées, rendit la retraite plus aisée et plus sûre. Ainsi, le succès du combat fut partagé. A la première attaque, nous perdîmes environ soixante-dix des nôtres, et de ce nombre Q. Fulginius, centurion des hastaires de la première cohorte de la quatorzième légion, qui, par sa valeur, s'était élevé des derniers rangs de la milice à ce grade supérieur. Plus de six cents furent blessés. Du côté d'Afranius, périrent T. Cécilius, centurion primipilaire, quatre autres centurions et plus de deux cents soldats.

XLVII. Chacun pourtant s'attribua l'avantage de la jour-

XLVI. Hoc quum esset modo pugnatum continenter horis v, nostrique gravius a multitudine premerentur, consumptis omnibus telis, gladiis districtis, impetum adversus montem in cohortes faciunt, paucisque dejectis, reliquos sese convertere cogunt. Submotis sub murum cohortibus, ac nonnulla parte propter terrorem in oppidum compulsis, facilis est nostris receptus datus. Equitatus autem noster ab utroque latere, etsi dejectis atque inferioribus locis constiterat, tamen in summum jugum virtute connititur, atque inter duas acies perequitans commodiorem ac tutiorem nostris receptum dat. Ita vario certamine pugnatum est. Nostri in primo congressu circiter LXX cociderunt; in his Q. Fulginius ex primo hastato legionis XIV, qui, propter eximiam virtutem, ex inferioribus ordinibus in cum locum pervenerat. Vulnerantur amplius DC. Ex Afranianis interficiuntur T. Cœcilius, primi pili centurio, et præter eum centuriones IV, milites amplius CC.

XLVII. Sed hæc ejus diei præfertur opinio, ut se utrique superiores discessisse existimarent. Afraniani, quod, quum esse omnium judicio

née : les soldats d'Afranius alléguaient que, malgré leur
infériorité reconnue, ils avaient longtemps résisté de près,
repoussé notre première attaque et gardé d'abord la hauteur
disputée, en nous forçant de reculer; les nôtres, au contraire, se glorifiaient d'avoir, quoique inférieurs en nombre,
tenu un mauvais poste pendant cinq heures, gravi la montagne l'épée à la main, chassé et poussé l'ennemi jusque
dans les murs. Afranius fortifia avec soin le poste pour
lequel on avait combattu, et y plaça un corps de troupes.

XLVIII. Deux jours après, il arriva un accident imprévu :
un violent orage amena une crue d'eau, telle qu'on n'en
avait jamais vu de plus grande en ces contrées. Des masses
de neige roulèrent du haut des montagnes, la rivière
déborda, et les deux ponts construits par C. Fabius furent
emportés en un jour. Cet événement mit l'armée de César
dans une position critique : son camp, comme on l'a dit,
était situé dans une plaine d'environ trente milles, entre
la Sègre et la Cinga. Ces fleuves n'étaient point guéables;
l'armée se trouvait resserrée dans un espace étroit. Ni les
peuples alliés de César ne pouvaient lui apporter des

inferiores viderentur, cominus tam diu stetissent, et nostrorum impetum
sustinuissent, et initio locum tumulumque tenuissent, quæ causa pugnandi fuerat, et nostros primo congressu terga vertere coegissent;
nostri autem, quod, iniquo loco atque impari congressi numero, quinque horis prælium sustinuissent, quod montem gladiis districtis ascen-
dissent, quod ex loco superiore terga vertere adversarios coegissent,
atque in oppidum compulissent. Illi eum tumulum, pro quo pugnatum
est, magnis operibus munierunt, præsidiumque ibi posuerunt.

XLVIII. Accidit etiam repentinum incommodum biduo, quo hæc gesta
sunt. Tanta enim tempestas cooritur, ut nunquam illis locis majores
aquas fuisse constaret. Tum autem ex omnibus montibus nives proluit,
ac summas ripas fluminis superavit, pontesque ambos, quos C. Fabius
fecerat, uno die interrumpit. Quæ res magnas difficultates exercitui
Cæsaris attulit. Castra enim, ut supra demonstratum est, quum essent
inter flumina duo, Sicorim et Cingam, spatio millium xxx, neutrum
horum transiri poterat; necessarioque omnes his angustiis continebantur. Neque civitates, quæ ad Cæsaris amicitiam accesserant, fru-

vivres, ni les fourrageurs, arrêtés par les eaux, revenir au camp, ni les grands convois de l'Italie et de la Gaule arriver jusqu'à lui. C'était l'époque la plus difficile de l'année, le temps de la moisson approchait, et il ne restait plus rien des approvisionnements d'hiver. Le pays était épuisé, et par Afranius, qui, avant l'arrivée de César, avait fait porter à Ilerda presque tout le blé, et par César, qui, les jours précédents, avait consommé le reste. Les bestiaux eussent été d'un utile secours dans cette disette, mais les habitants les avaient éloignés à cause de la guerre. Ceux qui s'écartaient pour chercher des grains et des fourrages étaient poursuivis par les troupes légères de la Lusitanie et de l'Espagne citérieure. Celles-ci connaissaient bien le pays et pouvaient aisément traverser les rivières, parce que leur coutume est de ne jamais se mettre en marche sans porter des outres.

XLIX. L'armée d'Afranius avait tout en abondance. Il avait fait d'avance de grandes provisions de blé; on lui en apportait de toute la province : le fourrage ne lui manquait pas. Le pont d'Ilerda lui assurait tous ces transports

mentum supportare; neque ii, qui pabulatum longius progressi erant, interclusi fluminibus, reverti; neque maximi comitatus, qui ex Italia Galliaque veniebant, in castra pervenire poterant. Tempus erat anni difficillimum, quo neque frumenta in hibernis erant, neque multum a maturitate aberant; ac civitates exinanitæ, quod Afranius pene omne frumentum ante Cæsaris adventum Ilerdam convexerat; reliqui si quid fuerat, Cæsar superioribus diebus consumpserat : pecora, quod secundum poterat esse inopiæ subsidium, propter bellum, finitimæ civitates longius removerant. Qui erant pabulandi aut frumentandi causa progressi, hos levis armaturæ Lusitani, peritique earum regionum cetrati citerioris Hispaniæ, consectabantur, quibus erat proclive transnare flumen, quod consuetudo eorum omnium est, ut sine utribus ad exercitum non eant.

XLIX. At exercitus Afranii omnium rerum abundabat copia. Multum erat frumentum provisum et convectum superioribus temporibus : multum ex omni provincia comportabatur : magna copia pabuli suppetebat. Harum rerum omnium facultates sine ullo periculo pons Ilerdæ

et lui ouvrait au-delà du fleuve un pays neuf, où César ne pouvait pénétrer.

L. Les eaux restèrent élevées pendant plusieurs jours. César tâcha de rétablir les ponts, mais ne le put, à cause de la profondeur du fleuve et des cohortes ennemies placées sur la rive. Il était facile à ceux-ci de s'opposer à ses efforts, parce que le fleuve était large et naturellement rapide, et que de toute la rive ils lançaient leurs traits sur un point unique et resserré : il nous était bien difficile de vaincre à la fois la rapidité du fleuve, d'achever les travaux et d'éviter les traits de l'ennemi.

LI. On vint annoncer à Afranius qu'un grand convoi, destiné à César, était arrêté au bord de la rivière. C'étaient des archers du pays des Rutènes et des cavaliers gaulois, traînant à leur suite, selon l'usage de la Gaule, quantité de chariots et de bagages. Il y avait, de plus, environ six mille hommes de toute condition, avec leurs esclaves et leurs affranchis ; mais tous sans ordre, sans chef, agissant à leur fantaisie, sans crainte et sans précaution, comme ils avaient fait au début de leur marche. Parmi eux se trouvaient des jeunes gens de noble famille, des fils de séna-

---

præbebat, et loca trans flumen integra, quo omnino Cæsar adire non poterat.

L. Hæ permanserunt aquæ dies complures. Conatus est Cæsar reficere pontes : sed nec magnitudo fluminis permittebat, neque ad ripam dispositæ cohortes adversariorum perfici patiebantur ; quod illis prohibere erat facile, tum ipsius fluminis natura atque aquæ magnitudine, tum quod ex totis ripis in unum atque angustum locum tela jaciebantur . atque erat difficile, eodem tempore, rapidissimo flumine, opera perficere, et tela vitare.

LI. Nuntiatur Afranio magnos comitatus, qui iter habebant ad Cæsarem, ad flumen constitisse. Venerant eo sagittarii ex Rutenis, equites e x Gallia cum multis carris magnisque impedimentis, ut fert gallica consuetudo. Erant præterea cujusque generis hominum millia circiter VI cum servis liberisque ; sed nullus ordo, nullum imperium certum, quum suo quisque consilio uteretur, atque omnes sine timore iter facerent, usi superiorum temporum atque itinerum licentia. Erant complur

teurs et de chevaliers, des députés des villes, des lieutenants de César : cette multitude était retenue sur la rive.
Afranius part de nuit avec toute sa cavalerie et trois
légions pour les accabler; la cavalerie prend les devants
et tombe inopinément sur eux. La cavalerie gauloise se
met promptement en défense, et engage le combat. Tant
qu'elle n'eut à résister qu'à des troupes de même arme,
elle se soutint contre des forces supérieures; mais à la vue
des enseignes des légions, elle se retira sur les montagnes
voisines avec peu de perte. Le temps que dura le combat
fut d'un grand secours pour les autres; ils purent se sauver et gagner les hauteurs. On perdit ce jour-là environ
deux cents archers, un petit nombre de cavaliers, des
valets et quelques bagages.

LII. Cependant toutes ces circonstances augmentèrent
la cherté des vivres, suite inévitable de la disette du moment et de la crainte de l'avenir. Déjà le boisseau de blé
se vendait cinquante deniers, le soldat perdait ses forces, et
le mal croissait sans cesse. En peu de jours, il s'était fait
un grand changement dans nos affaires et notre fortune :
nos soldats manquaient du nécessaire; ceux d'Afranius

honesti adolescentes, senatorum filii et ordinis equestris; erant legationes civitatum; erant legati Cæsaris. Hos omnes flumina continebant.
Ad hos opprimendos cum omni equitatu tribusque legionibus Afranius
de nocte proficiscitur, imprudentesque ante missis equitibus aggreditur.
Celeriter tamen sese galli equites expediunt, præliumque committunt.
Ii, dum pari certamine res geri potuit, magnum hostium numerum
pauci sustinuere; sed, ubi signa legionum appropinquare cœperunt,
paucis amissis, sese in montes proximos conferunt. Hoc pugnæ tempus
magnum attulit nostris ad salutem momentum : nacti enim spatium, se
in loca superiora receperunt. Desiderati sunt eo die sagittarii circiter cc,
equites pauci, calonum atque impedimentorum non magnus numerus.
LII. His tamen omnibus annona crevit : quæ fere res non solum
inopia præsentis, sed etiam futuri temporis timore ingravescere consuevit. Jamque ad denarios L in singulos modios annona pervenerat,
et militum vires inopia frumenti deminuerat; atque incommoda in dies
augebantur; et tam paucis diebus magna erat rerum facta commutatio,

étaient dans l'abondance et semblaient avoir l'avantage sur
nous. César, ne pouvant trouver de blé, demandait du
bétail aux villes qui avaient pris son parti; il renvoyait au
loin les valets de l'armée, et pourvoyait lui-même, autant
qu'il était possible, aux nécessités du moment.

LIII. Ces embarras étaient encore exagérés dans les lettres que Petreius, Afranius et leurs amis envoyaient à
Rome. Le bruit public y ajoutait encore : on croyait la
guerre terminée. Ces récits parvenus à Rome, la foule se
pressa chez Afranius et apporta ses félicitations; un grand
nombre de citoyens partirent d'Italie pour aller joindre
Cn. Pompée : les uns, afin d'être les premiers à lui porter
ces nouvelles; d'autres, pour ne point paraître avoir
attendu l'événement ou venir les derniers de tous.

LIV. En cette extrémité, tous les passages étant fermés
par les troupes et par la cavalerie d'Afranius, César, qui
ne pouvait achever ses ponts, ordonne aux soldats de construire des navires semblables à ceux dont il avait appris
autrefois à se servir en Bretagne. La quille et les flancs
étaient d'un bois léger, et le reste du corps formé d'un

ac se fortuna inclinaverat, ut nostri magna inopia necessariarum rerum
conflictarentur; illi omnibus abundarent rebus, superioresque habe-
rentur. Cæsar iis civitatibus, quæ ad ejus amicitiam accesserant, quo
minor erat frumenti copia, pecus imperabat; calones ad longinquiores
civitates dimittebat; ipse præsentem inopiam, quibus poterat subsidiis,
tutabatur.

LIII. Hæc Afranius Petreiusque et eorum amici pleniora etiam atque
uberiora Romam ad suos perscribebant. Multa rumor fingebat, ut pene
bellum confectum videretur. Quibus litteris nuntiisque Romam per-
latis, magni domum concursus ad Afranium, magnæ gratulationes fiebant : multi ex Italia ad Cn. Pompeium proficiscebantur : alii, ut
principes talem nuntium attulisse; alii, ne eventum belli exspectasse,
aut ex omnibus novissimi venisse viderentur.

LIV. Quum in his angustiis res esset, atque omnes viæ ab Afranianis
militibus equitibusque obsiderentur, nec pontes perfici possent, imperat
militibus Cæsar, ut naves faciant, cujus generis eum superioribus annis
usus Britanniæ docuerat. Carinæ primum ac statumina ex levi materia

tissu d'osier recouvert de cuir. Quand ils furent terminés, il les fit conduire, la nuit, sur des chariots accouplés, jusqu'à vingt-deux milles de son camp. Les soldats passent le fleuve sur ces navires, s'emparent à l'improviste d'une hauteur tout proche du rivage, et la fortifient avant que l'ennemi se soit aperçu de ce mouvement. César y mène ensuite une légion, établit un pont des deux côtés, et l'achève en deux jours. Par ce moyen, le convoi et les fourrageurs reviennent en sûreté, et l'on commence à avoir des vivres.

LV. Le même jour, une grande partie de sa cavalerie passe le fleuve, surprend les fourrageurs ennemis qui s'étaient dispersés sans crainte, et leur enlève beaucoup d'hommes et de chevaux. Des cohortes étant venues à leur secours, elle se partage habilement en deux troupes, l'une pour garder le butin, l'autre pour faire face à l'ennemi et le repousser. Une cohorte ennemie qui s'avança imprudemment fut enveloppée et égorgée; les nôtres revinrent au camp par le même pont, sans perte et avec un butin considérable.

---

fiebant : reliquum corpus navium, viminibus contextum, coriis integebatur. Has perfectas carris junctis devehit noctu millia passuum a castris xxii, militesque his navibus flumen transportat, continentemque ripæ collem improviso occupat. Hunc celeriter, priusquam ab adversariis sentiatur, communit. Huc legionem postea trajecit; atque ex utraque parte pontem institutum perficit biduo. Ita comitatus, et qui frumenti causa processerant, tuto ad se recipit, et rem frumentariam expedire incipit.

LV. Eodem die equitum magnam partem flumen trajecit; qui, inopinantes pabulatores et sine ullo dissipatos timore agressi, quam magnum numerum jumentorum atque hominum intercipiunt; cohortibusque centuriatis subsidio missis, scienter in duas partes sese distribuunt: alii, ut prædæ præsidio sint, alii, ut venientibus resistant, atque eos propellant : unamque cohortem, quæ temere ante ceteras extra aciem procurrerat, seclusam ab reliquis circumveniunt atque interficiunt; incolumesque cum magna præda eodem ponte in castra revertuntur.

LVI. Tandis que ces faits se passent à Ilerda, les Marseillais équipent, par le conseil de L. Domitius, dix-sept galères, dont onze étaient pontées. Ils y ajoutent beaucoup de bâtiments légers, afin d'effrayer notre flotte par le nombre, et les remplissent d'une foule d'archers et de ces Albices dont nous avons parlé : ils n'épargnent, pour les exciter, ni argent ni promesses. Domitius se réserve quelques navires, et les remplit des cultivateurs et des pâtres qu'il avait amenés. Tout étant disposé, ils s'avancent avec confiance contre notre flotte, que commandait D. Brutus : elle était à l'ancre devant une île située vis-à-vis de Marseille.

LVII. La flotte de Brutus était bien inférieure en nombre; mais César y avait placé l'élite de toutes ses légions, des soldats choisis dans les premiers rangs et des centurions qui avaient eux-mêmes demandé cet emploi. Tous s'étaient pourvus de harpons, de mains de fer, d'une grande quantité de javelots, de dards et d'autres traits. A l'approche de la flotte ennemie, ils sortent du port et engagent l'action. Des deux côtés, l'ardeur fut extrême. Les Albices, mon-

---

LVI. Dum hæc ad Ilerdam geruntur, Massilienses, usi L. Domitii consilio, naves longas expediunt, numero XVII, quarum erant XI tectæ. Multa huc minora navigia addunt, ut ipsa multitudine nostra classis terreatur : magnum numerum sagittariorum, magnum Albicorum, de quibus supra demonstratum est, imponunt, atque hos præmiis pollicitationibusque incitant. Certas sibi deposcit naves Domitius, atque has colonis pastoribusque, quos secum adduxerat, complet. Sic, omnibus rebus instructa classe, magna fiducia ad nostras naves procedunt, quibus præerat D. Brutus. Hæ ad insulam, quæ est contra Massiliam, stationes obtinebant.

LVII. Erat multo inferior numero navium Brutus : sed delectos ex omnibus legionibus fortissimos viros, antesignanos, centuriones, Cæsar ei classi attribuerat, qui sibi id muneris depoposcerant. Ii manus ferreas atque harpagones paraverant, magnoque numero pilorum, tragularum, reliquorumque telorum, se instruxerant. Ita, cognito hostium adventu, suas naves ex portu educunt, cum Massiliensibus confligunt. Pugnatum utrinque est fortissime atque acerrime; neque multum Albici

tagnards robustes et aguerris, ne le cédaient guère aux
nôtres en courage : à peine sortis de la ville, ils avaient
l'esprit encore plein des promesses qu'on venait de leur
faire. Quant aux pâtres de Domitius, animés par l'espoir
de la liberté, ils brûlaient de déployer leur vaillance sous
les yeux de leur maître.

LVIII. Les Marseillais, par la vitesse de leurs navires et
l'adresse de leurs pilotes, savaient éviter ou soutenir le
choc des galères, et, étendant leurs ailes autant que l'espace
le permettait, ils cherchaient à nous envelopper, se réunis-
saient contre un seul navire, ou tâchaient, en passant, de
briser nos rames. S'ils étaient forcés d'en venir à l'abordage, la science et l'habileté des pilotes faisaient place à
la vigueur des montagnards. Les nôtres avaient des rameurs et des pilotes moins exercés, qui, tirés tout à coup
des vaisseaux de transport, ignoraient même les termes
de la manœuvre; nos vaisseaux étaient d'ailleurs retardés
par leur pesanteur : faits à la hâte et de bois vert, ils ne
pouvaient avoir la même vitesse. Mais si l'on venait à s'approcher, les nôtres ne craignaient pas d'avoir affaire à deux

nostris virtute cedebant, homines asperi et montani, exercitati in armis :
atque ii, modo digressi a Massiliensibus, recentem eorum pollicitationem
animis continebant; pastoresque indomiti, spe libertatis excitati, sub
oculis domini suam probare operam studebant.

LVIII. Ipsi Massilienses, et celeritate navium, et scientia gubernatorum confisi, nostros eludebant, impetusque eorum excipiebant : et,
quoad licebat latiore spatio, producta longius acie, circumvenire nostros,
aut pluribus navibus adoriri singulas, aut remos transcurrentes deter-
gere, si possent, contendebant : quum propius erat necessario ventum,
ab scientia gubernatorum atque artificiis ad virtutem montanorum con-
fugiebant. Nostri, quod minus exercitatis remigibus minusque peritis
gubernatoribus utebantur (qui repente ex onerariis navibus erant producti, neque dum etiam vocabulis armamentorum cognitis), tum etiam
gravitate et tarditate navium impediebantur : factæ enim subito ex
humida materia, non eumdem usum celeritatis habebant. Itaque, dum
locus cominus pugnandi daretur, æquo animo singulas binis navibus
objiciebant, atque injecta manu ferrea, et retenta utraque nave, diversi

vaisseaux à la fois; et, les retenant avec la main de fer, ils combattaient en même temps à droite et à gauche, et s'élançaient dans les navires ennemis. Après un grand carnage des Albices et des pâtres, plusieurs navires furent coulés à fond, quelques-uns furent pris avec les hommes qui les montaient, les autres repoussés dans le port. Les Marseillais perdirent dans cette journée neuf galères, en comptant celles qui furent prises.

LIX. César reçut cette nouvelle à Ilerda. Son pont était achevé : la face des affaires changea bientôt. Les ennemis, redoutant la valeur de notre cavalerie, se montraient moins libres et moins hardis dans leurs courses. Tantôt ils fourrageaient assez près du camp pour se ménager une prompte retraite, tantôt ils prenaient de longs détours. Ils évitaient nos gardes et nos postes de cavalerie. Au moindre échec, ou seulement à la vue de quelques-uns de nos cavaliers, ils jetaient leur charge au milieu du chemin et s'enfuyaient. Ils finirent même par rester plusieurs jours au camp, et se décidèrent, contre l'usage, à ne plus sortir que de nuit.

LX. Cependant les Oscenses et les Calagurritains, peuple dépendant des Oscenses, envoient une députation à César

---

pugnabant, atque in hostium naves transcendebant; et, magno numero Albicorum et pastorum interfecto, partem navium deprimunt; nonnullas cum hominibus capiunt; reliquas in portum compellunt. Eo die naves Massiliensium cum iis, quæ sunt captæ, intereunt IX.

LIX. Hoc primum ut Cæsari ad Ilerdam nuntiatur, simul, perfecto ponte, celeriter fortuna mutatur. Illi, perterriti virtute equitum, minus libere, minus audacter vagabantur : alias, non longo ab castris progressi spatio, ut celerem receptum haberent, angustius pabulabantur, alias longiore circuitu : custodias stationesque equitum vitabant, aut aliquo accepto detrimento, aut procul equitatu viso, ex medio itinere, projectis sarciuis, fugiebant. Postremo etiam plures intermittere dies, et præter consuetudinem omnium, noctu constituerant pabulari.

LX. Interim Oscenses et Calagurritani, qui erant cum Oscensibus contributi, mittunt ad eum legatos, seseque imperata facturos pollicentur. Hos Tarraconenses, et Jacetani, et Ausetani, et, paucis post diebus, Illurgavonenses, qui flumen Iberum attingunt, insequuntur.

et lui promettent obéissance. Les Tarragonais, les Jacéta-
niens, les Ausétans, et, peu de jours après, les Illurgavoniens, voisins de l'Èbre, suivent leur exemple. César leur
demande à tous du blé; ils s'engagent à en fournir, et,
ayant rassemblé de toutes parts des bêtes de somme, ils
en portent à son camp. Une cohorte d'Illurgavoniens, apprenant la résolution de leurs concitoyens, passent de son
côté avec leurs enseignes. Tout change bientôt: le pont était
terminé, cinq grands peuples s'étaient ralliés à César, on
avait des vivres en abondance, il n'était plus question des
légions que Pompée devait amener par la Mauritanie; aussi
plusieurs nations éloignées quittent le parti d'Afranius et
embrassent celui de César.

LXI. César s'aperçut de la frayeur des ennemis. Pour
que sa cavalerie ne fût pas toujours obligée d'aller si loin
chercher un pont, il résolut de détourner une partie de
la Sègre, et de la rendre guéable. Dans ce but, il choisit
un endroit convenable, et fit faire plusieurs fossés de
trente pieds de large. L'ouvrage presque achevé, Afranius
et Petreius craignirent que César, avec sa nombreuse cavalerie, ne leur coupât tout à fait les vivres et le fourrage.

Petit ab his omnibus, ut se frumento juvent. Pollicentur, atque, omnibus undique conquisitis jumentis, in castra deportant. Transit etiam
cohors Illurgavonensis ad eum, cognito civitatis consilio, et signa ex
statione transfert. Magna celeriter commutatio rerum. Perfecto ponte,
magnis v civitatibus ad amicitiam adjunctis, expedita re frumentaria,
exstinctis rumoribus de auxiliis legionum, quæ cum Pompeio per Mauritaniam venire dicebantur, multæ longinquiores civitates ab Afranio
desciscunt, et Cæsaris amicitiam sequuntur.

LXI. Quibus rebus perterritis animis adversariorum, Cæsar, ne
semper magno circuitu per pontem equitatus esset mittendus, nactus
id neum locum, fossas pedum xxx in latitudinem complures facere
instituit, quibus partem aliquam Sicoris averteret, vadumque in eo flumine efficeret. His pene effectis, magnum in timorem Afranius Petreiusque perveniunt, ne omnino frumento pabuloque intercluderentur, quod
multum Cæsar equitatu valebat. Itaque constituunt ipsi iis locis excedere, et in Celtiberiam bellum transferre. Huic consilio suffragabatur

Ils se décident à se retirer et à porter la guerre en Celti-
bérie. Ce qui contribua encore à les déterminer, c'est que,
dans la scission qui avait éclaté dans la dernière guerre de
Sertorius, les vaincus redoutaient Pompée, même absent,
et les autres, ses anciens alliés, lui étaient attachés par les
plus grands bienfaits : le nom de César, au contraire, était
presque ignoré de ces barbares. Afranius et Petreius comptaient tirer de cette contrée des forces considérables de
cavalerie et d'infanterie, et pouvoir traîner la guerre en
longueur jusqu'à l'hiver dans un pays ami. Cette résolution
prise, ils rassemblent de tous côtés des vaisseaux sur
l'Èbre, et les amènent à Octogesa, ville située sur ce fleuve
à vingt milles de leur camp. Là, ils ordonnent d'établir
un pont formé de navires joints ensemble, font passer la
Sègre à deux légions, et garnissent le camp d'un retranchement de douze pieds.

LXII. César en fut instruit par ses éclaireurs. Déjà, par
le travail opiniâtre de ses soldats, qui ne se reposaient ni
le jour ni la nuit, il était parvenu à détourner la Sègre,
assez pour que la cavalerie pût et osât la traverser, quoique avec peine ; mais l'infanterie, ayant de l'eau jusqu'aux

etiam illa res, quod ex duobus contrariis generibus, quæ superiore bello
cum L. Sertorio steterant civitates, victæ nomen atque imperium absentis timebant ; quæ in amicitia manserant, Pompeii magnis affectæ beneficiis eum diligebant : Cæsaris autem in Barbaris erat nomen obscurius.
Hinc magnos equitatus magnaque auxilia exspectabant, et suis locis
bellum in hiemem ducere cogitabant. Hoc inito consilio, toto flumine
Ibero naves conquirere, et Octogesam adduci jubent. Id erat oppidum
positum ad Iberum, milliaque passuum a castris aberat xx. Ad eum
locum fluminis, navibus junctis, pontem imperant fieri, legionesque ii
flumen Sicorim traducunt, castraque muniunt vallo pedum xii.

LXII. Qua re per exploratores cognita, summo labore militum Cæsar,
continuato diem noctemque opere in flumine avertendo, huc jam
deduxerat rem, ut equites, etsi difficulter atque ægre fiebat, possen
tamen atque auderent flumen transire, pedites vero tantummodo hume-
ris ac summo pectore exstare, et tum altitudine aquæ, tum etiam rapi-
ditate fluminis, ad transeundum impedirentur. Sed tamen eodem fere

épaules, était retenue par la profondeur et la rapidité du fleuve. Toujours est-il vrai que la Sègre se trouvait guéable au moment où l'on apprenait que l'ennemi avait presque achevé son pont sur l'Èbre.

LXIII. Ce fut pour les ennemis un motif de hâter leur départ. Laissant donc deux cohortes auxiliaires à la garde d'Ilerda, ils passent la Sègre avec toutes leurs troupes, et rejoignent les deux légions qui l'avaient déjà passée les jours précédents. Il ne restait à César qu'à envoyer sa cavalerie pour les harceler dans leur marche : car il fallait faire un grand détour pour gagner le pont qu'il avait construit, et les ennemis avaient une bien moindre distance pour parvenir à l'Èbre. La cavalerie de César part, traverse le fleuve, se montre tout à coup à l'arrière-garde d'Afranius et de Petreius, qui avaient levé leur camp à la troisième veille ; elle se répand à l'entour, inquiète et retarde leur marche.

LXIV. Au point du jour, on voyait des hauteurs voisines du camp notre cavalerie, aux prises avec cette arrière-garde, la presser vivement, quelquefois la forcer de s'arrêter et de faire face ; puis toutes leurs cohortes se porter

tempore pons in Ibero prope effectus nuntiabatur, et in Sicori vadum reperiebatur.

LXIII. Jam vero eo magis illi maturandum iter existimabant. Itaque duabus auxiliaribus cohortibus Ilerdæ præsidio relictis, omnibus copiis Sicorim transeunt, et cum duabus legionibus, quas superioribus diebus traduxerant, castra conjungunt. Relinquebatur Cæsari nihil, nisi uti equitatu agmen adversariorum male haberet et carperet. Pons enim ipsius magnum circuitum habebat, ut multo breviore itinere illi ad Iberum pervenire possent. Equites ab eo missi flumen transeunt ; et quum de tertia vigilia Petreius atque Afranius castra movissent, repente sese ad novissimum agmen ostendunt, et magna multitudine circumfusa, morari atque iter impedire incipiunt.

LXIV. Prima luce, ex superioribus locis quæ Cæsaris castris erant conjuncta, cernebatur equitatus nostri prælio novissimos illorum premi vehementer, ac nonnunquam sustinere extremum agmen atque interrumpi ; alias inferri signa, et universarum cohortium impetu nostros

contre les nôtres, les repousser, et ensuite se remettre en
marche, toujours poursuivies par nos troupes. Dans tout
le camp les soldats se rassemblent ; ils se plaignent qu'on
laisse échapper l'ennemi de leurs mains, et qu'on prolonge
la guerre sans nécessité : ils s'adressent aux centurions et
aux tribuns ; ils les conjurent de faire savoir à César
« qu'il n'ait à leur épargner ni fatigues, ni périls ; qu'ils
sont prêts à tout ; qu'ils pourront et oseront traverser le
fleuve où la cavalerie l'a passé. » Excité par leur zèle et
leurs plaintes, César, bien qu'il craignît d'exposer l'armée
à un courant si rapide, crut devoir essayer le passage.
Choisissant dans toutes les centuries les soldats qui ne lui
semblent ni assez forts ni assez hardis, il les laisse à la
garde du camp avec une légion ; il emmène les autres sans
bagage, fait placer au dessus et au dessous du courant un
grand nombre de chevaux de charge, et passe le fleuve
avec l'armée. Quelques soldats, emportés par le courant,
furent reçus et tirés de l'eau par la cavalerie ; aucun ne périt. César, ayant fait passer ses troupes sans perte, les rangea sur trois lignes ; et telle fut leur ardeur, que, malgré
un détour de six milles et la longueur du temps employé

propelli ; deinde rursus conversos insequi. Totis vero castris milites
circulari et dolere, hostem ex manibus dimitti, bellum non necessario longius duci : centuriones tribunosque militum adire, atque obsecrare, ut per eos Cæsar certior fieret, « ne labori suo, neu periculo par-
ceret : paratos esse sese ; posse et audere ea transire flumen, qua tra-
ductus esset equitatus. » Quorum studio et vocibus excitatus Cæsar,
etsi timebat tantæ magnitudinis flumini exercitum objicere, conandum tamen atque experiendum judicat. Itaque infirmiores milites
ex omnibus centuriis deligi jubet, quorum aut animus aut vires videbantur sustinere non posse. Hos cum legione una præsidio castris relinquit : reliquas legiones expeditas educit ; magnoque numero jumentorum
in flumine supra atque infra constituto, traducit exercitum. Pauci ex
his militibus, vi fluminis abrepti, ab equitatu excipiuntur ac sublevan-
tur : interiit tamen nemo. Traducto incolumi exercitu, copias instruit,
triplicemque aciem ducere incipit. Ac tantum fuit in militibus studii,
ut, millium vi ad iter addito circuitu, magnaque ad vadum fluminis

au passage, ils atteignirent, avant la neuvième heure du jour, l'ennemi parti à la troisième veille.

LXV. Afranius et Petreius, apercevant de loin nos troupes, furent saisis d'étonnement et de crainte, s'arrêtèrent sur les hauteurs, et s'y mirent en bataille. César fit reposer les siens dans la plaine, pour ne pas combattre avec des troupes fatiguées; mais, voyant les ennemis essayer de continuer leur marche, il les suit et les arrête : ils furent obligés de camper plus tôt qu'ils n'avaient résolu. Près de là étaient des montagnes, et, à cinq milles, des chemins difficiles et étroits. Ils voulaient se retirer derrière ces montagnes, pour échapper à la cavalerie de César, et pour entraver notre marche en plaçant des postes dans les défilés, tandis qu'eux-mêmes passeraient l'Èbre sans péril et sans crainte. Ce devait être le but de tous leurs efforts; mais la fatigue du combat et de la marche leur fit remettre ce projet au lendemain. César, de son côté, établit son camp sur une colline voisine.

LXVI. Vers le milieu de la nuit, la cavalerie ayant saisi quelques soldats qui s'étaient écartés pour chercher de l'eau, César apprit d'eux que les chefs ennemis faisaient

mora interposita, eos, qui de tertia vigilia exissent, ante horam diei nonam consequerentur.

LXV. Quos ubi Afranius procul visos cum Petreio conspexit, nova re perterritus, locis superioribus consistit, aciemque instruit. Cæsar in campis exercitum reficit, ne defessum prælio objiciat. Rursus conantes progredi insequitur et moratur. Illi necessario maturius, quam constituerant, castra ponunt : suberant enim montes, atque a millibus passuum v itinera difficilia atque angusta excipiebant. Hos intra montes se recipiebant, ut equitatum effugerent Cæsaris, præsidiisque in angustiis collocatis exercitum itinere prohiberent, ipsi sine periculo ac timore Iberum copias traducerent : quod fuit illis conandum, atque omni ratione efficiendum. Sed totius diei pugna atque itineris labore defessi, rem in posterum diem distulerunt. Cæsar quoque in proximo colle castra ponit.

LXVI. Media circiter nocte iis, qui adaquandi causa longius a castris processerant, ab equitibus correptis, fit ab his certior Cæsar, duces ad-

sortir leurs troupes en silence : aussitôt il fait proclamer, selon l'usage, qu'on ait à se mettre en marche, et il donne le signal du départ. Les ennemis entendent ce bruit. Craignant d'être enfermés dans les défilés par notre cavalerie ou obligés de combattre de nuit chargés de leurs bagages, ils s'arrêtent et rentrent dans le camp. Le lendemain, Petreius part secrètement avec quelques cavaliers, pour reconnaître le pays. César fait de même, et envoie L. Decidius Saxa, avec quelques hommes, examiner la nature des lieux. Tous deux rapportent aux leurs, qu'après avoir traversé une plaine de cinq milles, on trouve un pays rude et montueux, et que le premier qui occupera ces défilés n'aura pas de peine à en défendre l'approche à l'ennemi.

LXVII. Petreius et Albanus tiennent conseil : on délibère sur le moment du départ. Presque tous étaient d'avis de partir la nuit, disant que l'armée atteindrait les défilés avant d'être aperçue. Les autres concluaient de l'expérience faite la nuit précédente, qu'on ne saurait sortir secrètement : « la cavalerie de César, disaient-ils, se répandait la nuit dans la campagne, et gardait les chemins ; il fallait éviter tout combat nocturne, surtout dans une guerre civile, où

versariorum silentio copias castris educere. Quo cognito, signum dari jubet, et vasa militari more conclamari. Illi, exaudito clamore, veriti, ne noctu impediti sub onere confligere cogerentur, aut ne ab equitatu Cæsaris in angustiis tenerentur, iter supprimunt, copiasque in castris continent. Postero die, Petreius cum paucis equitibus occulte ad exploranda loca proficiscitur. Hoc idem fit ex Cæsaris castris. Mittitur L. Decidius Saxa cum paucis, qui loci naturam perspiciat. Uterque idem suis renuntiat, v millia passuum proxima intercedere itineris campestris; inde excipere loca aspera et montuosa : qui prior has angustias occupaverit, ab hoc hostem prohiberi, nihil esse negotii.

LXVII. Disputatur in concilio a Petreio et Afranio, et tempus profectionis quæritur. Plerique censebant, « ut noctu iter facerent : posse prius ad angustias veniri, quam sentirentur. Alii, quod pridie noctu conclamatum esset in castris Cæsaris, argumenti sumebant loco, non posse clam exiri; circumfundi noctu equitatum Cæsaris, atque omnia loca atque itinera obsideri : nocturnaque prælia esse vitanda, quod per-

d'ordinaire le soldat consulte plus sa frayeur que ses ser-, ments, tandis qu'en plein jour la honte l'arrête ; la présence des tribuns et des centurions agit sur lui, et tout cela le retient dans le devoir. Il fallait donc à tout prix s'ouvrir un passage pendant le jour : éprouvât-on quelque perte, au moins l'armée se sauverait et gagnerait le poste qu'on voulait prendre. » Cet avis l'emporta au conseil ; le départ fut résolu pour le lendemain au point du jour.

LXVIII. César, bien informé de la disposition des lieux, fait sortir ses troupes aux premières blancheurs de l'aube, et les conduit par un grand détour, sans tenir de route certaine, parce que l'ennemi avait son camp sur les chemins qui conduisaient à Octogesa et à l'Èbre. Il eut à traverser des vallées profondes et difficiles ; des roches escarpées arrêtaient leur marche en plusieurs endroits ; les soldats étaient obligés de se donner leurs armes de main en main, et de se soulever les uns les autres. On fit ainsi une partie de la route ; mais aucun ne se refusait à la fatigue, espérant en trouver le terme s'ils pouvaient couper à l'ennemi le chemin de l'Èbre et les vivres.

territus miles in civili dissensione timori magis, quam religioni, consulere consuerit : at lucem multum per se pudorem omnium oculis, multum etiam tribunorum militum et centurionum praesentiam afferre : quibus rebus coerceri milites, et in officio contineri soleant. Quare omni ratione esse interdiu perrumpendum : etsi aliquo accepto detrimento, tamen summa exercitus salva, locum, quem petant, capi posse. » Haec evicit in consilio sententia ; et prima luce postridie constituunt proficisci.

LXVIII. Cæsar, exploratis regionibus, albente cœlo, omnes copias castris educit, magnoque circuitu, nullo certo itinere, exercitum ducit : nam, quæ itinera ad Iberum atque Octogesam pertinebant, castris hostium oppositis tenebantur. Ipsi erant transcendendæ valles maximæ ac difficillimæ : saxa multis locis prærupta iter impediebant, ut arma per manus necessaric traderentur, militesque inermi sublevatique alii ab aliis magnam partem itineris conficerent. Sed hunc laborem recusabat nemo, quod eum omnium laborum finem fore existimabant, si hostem Ibero intercludere et frumento prohibere potuissent.

LXIX. D'abord les soldats d'Afranius sortent avec joie de leur camp pour nous voir partir, et nous adressent des paroles insultantes, disant « que le défaut de vivres nous obligeait à fuir et à retourner à Ilerda. » Nous prenions, en effet, une route qui semblait tout opposée à celle que nous aurions dû suivre. Leurs chefs s'applaudissaient de s'être décidés à garder leur position ; et, nous voyant partir sans bêtes de somme ni équipages, ils ne s'en persuadaient que mieux que nous ne pouvions supporter plus longtemps la disette. Mais lorsqu'ils virent notre armée tourner peu à peu vers la droite, et que déjà la tête de nos troupes avait dépassé les hauteurs qui dominaient leur camp, tous, jusqu'aux plus lents et aux plus paresseux, se mirent aussitôt en devoir de sortir du camp et de marcher au devant de nous. On crie aux armes, et, laissant quelques cohortes à la garde des bagages, toutes les troupes sortent et vont droit à l'Èbre.

LXX. C'était un combat de vitesse, à qui occuperait le premier les défilés et les montagnes. La difficulté des chemins retardait l'armée de César, et la cavalerie de César arrêtait la marche des troupes d'Afranius. Et telle était

LXIX. Ac primo Afraniani milites, visendi causa, læti ex castris procurrebant, contumeliosisque vocibus prosequebantur, « nos necessarii victus inopia coactos fugere, atque ad Ilerdam reverti. » Erat enim iter a proposito diversum, contrariamque in partem iri videbatur. Duces vero eorum suum consilium laudibus ferebant, quod se castris tenuissent : multumque eorum opinionem adjuvabat, quod sine jumentis impedimentisque ad iter profectos videbant, ut, non posse diutius inopiam sustinere, confiderent. Sed, ubi paulatim retorqueri agmen ad dextram conspexerunt, jamque primos superare regionem castrorum animum adverterunt, nemo erat adeo tardus aut fugiens laboris, quin statim castris exeundum putarent. Conclamatur ad arma, atque omnes copiæ, paucis præsidio relictis cohortibus, exeunt, rectoque ad Iberum itinere contendunt.

LXX. Erat in celeritate omne positum certamen, uti prius angustias montesque occuparent : sed exercitum Cæsaris viarum difficultates tardabant ; Afranii copias equitatus Cæsaris insequens morabatur. Res

la position d'Afranius, que, s'il atteignait le premier les hauteurs, il évitait pour lui le péril, mais ne pouvait sauver ni les bagages de toute l'armée, ni les cohortes qu'il avait laissées au camp. Il en était séparé par l'armée de César, de manière à ne pouvoir les secourir. César arriva le premier; et, ayant trouvé une plaine au sortir de ces rochers, s'y rangea en bataille en face de l'ennemi. Afranius, dont arrière-garde était pressée par notre cavalerie, et qui nous voyait devant lui, gagna la colline et s'y arrêta. De là, il détacha quatre cohortes espagnoles vers une haute montagne qui était en vue des deux armées : il leur ordonna d'y courir en toute hâte. Son dessein était de s'y porter lui-même avec toutes ses troupes, et, changeant sa route, d'arriver à Octogesa par les hauteurs. Tandis que ces cohortes se dirigeaient vers ce poste par une marche oblique, la cavalerie de César les aperçut, tomba sur elles sans qu'elles pussent soutenir le choc un seul instant, les enveloppa et les tailla en pièces, à la vue des deux armées.

LXXI. L'occasion était favorable. César n'ignorait pas que l'armée ennemie ne pourrait soutenir l'attaque après un tel échec, dans un lieu plat et découvert, où sa cava-

tamen ab Afranianis huc erat necessario deducta, ut, si priores montes, quos petebant, attigissent, ipsi periculum vitarent, impedimenta totius exercitus cohortesque, in castris relictas, servare non possent; quibus interclusis exercitu Cæsaris auxilium ferri nulla ratione poterat. Confecit prior iter Cæsar, atque ex magnis rupibus nactus planitiem, in hac contra hostem aciem instruit. Afranius, quum ab equitatu novissimum agmen premeretur, et ante se hostem videret, collem quemdam nactus, ibi constitit. Ex eo loco quatuor cetratorum cohortes in montem, qui erat in conspectu omnium excelsissimus, mittit. Hunc magno cursu concitatos jubet occupare, eo consilio, ut ipse eodem omnibus copiis contenderet, et, mutato itinere, jugis Octogesam perveniret. Hunc quum obliquo itinere cetrati peterent, conspicatus equitatus Cæsaris, in cohortes impetum facit : nec minimam partem temporibus equitum vim cetrati sustinere potuerunt, omnesque, ab eis circumventi, in conspectu utriusque exercitus interficiuntur.

LXXI. Erat occasio bene gerendæ rei. Neque vero id Cæsarem fugie

erie l'enveloppait de toutes parts. Tous demandaient le signal : les lieutenants, les centurions, les tribuns militaires, accourant vers lui, le suppliaient « de ne pas hésiter à livrer bataille. Ses soldats sont on ne peut mieux disposés : ceux d'Afranius ont donné plusieurs marques de crainte ; ils n'ont pas osé secourir leurs cohortes, descendre de leur colline, soutenir le choc de notre cavalerie ; ils ont réuni leurs enseignes, sans se mettre en peine de les défendre ni de garder leurs rangs. Si c'est le désavantage du terrain qui l'arrête, l'occasion de combattre n'en sera pas moins inévitable ; car Afranius, ne pouvant rester sans eau, quittera nécessairement ce poste. »

LXXII. César, en coupant les vivres à ses ennemis, espérait terminer l'affaire sans combat et sans aucune perte des siens. « Pourquoi acheter même une victoire au prix du sang de quelques-uns des siens ? exposer aux blessures des soldats qui avaient si bien mérité de lui ? enfin tenter la fortune, quand le devoir d'un général est de vaincre par la prudence aussi bien que par l'épée ? » D'ailleurs, il se sentait ému de pitié pour tant de citoyens dont il voyait

bat, tanto sub oculis accepto detrimento, perterritum exercitum sustinere non posse, præsertim circumdatum undique equitatu, quum in loco æquo atque aperto confligeretur : idque ex omnibus partibus ab eo flagitabatur. Concurrebant legati, centuriones, tribunique militum, « ne dubitaret prælium committere ; omnium esse militum paratissimos animos : Afranianos contra multis rebus sui timoris signa misisse, quod suis non subvenissent, quod de colle non decederent, quod vix equitum incursus sustinerent, collatisque in unum locum signis, conferti, neque ordines, neque signa servarent. Quod si iniquitatem loci timeret, datam iri tamen aliquo loco pugnandi facultatem, quod certe inde decedendum esse Afranio, nec sine aqua permanere posset. »

LXXII. Cæsar in eam spem venerat, se sine pugna et sine vulnere suorum rem conficere posse, quod re frumentaria adversarios interclusisset : « cur etiam secundo prælio aliquos ex suis amitteret ? cur vulnerari pateretur optime de se meritos milites ? cur denique fortunam periclitaretur ? præsertim quum non minus esset imperatoris, consilio superare, quam gladio. » Movebatur etiam misericordia ci-

la perte inévitable ; il aimait mieux vaincre en les sauvant. Cette résolution de César déplaisait au plus grand nombre. Les soldats disaient ouvertement entre eux que, puisqu'il laissait échapper une occasion si belle, ils ne combattraient plus quand César le voudrait. Il demeura inébranlable, et s'éloigna un peu pour diminuer la frayeur de l'ennemi. Afranius et Petreius profitèrent de ce mouvement, et rentrèrent dans leur camp. César plaça des postes sur les hauteurs, ferma tous les chemins jusqu'à l'Èbre, et vint camper le plus près qu'il put des ennemis.

LXXIII. Le lendemain, leurs généraux, inquiets d'être séparés de l'Èbre et privés de subsistances, délibèrent sur ce qu'ils ont à faire. Il leur restait un chemin pour retourner à Ilerda, un autre pour aller à Tarragone. Pendant qu'ils se consultent, on leur annonce que ceux de leurs gens qui allaient à l'eau sont pressés par notre cavalerie : sur cet avis, ils disposent plusieurs postes de cavalerie et d'infanterie auxiliaire, les entremêlent de cohortes légionnaires, et commencent un retranchement depuis leur camp jusqu'à la source, afin de pouvoir y aller à couvert

vium, quos interficiendos videbat : quibus salvis atque incolumibus, rem obtinere malebat. Hoc consilium Cæsaris a plerisque non probabatur ; milites vero palam inter se loquebantur, quoniam talis occasio victoriæ dimitteretur, etiam quum vellet Cæsar, sese non esse pugnaturos. Ille in sua sententia perseverat, et paululum ex eo loco digreditur, ut timorem adversariis minuat. Petreius atque Afranius, oblata facultate, in castra sese referunt. Cæsar, præsidiis in montibus dispositis, omni ad Iberum intercluso itinere, quam proxime potest hostium castris castra communit.

LXXIII. Postero die, duces adversoriorum perturbati, quod omnem rei frumentariæ fluminisque Iberi spem dimiserant, de reliquis rebus consultabant. Erat unum iter, Ilerdam si reverti vellent ; alterum, si Tarraconem peterent. Hæc consiliantibus eis, nuntiatur, aquatores ab equitatu premi nostro. Qua re cognita, crebras stationes disponunt equitum et cohortium alariarum, legionariasque interjiciunt cohortes, vallumque ex castris ad aquam ducere incipiunt, ut intra munitionem, et sine timore, et sine stationibus aquari possent. Id opus inter se

sans crainte et sans escorte. Afranius et Petreius partagent
entre eux le travail, et s'éloignent pour le surveiller.

LXXIV. Les soldats profitent de cette absence pour s'entretenir librement avec les nôtres : ils sortent du camp, et
chacun d'eux cherche et appelle parmi nous ceux qui sont
de sa connaissance ou de son pays. D'abord ce sont partout
des actions de grâces : ils nous remercient de les avoir épargnés la veille, et reconnaissent qu'ils nous doivent la vie ;
puis ils s'informent de ce qu'ils peuvent espérer de César,
et s'ils ne risqueraient rien à se confier à lui : ils regrettent
de ne point l'avoir fait d'abord, et de s'être armés contre
leurs amis et leurs proches. De propos en propos, ils demandent la parole de César pour la vie d'Afranius et de
Petreius, afin de ne pas paraître coupables d'une odieuse
trahison. Sur cette assurance, ils s'engagent à passer aussitôt dans le camp de César avec leurs enseignes : ils envoient vers lui les centurions de premier rang pour traiter
de la paix. En même temps ils s'invitent, ils se conduisent
mutuellement d'un camp à l'autre, et bientôt les deux
camps n'en forment plus qu'un seul. Un grand nombre de

Petreius atque Afranius partiuntur, ipsique perficiendi operis causa
longius progrediuntur.

LXXIV. Quorum discessu liberam nacti milites colloquiorum facultatem, vulgo procedunt, et quem quisque in castris notum aut munici-
pem habebat, conquirit atque evocat. Primum agunt gratias omnes
omnibus, quod sibi perterritis pridie pepercissent ; eorum se beneficio
vivere. Deinde imperatoris fidem quærunt, rectene se illi sint commis-
suri ; et, quod non ab initio fecerint, armaque quod cum hominibus
necessariis et consanguineis contulerint, queruntur. His provocati sermonibus, fidem ab imperatore de Petreii et Afranii vita petunt, ne
quod in se scelus concepisse, neu suos prodidisse videantur. Quibus
confirmatis rebus, se statim signa translaturos confirmant ; legatosque
de pace primorum ordinum centuriones ad Cæsarem mittunt. Interim
alii suos in castra, invitandi causa, adducunt ; alii ab suis adducuntur,
adeo ut una castra jam facta ex binis viderentur ; compluresque tribuni
militum et centuriones ad Cæsarem veniunt, seque ei commendant.
Hoc idem fit a principibus Hispaniæ, quos illi evocaverant, et secum in

tribuns et de centurions vont trouver César, et se recommandent à lui. Les principaux Espagnols qu'ils avaient mandés au camp ou gardés en otage, font de même, et cherchent des amis et des hôtes qui les présentent à César. Le jeune fils d'Afranius traitait de la sûreté de son père et de la sienne par l'entremise du lieutenant Sulpicius. Ce n'était partout que félicitations et allégresse, les uns pour avoir échappé à un si grand péril, les autres pour avoir terminé, sans verser de sang, une affaire si importante. César recueillait, au jugement de tous, le précieux fruit de sa clémence ; chacun applaudissait au parti qu'il avait pris.

LXXV. Afranius, averti de ce qui se passe, quitte les travaux et revient au camp, décidé, selon les apparences, à supporter avec patience l'événement, quel qu'il fût. Mais Petreius ne désespère point ; il arme ses domestiques, y joint une cohorte prétorienne espagnole et quelques cavaliers barbares qu'il avait à sa solde et qui lui servaient de garde ; il vole aussitôt aux retranchements, rompt les entretiens des soldats, chasse les nôtres du camp, tue ceux qu'il saisit. Les autres, dans ce danger imprévu, se rassem-

castris habebant obsidum loco. Ii suos notos hospitesque quærebant, per quem quisque eorum aditum commendationis haberet ad Cæsarem. Afranii etiam filius adolescens de sua ac parentis sui salute cum Cæsare per Sulpicium legatum agebat. Erant plena lætitia et gratulatione omnia ; eorum, qui tanta pericula vitasse, et eorum, qui sine vulnere tantas res confecisse videbantur : magnumque fructum suæ pristinæ lenitatis, omnium judicio, Cæsar ferebat, consiliumque ejus a cunctis probabatur.

LXXV. Quibus rebus nuntiatis Afranio, ab instituto opere discedit, seque in castra recipit, sic paratus, ut videbatur, ut, quicumque accidisset casus, hunc quieto et æquo animo ferret. Petreius vero non deserit sese : armat familiam : cum hac et prætoria cohorte cetratorum, Barbarisque equitibus paucis, beneficiariis suis, quos suæ custodiæ causa habere consuerat, improviso ad vallum advolat, colloquia militum interrumpit, nostros repellit ab castris ; quos deprehendit interficit. Reliqui coeunt inter se, et, repentino periculo exterriti, sinistras sagis involvunt, gladiosque destringunt, atque ita se a cetratis equiti-

blent, s'enveloppent le bras gauche de leur manteau, et, rassurés par la proximité du camp, ils se défendent contre l'infanterie espagnole et la cavalerie, et rentrent au camp, protégés par les cohortes qui étaient de garde aux portes.

LXXVI. Ensuite Petreius parcourt les rangs en versant des larmes; il exhorte les soldats, il les conjure de ne point livrer à César et au supplice Pompée, leur général absent, et lui-même. Sur le champ on s'assemble devant sa tente. Là il fait jurer à tous de n'abandonner ni l'armée ni les chefs, de ne point les trahir, et de ne faire aucun traité particulier. Il s'y engage le premier : il exige le même serment d'Afranius : les tribuns des soldats et les centurions suivent cet exemple : les soldats viennent ensuite par centuries. On ordonne à tous ceux qui ont en leur pouvoir quelque soldat de César, de l'amener, et là, dans le prétoire, on l'égorge. Mais la plupart de ceux qui en avaient reçu les cachent et les font échapper, la nuit, par le rempart. Ainsi la crainte que surent inspirer les chefs, la cruauté du massacre, la religion d'un nouveau serment, tout détruisit l'espoir d'un accommodement, changea les dispositions du soldat, et ramena les anciennes idées de guerre.

busque defendunt, castrorum propinquitate confisi; seque in castra recipiunt, et ab iis cohortibus, quæ erant in statione ad portas, defenduntur.

LXXVI. Quibus rebus confectis, flens Petreius manipulos circuit, militesque appellat; neu se, neu Pompeium absentem, imperatorem suum, adversariis ad supplicium tradant, obsecrat. Fit celeriter concursus in prætorium. Postulat, ut jurent omnes, se exercitum ducesque non desertaros, neque prodituros, neque sibi separatim a reliquis consilium capturos. Princeps in hæc verba jurat ipse : ad idem jusjurandum adigit Afranium : subsequuntur tribuni militum centurionesque : centuriatim producti milites idem jurant. Edicunt, penes quem quisque sit Cæsaris miles, ut producatur; productos palam in prætorio interficiunt. Sed plerosque hi, qui receperant, celant, noctuque per vallum emittunt. Sic terrore oblato a ducibus, crudelitas in supplicio, nova religio jurisjurandi, spem præsentis deditionis sustulit, mentesque militum convertit, et rem ad pristinam belli rationem redegit.

LXXVII. César fit rechercher avec soin les soldats ennemis qui étaient venus dans son camp à l'époque des premiers pourparlers, et les renvoya. Il y eut plusieurs centurions et tribuns qui préférèrent rester avec lui: César les honora depuis d'une manière particulière ; il éleva les centurions à des grades supérieurs, et fit les chevaliers romains tribuns des soldats.

LXXVIII. Les ennemis souffraient de la disette de fourrage, et n'avaient de l'eau qu'avec peine. Les légionnaires avaient bien un peu de blé, parce qu'en partant d'Ilerda l'ordre avait été donné d'en prendre pour vingt-deux jours; mais l'infanterie espagnole et les troupes auxiliaires en manquaient : elles avaient peu de moyens de s'en procurer, et d'ailleurs n'étaient point accoutumées à porter des fardeaux. Aussi venaient-elles chaque jour en grand nombre se rendre à César. La position était critique. Des deux partis qui s'offraient, le plus sûr parut de retourner à Ilerda, où ils avaient laissé quelque blé : ils pourraient ensuite aviser au reste. Tarragone était plus éloignée, et par conséquent la route les exposait à plus de hasards. Cette résolution prise, ils partent du camp. César envoie sa cava-

LXXVII. Cæsar, qui milites adversariorum in castra per tempus colloquii venerant, summa diligentia conquiri et remitti jubet : sed ex numero tribunorum militum centurionumque nonnulli sua voluntate apud eum remanserunt, quos ille postea magno in honore habuit: centuriones in ampliores ordines, equites romanos in tribunitium restituit honorem.

LXXVIII. Premebantur Afraniani pabulatione, aquabantur ægre. Frumenti copiam legionarii nonnullam habebant, quod dierum xxii ab Ilerda frumentum jussi erant efferre ; cetrati auxiliaresque nullam, quorum erant et facultates ad parandum exiguæ, et corpora insueta ad onera portanda. Itaque magnus eorum quotidie numerus ad Cæsarem perfugiebat. In his erat angustiis res ; sed ex propositis consiliis duobus explicitius videbatur, Ilerdam reverti, quod ibi paululum frumenti reliquerant : ibi se reliquum consilium explicaturos confidebant. Tarraco aberat longius : quo spatio plures rem posse casus recipere intelligebant. Hoc probato consilio, ex castris proficiscuntur. Cæsar, equi-

lerie pour inquiéter leur arrière-garde, et les suit avec
ses légions. La cavalerie ne leur donne pas un instant de
relâche.

LXXIX. Voici comment on se battait : des cohortes sans
bagage fermaient l'arrière-garde et s'arrêtaient souvent
dans les plaines. S'il fallait franchir une hauteur, le site
même les favorisait, parce que les premiers arrivés, défendaient, d'en haut, ceux qui venaient ensuite. Mais
avaient-ils à défendre une vallée ou quelque lieu en pente,
les derniers rangs ne pouvaient alors être secourus, et notre
cavalerie leur lançait d'en haut une grêle de traits : leur
retraite ne s'opérait alors qu'avec de grands périls. Quand
ils approchaient de pareils endroits, leurs légions étaient
obligées de faire halte, et de repousser notre cavalerie par
une charge vigoureuse.; puis, après l'avoir écartée, tout à
coup elles précipitaient leur course, se jetaient toutes ensemble dans les vallées, et, après les avoir traversées, se
reformaient ensuite sur les hauteurs. Leur cavalerie, quoique nombreuse, loin de leur être d'aucun secours, était si
effrayée des combats précédents, qu'ils étaient obligés de
la placer dans leur centre, et de la défendre eux-mêmes.

tatu præmisso, qui novissimum agmen carperet atque impediret, ipse
cum legionibus subsequitur. Nullum intercedebat tempus, quin extremi cum equitibus præliarentur.

LXXIX. Genus erat hoc pugnæ. Expeditæ cohortes novissimum
agmen claudebant, pluriesque in locis campestribus subsistebant. Si
mons erat ascendendus, facile ipsa loci natura periculum repellebat,
quod ex locis superioribus, qui antecesserant, suos ascendentes prote-
gebant. Quum vallis aut locus declivis suberat, neque ii, qui antecesserant, morantibus opem ferre poterant, equites vero ex loco superiore
in aversos tela conjiciebant; tum magno erat in periculo res. Relinquebatur, ut, quum ejusmodi esset locis appropinquatum, legionum signa
consistere juberent, magnoque impetu equitatum repellerent; eo sub-
moto, repente incitati cursu sese in valles universi demitterent, atque
ita transgressi, rursus in locis superioribus consisterent. Nam tantum
ab equitum suorum auxiliis aberant, quorum numerum habebant magnum, ut eos, superioribus perterritos præliis, in medium reciperent

Aucun homme ne sortait de la ligne sans être enlevé par la cavalerie de César.

LXXX. Ces combats continuels rendaient la marche lente et tardive ; la nécessité de secourir les derniers rangs leur faisait faire des haltes fréquentes. Aussi, après une marche de quatre milles, vivement poursuivis par notre cavalerie, ils gagnent une haute montagne et y fortifient leur camp du côté qui fait face à l'ennemi, sans décharger le bagage. Dès qu'ils voient notre camp établi, nos tentes dressées, et notre cavalerie partie pour le fourrage, ils se mettent aussitôt en route vers la sixième heure, espérant nous devancer, tandis que nous attendrions notre cavalerie pour les poursuivre. César s'en aperçoit, prend le reste des légions, laisse quelques cohortes à la garde du bagage, et ordonne qu'à la dixième heure les fourrageurs le suivent et qu'on rappelle la cavalerie. Celle-ci revient bientôt reprendre son service journalier : on combat si vivement à l'arrière-garde, que l'ennemi est prêt à tourner le dos ; un grand nombre de soldats, plusieurs centurions même, périssent. L'armée entière de César approchait et allait fondre sur eux.

agmen, ultroque eos tuerentur : quorum nulli ex itinere excedere licebat, quin ab equitatu Cæsaris exciperetur.

LXXX. Tali quum pugnatur modo, lente atque paulatim proceditur crebroque, ut sint auxilio suis, subsistunt, ut tum accidit. Millia enim progressi IV, vehementiusque peragitati ab equitatu, montem excelsum capiunt, ibique una fronte contra hostem castra muniunt, neque jumentis onera deponunt. Ubi Cæsaris castra posita, tabernaculaque constituta, et dimissos equites pabulandi causa animum adverterunt, sese subito proripiunt : hora circiter sexta ejusdem diei, et spem nacti moræ, discessu nostrorum equitum, iter facere incipiunt. Qua re animadversa, Cæsar, relictis legionibus, subsequitur, præsidio impedimentis paucas cohortes relinquit : hora x subsequi pabulatores, equitesque revocari jubet. Celeriter equitatus ad quotidianum itineris officium revertitur : pugnatur acriter ad novissimum agmen, adeo, ut pene terga convertant ; compluresque milites, etiam nonnulli centuriones, interficiuntur. Instabat agmen Cæsaris, atque universum imminebat.

LXXXI. Alors, ne pouvant plus trouver un lieu convenable pour camper, ni continuer leur route, ils sont forcés de s'arrêter et de camper en un lieu désavantageux et éloigné de l'eau. César, par les motifs exposés ci-dessus, ne voulut point les attaquer : il défendit seulement de dresser les tentes, afin d'être plus en état de les suivre le jour ou la nuit, s'ils voulaient s'échapper. Ceux-ci, remarquant le désavantage du poste, changent la disposition de leur camp, et travaillent toute la nuit à prolonger leurs retranchements. Ils font de même le lendemain, dès le matin, et y emploient toute la journée. Mais plus ils s'étendaient, plus ils s'éloignaient de l'eau, et ils remédiaient ainsi à un mal par un autre. La première nuit, personne n'osa sortir du camp pour aller à l'eau ; le jour suivant, on laissa une garde au camp, toute l'armée y alla en masse ; mais personne n'alla au fourrage. César, plutôt que de combattre, préférait les réduire par ce moyen à la nécessité de se rendre. En même temps il travailla à les enfermer par un fossé et un retranchement, pour arrêter les sorties subites auxquelles il pensait bien qu'ils auraient re-

LXXXI. Tum vero neque ad explorandum idoneum locum castris, neque ad progrediendum data facultate, consistunt necessario, et procul ab aqua, et natura iniquo loco castra ponunt. Sed iisdem de causis Cæsar, quæ supra sunt demonstratæ, prælio amplius non lacessit, et eo die tabernacula statui passus non est, quo paratiores essent ad insequendum omnes, sive noctu, sive interdiu erumperent. Illi, animadverso vitio castrorum, tota nocte munitiones proferunt, castraque castris convertunt. Hoc idem proximo die a prima luce faciunt; totumque in ea re diem consumunt. Sed, quantum opere processerant, et castra protulerant, tanto aberant ab aqua longius, et præsenti malo aliis malis remedia dabantur. Prima nocte aquandi causa nemo egreditur ex castris : proximo die, præsidio in castris relicto, universas ad aquam copias educunt ; pabulatum emittitur nemo. His eos supplices mali haberi Cæsar, et necessariam subire deditionem, quam prælio decertare, malebat : conatur tamen eos vallo fossaque circummunire, ut quam maxime repentinas eorum eruptiones demoretur, quo necessario descensuros existimabat. Illi, et inopia pabuli adducti, et, quo

cours. Alors manquant de fourrage, et voulant être plus libres dans leur marche, ils firent tuer toutes leurs bêtes de somme.

LXXXII. Deux jours se passèrent dans ces préparatifs ; le troisième, les travaux de César étaient déjà fort avancés. Vers la huitième heure, à un signal donné, ils essayent de nous interrompre, font sortir leurs légions, et les rangent devant leur camp. César rappelle ses travailleurs, rassemble toute la cavalerie, et se met en bataille : car paraître éviter une action, contre le désir des soldats et l'opinion de tous, c'eût été se faire grand tort. Cependant les motifs déjà connus l'empêchaient de souhaiter le combat, d'autant plus que le peu d'étendue du terrain ne permettait pas, même en cas de succès, une victoire décisive : il n'y avait guère que deux mille pas d'un camp à l'autre. Deux tiers étaient occupés par les deux armées ; un seul tiers restait pour l'attaque et pour le choc. Si l'on en venait aux mains, la proximité du camp donnait aux vaincus une facile retraite dans leur fuite. Cette raison l'avait déterminé à attendre l'attaque, au lieu de la commencer.

essent ad iter expeditiores, omnia sarcinaria jumenta interfici jubent.

LXXXII. In his operibus consiliisque biduum consumitur : tertio die magna jam pars operis Cæsaris processerat. Illi impediendæ rei causa, hora circiter octava signo dato, legiones educunt, aciemque sub castris instruunt. Cæsar ab opere legiones revocat, equitatum omnem convenire jubet, aciem instruit : contra opinionem enim militum famamque omnium videri prælium diffugisse, magnum detrimentum afferebat. Sed eisdem de causis, quæ sunt cognitæ, quo minus dimicare vellet, movebatur ; atque hoc etiam magis, quod spatii brevitas, etiam in fugam conjectis adversariis, non multum ad summam victoriæ juvare poterat : non enim amplius pedum millibus ii ab castris castra distabant. Hinc duas partes acies occupabant duæ ; tertia vacabat, ad incursum atque impetum militum relicta. Si prælium committeretur, propinquitas castrorum celerem superatis ex fuga receptum dabat. Hac de causa constituerat, signa inferentibus resistere, prior prælio non lacessere.

LXXXIII. L'armée d'Afranius était rangée sur deux lignes composées de cinq légions, et les troupes auxiliaires formaient le corps de réserve. Celle de César était sur trois lignes ; la première, formée de quatre cohortes prises à chacune des cinq légions ; trois de chaque en seconde ligne, et autant dans la troisième ; au milieu, les archers et les frondeurs ; la cavalerie sur les ailes. Dans cet ordre de bataille, César et Afranius paraissaient s'en tenir à leur plan ; l'un, de ne point combattre, l'autre, d'empêcher les travaux de César. Les armées restèrent en cet état jusqu'au coucher du soleil, après quoi chacun se retira dans son camp. Le lendemain, César cherche à continuer ses travaux : l'ennemi tente le passage de la Sègre et cherche un gué. César, s'en étant aperçu, fait passer la rivière à une partie de la cavalerie et à l'infanterie légère des Germains, et place sur le bord des postes nombreux.

LXXXIV. Enfin, assiégés de tous côtés, depuis quatre jours sans fourrage, privés d'eau, de bois, de grains, les généraux ennemis demandent une entrevue, et, s'il se peut, dans un lieu éloigné des troupes. César refuse, et offre de les

---

LXXXIII. Acies erat Afraniana duplex legionum quinque ; tertium in subsidiis locum alariæ cohortes obtinebant : Cæsaris triplex ; sed primam aciem quaternæ cohortes ex v legionibus tenebant : has subsidiariæ ternæ, et rursus aliæ totidem suæ cujusque legionis subsequebantur ; sagittarii funditoresque media continebantur acie ; equitatus latera cingebat. Tali instructa acie, tenere uterque propositum videbatur ; Cæsar nisi coactus prœlium non committere ; ille, ut opera Cæsaris impediret. Producitur tamen res, aciesque ad solis occasum continentur : inde utrique in castra discedunt. Postero die, munitiones institutas Cæsar parat perficere, illi vadum fluminis Sicoris tentare, si transire possent. Qua re animadversa, Cæsar Germanos levis armaturæ equitumque partem flumen transjicit, crebrasque in ripis custodias disponit.

LXXXIV. Tandem, omnibus rebus obsessi, quartum jam diem sine pabulo retentis jumentis, aquæ, lignorum, frumenti inopia, colloquium petunt, et id, si fieri possit, remoto a militibus loco. Ubi id a Cæsare negatum, et, palam si colloqui vellent, concessum est, datur obsidis

entendre publiquement : on lui donne en otage le fils
d'Afranius, et l'on se rend au lieu qu'il désigne. Là , en présence des deux armées, Afranius prend la parole : « On ne
doit pas, dit-il, leur faire un crime, à eux et à leurs troupes,
d'avoir voulu rester fidèles à Cn. Pompée , leur général.
Mais ils ont satisfait à leur devoir ; ils ont assez souffert ; ils
ont assez enduré de privations de tout genre. Maintenant
encore, enfermés comme des femmes, ils manquent d'eau
et ne peuvent faire le moindre mouvement. Ni leurs corps
ne sauraient plus longtemps supporter tant de souffrances,
ni leurs âmes tant d'ignominies : ils s'avouent donc vaincus,
et demandent, s'il reste quelque recours à la pitié, qu'on
ne les réduise pas à la nécessité de mourir. » Il prononça
ces paroles du ton le plus humble et le plus soumis.

LXXXV. César répondit « que personne n'avait moins
le droit d'implorer la compassion et de faire entendre des
plaintes. Tous les autres ont fait leur devoir ; lui , César,
en s'abstenant de combattre dans un temps et un lieu favorables, afin de laisser accès à des voies de conciliation ; ses
soldats, en conservant et protégeant les ennemis qui étaient

loco Cæsari filius Afranii. Venitur in eum locum, quem Cæsar delegit.
Audiente utroque exercitu, loquitur Afranius : « Non esse aut ipsis
aut militibus succensendum, quod fidem erga imperatonem suum
Cn. Pompeium conservare voluerint : sed satis jam fecisse officio, sa-
tisque supplicii tulisse, perpessos omnium rerum inopiam : nunc vero,
pene ut feminas, circummunitos prohiberi aqua, prohiberi ingressu ;
neque corpore dolorem, neque animo ignominiam ferre posse : itaque
se victos confiteri : orare atque obsecrare, si qui locus misericordiæ
relinquatur, ne ad ultimum supplicium progredi necesse habeant. »
Hæc quam potest demississime atque subjectissime exponit.
LXXXV. Ad ea Cæsar respondit : « Nulli omnium has partes vel
querimoniæ, vel miserationis, minus convenisse : reliquos enim omnes
suum officium præstitisse ; se, qui etiam bona conditione, et loco et
tempore æquo, confligere noluerit, ut quam integerrima essent ad pacem omnia ; exercitum suum, qui, injuria etiam accepta suisque interfectis, quos in sua potestate habuerit, conservarit et texerit ; illius denique exercitus milites, qui per se de concilianda pace egerint : qua

en leur pouvoir, malgré la plus cruelle injure et le massacre des leurs; enfin les troupes d'Afranius, en venant
traiter elles-mêmes de la paix et en même temps du salut
de tous. Ainsi dans tous les rangs on s'arrêtait au parti
conseillé par l'humanité : les chefs seuls ont repoussé la
paix; loin de respecter une trêve et une entrevue, ils ont
cruellement massacré des hommes sans défiance qui se
reposaient sur la foi publique. Aujourd'hui, par un sort
ordinaire aux hommes opiniâtres et arrogants, ils recher-
chent avec empressement ce qu'ils ont d'abord dédaigné.
Il ne se prévaudra point de leur abaissement, ni des circonstances, pour accroître son pouvoir; mais il veut que
les armées depuis longtemps entretenues contre lui soient
licenciées. En effet, ce n'est point pour d'autre motif qu'on
a envoyé six légions en Espagne et qu'on y en a levé une
septième; qu'on a équipé tant de flottes, convoqué de si
habiles généraux; ce n'était ni pour pacifier l'Espagne, ni
pour secourir la Province, dont une longue paix avait
assuré le sort : c'est contre lui que toutes ces mesures ont
été prises : c'est pour le combattre que les formes anciennes du gouvernement ont été changées; que, des

in re omnium suorum vitæ consulendum putarint. Sic omnium ordinum partes in misericordia constitisse: ipsos duces a pace abhorruisse:
eos neque colloquii, neque induciarum jura servasse, et homines impe-
ritos et per colloquium deceptos crudelissime interfecisse. Accidisse
igitur his, quod plerumque hominibus nimia pertinacia atque arrogantia accidere soleat, uti eo recurrant, et id cupidissime petant, quod
paulo ante contempserint. Neque nunc se illorum humilitate, neque
aliqua temporis opportunitate postulare; quibus rebus augeantur opes
suæ; sed eos exercitus, quos contra se multos jam annos aluerint,
velle dimitti. Neque enim sex legiones alia de causa missas in Hispaniam, septimamque ibi conscriptam, neque tot tantasque classes paratas, neque submissos duces, rei militaris peritos : nihil horum ad pa-
candas Hispanias, nihil ad usum Provinciæ provisum, quæ, propter
diuturnitatem pacis, nullum auxilium desiderarit; omnia hæc jam pri-
dem contra se parari : in se novi generis imperia constitui, ut idem ad
portas urbanis præsidia rebus, et duas bellicosissimas provincias ab-

portes de Rome, le même homme préside aux délibéra-
tions intérieures, et, quoique absent, gouverne depuis
tant d'années deux provinces belliqueuses ; que les droits
sacrés des magistrats ont été violés, et qu'on a donné des
provinces, non plus, selon l'usage constant, à d'anciens
préteurs et à d'anciens consuls, mais à des particuliers
choisis par une faction ; qu'enfin, au mépris du privilége
de l'âge, on appelait aux armes des vétérans, malgré leurs
anciens services. A lui seul on refuse ce qui fut toujours
accordé aux généraux qui ont bien servi l'État, de rentrer
dans Rome avec honneur, ou du moins sans honte, après
avoir congédié l'armée. Tous ces outrages, il les a suppor-
tés patiemment et les supportera encore : il ne veut pas
même, ce qui lui serait facile, incorporer dans son armée
les troupes qu'ils commandent, mais seulement les empêcher de s'en servir contre lui ; il faut donc, comme il a été
proposé, qu'ils sortent de la Province et licencient leurs
soldats. A ce prix, il ne maltraitera personne. Telle est
l'unique et dernière condition qu'il met à la paix. »

LXXXVI. La joie des soldats montra assez que ce discours leur avait plu : ils s'attendaient à un juste châtiment,

tens tot annos obtineat : in se jura magistratuum commutari, ne ex
prætura et consulatu, ut semper, sed per paucos probati et electi in
provincias mittantur : in se ætatis excusationem nihil valere, quod
superioribus bellis probati ad obtinendos exercitus evocentur : in se
uno non servari, quod sit omnibus datum semper imperatoribus, ut,
rebus feliciter gestis, aut cum honore aliquo, aut certe sine ignominia
domum revertantur, exercitumque dimittant. Quæ tamen omnia et se
tulisse patienter, et esse laturum ; neque nunc id agere, ut ab illis abductum exercitum teneat ipse, quod tamen sibi difficile non sit, sed ne
Illi habeant, quo contra se uti possint. Proinde, ut esset dictum,
rovinciis excederent, exercitumque dimitterent : si id sit factum,
nociturum se nemini : hanc unam atque extremam pacis esse conditionem. »

LXXXVI. Id vero militibus fuit pergratum et jucundum, ut ex ipsa
significatione potuit cognosci, ut, qui aliquid justi incommodi exspec-
tavissent, ultro præmium missionis ferrent. Nam quum de loco et

et le congé qu'ils recevaient était pour eux une sorte de récompense. Aussi, comme on discutait sur le lieu et l'époque du licenciement, tous, du geste et de la voix, demandèrent qu'il se fît à l'instant; aucun serment n'en assurerait assez l'exécution si on le différait. Après quelques paroles échangées à ce sujet, on convint que ceux qui avaient leur demeure ou des propriétés en Espagne y seraient renvoyés sur-le-champ, les autres sur les bords du Var : il fut stipulé qu'aucun mal ne leur serait fait, et que nul ne serait forcé de prêter le serment militaire à César.

LXXXVII. César s'engagea à leur fournir du blé dès ce moment jusqu'à leur arrivée sur les bords du Var : il ajouta que tout ce qu'ils avaient perdu à la guerre, et qui se trouverait entre les mains de ses soldats, leur serait rendu; il en fit faire l'estimation et en paya le prix à ses troupes. Depuis lors, il devint l'arbitre de tous les différends qui s'élevèrent entre les soldats : Petreius et Afranius, refusant le payement de la solde, dont le terme, disaient-ils, n'était pas encore échu, virent une sédition près d'éclater et prièrent César de prononcer : les uns et les autres

tempore ejus rei controversia inferretur, et voce et manibus universi ex vallo, ubi constiterant, significare cœperunt, ut statim dimitterentur; neque omni interposita fide firmum esse posse, si in aliud tempus differretur. Paucis quum esset in utramque partem verbis disputatum, res huc deducitur, ut ii, qui habeant domicilium aut possessiones in Hispania, statim; reliqui ad Varum flumen, dimittantur : ne quid eis noceatur, neu quis invitus sacramentum dicere cogatur a Cæsare, cavetur.

LXXXVII. Cæsar, ex eo tempore, dum ad flumen Varum veniatur, se frumentum daturum pollicetur : addit etiam, ut, « quid quisque eorum in bello amiserit, quæ sint penes milites suos, iis, qui amiserint, restituatur : » militibus, æqua facta æstimatione, pecuniam pro iis rebus dissolvit. Quascumque postea controversias inter se milites habuerint, sua sponte ad Cæsarem in jus adierunt. Petreius atque Afranius, quum stipendium ab legionibus pene seditione facta flagitaretur, cujus illi diem nondum venisse dicerent, Cæsar ut cognosceret,

s'en tinrent à son jugement. Le tiers environ de cette armée fut licencié en deux jours. César fit prendre les devants à deux légions et ordonna aux autres de les suivre, de manière que leurs camps ne fussent jamais éloignés l'un de l'autre. Il donna la conduite de cette marche à son lieutenant Q. Fufius Calenus. D'après son ordre, on alla ainsi depuis l'Espagne jusqu'au Var, où le reste de l'armée fut licencié.

postulant; eoque utrique, quod statuit, contenti fuerunt. Parte circiter tertia exercitus eo biduo dimissa, II legiones suas antecedere, reliquas subsequi jussit, ut non longo inter se spatio castra facerent; eique negotio Q. Fufium Calenum legatum præfecit. Hoc ejus præscripto ex Hispania ad Varum flumen est iter factum, atque ibi reliqua pars exercitus dimissa.

LIVRE II.

I. Tandis que ces événements se passent en Espagne,
C. Trebonius, lieutenant de César, laissé par lui au siége
de Marseille, dresse contre la ville les mantelets et les
tours, et forme une double attaque; l'une près du port et
de l'arsenal des navires, l'autre du côté qui mène de la
Gaule et de l'Espagne à la mer voisine des bouches du
Rhône. En effet, Marseille est baignée par la mer presque
de trois côtés; il n'en reste qu'un seul où l'on ait accès par
terre, et encore la partie qui touche à la citadelle est-elle
forte par sa position et par une vallée profonde, qui en
rendent l'attaque longue et difficile. C. Trebonius rassemble, pour ces travaux, un grand nombre d'hommes : il tire
de la Province des chevaux, des matériaux, des fascines,
et élève une terrasse de quatre-vingts pieds de haut.

LIBER II.

I. Dum hæc in Hispania geruntur, C. Trebonius legatus, qui ad oppugnationem Massiliæ relictus erat, duabus ex partibus aggerem, vineas, turresque ad oppidum agere instituit. Una erat proxima portui
navalibusque; altera ad partem, qua est aditus ex Gallia atque Hispania
ad id mare, quod attingit ad ostium Rhodani. Massilia enim fere ex
tribus oppidi partibus mari alluitur : reliqua quarta est, quæ aditum
habet a terra. Hujus quoque spatii pars ea, quæ ad arcem pertinet, loci
natura et valle altissima munita, longam et difficilem habet oppugnationem. Ad ea perficienda opera, C. Trebonius magnam jumentorum atque
hominum multitudinem ex omni Provincia vocat : vimina materiamque
comportari jubet. Quibus comparatis rebus, aggerem in altitudinem
pedum LXXX exstruit.

II. Mais on avait depuis longtemps pourvu la ville
de munitions de guerre, et d'une telle quantité de machines, qu'aucun mantelet d'osier ne pouvait résister à
leurs efforts. D'énormes balistes lançaient des perches de
douze pieds de long, armées de fer, qui, après avoir traversé quatre rangs de claies, allaient encore se ficher en
terre. Il fallut faire une galerie couverte, avec des poutres
d'un pied d'épaisseur, jointes ensemble. Là, on se passait
de main en main les matériaux nécessaires pour la construction de la terrasse. Afin de niveler le terrain, on avait
placé en avant une tortue de soixante pieds, composée
aussi de fortes poutres, et enveloppée de tout ce qui pouvait la garantir du feu et des pierres. Mais l'étendue des
ouvrages, la hauteur du mur et des tours, la quantité des
machines, retardaient tous les travaux. En outre, les Albices faisaient de fréquentes sorties, et lançaient des feux
sur la terrasse et les tours : nos soldats les repoussaient
aisément, et les rejetaient dans la ville, après leur avoir
fait essuyer de grandes pertes.

III. Cependant L. Nasidius, que Cn. Pompée envoyait
au secours de L. Domitius et des Marseillais avec seize
navires, dont quelques-uns étaient à proue d'airain, pénètre

II. Sed tanti erant antiquitus in oppido omnium rerum ad bellum
apparatus, tantaque multitudo tormentorum, ut eorum vim nullæ con-
textæ viminibus vineæ sustinere possent. Asseres enim pedum xii, cus-
pidibus præfixi, atque hi maximis balistis missi, per iv ordines cratium
in terra defigebantur. Itaque, pedalibus lignis conjunctis inter se, por-
ticus integebantur; atque hac agger inter manus proferebatur. Antecedebat testudo pedum lx, æquandi loci causa, facta item ex fortissimis
lignis, involuta omnibus rebus, quibus ignis jactus et lapides defendi
possent. Sed magnitudo operum, altitudo muri atque turrium, multitudo tormentorum omnem administrationem tardabat. Tum crebræ per
Albicos eruptiones fiebant ex oppido, ignesque aggeri et turribus infe-
rebantur, quæ facile nostri repellebant milites, magnisque ultro illatis
detrimentis, eos, qui eruptionem fecerant, in oppidum rejiciebant.

III. Interim L. Nasidius, ab Cn. Pompeio cum classe navium xvi, in
quibus paucæ erant æratæ, L, Domitio Massiliensibusque subsidio mis-

dans le détroit de Sicile, à l'insu de Curion, qui ne l'attendait pas, et aborde à Messine. La terreur fut telle, que le sénat et les principaux citoyens prirent la fuite : il enleva une galère dans le port, la joignit aux siennes, et continua sa route vers Marseille. Il envoya secrètement un esquif donner avis de son arrivée à Domitius et aux Marseillais, et les engager fortement à se joindre à lui, pour livrer un second combat à la flotte de Brutus.

IV. Depuis leur dernier échec, les Marseillais avaient remplacé les vaisseaux perdus par un même nombre de vieilles galères, tirées de leur arsenal ; ils les avaient mises en état et armées avec soin ; ni les rameurs ni les pilotes ne leur manquaient. Ils y avaient ajouté des barques de pêcheurs, qu'ils avaient couvertes pour garantir les rameurs, et remplies d'archers et de machines. La flotte ainsi équipée, encouragés par les prières et les larmes des vieillards, des mères de famille, des jeunes filles, qui les conjurent de sauver leur patrie dans cette extrémité, ils montent sur leurs vaisseaux avec cette hardiesse et cette confiance qu'ils avaient montrées dans le combat précédent. Car telle est la faiblesse humaine : les choses imprévues, inconnues ou

---

sus, freto Siciliæ, imprudente atque inopinante Curione, pervehitur : appulsisque Messanam navibus, atque inde propter repentinum terrorem principum ac senatus fuga facta, ex navalibus eorum unam deducit. Hac adjuncta ad reliquas naves, cursum Massiliam versus perficit : præmissaque clam navicula, Domitium Massiliensesque de suo adventu certiores facit, eosque magnopere hortatur, ut rursus cum Bruti classe, additis suis auxiliis, confligant.

IV. Massilienses, post superius incommodum, veteres ad eumdem numerum ex navalibus productas naves refecerant, summaque industria armaverant (remigum gubernatorumque magna copia suppetebat), piscatoriasque adjecerant atque contexerant, ut essent ab ictu telorum remiges tuti : has sagitariis tormentisque compleverunt. Tali modo instructa classe, omnium seniorum, matrum familiæ, virginum precibus et fletu excitati, ut extremo tempore civitate subvenirent, non minore animo ac fiducia, quam ante dimicaverant, naves conscendunt. Communi enim fit vitio naturæ, ut invisis, latitantibus, atque inco-

incertaines nous inspirent ou plus de confiance ou plus d'effroi. C'est ce qui arriva. L'approche de L. Nasidius avait rempli leurs esprits d'espérance et de courage. Ils sortent par un vent favorable, et joignent Nasidius à Tauroenta, une de leurs forteresses : là, ils mettent leurs vaisseaux en ligne, se concertent entre eux, et se confirment dans la résolution de combattre. L'aile droite est donnée aux Marseillais, et la gauche à Nasidius.

V. Brutus se présente également avec sa flotte augmentée de plusieurs vaisseaux ; car aux galères que César avait fait construire à Arles il en avait ajouté six prises sur les Marseillais. Toutes venaient d'être réparées et équipées. Exhortant donc les siens à mépriser, après sa défaite, l'ennemi qu'ils avaient vaincu dans sa force, il s'avance plein d'assurance et d'espoir. Du camp de Trebonius et de toutes les hauteurs on découvrait aisément ce qui se passait dans la ville : on voyait toute la jeunesse qui était restée, les vieillards, les femmes, les enfants, les gardes de la cité, élever leurs mains au ciel du haut des murailles, ou courir aux temples des dieux, et se prosterner devant leurs images pour demander la victoire : tous savaient que ce

gnitis rebus magis confidamus, vehementiusque exterreamur : ut tum accidit. Adventus enim L. Nasidii summa spe et voluntate civitatem compleverat. Nacti idoneum ventum, ex portu exeunt, et Tauroenta, quod est castellum Massiliensium, ad Nasidium perveniunt, ibique naves expediunt, rursusque se ad confligendum animo confirmant, et consilia communicant. Dextra pars Massiliensibus attribuitur, sinistra Nasidio.

V. Eodem Brutus contendit, aucto navium numero. Nam ad eas, quæ factæ fuerant Arelate per Cæsarem, captivæ Massiliensium accesserant VI. Has superioribus refecerat diebus, atque omnibus rebus instruxerat. Itaque suos cohortatus, quos integros superavissent, ut victos contemnerent, plenus spei bonæ atque animi adversus eos proficiscitur. Facile erat, ex castris C. Trebonii atque omnibus superioribus locis, prospicere in urbem, ut omnis juventus, quæ in oppido remanserat, omnesque superioris ætatis, cum liberis atque uxoribus publicisque custodiis, aut ex muro ad cœlum manus tenderent, aut

jour déciderait à jamais de leur sort. La fleur de la jeunesse, les hommes de tout âge les plus considérables, avaient été sommés, conjurés de monter sur la flotte. En cas de revers, il ne leur restait plus de ressources : vainqueurs, ils s'en fiaient, pour sauver la ville, soit à leurs propres forces, soit aux secours qui leur viendraient du dehors.

VI. Le combat engagé, les Marseillais déployèrent tout leur valeur. Encore pleins des exhortations qu'ils venaient d'entendre, ils combattaient avec la pensée que ce moment était le dernier pour leur défense, et que ceux qui périraient dans l'action ne précéderaient que de peu d'instants le reste de leurs concitoyens, dont le sort devait être semblable, si la ville était prise. Nos vaisseaux s'étant insensiblement séparés, l'ennemi put profiter de l'habileté de ses pilotes et de l'agilité de ses navires ; si nous venions à en saisir un avec les mains de fer, tous les autres accouraient à son secours. Réunis aux Albices, ils ne refusaient pas de combattre de près, et leur valeur le cédait peu à la nôtre. En même temps une grêle de traits, lancée de loin par

---

templa deorum immortalium adirent, et ante simulacra projecti victoriam ab diis exposcerent : neque erat quisquam omnium, qui non in ejus diei casu suarum omnium fortunarum eventum consistere existimaret. Nam et honesti ex juventute, et cujusque ætatis amplissimi, nominatim evocati atque obsecrati, naves conscenderant ; ut, si quid adversi accidisset, ne ad conandum quidem sibi quidquam reliqui fore viderent ; si superavissent, vel domesticis opibus, vel externis auxiliis, de salute urbis confiderent.

VI. Commisso prælio, Massiliensibus res nulla ad virtutem defuit : sed memores eorum præceptorum, quæ paulo ante ab suis acceperant, hoc animo decertabant, ut nullum aliud tempus ad conandum habituri viderentur, et quibus in pugna vitæ periculum accideret, non ita multo se reliquorum civium factum antecedere existimarent, quibus, urbe capta, eadem esset belli fortuna patienda. Diductisque nostris paulatim navibus, et artificio gubernatorum mobilitati navium locus dabatur, et, si quando nostri facultatem nacti, ferreis manibus injectis, navem religaverant, undique suis laborantibus succurrebant. Neque

leurs moindres vaisseaux, venait surprendre et blesser nos soldats, ou occupés ailleurs, ou n'étant pas sur leur gardes. Deux de leurs trirèmes, apercevant celle de D. Brutus, qu'il était aisé de reconnaître à son pavillon, s'élancèrent des deux côtés sur elle; mais Brutus, pour échapper au danger, fit force de rames, et prévint leur rencontre de quelques instants : celles-ci se heurtèrent violemment et souffrirent beaucoup du choc; l'une d'elles brisa son éperon et fut toute fracassée. A cette vue, quelques vaisseaux de Brutus, qui se trouvaient près d'elle, profitent de leur désastre pour courir sur elles et les couler toutes deux à fond.

VII. Les vaisseaux de Nasidius ne furent d'aucun secours et ne tardèrent pas à se retirer du combat. Ni la vue de la patrie, ni les instances de leurs proches n'animaient ces hommes à braver le péril et la mort : aussi ne perdirent-ils aucun navire. Des galères marseillaises, cinq furent coulées à fond, quatre furent prises; une s'enfuit avec la flotte de Nasidius vers l'Espagne citérieure. Une de celles qui restaient aux vaincus fut envoyée à Marseille pour porter la nouvelle du combat. Comme elle approchait de la ville, les

vero conjuncti Albicis cominus pugnando deficiebant; neque multum cedebant virtute nostris : simul ex minoribus navibus magna vis eminus missa telorum, multa nostris de improviso imprudentibus atque impeditis vulnera inferebant : conspicatæque naves triremes duæ navem D. Bruti, quæ ex insigni facile agnosci poterat, duabus ex partibus sese in eam incitaverant; sed tantum, re provisa, Brutus celeritate navis enisus est, ut parvo momento antecederet. Illæ adeo graviter inter se incitatæ conflixerunt, ut vehementissime utræque ex con cursu laborarent, altera vero, prærupto rostro, tota collabefieret. Qua re animadversa, quæ proximæ ei loco ex Bruti classe naves erant, in eas impeditas impetum faciunt, celeriterque ambas deprimunt.

VII. Sed Nasidianæ naves nulli usui fuerunt, celeriterque pugna excesserunt : non enim has aut conspectus patriæ, aut propinquorum præcepta ad extremum vitæ periculum adire cogebant. Itaque ex eo numero navium nulla desiderata est : ex Massiliensium classe v sunt depressæ, IV captæ, una cum Nasidianis profugit : quæ omnes citeriorem Hispaniam petiverunt. At ex reliquis una præmissa Massiliam

habitants se précipitèrent en foule à sa rencontre, afin d'apprendre l'événement; mais à peine fut-il connu, qu'une douleur profonde saisit toutes les âmes : on eût dit que la ville était déjà prise. Toutefois les Marseillais n'en furent pas moins ardents à disposer tout pour la défense.

VIII. Les légionnaires, qui travaillaient aux ouvrages de droite, jugèrent qu'une tour de briques, élevée au pied de la muraille, pourrait leur être d'un grand secours contre les fréquentes sorties de l'ennemi : celle qu'ils avaient faite d'abord était basse et petite; cependant elle leur servait de retraite. Ils s'y défendaient contre les plus vives attaques, ou en sortaient pour repousser et poursuivre l'ennemi. Ce retranchement avait trente pieds en tous sens, et les murs avaient cinq pieds d'épaisseur. On reconnut ensuite par d'habiles combinaisons (car en toutes choses l'expérience est un grand maître) que l'on pourrait, avec de l'industrie, en tirer un grand avantage, si on l'élevait à la hauteur d'une tour. Voici le moyen que l'on employa.

IX. Lorsque la tour eut été élevée à la hauteur d'un étage, ils placèrent les solives de manière que la maçon-

---

hujus nuntii perferendi gratia, quum jam appropinquaret urbi, omnis sese multitudo ad cognoscendum effudit : ac, re cognita, tantus luctus excepit, ut urbs ab hostibus capta eodem vestigio videretur. Massilienses tamen nihilo segnius ad defensionem urbis reliqua apparare cœperunt.

VIII. Est animadversum ab legionariis, qui dexteram partem operis administrabant, ex crebris hostium eruptionibus, magno sibi esse præsidio posse, si pro castello ac receptaculo turrim ex latere sub muro fecissent, quam primo ad repentinos incursus humilem parvamque fecerant. Huc se referebant : hinc, si qua major oppresserat vis, propugnabant : hinc ad repellendum et prosequendum hostem procurrebant. Patebat hæc quoquoversus pedes xxx, sed parietum crassitudo pedum quinque : postea vero, ut est rerum omnium magister usus, hominum adhibita solertia, inventum est, magno esse usui posse, si hæc esset in altitudinem turris elata. Id hac ratione perfectum est.

IX. Ubi turris altitudo perducta est ad contabulationem, eam in parietes instruxerunt ita, ut capita tignorum extrema parietum stuctura

nerie en couvrit l'extrémité, afin qu'il n'y eût point de partie saillante où le feu de l'ennemi pût s'attacher. Au-dessus de ce plancher, ils continuèrent les murailles de briques, autant que le permirent les parapets et les man-telets sous lesquels ils étaient à couvert. Ils posèrent ensuite deux solives en croix, à peu de distance des extrémités de la muraille, pour y suspendre la charpente qui devait servir de toit à la tour; sur ces solives, ils mirent des poutres de traverse, qu'ils lièrent ensemble par des che-villes : ces poutres étaient longues et dépassaient les mu-railles, de manière qu'on pût y mettre des mantelets qui défendissent les ouvriers occupés à la construction du mur. Ils couvrirent ce plancher de briques et de mortier pour qu'il fût à l'épreuve du feu, et jetèrent par-dessus des couvertures grossières, de peur que le plancher ne fût brisé par les traits des machines, ou que les pierres lan-cées par les catapultes ne fissent sauter les briques. Ils formèrent ensuite trois nattes avec des câbles servant aux ancres des vaisseaux, de la longueur des murs de la tour et d'une largeur de quatre pieds, et les attachèrent aux

tegerentur, ne quid emineret, ubi ignis hostium adhæresceret. Hanc insuper contignationem, quantum tectum plutei ac vinearum passum est, laterculo adstruxerunt, supraque eum locum duo tigna transversa injecerunt, non longe ab extremis parietibus, quibus suspenderent eam contignationem, quæ turri tegimento esset futura; supraque ea tigna directo transversas trabes injecerunt, easque axibus religaverunt. Has trabes paulo longiores atque eminentiores, quam extremi parietes erant, effecerunt, ut esset, ubi tegimenta præpendere possent ad defendendos ictus ac repellendos, dum inter eam contignationem parietes exstrue-rentur; eamque contabulationem summam lateribus lutoque constra-verunt, ne quid ignis hostium nocere posset; centonesque insuper injecerunt, ne aut tela tormentis missa tabulationem perfringerent, aut saxa ex catapultis lateritium discuterent. Storias autem ex funibus anchorariis tres, in longitudinem parietum turris, latas IV pedes fece-runt, easque ex tribus partibus, quæ ad hostes vergebant, eminentibus trabibus circum turrim præpendentes religaverunt : quod unum genus tegimenti aliis locis erant experti nullo telo neque tormento transjici

extrémités saillantes des poutres, le long du mur, des trois
côtés exposés aux ennemis. Les soldats avaient souvent
éprouvé, en d'autres rencontres, que c'était le seul rempart impénétrable aux traits et aux machines. Une partie
de la tour étant achevée et mise à l'abri de toute insulte,
ils transportèrent leurs mantelets aux autres ouvrages.
Alors, prenant un appui sur le premier entablement, ils
commencèrent à soulever le toit entier, tel qu'il se trouvait,
et l'enlevèrent à la hauteur que les nattes de câbles pouvaient mettre à couvert. Cachés sous cet abri, ils construi-
saient les murs en brique, puis élevaient encore le toit, et
se donnaient ainsi de l'espace pour bâtir. Quand ils parve-
naient à un autre étage, ils faisaient un nouveau plancher
avec des poutres, dont l'extrémité était cachée dans le
mur, et de là ils relevaient le toit supérieur et les nattes.
C'est ainsi que, sans courir de danger, sans s'exposer à
aucune blessure, ils élevèrent six étages. On laissa des
embrasures aux endroits convenables pour le service des
machines de guerre.

X. Lorsqu'ils furent assurés que de cette tour ils pouvaient défendre les ouvrages qui en étaient voisins, ils
commencèrent à construire, avec des poutres de deux

posse. Ubi vero ea pars turris, quæ erat perfecta, tecta atque munita
est ab omni ictu hostium, pluteos ad alia opera abduxerunt : turris
tectum per se ipsum prehensionibus ex contignatione prima suspen-
dere ac tollere cœperunt; ubi, quantum storiarum demissio patiebatur,
tantum elevabant. Intra hæc tegimenta abditi atque muniti parietes
lateribus exstruebant, rursusque alia prehensione ad ædificandum sibi
locum expediebant. Ubi tempus alterius contabulationis videbatur,
tigna item, ut primo, tecta extremis lateribus instruebant, exque ea
contignatione rursus summam contabulationem storiasque elevabant.
Ita tuto ac sine ullo vulnere ac periculo sex tabulata exstruxerunt,
fenestrasque, quibus in locis visum est, ad tormenta mittenda in
struendo reliquerunt.

X. Ubi ex ea turri quæ circum essent opera tueri se posse confisi
sunt, musculum pedum lx longum, ex materia bipedali, quem a turri
lateritia ad hostium turrim murumque perducerent, facere institue-

pieds d'épaisseur, une galerie, de soixante pieds de long,
qui, du bas de la tour, devait les mener à celle des ennemis et au mur de la ville. On posa d'abord sur le sol deux
poutres d'égale longueur, à quatre pieds de distance l'une
de l'autre : on fit entrer dans ces poutres des piliers de
cinq pieds de haut : on les réunit par des traverses un
peu inclinées pour y placer les poutres destinées à soutenir le toit de la galerie. Par dessus on mit des solives de
deux pieds, reliées avec des chevilles et des bandes de
fer. Au sommet du toit, et sur ces dernières poutres, on
cloua des lattes carrées, larges de quatre doigts, pour soutenir les briques que l'on mit dessus. La galerie ainsi construite et élevée, et les poutres portant sur les traverses,
le tout fut recouvert de briques et de terre détrempée,
pour n'avoir point à craindre le feu qui serait lancé de la
muraille. Sur ces briques on étendit des cuirs, de peur
que l'eau, qu'on pourrait diriger par les conduits, ne par-
vînt à délayer le mortier ; et pour que ces cuirs eux-mêmes
ne pussent être gâtés par le feu ou les pierres, on les couvrit de peaux et de laine. Tout cet ouvrage se fit au pied
de la tour, à l'abri des mantelets ; et, tout à coup, lorsque
les Marseillais s'y attendaient le moins, à l'aide de rouleaux

runt ; cujus musculi hæc erat forma. Duæ primum trabes in solo æque,
longæ, distantes inter se pedes IV, collocantur, inque eis columellæ
pedum in altitudinem V defiguntur. Has inter se capreolis molli fastigio conjungunt, ubi tigna, quæ musculi tegendi causa ponant, collo-
centur : eo super tigna bipedalia injiciunt, eaque laminis clavisque
religant. Ad extremum musculi tectum trabesque extremas, quadratas
regulas, IV patentes digitos, defigunt, quæ lateres, qui super musculo
struantur, contineant. Ita fastigato atque ordinatim structo, ut trabes
erant in capreolis collocatæ, lateribus lutoque musculus, ut ab igne,
qui ex muro jaceretur, tutus esset, contegitur : super lateres coria
inducuntur, ne canalibus aqua immissa lateres diluere posset. Coria
autem, ne rursus igni ac lapidibus corrumpantur, centonibus conte-
guntur. Hoc opus omne, tectum vineis, ad ipsam turrim perficiunt,
subitoque, inopinantibus hostibus, machinatione navali, phalangis subjectis, ad **turrim hostium** admovent, ut ædificio jungatur

dont la marine fait usage, la galerie fut poussée contre la tour des ennemis, jusqu'au pied de leur mur.

XI. Les habitants, effrayés de cette manœuvre imprévue, font avancer, à force de leviers, les plus gros quartiers de roche, et les roulent du haut de la muraille sur notre galerie. La solidité de la construction résista, et tout ce qui tomba fut entraîné par la pente. A cette vue, ils changent de dessein, embrasent des tonneaux remplis de poix et de goudron, et les jettent du haut de la muraille. Ces tonneaux roulent, tombent à terre par les côtés, et sont écartés avec des perches et des fourches. Cependant nos soldats, couverts par leur galerie, ébranlent avec des leviers les pierres qui soutenaient les fondements de la tour des ennemis. La galerie était défendue par les machines et par les traits lancés du haut de notre tour de briques : les assiégés étaient à la fois écartés de leurs tours et de leurs murailles, et on ne leur laissait pas la liberté de les défendre. Enfin un grand nombre des pierres qui la supportaient ayant été enlevées, une partie de la tour s'écroula tout à coup.

XII. Déjà le reste tombait en ruines, quand les ennemis, redoutant le pillage de leur ville, sortent en foule, sans

XI. Quo malo perterriti subito oppidani saxa, quam maxima possent, vectibus promovent, præcipitataque muro in musculum devolvant. Ictum firmitas materiæ sustinet ; et, quidquid incidit, fastigio musculi elabitur. Id ubi vident, mutant consilium : cupas, tæda ac pice refertas, incendunt, easque de muro in musculum devolvunt. Involutæ labuntur, delapsæ ab lateribus longuriis furcisque ab opere removentur. Interim sub musculo milites vectibus infima saxa turris hostium, quibus fundamenta continebantur, convellunt. Musculus ex turri lateritia a nostris telis tormentisque defenditur : non datur libera muri defendendi facultas. Compluribus jam lapidibus ex ea, quæ suberat, turri subductis, repentina ruina pars ejus turris concidit.

XII. Pars reliqua consequens procumbebat, quum hostes, urbis direptione perterriti, inermes cum infulis sese porta foras universi proripiunt ; ad legatos atque exercitum supplices manus tendunt. Qua

armes, la tête couverte d'un voile, et tendent leurs mains suppliantes aux généraux et aux soldats. La nouveauté du spectacle arrêta toute hostilité : nos soldats cessent de combattre, pour écouter et pour apprendre les motifs de cet incident. Dès que les Marseillais furent en présence des généraux et de nos troupes, ils se jetèrent à leurs pieds et les conjurèrent d'attendre l'arrivée de César. « Ils renoncent, disent-ils, à la défense ; ils voient nos travaux achevés, leur tour renversée, leur ville déjà prise. Si, à l'arrivée de César, ils n'exécutaient pas ses ordres, un mot de sa bouche suffirait pour les anéantir. Mais si la tour s'écroule entièrement, rien ne pourra contenir le soldat : animé par l'espoir du butin, il envahira la ville et la détruira de fond en comble. » Les Marseillais, en hommes habiles, plaidèrent leur cause avec une éloquence que leurs larmes rendaient encore plus persuasive.

XIII. Les généraux, touchés de leurs prières, font cesser les travaux et l'attaque ; ils laissent seulement une garde aux ouvrages. La compassion fait une sorte de trève, et l'on attend l'arrivée de César. De part ni d'autre on ne lance plus de traits ; tout semble terminé : le soin et l'activité se relâchent. César avait, dans ses lettres, fortement

---

nova re oblata, omnis administratio belli consistit, militesque, aversi a prælio, ad studium audiendi et cognoscendi feruntur. Ubi hostes ad legatos exercitumque pervenerunt, universi se ad pedes projiciunt : orant, « ut adventus Cæsaris exspectetur : captam suam urbem videre, opera perfecta, turrem subrutam ; itaque a defensione desistere : nullam exoriri moram posse, quo minus quum venisset, si imperata non facerent, ad nutum e vestigio diriperentur. Docent, si omnino turris concidisset, non posse milites contineri, quin spe prædæ in urbem irrumperent, urbemque delerent. » Hæc, atque ejusdem generis complura, ut ab hominibus doctis, magna cum misericordia fletuque pronuntiantur.

XIII. Quibus rebus commoti, legati milites ex opere deducunt, oppugnatione desistunt, operibus custodias relinquunt. Induciarum quodam genere misericordia facto, adventus Cæsaris exspectatur : nullum ex muro, nullum a nostris mittitur telum : ut re confecta, omnes curam

9.

recommandé à Trebonius d'empêcher que la ville ne fût prise d'assaut : il craignait que les soldats, vivement irrités de la perfidie et de la jactance de l'ennemi, ainsi que des longs travaux du siége, n'égorgeassent toute la jeunesse, comme ils avaient menacé de le faire. On eut de la peine à les contenir; ils voulaient forcer les portes ; ils s'irritaient contre Trebonius, qui seul, disaient-ils, les empêchait de se rendre maîtres de Marseille.

XIV. Mais l'ennemi méditait une trahison, et ne cherchait que le moment et l'occasion de l'accomplir. Après un intervalle de quelques jours, les esprits étant calmes et sans défiance, tout à coup, sur le midi, tandis que les uns s'étaient écartés, que les autres, fatigués, dormaient sur place, et que toutes les armes étaient posées et couvertes, les assiégés font une sortie, et, à la faveur d'un vent violent, mettent le feu à nos ouvrages : le vent pousse la flamme; en un instant la terrasse, les mantelets, la tortue, la tour, les machines, sont embrasés : tout fut consumé avant qu'on pût en savoir la cause. Les nôtres, frappés d'un malheur si subit, prennent les armes qui leur tombent sous la main ; les autres accourent du camp : on

et diligentiam remittunt. Cæsar enim per litteras Trebonio magnopere mandaverat, ne per vim oppidum expugnari pateretur, ne gravius permoti milites, et defectionis odio, et contemptione sui, et diutino labore, omnes puberes interficerent : quod se facturos minabantur, ægreque tunc sunt retenti, quin oppidum irrumperent; graviterque eam rem tulerunt, quod stetisse per Trebonium, quo minus oppido potirentur, videbatur.

XIV. At hostes sine fide tempus atque occasionem fraudis ac doli quærunt, interjectisque aliquot diebus, nostris languentibus atque animo remissis, subito, meridiano tempore, quum alius discessisset, alius ex diutino labore in ipsis operibus quieti se dedisset, arma vero omnia reposita contectaque essent, portis se foras erumpunt, secundo magnoque vento ignem operibus inferunt. Hunc sic distulit ventus, uti uno tempore agger, plutei, testudo, turris, tormenta flammam conciperent, et prius hæc omnia consumerentur, quam, quemadmodum acc¹ ¹¹set, animadverti posset. Nostri, repentina fortuna

charge l'ennemi; mais les traits lancés du haut des murs empêchent de le poursuivre dans sa fuite. Il se retire sous ses
murailles, et de là brûle librement la galerie et la tour de
brique. Ainsi, par la perfidie des assiégés et par la violence
du vent, nous vîmes périr en un instant le travail de plusieurs mois. Le lendemain, les Marseillais firent une nouvelle tentative; favorisés du même vent, ils attaquèrent
avec plus de confiance encore l'autre tour et la terrasse, et
y portèrent la flamme. Mais, tandis que les jours précédents
nos soldats s'étaient départis de leur vigilance ordinaire,
cette fois, au contraire, avertis par l'événement de la veille,
ils avaient tout préparé pour se défendre. Aussi l'ennemi
se retira-t-il dans la ville après avoir perdu beaucoup de
monde, et sans avoir rien fait.

XV. Trebonius résolut de rétablir ce qui venait d'être
détruit; il trouva ses soldats plus zélés que jamais, tant
ils étaient indignés d'avoir vu anéantir le fruit de leurs
peines, et que l'ennemi, après avoir lâchement violé la
trêve, insultât à leur valeur. Comme les matériaux étaient
épuisés, et les arbres coupés et enlevés dans tous les environs de Marseille, ils entreprirent une terrasse d'un genre

permoti, arma, quæ possunt, arripiunt; alii ex castris sese incitant :
fit in hostes impetus; sed muro sagittis tormentisque, fugientes persequi, prohibentur. Illi sub murum se recipiunt, ibique musculum
turrimque lateritiam libere incendunt. Ita multorum mensium labor
hostium perfidia, et vi tempestatis, puncto temporis interiit. Tenta-
verunt hoc idem Massilienses postero die : eamdem nacti tempestatem,
majori cum fiducia ad alteram turrem aggeremque eruptione pugna-
verunt, multumque ignem intulerunt. Sed, ut superioris tempori
contentionem nostri omnem remiserant, ita proximi diei casu admo
niti, omnia ad defensionem paraverant. Itaque, multis interfectis,
reliquos infecta re in oppidum repulerunt.

XV. Trebonius ea, quæ sunt amissa, multo majore studio militum
administrare et reficere instituit. Nam, ubi tantos suos labores et
apparatus male cecidisse viderunt, induciisque per scelus violatis,
suam virtutem irrisui fore perdoluerunt. Quod, unde agger omnino
comportari posset, nihil erat reliquum, omnibus arboribus longe

tout à fait nouveau. On éleva deux murs de brique de six pieds d'épaisseur, et à peu près aussi éloignés l'un de l'autre que la première terrasse avait de largeur : on y fit un plancher ; entre les murs ou dans les parties trop faibles, on mit des piliers et des poutres transversales pour le soutenir : le tout fut recouvert de claies enduites de terre détrempée. Le soldat, ainsi protégé sur les côtés par la muraille, et de front par les mantelets, portait sans risque, au moyen de cet abri, ce qui était nécessaire à l'ouvrage. Le travail fut prompt ; l'activité et la constance des soldats eurent bientôt réparé le dommage. On ménagea des portes aux endroits qui parurent propres à des sorties.

XVI. Quand les ennemis virent ainsi rétabli en peu de jours ce qu'ils pensaient ne pouvoir l'être qu'après un long temps, et qu'ils comprirent qu'ils ne pourraient plus nous attaquer par la ruse ni à force ouverte ; que leurs traits n'atteindraient pas nos soldats, ni l'incendie nos ouvrages ; que toutes les avenues de leur ville, du côté de la terre, pourraient également être fermées par un mur et des tours ; que déjà nos remparts, élevés presque au pied de leurs mu-

---

lateque in finibus Massiliensium excisis et convectis, aggerem novi generis atque inauditum ex lateritiis duobus muris, senum pedum crassitudine, atque eorum murorum contignationem facere instituerunt, æqua fere latitudine, atque ille congestitius ex materia fuerat agger. Ubi aut spatium inter muros, aut imbecillitas materiæ postulare videretur, pilæ interponuntur, transversaria tigna injiciuntur, quæ firmamento esse possint : et, quidquid est contignatum, cratibus consternitur, cratesque luto integuntur. Sub tecto miles, dextera ac sinistra muro tectus, adversus plutei objectu, operi quæcunque usui sunt, sine periculo supportat. Celeriter res administratur : diuturni laboris detrimentum solertia et virtute militum brevi reconcinnatur : portæ, quibus locis videtur, eruptionis causa, in muro relinquntur.

XVI. Quod ubi hostes viderunt, ea, quæ diu longoque spatio refici non posse sperassent, paucorum dierum opera et labore ita refecta, ut nullus perfidiæ neque eruptioni locus esset, neque quidquam omnino relinqueretur, quo aut vi militibus, aut igni operibus, noceri posset; eodemque exemplo sentiunt, totam urbem, qua sit aditus ab terra,

ıailles, et d'où l'on pouvait lancer des traits avec la main, ne leur permettaient plus de se montrer, et rendait inutiles, par cette proximité, les machines sur lesquelles ils comptaient le plus; persuadés que, forcés de combattre de près, leur valeur ne pouvait égaler la nôtre, ils pensèrent à se soumettre aux conditions qu'ils avaient déjà proposées.

XVII. M. Varron commandait alors dans l'Espagne ultérieure. Ayant appris ce qui s'était passé en ltalie, et désespérant de la fortune de Pompée, il commençait à parler de César en termes très-favorables. Il disait « que sans doute le titre de lieutenant et sa parole l'engageaient à Cn. Pompée, mais que des liens non moins forts l'attachaient à César; qu'il n'ignorait pas le devoir d'un lieutenant qui tient son pouvoir de la confiance de son chef, mais qu'il connaissait ses forces, et combien César était chéri de la Province. » Il répandait partout ces propos et restait dans l'inaction. Mais, plus tard, instruit que César était retenu au siége de Marseille, que les troupes de Petreius s'étaient jointes à celles d'Afranius, qu'ils avaient reçu de grands secours, qu'on en attendait encore, que toute la Province citérieure s'était

muro turribusque circumiri posse, sic, ut ipsis consistendi in suis munitionibus locus non esset, quum pene inædificata in muris ab exercitu nostro mœnia viderentur, ac tela manu conjicerentur, suorumque tormentorum usum, quibus ipsi magna speravissent, spatio propiuquitatis interire, parique conditione ex muro ac turribus bellandi data, virtute se nostris adæquare non posse intelligunt, ad easdem deditionis conditiones recurrunt.

XVII. M. Varro in ulteriore Hispania, initio, cognitis iis rebus, quæ sunt in Italia gestæ, diffidens Pompeianis rebus, amicissime de Cæsare loquebatur : « præoccupatum sese legatione ab Cn. Pompeio, teneri obstrictum fide : necessitudinem quidem sibi nihilo minorem cum Cæsare intercedere; neque se ignorare, quod esset officium legati, qui fiduciariam operam obtineret, quæ vires suæ, quæ voluntas erga Cæsarem totius Provinciæ. » Hæc omnibus ferebat sermonibus; neque se in ullam partem movebat. Postea vero, quum Cæsarem ad Massiliam detineri cognovit, copias Petreii cum exercitu Afranii esse conjunctas, magna auxilia convenisse, magna esse in spe atque exspectari, et con-

déclarée, que César souffrait, à Ilerda, d'une cruelle disette, récit fort exagéré par les lettres d'Afranius, il se décida, et songea à suivre, lui aussi, le mouvement de la fortune.

XVIII. Il fit des levées dans toute la Province, forma deux légions, y ajouta environ trente cohortes auxiliaires, amassa une grande quantité de blé pour l'envoyer aux Marseillais ainsi qu'à Pompée et Afranius, commanda dix galères aux habitants de Cadix et un grand nombre à ceux d'Hispalis ; il fit transporter à Cadix le trésor et les ornements du temple d'Hercule, y établit en garnison six cohortes tirées de la Province, et en donna le commandement à Caïus Gallonius, chevalier romain, ami de Domitius, qui l'avait envoyé en ce pays pour recueillir une succession. En même temps qu'il faisait déposer chez ce Gallonius toutes les armes des particuliers ou de l'État, il ne cessait de décrier César : il disait souvent, du haut de son tribunal, « que César avait essuyé des défaites ; qu'un grand nombre de ses soldats avaient déserté vers Afranius ; que la nouvelle en était certaine et bien confirmée. » Il effraya par de tels bruits les citoyens romains de cette province, et les força de lui

sentire omnem citeriorem Provinciam ; quæque postea acciderant, de angustiis ad Ilerdam rei frumentariæ, accepit, atque hæc ad eum latius atque inflatius Afranius perscribebat, se quoque ad motum fortunæ movere cœpit.

XVIII. Delectum habuit tota Provincia ; legionibus completis duabus, cohortes circiter xxx alarias addidit ; frumenti magnum numerum coegit, quod Massiliensibus, item quod Afranio Pompeioque mitteret; naves longas x Gaditanis, ut facerent, imperavit; complures præterea in Hispali faciendas curavit; pecuniam omnem omniaque ornamenta ex fano Herculis in oppidum Gades contulit; eo sex cohortes præsidii causa ex Provincia misit, Caiumque Gallonium, equitem romanum, familiarem Domitii, qui eo procurandæ hæreditatis causa venerat, missus a Domitio, oppido Gadibus præfecit; arma omnia privata ac publica in domum Gallonii contulit; ipse habuit graves in Cæsarem conciones. Sæpe ex tribunali prædicavit, « adversa Cæsarem prœlia fecisse, magnum numerum ab eo militum ad Afranium perfugisse : hæc se certis nuntiis, certis auctoribus, comperisse. » Quibus rebus

donner, sous prétexte du service public, quatorze cent mille
livres d'argent et cent vingt mille boisseaux de blé. S'il
connaissait quelques villes attachées à César, il les surchar-
geait, y mettait garnison ; il citait en justice les particuliers
qui avaient parlé contre la république, et confisquait leurs
biens. Il fit prêter serment à toute la Province d'être fidèle
à sa cause et à celle de Pompée. Sur la nouvelle de ce qui
se passait dans l'Espagne citérieure, il disposa tout pour
la guerre. Son plan était de s'enfermer à Cadix avec ses
deux légions, ses vaisseaux et ses vivres ; car il avait reconnu que la Province entière était dévouée à César. Il
comptait que, dans cette île, il lui serait aisé, avec ses navires et ses provisions, de traîner la guerre en longueur.
César, quoique rappelé en Italie par des affaires pressantes,
voulait cependant ne laisser en Espagne aucun reste de
guerre : car il savait que Pompée s'était fait, par ses bienfaits, de nombreux partisans dans la Province citérieure.

XIX. En conséquence, il envoie Q. Cassius, tribun du
peuple, avec deux légions, dans l'Espagne ultérieure, y
marche lui-même à grandes journées avec six cents che-

perterritos cives romanos ejus provinciæ sibi ad rempublicam admi-
nistrandam HS CXC et argenti pondo XX millia, tritici modios CXX millia
polliceri coegit. Quas Cæsari esse amicas civitates arbitrabatur, iis
graviora onera injungebat, præsidiaque eo deducebat, et judicia in pri-
vatos reddebat ; qui verba atque orationem adversus rempublicam
habuissent, eorum bona in publicum addicebat ; Provinciam omnem
in sua et Pompeii verba jusjurandum adigebat. Cognitis iis rebus,
quæ sunt gestæ in citeriore Hispania, parabat bellum. Ratio autem hæc
erat belli, ut se cum duabus legionibus Gades conferret, naves frumentumque omne ibi contineret : Provinciam enim omnem Cæsaris rebus
favere cognoverat. In insula, frumento navibusque comparatis, bellum
duci non difficile existimabat. Cæsar, etsi multis necessariisque rebus
in Italiam revocabatur, tamen constituerat nullam partem belli in
Hispaniis relinquere ; quod magna esse Pompeii beneficia et magnas
clientelas in citeriore Provincia sciebat.

XIX. Itaque, duabus legionibus missis in ulteriorem Hispaniam cum
Q. Cassio, tribuno plebis, ipse cum DC equitibus magnis itineribus pro-

vaux, et se fait précéder d'un édit par lequel il enjoint aux
magistrats et aux principaux citoyens de toutes les villes,
de se rendre près de lui, dans Cordoue, à jour nommé. Dès
que cet ordre fut connu, il n'y eut point de ville qui n'en-
voyât au jour fixé une partie de son sénat à Cordoue, et
point de Romain un peu notable qui ne s'y rendit. En même
temps l'assemblée de Cordoue ferma d'elle-même les portes
à Varron, mit des gardes sur les tours et les murailles, et
retint pour la défense de la ville deux cohortes, de celles
qu'on appelait Coloniques, que le hasard avait dirigées de
ce côté. En même temps les habitants de Carmone, l'une
des plus fortes villes du pays, chassèrent trois cohortes que
Varron y avait menées, et lui fermèrent leurs portes.

XX. Varron n'en mit que plus de hâte à se jeter dans
Cadix avec ses légions : il craignait d'être coupé par terre
ou par mer, tant la Province montrait d'affection pour
César. Mais à peine fut-il en marche, qu'on lui remit des
lettres de Cadix, où on lui marquait que les principaux
habitants, instruits de l'ordre de César, s'étaient concertés
avec les tribuns des cohortes en garnison dans leur ville,

greditur, edictumque præmittit, ad quam diem magistratus princi-
pesque omnium civitatum sibi esse præsto Cordubæ vellet. Quo edicto
tota Provincia pervulgato, nulla fuit civitas, quin ad id tempus partem
senatus Cordubam mitteret, nullusve civis romanus paulo notior, quin
ad diem conveniret. Simul ipse Cordubæ conventus per se portas
Varroni clausit, custodias vigiliasque in muro turribusque disposuit.
Cohortes duas, quæ Colonicæ appellabantur, quum eo casu venissent,
tuendi oppidi causa apud se retinuit. Iisdem diebus Carmonenses, quæ
est longe firmissima totius Provinciæ civitas, deductis tribus in arcem
oppidi cohortibus a Varrone præsidio, per se cohortes ejecit, portasque
præclusit.

XX. Hic vero magis properare Varro, ut cum legionibus quam primum Gades contenderet, ne itinere aut trajectu intercluderetur : tanta
se tam secundi in Cæsarem voluntas Provinciæ reperiebatur. Progresso
ei paulo longius litteræ a Gadibus redduntur, simul atque sit cognitum
de edicto Cæsaris, consensisse Gaditanos principes cum tribunis cohortium, quæ essent ibi in præsidio, ut Gallonium ex oppido expellerent,

pour en chasser Gallonius et conserver à César l'île et la place ; que dans ce dessein ils avaient signifié à Gallonius de se retirer de bonne grâce, tandis qu'il le pouvait sans péril ; sinon, qu'ils prendraient des mesures. Gallonius, effrayé, avait quitté la ville. A cette nouvelle, celle des deux légions de Varron, qu'on appelait *Vernacula,* enleva les enseignes en sa présence et sous ses yeux, et se retira à Hispalis, où elle s'établit sans aucun désordre sous les portiques et sur la place. Les citoyens romains réunis dans cette ville approuvèrent tellement cette démarche, qu'ils s'empressèrent de les loger dans leurs propres demeures. Varron étonné rebroussa chemin et annonça qu'il irait à Italica : on l'avertit que les portes en étaient fermées. Alors, repoussé de toutes parts, il envoie dire à César qu'il est prêt à remettre la légion à celui qu'il désignera. Celui-ci envoie Sext. César pour la recevoir. Varron livre la légion, et va trouver César à Cordoue ; il lui rend un compte fidèle de la Province, et lui remet, avec tout l'argent en sa possession, l'état des vivres et des vaisseaux.

XXI. César tint une assemblée à Cordoue, et rendit à

urbem insulamque Cæsari servarent. Hoc inito consilio, denuntiavisse Gallonio, ut sua sponte, dum sine periculo liceret, excederet Gadibus : si id non fecisset, sibi consilium capturos. Hoc timore adductum Gallonium Gadibus excessisse. His cognitis rebus, altera ex duabus legionibus, quæ Vernacula appellabatur, ex castris Varronis, adstante et inspectante ipso, signa sustulit, seseque Hispalin recepit, atque in foro et porticibus sine maleficio consedit. Quod factum adeo ejus conventus cives romani comprobaverunt, ut domum ad se quisque hospitio cupidissime reciperet. Quibus rebus perterritus Varro, quum, itinere converso, sese Italicam venturum promisisset, certior ab suis factus est, præclusas esse portas. Tum vero, omni interclusus itinere, ad Cæsarem mittit, paratum se esse, legionem, cui jusserit, tradere. Ille ad eum Sext. Cæsarem mittit, atque huic tradi jubet. Tradita legione, Varro Cordubam ad Cæsarem venit : relatis ad eum publicis cum fide rationibus, quod penes eum est pecuniæ, tradit, et, quod ubique habeat frumenti ac navium, ostendit.

XXI. Cæsar, concione habita Cordubæ, omnibus generatim gratias

chacun des actions de grâces : il remercia les citoyens romains de lui avoir conservé la ville ; les Espagnols, d'avoir chassé leurs garnisons ; les habitants de Cadix, d'avoir déjoué les efforts de leurs adversaires et reconquis leur liberté ; les tribuns et les centurions, qui étaient venus garder la ville, d'avoir affermi ces bonnes dispositions par leur courage. Il fit remise aux citoyens romains des sommes qu'ils s'étaient engagés à fournir à Varron, rétablit dans leurs biens ceux qu'on avait punis ainsi pour avoir parlé trop librement, distribua des récompenses de toutes sortes, et remplit les esprits d'espoir pour l'avenir. Après être resté deux jours à Cordoue, il partit pour Cadix. Là, il fit reporter dans le temple d'Hercule le trésor et les ornements qui en avaient été enlevés pour passer dans une maison privée : il donna le gouvernement de la Province à Q. Cassius, lui laissa quatre légions, et se rendit en peu de jours à Tarragone avec les vaisseaux de M. Varron et ceux que ce dernier s'était fait fournir par les habitants de Cadix : les députations de presque toute la province citérieure l'y attendaient ; il accorda encore des grâces à plusieurs de ces villes et à leurs habitants. De Tarragone il vint, par

agit : civibus romanis, quod oppidum in sua potestate studuissent habere; Hispanis, quod præsidia expulissent; Gaditanis, quod conatus adversariorum infregissent, seseque in libertatem vindicassent, tribunis militum centurionibusque, qui eo præsidii causa venerant, quod eorum consilia sua virtute confirmassent. Pecunias, quas erant in publicum Varroni cives romani polliciti, remittit; bona restituit iis, quos liberius locutos hanc pœnam tulisse cognoverat : tributis quibusdam publicis privatisque præmiis, reliquos in posterum bona spe complet. Biduumque Cordubæ commoratus, Gades proficiscitur. Pecunias monumentaque, quæ ex fano Herculis collata erant in privatam domum, referri in templum jubet; Provinciæ Q. Cassium præficit; huic quatuor legiones attribuit; ipse iis navibus, quas M. Varro, quasque Gaditani jussu Varronis fecerant, Tarraconem paucis diebus pervenit. Ibi totius fere citerioris Provinciæ legationes Cæsaris adventum exspectabant. Eadem ratione privatim ac publice quibusdam civitatibus habitis honoribus, Tarracone discedit, pedibusque Narbonem, atque inde Massiliam

terre, à Narbonne, et de là à Marseille, où il apprit qu'une loi venait de créer à Rome un dictateur, et que c'était lui que le préteur M. Lépide avait proclamé.

XXII. Les Marseillais se lassèrent enfin de tous les maux qu'ils souffraient : la disette était extrême ; ils ne se nourrissaient plus·que de millet vieilli et d'orge gâtée, dont ils s'étaient jadis pourvus en cas de siége. Deux fois.vaincus sur mer, repoussés dans toutes les sorties, affligés de maladies contagieuses causées par la longueur du siége et le changement de nourriture, voyant leur tour détruite, une partie des murs renversée, n'ayant plus de secours à attendre des provinces et des armées qu'ils savaient au pouvoir de César, ils se déterminèrent à se rendre de bonne foi. Quelques jours auparavant, Domitius, instruit de leur résolution, avait préparé trois vaisseaux, en avait donné deux à ceux qui devaient l'accompagner, et, prenant pour lui le troisième, était parti pendant une bourrasque. Les vaisseaux de Brutus, en observation devant le port, l'aperçurent, levèrent l'ancre, et se mirent à sa poursuite. Domitius fit force de rames, continua de fuir, et échappa à la faveur du gros temps ; les deux autres navires furent effrayés

---

pervenit; ibi, legem de dictatore latam, seseque dictatorem dictum a M. Lepido prætore, cognoscit.

XXII. Massilienses, omnibus defessi malis, rei frumentariæ ad summam inopiam adducti, bis proelio navali superati, crebris eruptionibus fusi, gravi etiam pestilentia conflictati ex diutina conclusione et muta·tione victus (panico enim vetere atque hordeo corrupto omnes alebantur, quod, ad hujusmodi casus antiquitus paratum, in publicum contulerant); dejecta turri, labefacta magna parte muri, auxiliis provinciarum et exercituum desperatis, quos in Cæsaris potestatem venisse cognoverant, sese dedere sine fraude constituunt. Sed paucis ante diebus L. Domitius, cognita Massiliensium voluntate, navibus tribus comparatis, ex quibus duas familiaribus suis attribuerat, unam ipse conscenderat, nactus turbidam tempestatem, est profectus. Hunc conspiratæ naves, quæ jussu Bruti consuetudine quotidiana ad portum excubabant, sublatis anchoris, sequi cœperunt. Ex iis unum ipsius navigium contendit, et fugere perseveravit, auxilioque tempestatis ex

et rentrèrent dans le port. Les Marseillais, conformément
à nos ordres, livrèrent leurs armes et leurs machines, tirèrent du port et de l'arsenal tous leurs vaisseaux, et nous re-
mirent l'argent du trésor public. César, ayant plus égard à
leur antique origine et à leur renom qu'à leur conduite
envers lui, conserva leur ville, et y laissa deux légions en
garnison ; il envoya le reste en Italie, et partit pour Rome.

XXIII. Vers ce même temps, C. Curion passa de Sicile en
Afrique. Méprisant d'avance les forces de P. Attius Varus, il
avait pris deux légions seulement des quatre que César lui
avait données, et cinq cents chevaux. Après une traversée
de deux jours et de trois nuits, il aborda au lieu nommé
Aquilaria, à vingt-deux milles environ de Clupea, dans une
rade assez bonne en été, et garantie par deux promon-
toires. L. César le fils l'attendait à Clupea avec dix galères
qu'il avait prises dans la guerre contre les pirates, et que
P. Attius avait fait radouber à Utique, pour servir à la
guerre présente. Mais la vue d'une flotte si considérable
l'effraya ; il abandonna la pleine mer, fit échouer sa tri-
rème sur la côte la plus proche, la laissa sur le rivage, et

conspectu abiit ; duo, perterrita concursu nostrarum navium, sese in
portum receperunt. Massilienses arma tormentaque ex oppido, ut est
imperatum, proferunt ; naves ex portu navalibusque educunt ; pecuniam ex publico tradunt. Quibus rebus confectis, Cæsar magis eos pro
nomine et vetustate, quam pro meritis in se civitatis, conservans, duas
ibi legiones præsidio relinquit, ceteras in Italiam mittit ; ipse ad Urbem
proficiscitur.

XXIII. Iisdem temporibus C. Curio, in Africam profectus ex Sicilia,
et jam ab initio copias P. Attii Vari despiciens, duas legiones ex IV,
quas a Cæsare acceperat, et D equites transportabat, biduoque et noc-
tibus tribus navigatione consumptis, appulit ad eum locum, qui appellatur Aquilaria. Hic locus abest a Clupeis passuum XXII millia, habetque
non incommodam æstate stationem, et duobus eminentibus promon-
toriis continetur. Hujus adventum L. Cæsar filius cum X longis navibus
ad Clupeam præstolans (quas naves Uticæ, ex prædonum bello sub-
ductas, P. Attius reficiendas hujus belli causa curaverat), veritusque
navium multitudinem, ex alto refugerat, appulsaque ad proximum littus

s'enfuit par terre à Adrumète, que **C.** Considius Longus
occupait avec une légion : le reste de sa flotte s'enfuit également dans ce port. Le questeur M. Rufus le suivit avec
douze galères, que Curion avait amenées de Sicile pour
escorter les vaisseaux de charge. Ayant aperçu le navire
que César avait laissé sur la rive, il le fit remorquer et
revint ensuite auprès de Curion avec sa flotte.

XXIV. Curion envoya Marcus à Utique sur les vaisseaux :
il le suivit en même temps par terre avec l'armée, et, en
deux journées de marche, il arriva à la rivière de Bagrada.
Il y laissa C. Caninius Rebilus avec les légions : pour lui, il
prit les devants avec la cavalerie, afin de reconnaître le camp
Cornélien, que l'on disait être un poste avantageux : c'est
un promontoire qui domine la mer, rude et escarpé des
deux côtés, mais dont la pente s'adoucit cependant du côté
d'Utique. En droite ligne, il n'est éloigné de cette plage que
d'un peu plus de mille pas ; mais dans ce chemin est une
source qui descend à la mer et rend cet endroit fort marécageux; si l'on veut l'éviter, il faut faire un détour de six
milles pour arriver à la ville.

trireme constrata et in littore relicta, pedibus Adrumetum profugerat
(id oppidum C. Considius Longus unius legionis præsidio tuebatur) :
reliquæ Cæsaris naves ejus fuga Adrumetum se receperunt. Hunc
secutus M. Rufus quæstor navibus duodecim, quas præsidio onerariis
navibus Curio ex Sicilia eduxerat, postquam relictam in littore navem
conspexit, hanc remulco abstraxit; ipse ad Curionem cum classe
redit.

XXIV. Curio Marcum Uticam navibus præmittit; ipse eodem cum
exercitu proficiscitur; biduique iter progressus, ad flumen Bagradam
pervenit; ibi C. Caninium Rebilum legatum cum legionibus relinquit;
ipse cum equitatu antecedit ad castra exploranda Cornelia, quod is
locus peridoneus castris habebatur. Id autem est jugum directum,
eminens in mare, utraque ex parte præruptum atque asperum, sed
tamen paulo leniore fastigio ab ea parte quæ ad Uticam vergit. Abest
directo itinere ab Utica paulo amplius passuum mille. Sed hoc itinere
est fons, quo mare succedit longius, lateque is locus restagnat; quem
si quis vitare voluerit, sex millium circuitu in oppidum perveniet.

XXV. De ce poste, Curion observa le camp de Varus,
placé sous les murs de la ville, vers la porte nommée Bellica, dans une position très-forte : il était défendu, d'un
côté, par la ville même; de l'autre, par un théâtre bâti
devant la ville, et dont la vaste construction rendait l'accès
du camp difficile et étroit. En même temps, il vit une multitude d'hommes qui couvraient les chemins et s'empressaient, dans leur frayeur, de transporter de la campagne
à la ville tout ce qu'ils avaient. Il détacha sa cavalerie pour
enlever le butin; au même moment, Varus fit marcher à
leur secours six cents chevaux numides, avec quatre cents
fantassins que le roi Juba avait envoyés peu de jours avant
à Utique. Ce roi était, comme son père, uni à Pompée par
les liens de l'hospitalité, et il haïssait Curion, qui, étant
tribun, avait, par une loi, fait confisquer son royaume. Les
deux corps de cavalerie courent l'un sur l'autre : les Numides ne peuvent soutenir notre premier choc; ils perdent
environ cent vingt hommes et se retirent dans le camp, sous
le mur de la ville. Sur ces entrefaites, les galères étant arri-
vées, Curion fait déclarer à deux cents vaisseaux de charge,

XXV. Hoc explorato loco, Curio castra Vari conspicit, muro oppidoque conjuncta, ad portam, quæ appellatur Bellica, admodum munita
natura loci ; una ex parte ipso oppido Utica, altera a theatro, quod est
ante oppidum , substructionibus ejus operis maximis aditu ad castra
difficili et angusto. Simul animadvertit , multa undique portari atque
agi plenissimis viis, quæ repentini tumultus timore ex agris in urbem
conferebantur. Huc equitatum mittit, ut diriperet, atque haberet loco
prædæ. Eodemque tempore his rebus subsidio DC equites numidæ ex
oppido peditesque CD mittuntur a Varo, quos auxilii causa rex Juba
paucis diebus ante Uticam miserat. Huic et paternum hospitium cum
Pompeio, et simultas cum Curione, intercedebat; quod tribunus plebis
legem promulgaverat, qua lege regnum Jubæ publicaverat. Concurrunt
equites inter se : neque vero primum impetum nostrorum Numidæ
ferre potuerunt; sed, interfectis circiter cxx, reliqui se in castra ad
oppidum receperunt. Interim , adventu longarum navium, Curio pro-
nuntiare onerariis navibus jubet, quæ stabant ad Uticam numero circiter cc, « se in hostium habiturum loco, qui non e vestigio ad castra

alors en station à Utique, « qu'il traitera en ennemi quiconque ne se rendra point à l'instant au camp Cornélien. »
A cette menace, tous lèvent l'ancre, abandonnet Utique,
et se dirigent vers le lieu désigné. Cet événement mit
l'abondance dans l'armée.

XXVI. Cela fait, Curion se retira à son camp de Bagrada,
où il fut salué *imperator* par les acclamations unanimes de
ses troupes. Le lendemain, il les mena vers Utique, et campa
près de la ville. Ses retranchements n'étaient pas achevés,
que la cavalerie de garde vint l'avertir qu'il arrivait à Utique
un renfort considérable de fantassins et de chevaux envoyés par Juba : déjà on apercevait un nuage de poussière,
et bientôt parut l'avant-garde. Curion, étonné, détache sa
cavalerie pour soutenir le premier effort et arrêter leur
marche, tandis qu'il se hâte de rappeler les légions occupées
aux travaux du camp, et les range en bataille. Le combat
s'engage entre les cavaliers; et, avant que les légions eussent pu se développer et prendre leur poste, les troupes du
roi, embarrassées et en désordre, parce qu'elles marchaient
sans défiance, prennent la fuite. Leur cavalerie échappa

Corneliana vela direxisset. » Qua pronuntiatione facta, temporis puncto,
sublatis anchoris, omnes Uticam relinquunt, et, quo imperatum est,
transeunt. Quæ res omnium rerum copia complevit exercitum.

XXVI. His rebus gestis, Curio se in castra ad Bagradam recepit, atque universi exercitus conclamatione *imperator* appellatur : posteroque
die Uticam exercitum ducit, et prope oppidum castra ponit. Nondum
opere castrorum perfecto, equites ex statione nuntiant, magna auxilia
equitum peditumque, ab rege missa, Uticam venire : eodemque tempore vis magna pulveris cernebatur, et vestigio temporis primum agmen erat in conspectu. Novitate rei Curio permotus, præmittit equites,
qui primum impetum sustineant ac morentur : ipse, celeriter ab opere
deductis legionibus, aciem instruit. Equites committunt prœlium ; et
prius quam plane legiones explicari et consistere possent, tota auxilia
regis, impedita ac perturbata, quod nullo ordine et sine timore iter fecerant, in fugam se conjiciunt : equitatuque omni fere incolumi, quod
se per littora celeriter in oppidum recepit, magnum peditum numerum
interficiunt.

presque tout entière, en se retirant à la hâte dans la ville, le long du rivage ; mais on tua un grand nombre de fantassins.

XXVII. La nuit suivante, deux centurions marses quittent le camp de Curion avec vingt-deux soldats de leur compagnie, et passent dans celui d'Attius Varus. Soit flatterie, soit qu'ils le crussent en effet (car on croit aisément ce que l'on désire, et l'on espère trouver dans les autres ses propres sentiments), ils affirment à Varus que l'armée n'a nulle affection pour Curion ; qu'il s'agirait seulement de mettre les soldats en présence et à portée de se parler. Varus, persuadé par ces paroles, tire le lendemain matin ses légions du camp ; Curion fait de même : n'étant séparés que par un vallon étroit, ils rangent l'un et l'autre leurs troupes en bataille.

XXVIII. Dans l'armée de Varus était Sext. Quinctilius Varus, qui, nous l'avons dit plus haut, s'était trouvé à Corfinium. César l'ayant laissé aller, il était passé en Afrique : or Curion avait amené avec lui ces mêmes légions qui se soumirent alors à César ; c'était, à l'exception de quelques centurions, les mêmes rangs, les mêmes manipules. Quinctilius prit de là occasion de leur parler : il se montre

XXVII. Proxima nocte, centuriones marsi duo ex castris Curionis cum manipularibus suis duobus et viginti ad Attium Varum perfugiunt. Hi, seu vere, quam habuerant, opinionem ad eum perferunt, sive etiam auribus Vari serviunt (nam, quæ volumus, et credimus libenter ; et, quæ sentimus ipsi, reliquos sentire speramus) ; confirmant quidem certe, totius exercitus animos alienos esse a Curione : maxime opus esse in conspectum exercitum venire, et colloquendi dari facultatem. Qua opinione adductus Varus, postero die mane legiones ex castris educit. Facit idem Curio : atque, una valle non magna interjecta, suas uterque copias instruit.

XXVIII. Erat in exercitu Vari Sext. Quinctilius Varus, quem fuiss Corfinii, supra demonstratum est. Hic, dimissus a Cæsare, in African venerat ; legionesque eas traduxerat Curio, quas superioribus temporibus Corfinio receperat Cæsar ; adeo ut, paucis mutatis centurionibus, iidem ordines manipulique constarent. Hanc nactus appellationis causam Quinctilius, circumire aciem Curionis, atque obsecrare milites

devant leurs lignes, et les conjure « de ne point perdre le souvenir du premier serment prêté à Domitius et à lui-même son questeur ; il les prie de ne pas tourner leurs armes contre ceux qu'ils ont vus partager avec eux les souffrances et les dangers d'un siége ; de ne point combattre enfin, pour des hommes qui leur donneraient le titre injurieux de transfuges. » Il leur fit espérer des marques de sa générosité s'ils suivaient le parti d'Attius et le sien.

XXIX. Ces paroles ne produisirent aucun effet sur l'armée de Curion ; elle resta immobile : chacun ramena ses troupes dans son camp. Toutefois la frayeur se répand dans celui de Curion : divers propos l'entretiennent et la propagent. Chacun se crée des alarmes, et mêle au récit des autres ses propres craintes : ce qu'un seul a dit, tous le répètent ; le même récit, passant de bouche en bouche, semble obtenir plus d'autorité. « On est en guerre civile : chacun alors peut tout faire et suit le parti qui lui plaît. » La générosité avec laquelle César distribuait des gouvernements et des honneurs avait tourné contre lui-même ses propres bienfaits : les légions qui, peu d'instants avant, servaient ses adversaires, formées encore de parties diverses,

coepit, « ne primi sacramenti, quod apud Domitium atque apud se quæstorem dixissent, memoriam deponerent ; neu contra eos arma ferrent, qui eadem essent usi fortuna, eademque in obsidione perpessi ; neu pro iis pugnarent, a quibus contumelia perfugæ appellarentur. » His pauca ad spem largitionis addidit, quæ ab sua liberalitate, si se atque Attium secuti essent, exspectare deberent.

XXIX. Hac habita oratione, nullam in partem ab exercitu Curionis fit significatio, atque ita suas uterque copias reducit : atque in castris Curionis magnus omnium incessit timor ; nam is variis hominum sermonibus celeriter augetur. Unusquisque enim opiniones fingebat, et ad id, quod ab alio audierat, sui aliquid timoris addebat. Hoc ubi uno auctore ad plures permanaverat, atque alius alii tradiderat, plures auctores ejus rei videbantur. « Civile bellum ; genus hominum, quod liceret libere facere ; et sequi, quod vellet. » Legiones eæ, quæ paulo ante apud adversarios fuerant (nam etiam Cæsaris beneficium mutaverat consuetudo, qua offerrentur municipia), etiam diversis partibus

de Marses, de Péligniens, qui la nuit précédente avaient partagé la même tente, ces légions, s'unissant à quelques autres compagnons, accréditaient ces discours, et y mettaient plus d'importance que la foule des soldats ; d'autres, voulant paraître mieux informés que la foule, inventaien aussi quelques nouvelles.

XXX. Ces circonstances déterminèrent Curion à assembler un conseil pour délibérer sur ce qu'il y avait à faire. Les avis furent partagés : les uns, persuadés que, dans une telle disposition des esprits, l'oisiveté surtout était dangereuse, voulaient attaquer à tout prix le camp de Varus. « Il vaut mieux, disaient-ils, tenter vaillamment la fortune des armes, que de se voir trahis lâchement par les siens, et livrés au dernier supplice. » D'autres préféraient se retirer, vers la troisième veille, au camp Cornélien, où l'on aurait le temps de calmer les esprits des soldats, et d'où l'on pourrait, en cas de revers, plus aisément et plus sûrement gagner la Sicile sur les nombreux vaisseaux dont on était maître.

XXXI. Curion désapprouva ces deux avis : l'un lui semblait trop timide, et l'autre trop hardi ; l'un conseillait

---

conjunctæ (namque enim ex Marsis Pelignisque veniebant, ut qui superiore nocte in contuberniis), commilitonesque nonnulli graviores sermones militum vulgo durius accipiebant : nonnulla etiam ab iis, qui diligentiores videri volebant, fingebantur.

XXX. Quibus de causis concilio convocato, de summa rerum deliberare incipit. Erant sententiæ, quæ conandum omnibus modis, castraque Vari oppugnanda censerent ; quod hujusmodi militum consiliis otium maxime contrarium esse arbitrarentur : postremo præstare dicebant, « per virtutem in pugna belli fortunam experiri, quam, desertos et circumventos ab suis, gravissimum supplicium pati. » Porro erant, qui censerent, de tertia vigilia in castra Cornelia recedendum, ut, majore spatio temporis interjecto, militum mentes sanarentur ; simul, si quid gravius accidisset, magna multitudine navium et tutius et facilius in Siciliam receptus daretur.

XXXI. Curio, utrumque improbans consilium, quantum alteri sententiæ deesset animi, tantum alteri superesse dicebat : hos turpissimæ fugæ rationem habere, illos etiam iniquo loco dimicandum putare.

une fuite honteuse, l'autre une attaque téméraire. « Avec quelle assurance pouvons-nous espérer de forcer un camp que la nature et l'art ont si bien fortifié? et qu'arrivera-t-il, si nous sommes repoussés ? De même que le succès donne aux généraux la confiance du soldat, de même aussi les revers leur attirent sa haine. Devons-nous quitter notre position ? le résultat sera la honte d'une fuite, le découragement de tous, le mécontentement de l'armée. Il ne faut point paraître se méfier des bons, ni montrer aux méchants qu'on les craint : le soupçon diminue l'affection des uns, et l'insolence des autres s'accroît par la crainte. Si ce que l'on dit des sentiments de l'armée est certain (et je le crois entièrement faux ou du moins bien exagéré), ne serait-il pas mieux de le dissimuler, de le déguiser, que de l'accréditer nous-mêmes? Il en est de ces plaies comme de celles du corps, qu'il faut cacher à l'œil de l'ennemi, pour ne pas augmenter sa confiance. On nous propose de partir au milieu de la nuit; c'est sans doute pour donner aux malveillants plus de hardiesse. De tels desseins sont entravés par la crainte ou la honte : la nuit leur est favorable. Non,

« Qua enim, inquit, fiducia et opere et natura loci munitissima castra expugnari posse confidimus ? aut vero quid proficimus, si, accepto magno detrimento, ab oppugnatione castrorum discedimus? quasi non et felicitas rerum gestarum exercitus benevolentiam imperatoribus, et res adversæ odia concilient. Castrorum autem mutatio quid habet, nisi turpem fugam, et desperationem omnium, et alienationem exercitus? nam neque prudentes suspicari oportet, sibi parum credi; neque improbos scire, sese timeri : quod illis licentiam timor augeat noster; his studia deminuat. Quod si jam, inquit, hæc explorata habemus, quæ de exercitus alienatione dicuntur, quæ quidem ego aut omnino falsa, aut certe minora opinione esse confido, quanto, hæc dissimulari et occultari, quam per nos confirmari, præstat? An non, uti corporis vulnera, ita exercitus incommoda sunt tegenda, ne spem adversariis augeamus? At etiam, ut media nocte proficiscamur, addunt; quo majorem, credo, licentiam habeant, qui peccare conentur : namque hujusmodi res aut pudore, aut metu tenentur, quibus rebus nox maxime adversaria est. Quare neque tanti sum animi, ut sine spe castra oppu-

je ne suis ni assez téméraire pour attaquer un camp sans
aucun espoir, ni assez timide pour m'abandonner et me
trahir moi-même; je préfère tenter tout autre moyen, et
je me flatte d'être bientôt d'accord avec vous sur le parti
qui nous reste à prendre. »

XXXII. Le conseil s'étant séparé, Curion assemble les
soldats. Il leur rappelle « l'affection qu'ils témoignèrent à
César devant Corfinium, et comment leur zèle et leur exemple lui ont soumis une grande partie de l'Italie. Toutes les
villes municipales, dit-il, imitèrent votre conduite ; et ce
n'est pas sans raison que César vous aime autant que les
autres vous haïssent. Votre démarche força Pompée à quitter l'Italie sans combat : César a confié à votre foi, avec
ma personne qui lui est chère, la Sicile et l'Afrique, sans
lesquelles il ne peut conserver Rome et l'Italie ; cependant
nos ennemis vous exhortent à nous abandonner. Peuvent-
ils, en effet, rien souhaiter avec plus d'ardeur que de nous
perdre, en même temps qu'ils vous lieraient par le crime ?
ou que peut désirer leur colère, sinon de vous voir trahir
ceux qui pensent tenir tout de vous, pour tomber aux

gnanda censeam ; neque tanti timoris, ut ipse deficiam : atque omnia
prius experienda arbitror, magnaque ex parte jam me una vobiscum
de re judicium facturum confido. »

XXXII. Dimisso concilio, concionem advocat militum : commemorat, « quo sit eorum usus studio ad Corfinium Cæsar : ut magnam partem Italiæ, beneficio atque auctoritate eorum, suam fecerit. Vos enim,
vestrumque factum, inquit, omnia deinceps municipia sunt secuta,
neque sine causa et Cæsar amicissime de vobis, et illi gravissime judi-
caverunt. Pompeius enim, nullo prœlio pulsus, vestri facti præjudicio
demotus, Italia excessit : Cæsar me, quem sibi carissimum habuit,
provinciamque Siciliam atque Africam, sine quibus Urbem atque Italiam tueri non potest, vestræ fidei commisit. Adsunt, qui vos horten-
tur, ut a nobis desciscatis. Quid enim est illis optatius, quam uno
tempore et nos circumvenire, et vos nefario scelere obstringere ? Aut
quid irati gravius de vobis sentire possunt, quam ut eos prodatis, qui
se vobis omnia debere judicant ; et in eorum potestatem veniatis, qui
se er vos periisse existimant ? An vero in Hispania res gestas Cæsaris

mains de ceux qui doivent leur perte? Ne savez-vous
pas les exploits de César en Espagne? deux armées mises
en fuite? deux généraux vaincus? deux provinces soumises?
tout cela dans l'espace de quarante jours, dès son arrivée
devant l'ennemi? Ceux qui n'ont pu tenir avec toutes leurs
forces résisteront-ils après leur défaite? Vous qui avez suivi
César quand la victoire était incertaine, suivrez-vous le
parti vaincu lorsque la fortune a prononcé, et que vous allez
recueillir le fruit de vos services? Ils se disent trahis et dé-
laissés par vous, et vous parlent de votre ancien serment;
mais qui le premier s'est retiré? vous ou L. Domitius? Vous
étiez prêts à tout souffrir pour lui; il vous a rejetés. N'a-t-il
pas, à votre insu, cherché son salut dans la fuite? n'est-ce
pas lui qui vous a trahis, et César qui vous a sauvés?
pouvait-il vous tenir encore sous le lien du serment, quand
lui-même, ayant abdiqué le commandement et les faisceaux, simple particulier et captif, il était au pouvoir d'un
autre? Un nouvel engagement subsiste: irez-vous l'oublier
pour un autre dont vous a délié la soumission d'un chef qui
n'est plus maître de sa personne? Mais peut-être, contents

non audistis? duos pulsos exercitus? duos superatos duces? duas receptas provincias? hæc acta diebus quadraginta, quibus in conspectum
adversariorum venerit Cæsar? An, qui incolumes resistere non potuerunt, perditi resistant? vos autem, incerta victoria Cæsarem secuti,
dijudicata jam belli fortuna, victum sequamini, quum vestri officii
præmia percipere debeatis? Desertos enim se ac proditos a vobis di-
cunt, et prioris sacramenti mentionem faciunt. Vosne vero L. Domitium, an vos L. Domitius deseruit? Nonne extremam pati fortunam
paratos projecit ille? non sibi, clam vobis, salutem fuga petivit? non,
proditi per illum, Cæsaris beneficio estis conservati? Sacramento quidem vos tenere qui potuit, quum, projectis fascibus, et deposito imperio, privatus et captus ipse in alienam venisset potestatem? Relin-
quitur nova religio, ut, eo neglecto sacramento, quo nunc tenemini,
respiciatis illud, quod deditione ducis et capitis deminutione sublatum
est. At, credo, si Cæsarem probatis, in me offenditis, qui de meis in
vos meritis prædicaturus non sum, quæ sunt adhuc et mea voluntate
et vestra exspectatione leviora: sed tamen sui laboris milites semper
10.

de César, avez-vous quelque chose à me reprocher. Je ne
vous vanterai pas mes services; ils sont bien au-dessous de
mes intentions et de votre attente; mais, enfin, c'est de l'é-
vénement de la guerre que le soldat attend la récompense.
et l'issue de celle-ci ne peut vous paraître douteuse. E
pourquoi, d'ailleurs tairais-je notre vigilance, nos succès.
notre fortune? n'est-ce rien que d'avoir amené ici l'armée
saine et sauve, sans perdre un seul navire? Avez-vous regret
qu'à notre arrivée, dès le premier choc, j'aie dispersé la
flotte des ennemis? que, deux fois en deux jours, leur cavalerie ait été défaite? que, du port même et de la rade ennemie, j'aie enlevé à nos adversaires deux cents vaisseaux
chargés, leur coupant ainsi les vivres et sur terre et sur mer?
Répudierez-vous de tels chefs et de tels succès, pour accepter en échange la honte de Corfinium, les frayeurs de l'Italie, la perte des Espagnes, et les tristes préludes de la guerre
d'Afrique? Je voulais être appelé soldat de César, et vous
m'avez nommé *imperator*. Si vous regrettez cette faveur,
reprenez-la : rendez-moi mon nom, afin qu'on ne dise pas
que vous ne m'avez honoré que pour me faire injure. »

XXXIII. Les soldats, émus de ces paroles, l'avaient sou-

eventu belli præmia petierunt : qui qualis sit futurus, ne vos quidem
dubitatis. Diligentiam quidem nostram, aut quem ad finem adhuc res
processit, fortunamque cur præteream? An pœnitet vos, quod salvúm
atque incolumem exercitum, nulla omnino nave desiderata, traduxe-
rim? quod classem hostium primo impetu adveniens profligaverim?
quod bis per biduum equestri prœlio superaverim? quod ex portu si-
nuque adversariorum cc naves oneratas abduxerim, eoque illos com-
pulerim, ut neque pedestri itinere, neque navibus commeatu juvari
possint? Hac vos fortuna atque his ducibus repudiatis, corfiniensem
ignominiam, an Italiæ fugam, an Hispaniarum deditionem, an africi
belli præjudicia sequimini? Equidem me Cæsaris militem dici volui :
vos me imperatoris nomine appellavistis. Cujus si vos pœnitet, ves-
trum vobis beneficium remitto : mihi meum restituite nomen, ne ad
contumeliam honorem dedisse videamini. »

XXXIII. Qua oratione permoti milites, crebro etiam dicentem inter-
pellabant, ut magno cum dolore infidelitatis suspicionem sustinere vi-

vent interrompu : ils semblaient ne supporter qu'avec une vive douleur ce soupçon d'infidélité. Lorsqu'il se retira, tous le prièrent de compter sur eux, de ne pas hésiter à livrer bataille, et de mettre à l'épreuve leur fidélité et leur courage. Curion, remarquant ce changement des esprits, se détermina volontiers à saisir la première occasion d'engager le combat. Dès le lendemain, il fit sortir ses troupes et les rangea dans le même lieu que les jours précédents. Attius Varus ne tarda pas à l'imiter, ne voulant pas manquer l'occasion soit de débaucher les soldats de Curion, soit de combattre dans une position avantageuse.

XXXIV. Entre les deux armées était, comme on l'a dit, un vallon assez peu spacieux, et d'une pente raide et difficile. Chacun attendait que l'ennemi le traversât, afin de combattre avec avantage. On vit partir de l'aile gauche de Varus et descendre dans le vallon toute sa cavalerie entremêlée d'infanterie légère. Curion y envoie la sienne, avec deux cohortes de Marruciniens : les cavaliers ennemis ne purent en soutenir le choc, et s'enfuirent en toute hâte. Leur infanterie, ainsi délaissée, était enveloppée et taillée en pièces : toute l'armée de Varus était témoin de ce dé-

derentur : discedentem vero ex concione universi cohortantur, magno sit animo, neu dubitet prœlium committere, et suam fidem virtutemque experiri. Quo facto commutata omnium voluntate et opinione, consensu suo constituit Curio, quum primum sit data potestas, prœlio rem committere. Postero die productos, eodem loco, quo superioribus diebus constiterat, in acie collocat. Ne Varus quidem Attius dubitat copias producere, sive sollicitandi milites, sive æquo loco dimicandi detur occasio, ne facultatem prætermittat.

XXXIV. Erat vallis inter duas acies, ut supra demonstratum est, non ita magno, aut difficili et arduo ascensu. Hanc uterque si adversariorum copiæ transire conarentur exspectabat, quo æquiore loco prœlium committeret. Simul ab sinistro cornu P. Attii equitatus omnis, et una levis armaturæ interjecti complures, quum se in vallem demitterent, cernebantur. Ad eos Curio equitatum, et duas Marrucinorum cohortes mittit : quorum primum impetum equites hostium non tulerunt, sed, admissis equis, ab suos refugerunt : relicti ab his, qui una procurre-

sastre. Alors Rebilus, lieutenant de César, et que Curion
avait amené avec lui de Sicile par estime pour ses talents
militaires : « Curion, dit-il, tu vois l'ennemi troublé; que
tardes-tu à saisir l'occasion ? » Curion dit seulement aux soldats de se rappeler ce qu'ils lui ont promis la veille, leur ordonne de le suivre, et s'élance en avant. La pente du vallon
était si raide, que les premiers ne pouvaient monter aisément sans être soutenus. Mais les soldats de Varus, encore
préoccupés de leurs craintes, de la fuite et du massacre des
leurs, ne songeaient pas à se défendre, et se croyaient déjà
enveloppés par notre cavalerie. Ainsi, sans attendre notre
approche, avant même qu'on fût à la portée du trait, toute
cette armée tourna le dos, et se retira dans son camp.

XXXV. Pendant cette déroute, un certain Fabius, Péli-
gnien, des derniers rangs de l'armée de Curion, ayant
atteint la tête des fuyards, cherchait Varus et l'appelait à
haute voix, feignant d'être un de ses soldats, et de vouloir lui donner quelque avis. Celui-ci, s'entendant plusieurs
fois nommer, regarde, s'arrête, et lui demande qui il est
et ce qu'il veut. Le soldat lui porte un coup d'épée sur

rant, levis armaturæ circumveniebantur atque interficiebantur ab nostris. Huc tota Vari conversa acies suos fugere et concidi videbat. Tum
Rebilus, legatus Cæsaris, quem Curio secum ex Sicilia duxerat, quod
magnum habere usum in re militari sciebat : « Perterritum, inquit,
hostem vides, Curio : quid dubitas uti temporis opportunitate ? » Ille
unum elocutus, ut memoria tenerent milites ea, quæ pridie sibi confirmassent, sequi sese jubet, et præcurrit ante omnes : adeoque erat
impedita vallis, ut in ascensu, nisi sublevati a suis, primi non facile
eniterentur. Sed præoccupatus animus Attianorum militum timore, et
fuga, et cæde suorum, nihil de resistendo cogitabat, omnesque jam se
ab equitatu circumveniri arbitrabantur. Itaque prius, quam telum ad-
jici posset, aut nostri propius accederent, omnis Vari acies terga vertit, seque in castra recepit.

XXXV. Qua in fuga Fabius Pelignus quidam, ex infimis ordinibus
de exercitu Curionis, primum agmen fugientium consecutus, magna
voce Varum nomine appellans requirebat, uti unus esse ex ejus militibus, et monere aliquid velle ac dicere videretur. Ubi ille, sæpius

l'épaule qui était découverte, et l'eût tué, si Varus n'eût
paré le coup avec son bouclier. Fabius, enveloppé par des
soldats qui étaient près de lui, est égorgé par eux. La foule
énorme des fuyards obstrue les portes du camp et encom-
bre le passage; ils s'y étouffent, et y périssent en plus grand
nombre que dans le combat ou dans la fuite. Peu s'en fallut
que le camp ne fût forcé, et même plusieurs, sans s'arrêter, coururent droit à Utique. Mais la nature du terrain où
le camp était placé, les fortifications, la difficulté des abords,
l'absence des machines nécessaires à l'attaque d'un camp
(car nos soldats n'étaient armés que pour le combat), tout
détermina Curion à ramener ses troupes sans avoir fait
d'autre perte que celle de Fabius. Les ennemis eurent environ six cents morts et mille blessés : ceux-ci, ainsi que
plusieurs autres qui feignirent de l'être, quittèrent le camp
par frayeur après la retraite de Curion, et se réfugièrent
dans la ville. Varus, voyant que la frayeur était générale, ne
laissa dans le camp qu'un trompette et quelques tentes
pour faire illusion à l'ennemi, et vers la troisième veille il
fit rentrer sans bruit ses troupes dans Utique.

appellatus, aspexit ac restitit, et, quis esset, aut quid vellet, quæsivit;
humerum apertum gladio appetit, paulumque abfuit, quin Varum in-
terficeret : quod ille periculum, sublato ad ejus conatum scuto, vitavit.
Fabius, a proximis militibus circumventus, interficitur. Hac fugientium multitudine ac turba portæ castrorum occupantur, atque iter im-
peditur; pluresque in eo loco sine vulnere, quam in prœlio aut fuga,
intereunt : neque multum abfuit, quin etiam castris expellerentur ; ac
nonnulli protinus eodem cursu in oppidum contenderunt. Sed quum loci
natura et munitio castrorum aditum prohibebat, tum quod ad prœlium
egressi Curionis milites iis rebus indigebant, quæ ad oppugnationem
castrorum erant usui. Itaque Curio exercitum in castra reducit, suis omnibus præter Fabium incolumibus, ex numero adversariorum circiter Dc
interfectis, ac mille vulneratis : qui omnes, discessu Curionis, multique
præterea, per simulationem vulnerum, ex castris in oppidum propter
timorem sese recipiunt. Qua re animadversa, Varus, et terrore exercitus cognito, buccinatore in castris et paucis ad speciem tabernaculis
relictis, de tertia vigilia silentio exercitum in oppidum reducit.

XXXVI. Le lendemain, Curion résolut d'assiéger la place,
et fit commencer la circonvallation. La ville était remplie
d'une multitude qu'une longue paix avait rendue inhabile
aux armes; les habitants étaient attachés à César par quelques bienfaits: l'assemblée se composait d'éléments divers;
les combats précédents avaient répandu la terreur : aussi
tous parlaient hautement de se rendre, et suppliaient
P. Attius de ne pas les perdre par son opiniâtreté. Pendant
ce temps vinrent des envoyés de Juba, qui, annonçant
l'arrivée de ce roi à la tête de forces considérables, exhor-
taient la ville à se défendre. Cette nouvelle rassura les
esprits.

XXXVII. Curion en reçut avis; mais il fut quelque temps
sans y ajouter foi, tant était grande sa confiance! Déjà le
bruit des succès de César en Espagne s'était répandu en
Afrique. Enflé de ces avantages, Curion ne pensait pas
que le roi osât rien entreprendre contre lui; mais quand
il sut, par des rapports certains, que cette armée n'était
plus qu'à vingt-cinq milles d'Utique, il quitta ses retranchements et se retira dans le camp Cornélien. Il commença
par y rassembler des vivres, y ajouta des fortifications, y

XXXVI. Postero die, Curio Uticam obsidere, et vallo circummunire
instituit. Erat in oppido multitudo insolens belli, diuturnitate otii;
Uticenses pro quibusdam Cæsaris in se beneficiis illi amicissimi ; conventus is, qui ex variis generibus constaret; terror ex superioribus
prœliis magnus. Itaque de deditione omnes palam loquebantur, et cum
P. Attio agebant, ne sua pertinacia omnium fortunas perturbari
vellet. Hæc quum agerentur, nuntii præmissi ab rege Juba venerunt,
qui illum cum magnis copiis adesse dicerent, et de custodia ac defensione urbis hortarentur : quæ res eorum perterritos animos confirmavit.
XXXVII. Nuntiabantur hæc eadem Curioni, sed aliquamdiu fides
fieri non poterat : tantam habebat suarum rerum fiduciam! jamque
Cæsaris in Hispania res secundæ in Africam nuntiis ac litteris perfere-
bantur. Quibus omnibus rebus sublatus, nihil contra se regem nisurum
existimabat. Sed ubi certis auctoribus comperit, minus v et xx millibus
longe ab Utica ejus copias abesse, relictis munitionibus, sese in castra
Cornelia recepit. Huc frumentum comportare, castra munire, materiam

fit transporter des matériaux, et sur-le-champ il envoya
en Sicile pour demander les deux légions et le reste de la
cavalerie. Dans cette position, il lui était facile de traîner
la guerre en longueur : tout le favorisait, le terrain, les retranchements, le voisinage de la mer, de l'eau douce, et
du sel que les salines voisines fournissaient en abondance :
les arbres des environs donnaient une grande quantité de
bois, les campagnes étaient couvertes de blé. Curion résolut donc, d'accord avec tous les siens, d'attendre le reste
de ses troupes et de traîner la guerre en longueur.

XXXVIII. Tout étant ainsi réglé et convenu, des transfuges de la ville viennent dire à Curion que Juba était
retenu dans ses États par quelque guerre contre des peuples
voisins et par les querelles des habitants de Leptis ; mais
que Sabura, son lieutenant, envoyé avec peu de troupes,
s'avançait vers Utique. Se fiant témérairement à ces rapports, Curion change d'avis et se décide à livrer bataille.
Tout l'entraîne à cette résolution, l'ardeur de la jeunesse,
son intrépidité, les succès précédents, l'espérance de la victoire. Ce parti pris, à l'entrée de la nuit il envoie toute sa
cavalerie vers la rivière de Bagrada, au camp ennemi que

conferre cœpit, statimque in Siciliam misit, uti ii legiones reliquus-
que equitatus ad se mitterentur. Castra erant ad bellum ducendum
aptissima, natura loci et munitione, et maris propinquitate, et aquæ et
salis copia, cujus magna vis jam ex proximis erat salinis eo congesta.
Non materia multitudine arborum, non frumentum, cujus erant ple-
nissimi agri, deficere poterat. Itaque omnium suorum consensu Curio
reliquas copias exspectare, et bellum ducere parabat.

XXXVIII. His constitutis rebus, probatisque consiliis, ex perfugis
quibusdam oppidanis audit, Jubam, revocatum finitimo bello et controversiis Leptitauorum, restitisse in regno ; Saburam, ejus præfectum,
cum mediocribus copiis missum, Uticæ appropinquare. His auctoribus
temere credens, consilium commutat, et prœlio rem committere constituit. Multum ad hanc rem probandam adjuvat adolescentia, magnitudo animi, superioris temporis proventus, fiducia rei bene gerendæ.
His rebus impulsus, equitatum omnem prima nocte ad castra hostium
mittit, ad flumen Bagradam, quibus præerat Sabura, de quo ante erat

commandait Sabura, dont nous avons parlé plus haut. Le
roi suivait avec toutes ses troupes, et n'était éloigné que
de six milles de son lieutenant. Cependant la cavalerie de
Curion, ayant marché toute la nuit, attaque et surprend
l'ennemi; car les Numides, selon l'usage des Barbares,
campent dispersés et sans ordre. Un grand nombre fut tué
dans le sommeil; le reste s'effraya et prit la fuite. Après
cette expédition, notre cavalerie retourna vers Curion, em-
menant avec elle ses prisonniers.

XXXIX. Curion s'était mis en marche avec toutes ses
troupes, dès la quatrième veille, laissant cinq cohortes à la
garde du camp. A la distance de six milles, il rencontre sa
cavalerie, et apprend les détails de l'action. Il demande
aux prisonniers qui commande au camp de Bagrada? Ils
répondent, Sabura. Pressé d'achever sa route, il néglige les
autres informations, et se tournant vers les plus proches
enseignes : « Soldats, dit-il, voyez-vous comme le rapport
des prisonniers s'accorde avec celui des transfuges? le roi
est loin; il a envoyé si peu de troupes, qu'elles n'ont pu
tenir contre quelques cavaliers. Courez donc au butin, à
la gloire : vous recevrez enfin le prix de votre valeur, et

auditum. Sed rex omnibus copiis insequebatur, et vi millium passuum
intervallo a Sabura consederat. Equites missi nocte iter conficiunt,
imprudentes atque inopinantes hostes aggrediuntur : Numidæ enim,
quadam barbara consuetudine, nullis ordinibus passim consederant.
Hos oppressos somno et dispersos adorti, magnum eorum numerum
interficiunt : multi perterriti profugiunt. Quo facto, ad Curionem equites
revertuntur, captivosque ad eum reducunt.

XXXIX. Curio cum omnibus copiis quarta vigilia exierat, cohortibus
v castris præsidio relictis. Progressus millia passuum sex, equites
convenit, rem gestam cognovit; ex captivis quærit, quis castris ad
Bagradam præsit? Respondent, Saburam. Reliqua studio itineris conficiendi quærere prætermittit, proximaque respiciens signa : « Videtisne,
inquit, milites, captivorum orationem cum perfugis convenire? abesse
regem, exiguas esse copias missas, quæ paucis equitibus pares esse non
potuerunt? Proinde ad prædam, ad gloriam properate, ut jam de præmiis vestris, et de referenda gratia cogitare incipiamus. » Erant per se

vous aurez des preuves de notre reconnaissance. » Ce qu'avait fait notre cavalerie était sans doute glorieux en soi-même, surtout si l'on comparait son petit nombre à la multitude des Numides : mais le penchant que tous les hommes ont à rehausser leur gloire lui faisait encore enfler cet avantage. On étalait en outre de nombreuses dépouilles, on montrait beaucoup de prisonniers : déjà le moindre délai semblait un larcin fait à la victoire. Ainsi l'ardeur des troupes secondait les espérances de Curion; il ordonne aux cavaliers de le suivre, et hâte sa marche pour surprendre encore les ennemis sous le coup de la frayeur et dans le désordre de leur fuite. Ceux-ci, harassés des fatigues de la nuit, ne pouvaient suivre, et beaucoup d'entre eux furent forcés de rester en chemin. Rien de tout cela ne diminuait la confiance de Curion.

XL. Juba, instruit par Sabura de ce qui s'était passé dans le combat de nuit, lui envoie deux mille cavaliers espagnols et gaulois, qu'il avait coutume de tenir près de sa personne, avec un corps de sa meilleure infanterie; lui-même suit lentement avec le reste de ses troupes et soixante éléphants : il se doutait bien que Curion arrivait à la suite

magna, quæ gesserant equites, præsertim quum eorum exiguus numerus cum tanta multitudine Numidarum conferretur : hæc tamen ab ipsis inflatius commemorabantur, ut de suis homines laudibus libenter prædicant. Multa præterea spolia præferebantur, capti homines equitesque producebantur; ut, quidquid intercederet temporis, hoc omne victoriam morari videretur. Ita spei Curionis militum studia non deerant. Equites sequi jubet sese, iterque accelerat, ut quam maxime ex fuga perterritos adoriri posset. At illi, itinere totius noctis confecti, subsequi non poterant, atque alii alio loco resistebant. Ne hæc quidem res Curionem ad spem morabatur.

XL. Juba, certior factus a Sabura de nocturno prœlio, duo millia hispanorum et gallorum equitum, quos suæ custodiæ causa circum se habere consuerat, et peditum eam partem, cui maxime confidebat, Saburæ submittit : ipse cum reliquis copiis elephantisque lx lentius subsequitur, suspicatus, præmissis equitibus, ipsum adfore Curionem. Sabura copias equitum peditu que instruit, atque his imperat, ut

de sa cavalerie. Sabura range toute son armée en bataille et lui recommande de céder peu à peu, et de reculer en simulant la frayeur. il donnera le signal du combat quand il en sera temps, et les ordres nécessaires selon les circonstances. Curion, entretenu dans son espoir par cette frayeur apparente, croit que l'ennemi prend la fuite; il quitte les hauteurs et descend dans la plaine.

XLI. Il s'avance à quelque distance, et, ses troupes étant épuisées de fatigue par une marche de seize milles, il s'arrête. Sabura donne le signal, range ses troupes, les encourage, court de rang en rang, mais il tient son infanterie en réserve; la cavalerie seule marche au combat. De son côté, Curion ne reste pas inactif, et exhorte les siens à mettre tout leur espoir dans leur courage. L'ardeur guerrière ne leur manquait pas, quoique l'infanterie fût harassée, et que la cavalerie fût réduite alors à deux cents chevaux : le reste n'avait pu suivre. Partout où celle-ci chargeait, elle faisait plier l'ennemi; mais elle ne pouvait ni poursuivre les fuyards, ni redoubler de vitesse. Bientôt la cavalerie ennemie commença à tourner nos deux ailes et à nous prendre en queue. Quand nos cohortes se détachaient, les

simulatione timoris paulatim cedant, ac pedem referant; sese, quum opus esset, signum prœlii daturum, et, quod rem postulare cognovisset, imperaturum. Curio, ad superiorem spem addita præsentis temporis opinione, hostes fugere arbitratus, copias ex locis superioribus in campum deducit.

XLI. Quibus ex locis quum longius esset progressus, confecto jam labore exercitu, xvi millium spatio consistit. Dat suis signum Sabura, aciem constituit, et circumire ordines atque hortari incipit; sed peditatu duntaxat procul ad speciem utitur, equites in aciem mittit. Non deest negotio Curio, suosque hortatur, ut spem omnem in virtute reponant : ne militibus quidem, ut defessis, neque equitibus, ut paucis et labore confectis, studium ad pugnandum virtusque deerat : sed ii erant numero cc, reliqui in itinere substiterant. Hi quamcumque in partem impetum fecerant, hostes loco cedere cogebant; sed neque longius fugientes prosequi, nec vehementius equos incitare poterant. At equitatus hostium ab utroque cornu circumire aciem nostram, et aversos

Numides, Irais et légers, évitaient le choc par la fuite, puis revenaient, et, les enveloppant tout à coup, les empêchaient de regagner leurs lignes. Ainsi l'on ne pouvait sans péril ni garder son poste et son rang, ni se porter en avant et tenter les hasards. L'armée ennemie s'augmentait incessamment des renforts envoyés par le roi : les nôtres tombaient de lassitude ; nos blessés ne pouvaient ni se retirer du combat, ni trouver de refuge, à cause de la cavalerie ennemie qui nous enveloppait de toutes parts. On les voyait donc, comme il arrive en ces extrémités, se désespérer, se plaindre d'une mort si misérable, et recommander leurs familles à ceux que la fortune sauverait du désastre. La consternation et le deuil étaient partout.

XLII. Curion, au milieu de l'alarme générale, voyant qu'on n'écoutait plus ses exhortations ni ses prières, prend le seul parti qu'il croit lui rester dans son désespoir, et ordonne à tous ses soldats de se saisir des hauteurs voisines et d'y porter les enseignes. La cavalerie de Sabura le prévient et s'en empare : les nôtres n'ont plus d'espérance ; les uns sont massacrés dans leur fuite par la cavalerie, les autres meurent avant d'avoir fait aucun effort. Cn. Domi-

proterere incipit. Quum cohortes ex acie procucurrissent, Numidæ integri celeritate impetum nostrorum effugiebant, rursusque ad ordines suos se recipientes circumibant, et ab acie excludebant. Sic neque in loco manere ordinesque servare, neque procurrere et casum subire, tutum videbatur. Hostium copiæ, submissis ab rege auxiliis, crebro augebantur : nostros vires lassitudine deficiebant : simul ii, qui vulnera acceperant, neque acie excedere, neque in locum tutum referri poterant, quod tota acies equitatu hostium circumdata tenebatur. Hi, de salute sua desperantes, ut extremo vitæ tempore homines facere consuerunt, aut suam mortem miserabantur, aut parentes suos commendabant, si quos ex eo periculo fortuna servare potuisset. Plena erant omnia timoris et luctus.

XLII. Curio, ubi, perterritis omnibus, neque cohortationes suas neque preces audiri intelligit, unam, ut miseris in rebus, spem reliquam salutis esse arbitratus, proximos colles capere universos, atque eo signa inferri jubet. Hos quoque præoccupat missus a Sabura equi,

tius, préfet de la cavalerie, veillait autour de Curion avec quelques cavaliers : il le conjure de chercher son salut dans la fuite et de regagner le camp, lui promettant de ne pas l'abandonner. Curion répond que jamais, après la perte de l'armée que César lui avait confiée, il ne reparaîtra devant lui, et se fait tuer en combattant. Quelques cavaliers échappèrent ; ceux que nous avons dit être restés à l'arrière-garde pour faire reposer leurs chevaux, voyant de loin la déroute de toute l'armée, se retirèrent au camp sans aucun danger. Tous les fantassins périrent jusqu'au dernier.

XLIII. A la nouvelle de ce désastre, le questeur M. Rufus, que Curion avait laissé à la garde du camp, essaie de rassurer sa troupe. Tous le prient et le conjurent de les ramener par mer en Sicile. Il y consent, et ordonne aux pilotes de tenir les chaloupes prêtes sur le soir. Mais telle était l'épouvante, que les uns croyaient déjà voir Juba avec ses troupes : d'autres apercevaient Varus et la poussière s'élevant sous les pas de ses légions : et rien de cela n'était réel. Plusieurs s'imaginaient que la flotte ennemie allait

---

tatus. Tum vero ad summam desperationem nostri perveniunt, et partim fugientes ab equitatu interficiuntur, partim integri procumbunt. Hortatur Curionem Cn. Domitius, præfectus equitum, cum paucis equitibus circumsistens, ut fuga salutem petat, atque in castra contendat, et se ab eo non discessurum pollicetur. At Curio, nunquam, amisso exercitu, quem a Cæsare fidei suæ commissum acceperit, se in ejus conspectum reversurum confirmat ; atque ita prælians interficitur. Equites perpauci ex prœlio se recipiunt : sed ii, quos ad novissimum agmen equorum reficiendorum causa substitisse demonstratum est, fuga totius exercitus procul animadversa, sese incolumes in castra conferunt. Milites ad unum omnes interficiuntur.

XLIII. His rebus cognitis, M. Rufus quæstor, in castris relictus a Curione, cohortatur suos, ne animo deficiant. Illi orant atque obsecrant, ut in Siciliam navibus reportentur. Pollicetur, magistrisque imperat navium, ut primo vespere omnes scaphas ad littus appulsas habeant. Sed tantus fuit omnium terror, ut alii adesse copias Jubæ dicerent, alii cum legionibus instare Varum, jamque se pulverem venientium

survenir. Au milieu de cette frayeur, chacun ne songeait qu'à soi : ceux qui étaient sur la flotte se hâtaient de partir ; leur exemple excitait les pilotes des vaisseaux de charge à les suivre. Peu de chaloupes obéirent à l'ordre qui avait été donné ; et tel était l'empressement de la foule qui couvrait le rivage, que plusieurs esquifs furent submergés sous le poids des fugitifs ; les autres étaient retenus par la crainte d'un sort semblable.

XLIV. Il arriva de là que fort peu de légionnaires ou de citoyens furent reçus dans les navires, soit par grâce, soit par pitié, soit en les gagnant à la nage, et purent parvenir sains et saufs en Sicile : le reste des troupes députa cette nuit même des centurions à Varus, et se rendit à lui. Le lendemain, Juba, apercevant ces cohortes sous les murs de la ville, dit que ces prisonniers lui appartenaient, et en fit égorger une grande partie ; il en choisit un petit nombre qu'il envoya dans ses États. Tandis que Varus se plaignait de cette violation de la foi jurée, mais n'osait faire résistance, Juba entra dans Utique à cheval, suivi d'une foule de sénateurs, au nombre desquels étaient Serv. Sulpicius

cernere (quarum rerum nihil omnino acciderat), alii classem hostium celeriter advolaturam suspicarentur. Itaque, perterritis omnibus, sibi quisque consulebat : qui in classe erant, proficisci properabant ; horum fuga navium onerariarum magistros incitabat : pauci lenunculi ad officium imperiumque conveniebant. Sed tanta erat, completis littoribus, contentio, qui potissimum ex magno numero conscenderent, ut multitudine atque onere nonnulli deprimerentur, reliqui ob timorem propius adire tardarentur.

XLIV. Quibus rebus accidit, ut pauci milites patresque familiæ, qui aut gratia, aut misericordia valerent, aut naves adnare possent, recepti, in Siciliam incolumes pervenirent : reliquæ copiæ, missis ad Varum noctu legatorum numero centurionibus, sese ei dediderunt. Quorum cohortes militum postero die ante oppidum Juba conspicatus, suam esse prædicans prædam, magnam partem eorum interfici jussit ; paucos electos in regnum remisit. Quum Varus suam fidem ab eo lædi quereretur, neque resistere auderet, ipse equo in oppidum vectus, prosequentibus compluribus senatoribus, quo in numero erat Serv. Sulpi-

et Licinius Damasippus. Il y resta quelques jours pour donner ses ordres; après quoi, il reprit le chemin de son royaume avec toutes ses troupes.

cius et Licinius Damasippus, paucis diebus, quæ fieri vellet Uticæ, constituit atque imperavit; diebus æque post paucis se in regnum cum omnibus copiis recepit.

LIVRE III.

I. César tint l'assemblée des comices en qualité de dictateur. Il y fut élu consul avec P. Servilius ; on était dans l'année où les lois lui permettaient de parvenir à cette charge. Les comices terminés, comme dans toute l'Italie le crédit était embarrassé et que les dettes n'étaient pas payées, il ordonna qu'on nommât des arbitres pour faire l'estimation des meubles et immeubles d'après le prix où ils étaient avant la guerre, et pour les donner en paiement aux créanciers. Il crut ce moyen très-propre à calmer et à diminuer les craintes d'une abolition des dettes, suite ordinaire des troubles et des discordes civiles, et à conserver aux débiteurs leur crédit. De plus, sur la demande qui en fut faite au peuple par les préteurs et les tribuns, il rétablit dans leurs droits plusieurs citoyens qui avaient été condamnés pour brigue, en vertu de la loi portée par

LIBER III.

I. Dictatore habente comitia Cæsare, consules creantur Julius Cæsar et P. Servilius : is enim erat annus, quo per leges ei consulem fieri liceret. His rebus confectis, quum fides tota Italia esset angustior, neque creditæ pecuniæ solverentur, constituit, ut arbitri darentur : per eos fierent æstimationes possessionum et rerum, quanti quæque illarum ante bellum fuissent, atque eæ creditoribus transderentur. Hoc et ad timorem novarum tabularum tollendum minuendumque, qui fere bella et civiles dissensiones sequi consuevit, et ad debitorum tuendam existimationem, esse aptissimum existimavit. Item, prætoribus tribunisque plebis rogationes ad populum ferentibus, nonnullos, ambitus Pompeia

Pompée, au temps où il était dans Rome avec ses légions.
Ces jugements avaient été rendus à la hâte en un jour par
des tribunaux où les juges qui prononçaient la peine
étaient autres que ceux qui entendaient la cause. Comme
ces citoyens lui avaient offert leurs services dès le commencement de la guerre, César ne voulait pas moins les récompenser de leur zèle que s'il en eût fait usage, puisqu'ils
s'étaient mis à sa disposition ; mais il pensait qu'ils devaient
tenir du peuple cette faveur avant de la recevoir de lui-
même. S'il craignait de paraître ingrat, il ne craignait pas
moins d'être taxé d'arrogance en prévenant le peuple dans
la concession d'une pareille faveur.

II. Après avoir employé onze jours tant à ces arrangements qu'à la célébration des féries latines et à la tenue
des comices, il se démet de la dictature, part de Rome et
se rend à Brindes. Il avait ordonné à douze légions et à
toute la cavalerie de se rassembler dans cette ville ; mais
il trouva si peu de vaisseaux, qu'il put à peine embarquer
quinze mille fantassins et cinq cents chevaux. Cela seul
l'empêcha de terminer promptement la guerre. D'ailleurs,
ces légions mêmes étaient fort affaiblies par leurs guerres

lege damnatos illis temporibus, quibus in Urbe præsidia legionum
Pompeius habuerat (quæ judicia, aliis audientibus judicibus, aliis sententiam ferentibus, singulis diebus erant perfecta), in integrum restituit; qui se illi initio civilis belli obtulerant, si sua opera in bello uti
vellet, proinde æstimans, ac si usus esset, quoniam sui fecissent
potestatem. Statuerat enim, hos prius judicio populi debere restitui,
quam suo beneficio videri receptos, ne aut ingratus in referenda gratia
aut arrogans in præripiendo populi beneficio videretur.

II. His rebus, et feriis latinis, comitiisque omnibus perficiendis, xı
dies tribuit, dictaturaque se abdicat, et ab Urbe proficiscitur, Brundisiumque pervenit : eo legiones xıı et equitatum omnem venire jusserat. Sed tantum navium reperit, ut anguste xv millia legionariorum
militum, ᴅ equites transportare possent. Hoc unum (inopia navium)
Cæsari ad conficiendi belli celeritatem defuit. Atque eæ copiæ ipsæ
hoc infrequentiores imponuntur, quod multi gallicis tot bellis defece-
rant, longumque iter ex Hispania magnum numerum deminuerat, et

dans la Gaule et par leurs longues marches depuis l'Espagne. Au sortir du climat salubre de ces deux pays, elles avaient senti l'influence maligne de l'automne à Brindes et en Apulie, et des maladies s'étaient répandues dans toute l'armée.

III. Pompée avait eu une année entière de repos pour faire ses préparatifs. Libre des soins de la guerre étrangère, il avait tiré une flotte considérable de l'Asie, des îles Cyclades, de Corcyre, d'Athènes, du Pont, de Bithynie, de Syrie, de Cilicie, de Phénicie, d'Égypte ; partout il avait fait construire de nombreux vaisseaux ; de fortes contributions avaient été imposées à l'Asie et à la Syrie, à tous les rois, aux princes, aux tétrarques, aux peuples libres de l'Achaïe ; les compagnies des provinces dont il était maître avaient dû également fournir de grosses sommes.

IV. Il avait formé neuf légions de citoyens romains : cinq qu'il avait amenées avec lui d'Italie ; une de vétérans de Sicile, qu'il nommait *gemella*, parce qu'elle était formée de deux autres ; une de Crète et de Macédoine, composée de vétérans, qui, licenciés par les anciens généraux, s'é-

gravis autumnus in Apulia circumque Brundisium, ex saluberrimis Galliæ et Hispaniæ regionibus, omnem exercitum valetudine tentaverat.

III. Pompeius, annuum spatium ad comparandas copias nactus, quod vacuum a bello atque ab hoste otiosum fuerat, magnam ex Asia Cycladibusque insulis, Corcyra, Athenis, Ponto, Bithynia, Syria, Cilicia, Phœnice et Ægypto classem coegerat ; magnam omnibus locis ædificandam curaverat ; magnam imperatam Asiæ, Syriæ, regibusque omnibus, et dynastis, et tetrarchis, et liberis Achaiæ populis pecuniam exegerat ; magnam societates earum provinciarum, quas ipse obtinebat, sibi numerare coegerat.

IV. Legiones effecerat civium romanorum ix ; quinque ex Italia quas traduxerat ; unam ex Sicilia veteranam, quam, factam ex duabus, *gemellam* appellabat ; unam ex Creta et Macedonia, ex veteranis militibus, qui, dimissi a superioribus imperatoribus, in iis provinciis consederant ; ii ex Asia, quas Lentulus consul conscribendas curaverat. Præterea magnum numerum ex Thessalia, Bœotia, Achaia, Epiroque,

taient établis dans ces provinces; deux autres enfin, que
le consul Lentulus avait levées en Asie. Les troupes nombreuses tirées de la Thessalie, de la Béotie, de l'Achaïe, de
l'Épire, avaient été incorporées dans les légions, et servaient à les compléter. Il y mêla aussi les débris de
l'armée d'Antoine. Il attendait encore deux légions que
Scipion lui amenait de Syrie. Il avait trois mille archers de
Crète, de Sparte, du Pont, de la Syrie, et d'autres royau-
mes; deux cohortes de frondeurs de six cents hommes
chacune; sept mille chevaux, dont six cents furent amenés
de la Gaule par Dejotarus, cinq cents de la Cappadoce par
Ariobarzane; autant de la Thrace, envoyés par Cotys et com-
mandés par Sadala, son fils; deux cents lui étaient venus
de Macédoine sous les ordres de Rhascypolis, renommé
pour sa vaillance; le fils de Pompée avait amené avec la
flotte cinq cents cavaliers gaulois et germains, que Gabinius avait laissés à Alexandrie pour la garde de Ptolémée,
et huit cents levés parmi ses esclaves et ses pâtres. Tarcondarius Castor et Donilaüs en avaient fourni trois cents de la
Galatie; le premier vint lui-même avec son armée; le second envoya son fils. Deux cents furent envoyés de la Syrie

supplementi nomine, in legiones distribuerat. His Antonianos milites
admiscuerat. Præter has exspectabat cum Scipione ex Syria legiones
duas; sagittarios ex Creta, Lacedæmone, Ponto atque Syria, reliquisque
civitatibus, tria millia numero habebat; funditorum cohortes sexcena-
rias duas; equitum VII millia, ex quibus DC Gallos Dejotarus adduxerat, D Ariobarzanes ex Cappadocia, ad eumdem numerum Cotys er
Thracia dederat, et Sadalam filium miserat. Ex Macedonia CC erant,
quibus Rhascypolis præerat, excellenti virtute : D ex Gabinianis Alexandria, Gallos Germanosque, quos ibi A. Gabinius præsidii causa apud
regem Ptolemæum reliquerat, Pompeius filius cum classe adduxerat;
DCCC, quos ex servis suis pastorumque suorum coegerat : CCC Tarcondarius Castor et Donilaus ex Gallogræcia dederant : horum alter una
venerat, alter filium miserat; CC ex Syria a Comageno Antiocho, cui
magna præmia Pompeius tribuit, missi erant; in his plerique hippoto-
xoïæ. Huc Dardanos, Bessos, partim mercenarios, partim imperio aut
ratia comparatos; item Macedonas, Thessalos ac reliquarum gentium

par Anthiochus de Comagène, qui avait de grandes obligations à Pompée ; la plupart étaient des archers à cheval. Venaient encore des Phrygiens, des Bessiens, soudoyés ou volontaires ; des Macédoniens, des Thessaliens, et des gens d'autres pays, formant le nombre que nous avons indiqué plus haut.

V. Il avait tiré de grands approvisionnements de vivres de la Thessalie, de l'Asie, de l'Égypte, de Crète, du pays de Cyrène et d'autres contrées. Son dessein était de passer l'hiver à Dyrrachium, à Apollonie, et dans les autres villes maritimes, afin de fermer à César le passage de la mer ; aussi avait-il disposé sa flotte sur toute la côte. Le fils de Pompée commandait les vaisseaux d'Égypte ; D. Lélius et C. Triarius ceux d'Asie ; C. Cassius ceux de Syrie ; C. Marcellus et C. Coponius ceux de Rhodes ; Scribonius Libon et M. Octavius ceux de Liburnie et d'Achaïe : le commandement général de la flotte appartenait à M. Bibulus ; il en dirigeait seul toutes les opérations.

VI. A son arrivée à Brindes, César harangua les soldats ; il leur dit que « puisqu'ils touchaient au terme de leurs travaux et de leurs périls, ils ne devaient pas craindre de

---

et civitatum adjecerat, atque eum quem supra demonstravimus, numerum expleverat

V. Frumenti vim maximam ex Thessalia, Asia, Ægypto, Creta, Cyrenis, reliquisque regionibus comparaverat : hiemare Dyrrachii, Apolloniæ, omnibusque oppidis maritimis constituerat, ut mare Cæsarem transire prohiberet : ejus rei causa omni ora maritima classem disposuerat. Præerat Ægyptiis navibus Pompeius filius ; Asiaticis D. Lœlius et C. Triarius ; Syriacis C. Cassius ; Rhodiis C. Marcellus cum C. Coponio : Liburnicæ atque Achaicæ classi Scribonius Libo et M. Octavius : toti tamen officio maritimo M. Bibulus præpositus cuncta administrabat : ad hunc summa imperii respiciebat.

VI. Cæsar, ut Brundisium venit, concionatus apud milites : « quoniam prope ad finem laborum ac periculorum esset perventum, æquo animo mancipia atque impedimenta in Italia relinquerent ; ipsi expediti naves conscenderent, quo major numerus militum posset imponi ; omniaque ex victoria et ex sua liberalitate sperarent : » conclamanti-

laisser en Italie leurs esclaves et leurs bagages; qu'ils s'em-
barqueraient avec moins d'embarras et en plus grand
nombre; qu'ils pouvaient tout attendre de la victoire et
de sa libéralité. » Tous s'écrièrent qu'il donnât des ordres,
qu'on se plairait à les suivre. Le lendemain, quatrième
jour de janvier, il leva l'ancre avec sept légions, et le jour
suivant il prit terre. Il n'osait approcher des ports, les
croyant tous occupés par l'ennemi. Au milieu des écueils et
des rochers qui bordent les côtes des monts Cérauniens, il
trouva une rade assez sûre, et débarqua ses troupes dans un
endroit nommé Pharsale, sans avoir perdu un seul vaisseau.

VII. Lucretius Vespillo et Minucius Rufus étaient alors
à Oricum avec dix-huit vaisseaux de la flotte d'Asie, que
D. Lélius avait mis sous leurs ordres, et M. Bibulus était à
Corcyre avec cent dix navires. Mais les premiers n'osèrent
paraître, quoique César n'eût que douze galères, dont
quatre seulement étaient pontées; et Bibulus ne put assez
tôt mettre à la voile et rassembler ses rameurs. César était
sur le rivage avant que le bruit de son approche se fût
répandu dans ces contrées.

VIII. César, après avoir débarqué ses troupes, renvoya

---

bus omnibus, « imperaret quod vellet; quodcumque imperavisset, se
æquo animo esse facturos; » pridie nonas januarias naves solvit, impositis, ut supra demonstratum est, legionibus septem. Postridie terram
attigit. Cerauniorum saxa inter et alia loca periculosa quietam nactus
stationem, et portus omnes timens, quos teneri ab adversariis arbitrabatur, ad eum locum, qui appellatur Pharsalia, omnibus navibus ad
unam incolumibus, milites exposuit.

VII. Erant Orici Lucretius Vespillo et Minucius Rufus cum Asiaticis
navibus XVIII, quibus jussu D. Lælii præerant; M. Bibulus cum navibus ex Corcyræ. Sed neque ii, sibi confisi, ex portu prodire sunt ausi,
quum Cæsar omnino XII naves longas, præsidio duxisset, in quibus
erant constratæ quatuor : neque Bibulus, impeditus navibus disper-
sisque remigibus, satis mature occurrit, quod prius ad continentem
visus est Cæsar, quam de ejus adventu fama omnino in eas regiones
perferretur.

VIII. Expositis militibus, naves eadem nocte Brundisium a Cæsare

la même nuit ses vaisseaux à Brindes, pour prendre le reste des légions et la cavalerie. Son lieutenant Fufius Calenus était chargé de ce soin et devait faire diligence ; mais les vaisseaux, étant partis trop tard et ayant manqué le vent, essuyèrent cette fois un échec. Bibulus, apprenant à Corcyre l'arrivée de César, était sorti dans l'espoir de rencontrer encore quelques transports. Il trouva ces vaisseaux vides, en prit trente, et, faisant tomber sur eux le ressentissement de sa propre négligence, les brûla tous avec les pilotes et les matelots, afin d'effrayer les autres par ce sévère traitement. Cela fait, il déploya sa flotte sur toute la côte, depuis Salone jusqu'au port d'Oricum, et mit des gardes partout, couchant lui-même à bord, malgré la rigueur de l'hiver, et ne s'épargnant ni travaux ni fatigue ; car il n'espérait point de grâce s'il tombait entre les mains de César.

IX. Quand la flotte liburnienne eut quitté la mer d'Illyrie, M. Octavius vint avec la sienne à Salone. Il y souleva les Dalmates et autres peuples barbares, et détacha les habitants d'Issa du parti de César. Il n'en fut pas de même à Salone : ses promesses ni ses menaces ne purent ébranler

remittuntur, ut reliquæ legiones equitatusque transportari possent. Huic officio præpositus erat Fufius Calenus, legatus, qui celeritatem in transportandis legionibus adhiberet. Sed serius a terra provectæ naves, neque usæ nocturna aura, in redeundo offenderunt. Bibulus enim, Corcyræ certior factus de adventu Cæsaris, sperans, alicui se parti onustarum navium occurrere posse, inanibus occurrit, et, nactus circiter xxx, in eas indiligentiæ suæ ac doloris iracundia erupit, omnesque incendit ; eodemque igne nautas dominosque navium interfecit, magnitudine pœnæ reliquos deterrere sperans. Hoc confecto negotio, a Salonis ad Orici portum stationes littoraque omnia longe lateque classibus occupavit ; custodiisque diligentius dispositis, ipse gravissima hieme in navibus excubabat, neque ullum laborem aut munus despiciens, neque subsidium exspectans, si in Cæsaris complexum venire posset.

IX. Discessu liburnarum ex Illyrico, M. Octavius cum iis, quas habebat, navibus Salonas pervenit. Ibi concitatis Dalmatis reliquisque

le conseil; il fallut mettre le siége devant la place. Cette ville est, il est vrai, défendue par la nature du terrain et par le coteau sur lequel elle est assise; mais les citoyens romains eurent bientôt élevé des tours de bois. Affaiblis par de nombreuses blessures, trop faibles pour résister seuls, ils eurent recours aux moyens extrêmes, affranchirent tous les esclaves en âge de porter les armes, et, ayant coupé les cheveux de toutes les femmes, ils en firent des cordes pour les machines. Octavius, voyant leur résolution, forma cinq camps autour de la place, l'investit et la pressa vivement. Les assiégés, d'ailleurs résolus à tout endurer, manquaient de vivres : ils envoyèrent des députés pour en demander à César, se résignant, du reste, à supporter de leur mieux les autres maux. Cependant la longueur du siége ayant rendu les ennemis moins vigilants, les assiégés choisirent l'heure de midi, temps où les soldats étaient dispersés, mirent leurs femmes et leurs enfants sur le rempart, pour ne pas laisser remarquer de changement, et, formant une troupe avec les esclaves qu'ils avaient affranchis, se jetèrent sur le premier camp d'Octavius : ils le forcent; du même choc ils emportent le

Barbaris, Issam a Cæsaris amicitia avertit : conventum Salonis quum neque pollicitationibus, neque denuntiatione periculi permovere posset, oppidum oppugnare instituit : est autem oppidum et loci natura, et colle munitum : sed celeriter cives romani, ligneis effectis turribus, iis sese munierunt ; et quum essent infirmi ad resistendum propter paucitatem hominum, crebris confecti vulneribus, ad extremum auxilium descenderunt, servosque omnes puberes liberaverunt, et, præsectis omnium mulierum crinibus, tormenta effecerunt. Quorum cognita sententia, Octavius quinis castris oppidum circumdedit, atque uno tempore obsidione et oppugnationibus eos premere cœpit. Illi omnia perpeti parati, maxime a re frumentaria laborabant. Quare missis ad Cæsarem legatis, auxilium ab eo petebant : reliqua, ut poterant, per se incommoda sustinebant : et longo interposito spatio, quum diuturnitas oppugnationis negligentiores Octavianos effecisset, nacti occasionem meridiani temporis, discessu eorum, pueris mulieribusque in muro dispositis, ne quid quotidianæ consuetudinis desideraretur, ipsi,

second, puis le troisième, le quatrième, tous enfin ; ils chassent les ennemis, en tuent un grand nombre, et forcent le reste et Octavius même à se rembarquer. Telle fut l'issue de ce siége. Déjà l'hiver approchait ; après tant de pertes, Octavius, désespérant de prendre la ville, se retira à Dyrrachium, auprès de Pompée.

X. On a vu que L. Vibullius Rufus, préfet de Pompée, fut deux fois pris par César, d'abord à Corfinium, puis en Espagne, et deux fois relâché. César crut que ce double bienfait et le crédit de Rufus auprès de Cn. Pompée le rendraient propre, plus que tout autre, à lui porter des propositions de paix. César disait, en somme, dans son message, « qu'ils devaient l'un et l'autre mettre fin à leur querelle, poser les armes et ne plus courir les chances de la fortune : leurs pertes mutuelles devaient leur être une puissante leçon pour en appréhender de nouvelles. Pompée avait été contraint de quitter l'Italie ; il avait perdu la Sicile, les deux Espagnes et, dans ces pays, cent trente cohortes de citoyens romains. Lui, il avait eu à regretter la mort de Curion, l'échec de l'armée d'Afrique, la capitulation de ses troupes à Corcyre. Qu'ils pensent enfin à la ré-

manu facta, cum iis quos nuper maxime liberaverant, in proxima Octavii castra irruperunt. His expugnatis, eodem impetu altera sunt adorti ; inde tertia, et quarta, et deinceps reliqua : omnibusque eos castris expulerunt, et, magno numero interfecto, reliquos atque ipsum Octavium in naves confugere coegerunt. Hic fuit oppugnationis exitus. Jamque hiems appropinquabat, et, tantis detrimentis acceptis, Octavius, desperata oppugnatione oppidi, Dyrrachium sese ad Pompeium recepit.

X. Demonstravimus L. Vibullium Rufum, Pompeii præfectum, bis in potestatem pervenisse Cæsaris, atque ab eo esse dimissum, semel ad Corfinium, iterum in Hispania. Hunc pro suis beneficiis Cæsar idoneum judicaverat, quem cum mandatis ad Cn. Pompeium mitteret ; eumdemque apud Cn. Pompeium auctoritatem habere intelligebat. Erat autem hæc summa mandatorum : « debere utrumque pertinaciæ finem facere, et ab armis discedere, neque amplius fortunam periclitari : satis esse magna utrinque incommoda accepta, quæ pro disciplina

publique et à leur repos; la guerre les a assez instruits du
pouvoir de la fortune. Le meilleur moment de traiter de la
paix est celui où les deux partis semblent encore égaux en
espérances et en forces ; pour peu que la fortune se déclare,
le plus heureux ne voudrait plus d'arrangements ni de partage, dès qu'il croirait pouvoir tout garder. Quant aux conditions, puisqu'ils n'ont pu s'accorder encore, ils doivent
s'en remettre au jugement du sénat et du peuple. En attendant, il convient à la république et à eux-mêmes de
s'engager par serment et devant le peuple à licencier leurs
troupes dans l'espace de trois jours. Une fois qu'ils auraient posé les armes et licencié leurs auxiliaires, ils n'auraient plus l'un et l'autre qu'à se conformer à la décision
du peuple et du sénat. Pour mieux convaincre Pompée, il
renverrait sur-le-champ toutes ses troupes de guerre et ses
garnisons. »

XI. Vibullius, ayant reçu de César ces instructions, crut
qu'il n'était pas moins de son devoir d'avertir Pompée de
l'arrivée subite de César, afin qu'il pût prendre ses mesures

et præceptis habere possent, ut reliquos casus timerent. Illum Italia
expulsum, amissa Sicilia, duabusque Hispaniis, et cohortibus in Italia
atque Hispania civium romanorum c atque xxx; se morte Curionis et
detrimento africani exercitus tanto, militumque deditione ad Corcy-
ram. Proinde sibi ac reipublicæ parcerent. Quantum in bello fortuna
posset, jam ipsi incommodis suis satis essent documento. Hoc unum
esse tempus de pace agendi, dum sibi uterque confideret, et pares ambo viderentur : si vero alteri paulum modo tribuisset fortuna, non esse
usurum conditionibus pacis eum, qui superior videretur, neque fore
æqua parte contentum, qui se omnia habiturum confideret : conditiones pacis, quoniam antea convenire non potuissent, Romæ ab senatu
et a populo peti debere : interea et reipublicæ et ipsis placere oportere,
si uterque in concione statim juravisset, se triduo proximo exercitum
dimissurum. Depositis armis auxiliisque, quibus nunc confiderent, necessario populi senatusque judicio fore utrumque contentum. Hæc quo
facilius Pompeio probari possent, omnes suas terrestres urbiumque
copias dimissurum. »

XI. Vibullius, his expositis a Cæsare, non minus necessarium esse

avant d'entendre ses propositions. Il marcha donc jour et nuit, prit des relais pour aller plus vite, et se rendit vers Pompée, pour l'informer que César s'avançait avec toutes ses troupes. Pompée était alors dans la Candavie : de cette partie de la Macédoine à ses quartiers d'hiver son chemin était par Apollonia et Dyrrachium. Mais à cette nouvelle, il s'empressa d'aller à Apollonia, dans la crainte que César ne s'emparât des villes maritimes de cette côte. Celui-ci, après avoir débarqué ses troupes, avait marché le même jour sur Oricum. L. Torquatus, qui y commandait pour Pompée avec une garnison de Parthéniens, essaya de se défendre ; il fit fermer les portes, et ordonna aux Grecs de prendre les armes et de border le rempart. Mais ceux-ci refusèrent de combattre contre le peuple romain : les habitants, de leur côté, voulaient recevoir César. Dans cette extrémité, Torquatus ouvrit les portes et se rendit à César, qui ne lui fit aucun mal.

XII. Maître d'Oricum, César se dirigea sur-le-champ vers Apollonia. A son approche, L. Staberius, qui y comman-

---

existimavit, de repentino adventu Cæsaris Pompeium fieri certiorem, uti ad id consilium capere posset, antequam de mandatis agi inciperet; atque ideo, continuato et nocte et die itinere, atque mutatis ad celeritatem jumentis, ad Pompeium contendit, ut adesse Cæsarem omnibus copiis nuntiaret. Pompeius erat eo tempore in Candavia, iterque ex Macedonia in hiberna Apolloniam Dyrrachiumque habebat. Sed re nova perturbatus, majoribus itineribus Apolloniam petere cœpit, ne Cæsar oræ maritimæ civitates occuparet. At ille, expositis militibus, eodem die Oricum proficiscitur. Quo quum venisset, L. Torquatus, qui jussu Pompeii oppido præerat præsidiumque ibi Parthinorum habebat, conatus portis clausis oppidum defendere, quum Græcos murum ascendere atque arma capere juberet, illi autem se contra imperium populi romani pugnaturos esse negarent, oppidani autem etiam sua sponte Cæsarem recipere conarentur, desperatis omnibus auxiliis, portas aperuit, et se atque oppidum Cæsari dedidit, incolumisque ab eo conservatus est.

XII. Recepto Cæsar Orico, nulla interposita mora, Apolloniam proficiscitur. Ejus adventu audito, L. Staberius, qui ibi præerat, aquam

dait, fait porter de l'eau dans la forteresse, s'y retranche, et demande aux habitants des otages. Ils les refusent, disant qu'ils ne veulent pas fermer les portes au consul, n' se prononcer contre les décisions de toute l'Italie et du peuple romain. Staberius, lorsqu'il connut leur intention, s'enfuit secrètement. Ceux-ci députent vers César, et le reçoivent dans leurs murs. Bullis, Amantia, le reste des villes voisines, tout l'Épire, imitent leur exemple, et envoient des députés à César, pour lui demander ses ordres.

XIII. Cependant Pompée, apprenant ce qui s'était passé à Oricum et à Apollonia, craignit pour Dyrrachium, et marcha jour et nuit vers cette ville. Dès qu'on sut l'approche de César, les troupes furent saisies de frayeur, et, dans le désordre d'une marche si précipitée, que la nuit n'avait point interrompue, presque toutes abandonnèrent leurs enseignes en Épire et dans les contrées voisines; la plupart jetèrent leurs armes : on eût dit une véritable déroute. Pompée s'arrêta près de Dyrrachium, où il campa : cependant son armée n'était pas encore revenue de son effroi.

comportare in arcem, atque eam munire, obsidesque ab Apolloniatibus exigere cœpit. Illi vero « daturos se negare, neque portas consuli præclusuros; neque sibi judicium sumpturos contra atque omnis Italia populusque romanus judicavisset. » Quorum cognita voluntate, clam profugit Apollonia Staberius. Illi ad Cæsarem legatos mittunt, oppidoque recipiunt. Hos sequuntur Bullidenses, Amantiani, et reliquæ finitimæ civitates, totaque Epirus, et, legatis ad Cæsarem missis, quæ imperaret, facturos pollicentur.

XIII. At Pompeius, cognitis iis rebus, quæ erant Orici atque Apolloniæ gestæ, Dyrrachio timens, diurnis eo nocturnisque itineribus contendit. Quo simul ac Cæsar appropinquare dicebatur, tantus terror incidit ejus exercitui, quod properans noctem diei conjunxerat, neque iter intermiserat, ut pene omnes in Epiro finitimisque regionibus signa relinquerent, complures arma projicerent, ac fugæ simile iter videretur. Sed, quum prope Dyrrachium Pompeius constitisset, castraque metari jussisset, perterrito etiam tum exercitu, princeps Labienus procedit, juratque se eum non deserturum, eumdemque casum subitu-

Labienus, le premier, s'avança vers Pompée, et jura de ne le point quitter et de partager son sort, quel qu'il pût être. Les autres lieutenants firent le même serment, puis les tribuns, les centurions et toute l'armée. César, se voyant prévenu à Dyrrachium, ralentit sa marche, et campa sur les bords de l'Apsus, aux environs d'Apollonia, pour couvrir les villes qui avaient servi sa cause. Il résolut d'y attendre le reste de ses légions d'Italie, et de passer l'hiver sous les tentes. Pompée en fit autant; il campa sur l'autre rive, et y réunit toutes ses troupes et ses auxiliaires.

XIV. Calenus, d'après l'ordre de César, avait embarqué à Brindes l'infanterie et la cavalerie sur tous les navires qu'il avait pu rassembler, et s'était mis en mer : mais, à peine sorti du port, il reçut des lettres de César qui l'informaient que la flotte ennemie occupait les ports et toute la côte. Sur cet avis, il rentra, et rappela tous ses vaisseaux. Un seul ayant continué sa route contre l'ordre de Calenus, parce qu'il ne portait point de troupes et était soumis à une autorité particulière, fut pris par Bibulus à la hauteur d'Oricum. Tous ceux qui le montaient, esclaves, hommes

rum, quemcumque ei fortuna tribuisset. Hoc idem reliqui jurant legati : hos tribuni militum centurionesque sequuntur, atque idem omnis exercitus jurat. Cæsar, præoccupato itinere ad Dyrrachium, finem properandi facit, castraque ad flumen Apsum ponit in finibus Apolloniatium, ut vigiliis castellisque bene meritæ civitates tutæ essent præsidio ; ibique reliquarum ex Italia legionum adventum exspectare, et sub pellibus hiemare constituit. Hoc idem Pompeius facit; et trans flumen Apsum positis castris, eo copias omnes auxiliaque conduxit.

XIV. Calenus legionibus equitibusque Brundusii in naves impositis, ut erat præceptum a Cæsare, quantum navium facultatem habebat, naves solvit, paulumque progressus a portu, litteras a Cæsare accipit, quibus est certior factus, portus littoraque omnia classibus adversariorum teneri. Quo cognito, se in portum recipit, navesque omnes revocat. Una ex iis, quæ perseveravit, neque imperio Caleni obtemperavit, quod erat sine militibus, privatoque consilio administrabatur, delata Oricum, atque a Bibulo expugnata est : qui de servis liberisque omni-

libres, enfants même, furent égorgés. Ainsi l'armée entière
dut son salut au hasard d'un moment.

XV. Bibulus, comme il a été dit, était devant Oricum
avec sa flotte : mais, s'il fermait la mer à César, celui-ci de
son côté lui interdisait toute communication avec la terre.
Des gardes avaient été placés sur toute la côte : Bibulus ne
pouvait avoir ni bois, ni eau, ni abordage : sa position
était très-difficile. Ses gens étaient forcés, dans leur extrême
détresse, de faire venir par mer, de Corcyre, le bois et
l'eau, ainsi que les vivres, par des navires de charge; il arriva même qu'ayant été contrariés par les vents, il leur
fallut recueillir la rosée de la nuit sur les peaux dont les
vaisseaux étaient couverts. Ils supportaient toutefois ces
incommodités avec courage et résignation, sans renoncer
à la garde du rivage et au blocus des ports. Cependant,
au milieu de ces extrémités, Bibulus, et Libon qui l'avait
rejoint, s'adressèrent, de leurs vaisseaux mêmes, à M. Acilius et Statius Murcus, lieutenants de César, dont l'un
commandait dans la ville et l'autre sur la côte, et témoignèrent, si l'on voulait le leur permettre, le désir de parler à César de choses très-importantes; ils ajoutèrent quel-

bus ad impuberes supplicium sumit, et ad unum interficit. Ita exiguo
tempore, magnoque casu totius exercitus salus constitit.

XV. Bibulus, ut supra demonstratum est, erat cum classe ad Oricum : et sicuti mari portibusque Cæsarem prohibebat, ita ipse omni
terra earum regionum prohibebatur : præsidiis enim dispositis, omnia
littora a Cæsare tenebantur, neque lignandi atque aquandi, neque naves
ad terram religandi potestas fiebat. Erat res in magna difficultate,
summisque angustiis rerum necessariarum premebantur, adeo ut cogerentur, sicuti reliquum commeatum, ita ligna atque aquam Corcyra
navibus onerariis supportare : atque uno etiam tempore accidit, ut,
difficilioribus usi tempestatibus, ex pellibus, quibus erant tectæ naves,
nocturnum excipere rorem cogerentur : quas tamen difficultates patienter atque æquo animo ferebant, neque sibi nudanda littora et re-
linquendos portus existimabant. Sed quum essent in quibus demons-
travi angustiis, ac se Libo cum Bibulo conjunxisset, loquuntur ambo
ex navibus cum M. Acilio et Statio Murco, legatis, quorum alter oppidi

ques mots propres à faire pressentir qu'il s'agissait d'un accommodement. En même temps, ils demandent une trève et l'obtiennent. Leurs propositions paraissaient être de grande importance : on connaissait les vœux ardents de César pour la paix, et l'on crut que les instructions données à Vibullius avaient produit quelque résultat.

XVI. En ce moment César se trouvait à Buthrote, vis-à-vis Corcyre; il était parti avec une légion pour recevoir la soumission des villes de l'intérieur, et pourvoir à la sûreté des vivres dont on était mal approvisionné. Là, des lettres d'Acilius et de Murcus lui apprirent la demande de Bibulus et de Libon. Aussitôt il laisse sa légion, revient à Oricum, et les fait appeler à une entrevue. Libon seul s'y rend, et, sans excuser Bibulus, dit « que son caractère emporté et ses ressentiments personnels contre César, depuis leur édilité et leur préture, l'avaient engagé à ne point paraître, de peur de compromettre par ses inimitiés un accommodement si désirable et si utile. Il déclara que Pompée était et avait toujours été très-disposé à entrer en arrangement et à poser les armes; qu'à la vérité ils n'avaient aucun plein pouvoir, puisque, d'après l'avis du conseil, Pompée était investi du droit

muris, alter præsidiis terrestribus præerat, velle se de maximis rebus cum Cæsare loqui, si sibi ejus facultas detur. Huc addunt pauca rei confirmandæ causa, ut de compositione acturi viderentur. Interim postulant, ut sint induciæ, atque ab iis impetrant : magnum enim, quod afferebant, videbatur, et Cæsarem id summe sciebant cupere, et profectum aliquid Vibullii mandatis existimabatur.

XVI. Cæsar, eo tempore cum legione una profectus ad recipiendas ulteriores civitates, et rem frumentariam expediendam, qua anguste utebatur, erat ad Buthrotum, oppositum Corcyræ. Ibi certior ab Acilio et Murco per litteras factus de postulatis Libonis et Bibuli, legionem relinquit; ipse Oricum revertitur. Eo quum venisset, evocantur illi ad colloquium. Prodit Libo, atque excusat Bibulum, « quod is iracundia summa erat, inimicitiasque habebat etiam privatas cum Cæsare, ex ædilitate et prætura conceptas; ob eam rem colloquium vitasse, ne res maximæ spei maximæque utilitatis ejus iracundia impedirentur : Pompeii summam esse ac fuisse semper voluntatem, ut componerentur, at-

de décider souverainement de la guerre et de toutes choses; mais qu'une fois instruits des volontés de César, ils les feraient savoir à Pompée, et réuniraient leurs instances. Ils demandaient que la trève fût continuée et toute hostilité suspendue jusqu'à leur retour. » Il ajouta quelques mots sur l'état de leurs forces et la justice de leur cause.

XVII. César ne jugea pas à propos de répondre alors; il serait assez inutile de dire aujourd'hui le motif de son silence. Il demanda seulement « de pouvoir sans risque envoyer des députés à Pompée; qu'on leur promît toute sûreté, ou qu'on voulût bien les conduire vers lui. Quant à la trève, le droit de la guerre est ainsi partagé entre eux, que, s'ils empêchent ses vaisseaux et ses troupes de venir le joindre, il peut bien, lui, de son côté, leur fermer les ports et leur interdire les approvisionnements d'eau. S'ils veulent qu'il se relâche sur ce point, ils doivent à leur tour lui laisser la mer libre; s'ils persistent dans leur blocus, il persistera dans le sien. Toutefois, quand même les choses resteraient au même état, on n'en pouvait pas moins traiter d'un accommodement : ce ne serait pas là un obstacle. » Libon ne voulut ni se charger des députés

que ab armis discederetur : sed potestatem se ejus rei nullam habere, propterea quod de consilii sententia summam belli rerumque omnium Pompeio permiserint; sed postulatis Cæsaris cognitis, missuros ad Pompeium, atque illum reliqua per se acturum, hortantibus ipsis : interea manerent induciæ, dum ab illo rediri posset; neve alter alteri noceret. » Huc addit pauca de causa, et de copiis auxiliisque suis.

XVII. Quibus rebus neque tum respondendum Cæsar existimavit, neque nunc, ut memoriæ prodantur, satis causæ putamus. Postulabat Cæsar, « ut legatos sibi ad Pompeium sine periculo mittere liceret; idque ipsi fore reciperent, aut acceptos per se ad eum perducerent. Quod ad inducias pertineret, sic belli rationem esse divisam, ut illi classe naves auxiliaque sua impedirent, ipse ut aqua terraque eos prohiberet : si hoc sibi remitti vellent, remitterent ipsi de maritimis custodiis; sin illud tenerent, se quoque id retenturum : nihilominus tamen agi posse de compositione, ut hæc non remitterentur : neque hanc rem esse impedimenti loco. » Illi neque legatos Cæsaris recipere,

de César, ni leur donner de garantie, et renvoya le tout à Pompée ; il n'insista que sur la suspension d'armes, et la sollicita avec ardeur. César, voyant qu'ils n'avaient eu d'autre but, en demandant cet entretien, que de se soustraire au danger et à la détresse où ils se trouvaient, sans rien proposer qui pût faire espérer aucun arrangement sérieux, ne songea plus qu'à continuer la guerre.

XVIII. Bibulus, souffrant beaucoup du froid et des fatigues, et ne pouvant ni mettre pied à terre pour se faire soigner, ni se résoudre à quitter son poste, succomba à la force du mal. Après sa mort, personne n'eut le commandement en chef : chacun gouverna sa flotte à son gré. Vibullius, ayant laissé calmer le premier trouble causé par l'arrivée imprévue de César, voulut remplir la mission que celui-ci lui avait confiée ; mais à peine en eut-il dit quelques mots en présence de Libon, de L. Lucceius et de Théophanes, auxquels Pompée communiquait ordinairement les affaires importantes, que ce dernier l'interrompit et le fit taire. « Qu'ai-je besoin, dit-il, ou de Rome ou de la vie, s'il faut que je paraisse en être redevable à la générosité de César ? Que dirait-on ? je semblerais avoir été ramené par grâce

neque periculum præstare eorum, sed totam rem ad Pompeium rejicere : unum instare, de induciis, vehementissimeque contendere. Quos ubi Cæsar intellexit præsentis periculi atque inopiæ vitandæ causa omnem orationem instituisse, neque ullam spem aut conditionem pacis afferre, ad reliquam cogitationem belli sese recepit.

XVIII. Bibulus, multos dies terra prohibitus, et graviore morbo ex frigore ac labore implicitus, quum neque curari posset, neque susceptum officium deserere vellet, vim morbi sustinere non potuit. Eo mortuo, ad neminem unum summa imperii redit ; sed separatim suam quisque classem ad arbitrium suum administrabat. Vibullius, sedato tumultu, quem repentinus Cæsaris adventus concitaverat, ubi primum, rsus adhibito Libone, et L. Lucceio et Theophane, quibuscum communicare de maximis rebus Pompeius consueverat, de mandatis Cæsaris agere instituit ; eum ingressum in sermonem Pompeius interpellavit, et loqui plura prohibuit. « Quid mihi, inquit, aut vita, aut civitate opus est, quam beneficio Cæsaris habere videbor ? cujus rei opinio

dans cette Italie que j'ai quittée. » Quand la guerre fut
achevée, César apprit ce discours de ceux mêmes qui
l'avaient entendu. Quoi qu'il en soit, il ne laissa pas de
tenter encore d'autres voies d'accommodement.

XIX. Les deux camps de César et de Pompée n'étaient
séparés que par l'Apsus; les soldats se parlaient souvent
d'une rive à l'autre, et il était convenu qu'aucun trait ne
serait lancé durant ces pourparlers. César envoya sur le
bord même du fleuve un de ses lieutenants, P. Vatinius,
avec ordre de faire ce qu'il croirait le plus favorable à la
paix, et de demander fréquemment à haute voix « s'il ne
serait pas permis aux citoyens d'envoyer à leurs concitoyens
deux députés pour traiter de la paix, comme avaient pu le
faire les fugitifs des monts Pyrénées et les pirates, surtout
quand il s'agissait d'empêcher des concitoyens de s'entr'é-
gorger. » Il pressa, supplia en homme occupé du salut public et du sien propre; les soldats des deux partis l'écoutè-
rent en silence. On répondit de la rive opposée que A. Varron
promettait de se rendre le lendemain à l'entrevue; et aussitôt on arrête le lieu où les députés pourraient de part et
d'autre être envoyés en toute sûreté, et proposer ce qu'ils

tolli non poterit, quum in Italiam, ex qua profectus sum, reductus
existimabor. » Bello perfecto, ab iis Cæsar hæc facta cognovit, qui ser-
moni interfuerunt : conatus tamen nihilominus est, aliis rationibus
per colloquia de pace agere.

XIX. Inter bina castra Pompeii atque Cæsaris unum flumen tantum
intererat Apsus, crebraque inter se colloquia milites habebant; neque
ullum interim telum, per pactiones colloquentium, transjiciebatur.
Mittit P. Vatinium legatum ad ripam ipsam fluminis, qui ea, quæ maxime ad pacem pertinere viderentur, ageret, et crebro magna voce
pronuntiaret, « liceretne civibus ad cives de pace duos legatos mittere,
quod etiam fugitivis ab saltu Pyrenæo prædonibusque licuisset : præsertim, ut id agerent, ne cives cum civibus armis decertarent? » Multa
suppliciter locutus est, ut de sua atque omnium salute debebat, silen-
tioque ab utrisque militibus auditus. Responsum est ab altera parte,
A. Varronem profiteri, se altera die ad colloquium venturum; atque
una etiam ubi utrinque admodum tuto legati venire, et quæ vellent,

jugeraient convenable : l'heure de l'entrevue fut fixée. Le lendemain on s'y rend en foule des deux côtés: chacun était dans l'attente, et paraissait disposé à la paix. T. Labienus, sortant de la foule, s'avance; il commence son discours d'un ton paisible; bientôt il entre en discussion avec Vatinius. Mais tout à coup, au milieu de leur entretien, une grêle de traits lancés de tous côtés les sépare. Vatinius en fut garanti par les boucliers de ses soldats; mais plusieurs furent blessés, entre autres Cornelius Balbus, M. Plotius, L. Tiburtius, centurions, et quelques soldats. « Cessez, dit alors Labienus, de parler de la paix; elle ne peut se faire entre nous qu'au prix de la tête de César. »

XX. Dans ce même temps, le préteur M. Celius Rufus, prenant à Rome la défense des débiteurs, avait, dès son entrée en charge, établi son tribunal près du siége de G. Trebonius, préteur de la ville, et promettait de soutenir quiconque en appellerait à lui de l'estimation et des payements ordonnés par les arbitres que César avait institués avant son départ. Mais l'équité même du décret et la modération de Trebonius, qui mettait dans l'exécution toute la douceur convenable aux circonstances, ne laissèrent

exponere possent, certumque ei rei tempus constituitur. Quo quum esset postero die ventum, magna utrinque multitudo convenit; magnaque erat ejus rei exspectatio, atque omnium intenti animi ad pacem esse videbantur. Qua ex frequentia T. Labienus prodit, submissa oratione loqui de pace, atque altercari cum Vatinio incipit. Quorum mediam orationem interrumpunt undique subito tela immissa, quæ ille obtectus armis militum vitavit. Vulnerantur tamen complures; in his Cornelius Balbus, M. Plotius, L. Tiburtius centuriones, militesque nonnulli. Tum Labienus: « Desinite ergo de compositione loqui : nam nobis, nisi Cæsaris capite relato, pax esse nulla potest. »

XX. Iisdem temporibus Romæ M. Cœlius Rufus prætor, causa debitorum suscepta, initio magistratus tribunal suum juxta C. Trebonii prætoris urbani sellam collocavit; et si quis appellasset de æstimatione et de solutionibus, quæ per arbitrium fierent, ut Cæsar præsens constituerat, fore auxilio pollicebatur. Sed fiebat æquitate decreti, et humanitate Trebonii, qui his temporibus clementer et moderate jus

aucun prétexte aux réclamations. S'excuser de ses dettes
sur sa pauvreté, sur le malheur des temps, sur ses pertes,
ou sur les difficultés de la vente, c'est déjà de la petitesse ;
mais quel nom donner à l'impudence de ceux qui eussent
avoué la dette et prétendu conserver tout leur bien ? Il n'y
eut donc aucun appel, et Celius fut désapprouvé de ceux
même dont il embrassait la cause. Cependant, ne voulant
pas paraître reculer dans cette entreprise honteuse, il proposa une loi qui accordait aux débiteurs le sursis d'un an
sans intérêts.

XXI. Le consul Servilius et tous les magistrats s'y opposèrent. Célius, voyant que le succès ne répondait pas à son
attente, essaya de ranimer les esprits ; et, au lieu de cette
première loi, il en proposa deux autres : l'une, qui dispensait les locataires du payement des loyers de l'année;
l'autre, qui abolissait les dettes : aussitôt la multitude s'é-
tant précipitée sur C. Trebonius, l'arrache de son tribunal ;
plusieurs citoyens sont blessés. Le consul Servilius en fit
son rapport au sénat, et le sénat interdit à Celius toute
fonction publique. En vertu de ce décret, le consul lui
défendit l'entrée du sénat, et le fit descendre de la tribune

dicendum existimabat, ut reperiri non possent, a quibus initium ap-
pellandi nasceretur. Nam fortasse inopiam excusare, et calamitatem
aut propriam suam aut temporum queri, et difficultates auctionandi
proponere, etiam mediocris est animi; integras vero tenere possessiones, qui se debere fateantur, cujus animi, aut cujus impudentiæ est?
Itaque, hoc qui postularet, reperiebatur nemo. Atque ipsis, ad quorum
commodum pertinebat, durior inventus est Cœlius. Et ab hoc profectus initio, ne frustra ingressus turpem causam videretur, legem promulgavit, ut sexies seni dies sine usuris creditæ pecuniæ solvantur.

XXI. Quum resisteret Servilius, consul, reliquique magistratus, et
minus opinione sua efficeret, ad hominum excitanda studia, sublata
priore lege, duas promulgavit ; unam, qua mercedes habitationum an-
nuas conductoribus donavit ; alteram tabularum novarum ; impetuque
multitudinis in C. Trebonium facto, et nonnullis vulneratis, eum de
tribunali deturbavit. De quibus rebus Servilius consul ad senatum re-
tulit; senatusque Cœlium ab republica removendum censuit. Hoc de-

quand il voulut haranguer le peuple. Outré de honte et de
dépit, il feignit publiquement de se rendre auprès de
César; mais en secret il envoya des émissaires à Milon,
alors exilé pour le meurtre de Clodius. Il l'appela en Italie,
où il restait encore à Milon quelques-uns de ces gladiateurs qu'il avait employés à la célébration des jeux, et
l'envoya en avant dans le Thurinum pour y soulever les
pâtres. Pour lui, il alla à Casilinum. Mais déjà on avait
saisi à Capoue ses enseignes et ses armes; quelques-uns de
ses esclaves rassemblés à Naples avaient éveillé les soupçons : on lui ferma l'entrée de Capoue. Quand il vit que
la ville avait pris les armes et se préparait à le traiter en
ennemi, il s'effraya du péril, abandonna son projet, et
prit une autre route.

XXII. Milon, de son côté, écrivait aux villes municipales
qu'il ne faisait qu'exécuter les ordres que Pompée lui avait
transmis par Bibulus. Il cherchait surtout à soulever ceux
qu'il croyait chargés de dettes. Ce moyen n'ayant point de
succès, il délivra de prison quelques esclaves, et vint à leur
tête assiéger Cosa, ville du Thurinum. Le préteur Q. Pédius
la défendait avec une légion : une pierre lancée du haut des

creto eum consul senatu prohibuit, et concionari conantem de rostris
deduxit. Ille, ignominia et dolore permotus, palam se proficisci ad Cæsarem simulavit; clam, nuntiis ad Milonem missis, qui, Clodio interfecto, eo nomine erat damnatus, atque eo in Italiam evocato, quod,
magnis muneribus datis, gladiatoriæ familiæ reliquias habebat, sibi
conjunxit, atque eum in Thurinum ad sollicitandos pastores præmisit.
Ipse quum Casilinum venisset, unoque tempore signa ejus militaria
atque arma Capuæ essent comprehensa, et familia Neapoli visa, atque proditio oppidi appareret, patefactis consiliis, exclusus Capua, et
periculum veritus, quod conventus arma ceperat, atque eum hostis
loco habendum existimabat, consilio destitit, atque eo itinere sese
avertit.
XXII. Interim Milo, dimissis circum municipia litteris, ea, quæ faceret, jussu atque imperio facere Pompeii, quæ mandata ad se per
Bibulum delata essent, quos ex ære alieno laborare arbitrabatur, solli-
citabat. Apud quos quum proficere nihil posset, quibusdam solutis er-

murs frappa Milon et le tua. Quant à Celius qui allait, disait-il,
joindre César, il arriva à Thurinum, où il chercha à corrom-
pre quelques habitants. Il promit même de l'argent à des
cavaliers gaulois et espagnols que César y avait laissés en
garnison; mais ceux-ci rejetèrent ses offres et le tuèrent. Telle
fut la prompte issue de ces troubles qui alarmèrent un instant
l'Italie : l'empêchement des magistrats et l'embarras des circonstances eussent pu, en effet, les rendre dangereux.

XXIII. Libon étant parti d'Oricum avec une flotte de
cinquante voiles qu'il commandait, vint à Brindes, et s'empara d'une île située devant le port de cette ville, persuadé
qu'il valait mieux tenir le seul passage par où nos vaisseaux pussent sortir, que de garder tout les ports et toute la
côte. Une arrivée si subite jeta un grand effroi parmi nos
troupes. Il surprit quelques vaisseaux de charge qu'il
brûla, et emmena un navire chargé de blé. Il débarqua
pendant la nuit des soldats et des archers, chassa notre
poste de cavalerie, et il comptait si bien sur le succès,
qu'il écrivit à Pompée « de mettre les autres vaisseaux à
sec et de les faire radouber, s'il le voulait, sa flotte seule

gastulis, Cosam in agro thurino oppugnare cœpit. Eo quum a Q. Pedio
prætore cum legione lapide ictus ex muro, periit, et Cœlius, profectus, ut dictitabat, ad Cæsarem, pervenit Thurios; ubi, quum quosdam
ejus municipii sollicitaret, equitibusque Cæsaris gallis atque hispanis,
qui eo præsidii causa missi erant, pecuniam polliceretur, ab iis est interfectus. Ita magnarum initia rerum, quæ occupatione magistratuum
et temporum sollicitam Italiam habebant, celerem et facilem exitum
habuerunt.

XXIII. Libo, profectus ab Orico cum classe, cui præerat, navium
quinquaginta, Brundisium venit, insulamque, quæ contra brundisinum
portum est, occupavit; quod præstare arbitrabatur, unum locum, qua
necessarius nostris erat egressus, quam omnium littora ac portus custodia clausos teneri. Hic repentino adventu naves onerarias quasdam
nactus incendit, et unam frumento onustam abduxit, magnumque nos-
ris terrorem injecit, et, noctu militibus et sagittariis in terram expositis, præsidium equitum dejecit, et adeo loci opportunitate profecit,
uti ad Pompeium litteras mitteret, « naves reliquas, si vellet, subduci

étant suffisante pour intercepter les convois de César. »

XXIV. Antoine était alors à Brindes. Plein de confiance en la valeur des soldats, il garnit de claies et de parapets environ soixante chaloupes de grands vaisseaux, les fit monter par des hommes d'élite, et les distribua en plusieurs endroits le long de la côte. Puis il envoya à l'entrée du port deux trirèmes construites à Brindes, comme pour exercer les rameurs. Dès que Libon les vit s'avancer si hardiment, il espéra les prendre, et détacha contre elles cinq galères à quatre rangs de rames. A leur approche, nos vétérans se retirèrent vers le port; les autres, entraînés par leur ardeur, continuent imprudemment de les poursuivre. Tout à coup, à un signal donné, les chaloupes disposées par Antoine s'élancent de toutes parts, et du premier choc s'emparent d'une galère avec tout l'équipage, et obligent les autres à prendre honteusement la fuite. Bientôt les postes de cavalerie qu'Antoine tenait le long de la côte les empêchèrent de faire de l'eau. Libon, pressé par la nécessité et par la honte, leva le blocus et se retira.

XXV. Plusieurs mois s'étaient déjà écoulés, et l'hiver

---

et refici juberet : sua classe auxilia sese Cæsaris prohibiturum. »

XXIV. Erat eo tempore Antonius Brundisii ; qui, virtuti militum confisus, scaphas navium magnarum circiter LX cratibus pluteisque contexit, eoque milites delectos imposuit, atque eas in littore pluribus locis separatim disposuit, navesque triremes duas, quas Brundisii faciendas curaverat, per causam exercendorum remigum ad fauces portus prodire jussit. Has quum audacius progressas Libo vidisset, sperans intercipi posse, quadriremes quinque ad eas misit. Quæ quum navibus nostris appropinquassent, uostri veterani in portum refugiebant : illi, studio incitati, incautius sequebantur. Jam ex omnibus partibus subito Antonianæ scaphæ, signo dato, se in hostes incitaverunt, primoque impetu unam ex his quadriremem cum remigibus defensoribusque suis ceperunt, reliquas turpiter refugere coegerunt. Ad hoc detrimentum accessit, ut, equitibus per oram maritimam ab Antonio dispositis, aquari prohiberentur. Qua necessitate et ignominia permotus Libo, discessit a Brundisio, obsessionemque nostrorum omisit.

XXV. Multi jam menses transierant, et hiems jam præcipitaverat,

12.

approchait de sa fin; cependant les vaisseaux et les légions que César attendait de Brindes n'arrivaient point.
César jugeait qu'on avait plusieurs fois négligé des occasions favorables; plus d'une fois, du moins, on aurait pu
profiter des vents : ces délais donnaient à l'ennemi le temps
de tout préparer pour empêcher l'abordage. Pompée ne
cessait d'exciter les commandants de ses flottes, et leur
écrivait qu'ayant laissé passer César, ils devaient au moins
empêcher le reste de ses troupes de le joindre. La saison
approchait où les vents seraient plus doux et moins favorables à la rapidité des transports. En de telles circonstances, César envoya à Brindes l'ordre précis de mettre à la
voile par le premier bon vent, de se diriger vers la plage
d'Apollonia, et de tout faire pour y échouer. Cette côte
était moins bien gardée que les autres, parce que les ennemis n'osaient se tenir loin de leurs ports.

XXVI. Les lieutenants de César, rappelant enfin leur
hardiesse et leur audace, pressés par M. Antoine et Fufius
Calenus, encouragés d'ailleurs par les soldats qui ne se refusaient à aucun péril pour le salut de César, mettent à la
voile à la faveur d'un vent du midi, et passent le lendemain

neque Brundisio naves legionesque ad Cæsarem veniebant : ac nonnullæ ejus rei prætermissæ occasiones Cæsari videbantur, quod certe
sæpe flaverant venti, quibus necessario committendum existimabat :
quantoque ejus amplius processerat temporis, tanto erant alacriores
ad custodias, qui classibus præerant; majoremque fiduciam prohibendi
habebant, et crebris Pompeii litteris castigabantur, quoniam primo
venientem Cæsarem non prohibuissent, ut reliquos ejus exercitus impedirent : duriusque quotidie tempus ad transportandum, lenioribus
ventis, exspectabant. Quibus rebus permotus Cæsar, Brundisium ad
suos severius scripsit, nacti idoneum ventum ne occasionem navigandi
dimitterent, si vel ad littora Apolloniatium cursum dirigere, atque eo
naves ejicere possent. Hæc a custodiis classium loca maxime vacabant,
quod se longius a portibus committere non auderent.

XXVI. Illi, adhibita audacia et virtute, administrantibus M. Antonio
et Fufio Caleno, multum ipsis militibus hortantibus, neque ullum periculum pro salute Cæsaris recusantibus, nacti austrum, naves sol-

à la vue d'Apollonia et de Dyrrachium. Sitôt qu'on les aperçut du rivage, C. Coponius, qui commandait la flotte de
Rhodes à Dyrrachium, la fit sortir du port, et, le vent ayant
baissé, les ennemis étaient déjà près de nous, lorsque le
même vent du sud souffla avec plus de force et nous sauva.
Coponius n'en fut pas moins ardent à nous poursuivre : il
espérait triompher de la tempête par les efforts de ses matelots, et déjà le vent nous avait portés au delà de Dyrrachium, qu'il nous suivait encore. Les nôtres, quoique secondés de la fortune, craignaient l'attaque de la flotte, si le vent
venait à tomber. Ayant trouvé le port appelé Nymphée, à
trois milles au-dessus de Lissus, ils y relâchèrent. Ce port,
assez sûr contre le vent du couchant, ne l'était pas contre
celui du sud; mais on préféra les dangers de la mer à ceux
d'une rencontre avec la flotte ennemie. A peine y fût-on
entré, que, par un singulier bonheur, le vent qui, depuis
deux jours, soufflait du sud, tourna subitement à l'ouest.

XXVII. On put voir alors un changement soudain de fortune. Ceux qui craignaient naguère pour leur salut se trouvaient dans un port sûr et tranquille; ceux qui les avaient
menacés étaient réduits à trembler pour eux-mêmes. Ainsi,

vunt, atque altera die Apolloniam Dyrrachiumque prætervehuntur.
Qui quum essent ex continenti visi, C. Coponius, qui Dyrrachii classi
rhodiæ præerat, naves ex portu educit ; et quum jam nostris remis-
siore vento appropinquassent, idem auster increbuit, nostrisque præsidio fuit. Neque vero ille ob eam causam conatu desistebat, sed labore
et perseverantia nautarum se vim tempestatis superare posse sperabat,
prætervectosque Dyrrachium magna vi venti nihilo secius sequebatur.
Nostri, usi fortunæ beneficio, tamen impetum classis timebant, si forte
ventus remisisset. Nacti portum, qui appellatur Nymphæum, ultra
Lissum millia passuum tria, eo naves introduxerunt (qui portus ab
africo tegebatur, ab austro non erat tutus), leviusque tempestatis, quam
classis, periculum æstimaverunt. Quo simul atque intus est itum,
incredibili felicitate auster, qui per biduum flaverat, in africum se
vertit.

XXVII. Hic subitam commutationem fortunæ videre licuit. Qui modo
sibi timuerant, hos tutissimus portus recipiebat : qui nostris navibus

le vent ayant changé, la tempête garantit nos vaisseaux, et dispersa la flotte rhodienne; toutes ses galères, au nombre de seize, échouèrent contre la côte et périrent; d'un grand nombre de rameurs et de combattants, les uns furent écrasés contre les rochers, les autres recueillis par nos troupes. César renvoya dans leurs foyers tous ceux qu'on put sauver.

XXVIII. Deux de nos vaisseaux, restés en arrière et surpris par la nuit, ignorant la route que les autres avaient tenue, restèrent à l'ancre devant Lissus. Otacilius Crassus, qui commandait dans cette ville, prépara contre eux beaucoup de petites barques et de chaloupes pour les combattre; en même temps il les invitait à se rendre, et leur promettait toute sûreté. L'un de ces navires portait deux cent vingt soldats de nouvelles levées; l'autre environ deux cents vétérans. On vit alors de quelle ressource peut être le courage. Les nouvelles recrues, effrayées de forces si nombreuses, et déjà lasses de la mer, se rendirent à Otacilius, sous promesse qu'on ne leur ferait aucun mal. A peine furent-elles amenées, qu'au mépris de son serment il les fit toutes égorger sous ses yeux. Les vétérans,

periculum intulerant, de suo timere cogebantur. Itaque, tempore commutato, tempestas et nostros texit, et naves rhodias afflixit, ita ut ad unam omnes constratæ, numero XVI, eliderentur, et naufragio interirent, et ex magno remigum propugnatorumque numero pars ad scopulos allisa interficeretur, pars ab nostris detraheretur : quos omnes conservatos Cæsar domum remisit.

XXVIII. Nostræ naves duæ, tardius cursu confecto, in noctem conjectæ, quum ignorarent, quem locum reliquæ cepissent, contra Lissum in ancoris constiterunt. Has, scaphis minoribusque navigiis compluribus submissis, Otacilius Crassus, qui Lissi præerat, expugnare parabat : simul de deditione eorum agebat, et incolumitatem deditis pollicebatur. Harum altera navis ducentos viginti ex legione tironum sustulerat : altera ex veterana paulo minus ducentos. Hic cognosci licuit, quantum esset hominibus præsidii in animi fortitudine. Tirones enim, multitudine navium perterriti, et salo nauseaque confecti, jurejurando accepto, nihil iis nocituros hostes, se Otacilio dediderunt : qui omnes, ad eum producti, contra religionem jurisjurandi, in ejus conspectu

au contraire, quoique également fatigués de la tempête et
de la navigation, ne songèrent pas à démentir leur ancienne valeur; mais, feignant de vouloir capituler, ils discu-
tèrent, gagnèrent du temps, et bientôt, à la faveur de l'ob-
scurité, ils obligent leur pilote à aller échouer sur la côte : là
ils prirent un poste avantageux, et y passèrent le reste de la
nuit. Au point du jour, Otacilius envoya contre eux quatre
cents cavaliers qui gardaient cette partie de la côte, avec
quelques soldats de la garnison ; ils se défendirent vaillamment, en tuèrent plusieurs, et rejoignirent nos troupes
sans aucune perte.

XXIX. Alors les citoyens romains établis à Lissus, auxquels César avait confié cette place, après l'avoir fait fortifier,
reçurent Antoine, et lui offrirent toute sorte de secours.
Otacilius effrayé s'enfuit de la place et se retira vers Pompée. Antoine mit ses troupes à terre : elles se composaient
de trois légions de vétérans, d'une autre nouvellement
levée, et de huit cents chevaux. Il renvoya ensuite la plupart de ses vaisseaux en Italie, pour ramener le reste des
troupes : il retint à Lissus quelques embarcations gauloises,

crudelissime interficiuntur. At veteranæ legionis milites, item conflictati et tempestatis et sentinæ vitiis, neque ex pristina virtute remit-
tendum aliquid putaverunt; sed, tractandis conditionibus et simulatione deditionis, extracto primo noctis tempore, gubernatorem in terram
navem ejicere cogunt; ipsi, idoneum locum nacti, reliquam noctis
partem ibi confecerunt, et luce prima, missis ad eos ab Otacilio equitibus, qui eam partem oræ maritimæ asservabant, circiter CD, quique
eos armati ex præsidio secuti sunt, se defenderunt, et nonnullis eorum
interfectis, incolumes se ad nostros receperunt.

XXIX. Quo facto, conventus civium romanorum, qui Lissum obtinebant, quod oppidum iis antea Cæsar attribuerat, muniendumque curaverat, Antonium recepit, omnibusque rebus juvit. Otacilius, sibi
timens, oppido fugit, et ad Pompeium pervenit. Expositis omnibus
copiis, Antonius, quarum erat summa veteranarum trium legionum,
uniusque tironum, et equitum DCCC, plerasque naves in Italiam remittit ad reliquos milites equitesque transportandos : pontones, quod
est genus navium gallicarum, Lissi relinquit, hoc consilio, ut si forte

afin que si Pompée cherchait à profiter de l'absence des troupes en Italie pour y passer, comme on l'assurait, César eût le moyen de l'y suivre. En même temps il s'empressa de le faire avertir du lieu où il était débarqué, et du nombre de soldats qu'il avait amenés.

XXX. César et Pompée apprirent ces nouvelles presque au même moment. Ils avaient vu la flotte passer devant Apollonia et Dyrrachium, et avaient suivi par terre la même direction ; mais tous deux ignoraient pendant les premiers jours où les troupes avaient débarqué. Dès qu'ils en eurent connaissance, chacun de son côté prit ses mesures, César pour joindre Antoine au plus vite, Pompée pour s'opposer à leur jonction et tâcher de les surprendre. Tous deux lèvent leur camp le même jour et s'éloignent des bords de l'Apsus, Pompée secrètement et de nuit, César ouvertement et en plein jour. Mais César était forcé de faire un long détour et de remonter la rivière pour trouver un gué ; Pompée qui avait le chemin libre et qui n'avait point de fleuve à passer, marchait à grandes journées contre Antoine, et, dès qu'il le sut assez proche, il prit un poste avantageux, y plaça ses troupes, les renferma toutes dans

Pompeius, vacuam existimans Italiam, eo transjecisset exercitum, quæ opinio erat edita in vulgus, aliquam Cæsar ad insequendum facultatem haberet : nuntiosque ad eum celeriter mittit, quibus regionibus exercitum exposuisset, et quid militum transvexisset.

XXX. Hæc eodem fere tempore Cæsar atque Pompeius cognoscunt : nam prætervectas Apolloniam Dyrrachiumque naves viderant ; ipsi iter secundum eas terra direxerant ; sed quo essent eæ delatæ, primis diebus ignorabant : cognitaque re, diversa sibi ambo consilia capiunt : Cæsar, ut quam primum se cum Antonio conjungeret ; Pompeius, ut venientibus in itinere se opponeret, si imprudentes ex insidiis adoriri posset : eodemque die uterque eorum ex castris stativis a flumine Apso exercitum educunt ; Pompeius clam et noctu, Cæsar palam atque interdiu. Sed Cæsari circuitu majore iter erat longius, adverso flumine, ut vado transire posset : Pompeius, quia expedito itinere flumen ei transeundum non erat, magnis itineribus ad Antonium contendit, atque, eum ubi appropinquare cognovit, idoneum locum nactus, ibi copias collo-

le camp et défendit d'allumer des feux, afin de mieux cacher son arrivée. Antoine en fut aussitôt averti par des Grecs. Il dépêcha sur le champ vers César, et resta tout un jour dans son camp : le lendemain César le joignit. Dès qu'il le sut, Pompée, craignant alors d'être enfermé entre deux armées, se retira avec toutes ses troupes vers Asparagium, ville du territoire de Dyrrachium, et y choisit une position convenable pour camper.

XXXI. A cette époque, Scipion, pour prix de quelques échecs essuyés vers le mont Amanus, s'était adjugé le titre d'*imperator*. Dès lors, il imposa de grandes sommes aux villes et aux tyrans de ces contrées; il exigea des receveurs publics le payement de deux années qui étaient échues, et l'avance de l'année suivante, par forme d'emprunt; toute la province dut lui fournir de la cavalerie. Ces secours rassemblés, il laisse derrière lui les Parthes, qui peu de temps auparavant avaient tué M. Crassus, et tenu M. Bibulus assiégé; puis il retire de la Syrie sa cavalerie et ses légions. Il trouva la province en alarmes : on redoutait une irruption des Parthes; les soldats disaient assez hautement « qu'ils marcheraient à l'ennemi si on les y menait, mais qu'ils ne

cavit, suosque omnes castris continuit, ignesque fieri prohibit, quo occultior esset ejus adventus. Hæc ad Antonium statim per Græcos deferuntur. Ille, missis ad Cæsarem nuntiis, unum diem sese castris tenuit : altero die ad eum pervenit Cæsar. Cujus adventu cognito, Pompeius, ne duobus circumcluderetur exercitibus, ex eo loco discedit, omnibusque copiis ad Asparagium Dyrrachinorum pervenit, atque ibi idoneo loco castra ponit.

XXXI. His temporibus Scipio, detrimentis quibusdam circa montem Amanum acceptis, sese imperatorem appellaverat. Quo facto, civitatibus tyrannisque magnas imperaverat pecunias : item a publicanis suæ provinciæ debitam biennii pecuniam exegerat, et ab eisdem insequentis anni mutuam præceperat, equitesque toti provinciæ imperaverat. Quibus coactis, finitimis hostibus Parthis post se relictis, qui paulo ante M. Crassum imperatorem interfecerant, et M. Bibulum in obsidione habuerant, legiones equitesque ex Syria deduxerat : summaque in sollicitudine ac timore parthici belli in provinciam quum venisset,

porteraient point les armes contre un citoyen ou un consul, » Scipion, pour se les attacher davantage, les mit en quartier d'hiver à Pergame et dans les villes les plus riches, leur fit de grandes largesses, et leur accorda le pillage de plusieurs cités.

XXXII. Cependant les sommes imposées à toute la province étaient exigées avec la plus grande rigueur : la cupidité s'exerçait sous mille formes diverses. On mit une taxe sur les esclaves comme sur les hommes libres, sur les colonnes et sur les portes des maisons : on demanda des fournitures de grains, des soldats, des rameurs, des armes, des machines, des chariots. Tout ce qui put avoir un nom devint le prétexte d'un impôt. On établit des chefs, non-seulement dans les villes, mais dans presque tous les villages et les châteaux : le plus dur et le plus cruel passait pour l'homme le plus digne et le meilleur citoyen. La province était remplie de licteurs, d'agents, d'exacteurs de toute espèce, qui extorquaient des sommes pour leur propre compte, outre celles qui étaient imposées. Ils disaient que, chassés de leurs maisons et de leur patrie, ils étaient dénués de tout, couvrant ainsi d'un prétexte honnête leur

ac nonnullæ militum voces tum audirentur, « sese, contra hostem si ducerentur, ituros; contra civem et consulem arma non laturos; » deductis Pergamum atque in locupletissimas urbes in hiberna legionibus, maximas largitiones fecit, et confirmandorum militum causa diripiendas iis civitates dedit.

XXXII. Interim acerbissime imperatæ pecuniæ tota provincia exigebantur : multa præterea generatim ad avaritiam excogitabantur. In capita singula servorum ac liberorum tributum imponebatur : columnaria, ostiaria, frumentum, milites, remiges, arma, tormenta, vecturæ imperabantur : cujus modi rei nomen reperiri poterat, hoc satis esse ad cogendas pecunias videbatur. Non solum urbibus, sed pene vicis castellisque singulis cum imperio præficiebantur. Qui horum quid acerbissime crudelissimeque fecerat, is et vir et civis optimus habebatur. Erat plena lictorum et imperiorum provincia; differta præfectis atque exactoribus, qui, præter imperatas pecunias, suo etiam privato compendio serviebant : dictitabant enim, se, domo patriaque expulsos,

infâme conduite. A ces impositions excessives se joignait encore l'énormité des usures, trop ordinaire en temps de guerre ; le délai d'un seul jour était considéré comme une faveur. Aussi les dettes de la province s'accrurent singulièrement pendant ces deux années. Des contributions arbitraires n'en furent pas moins imposées, non-seulement aux citoyens romains de cette province, mais à chaque corps, à chaque ville ; on disait que c'était un emprunt prescrit par le sénat : comme en Syrie, les publicains durent faire l'avance du revenu d'une année.

XXXIII. Ce n'est pas tout. Scipion fit enlever à Éphèse les trésors déposés depuis tant d'années dans le temple de Diane, ainsi que toutes les statues de la déesse. Il était déjà dans le temple, accompagné de plusieurs sénateurs qu'il avait appelés, lorsqu'on lui remit des lettres de Pompée. Elles l'avertissaient que César avait passé la mer avec ses légions ; elles lui prescrivaient de tout quitter et de ramener les troupes au plus tôt. D'après ces ordres, il renvoya ceux qu'il avait convoqués, fit ses préparatifs pour passer en Macédoine, et partit peu de jours après. Cette circonstance sauva le trésor d'Éphèse.

omnibus necessariis egere rebus, ut honesta præscriptione rem turpissimam tegerent. Accedebant ad hæc gravissimæ usuræ, quod in bello plerumque accidere consuevit, universis imperatis pecuniis : quibus in rebus prolationem diei donationem esse dicebant. Itaque æs alienum provinciæ eo biennio multiplicatum est. Neque minus ob eam causam civibus romanis ejus provinciæ, sed in singulos conventus singulasque civitates certæ pecuniæ imperabantur, mutuasque illas ex S. C. exigi dictitabant : publicanis, uti in Syria fecerant, insequentis anni vectigal promutuum.

XXXIII. Præterea Ephesi a fano Dianæ depositas antiquitus pecunias Scipio tolli jubebat, ceterasque ejus deæ statuas. Quum in fanum ventum esset, adhibitis compluribus senatorii ordinis, quos advocaverat Scipio, litteræ ei redduntur a Pompeio, « mare transisse cum legionibus Cæsarem : properaret ad se cum exercitu venire, omniaque posthaberet. » His litteris acceptis, quos advocaverat, dimittit : ipse iter in Macedoniam parare incipit, paucisque post diebus est profectus. Hæc res ephesiæ pecuniæ salutem attulit.

XXXIV. César, ayant joint l'armée d'Antoine, retira d'Oricum la légion qu'il avait laissée pour garder la côte, et résolut d'aller en avant sonder les dispositions des provinces. Des députés de Thessalie et d'Étolie vinrent l'assurer que ces peuples étaient prêts à recevoir ses ordres, s'il leur envoyait des troupes. César dépêcha en Thessalie L. Cassius Longinus avec la vingt-septième légion nouvellement levée, et deux cents chevaux; et C. Calvisius Sabinus en Étolie, avec cinq cohortes et quelque cavalerie. Ces contrées étant fort proches, il leur recommanda instamment à tous deux de lui faire passer des vivres. Il fit partir pour la Macédoine Cn. Domitius Calvinus avec cinq cents chevaux et les onzième et douzième légions. Ceux de cette province qui habitaient la partie appelée *libre*, lui avaient envoyé Ménédème, leur chef, pour l'assurer des excellentes dispositions de tout le pays.

XXXV. Calvisius, dès son arrivée, fut très-bien reçu des Étoliens, et se vit maître de tout le pays par l'expulsion des garnisons de Calydon et de Naupacte. Cassius arriva en Thessalie avec sa légion. Il y trouva deux factions opposées,

---

XXXIV. Cæsar, Antonii exercitu conjuncto, deducta Orico legione, quam tuendæ oræ maritimæ causa posuerat, tentandas sibi provincias, longiusque procedendum existimabat; et quum ad eum ex Thessalia Ætoliaque legati venissent, qui præsidio misso pollicerentur, earum gentium civitates imperata facturas, L. Cassium Longinum cum legione tironum, quæ appellabatur xxvii, atque equitibus cc in Thessaliam, C. Calvisium Sabinum cum cohortibus v paucisque equitibus in Ætoliam misit : maximeque eos, quod erant propinquæ regiones, de re frumentaria ut providerent, hortatus est. Cn. Domitium Calvinum cum legionibus duabus, xi et xii, et equitibus d in Macedoniam proficisci jubet : cujus provinciæ ab ea parte, quæ libera appellatur, Menedemus, princeps earum regionum, missus legatus, omnium suorum excellens studium profitebatur.

XXXV. Ex his Calvisius, primo adventu summa omnium Ætolorum receptus voluntate, præsidiis adversariorum Calydone et Naupacto rejectis, omni Ætolia potitus est. Cassius in Thessaliam cum legione pervenit. Hic quum essent factiones duæ, varia voluntate civitatum

et par conséquent des sentiments divers. Hégésarétos, personnage dont la puissance était ancienne, favorisait le parti de Pompée; Pétréius, jeune homme de haute naissance, soutenait César de tous ses moyens et de ceux de ses amis.

XXXVI. Domitius, à la même époque, arriva en Macédoine; tandis que toutes les villes s'empressaient de lui envoyer des députés, on annonça que Scipion approchait avec ses légions : cette nouvelle saisit les esprits; car on se fait d'avance une grande idée de tout ce qui est inattendu. Scipion, sans s'arrêter en aucun endroit de la Macédoine, marcha rapidement contre Domitius; mais, quand il en fut à vingt milles, il changea tout à coup de route et se porta contre Cassius Longinus, en Thessalie. Ce mouvement fut si prompt, qu'on ne fut instruit de sa marche que par sa présence. Pour n'être pas retardé en chemin, il avait laissé M. Favonius près du fleuve Haliacmon, qui sépare la Macédoine de la Thessalie, avec huit cohortes et les bagages, en lui ordonnant d'y construire un fort. En même temps, la cavalerie du roi Cotys, qui ne cessait de rôder aux environs de la Thessalie, parut à la vue du camp de Cas-

---

utebatur. Hegesaretos, veteris homo potentiæ, Pompeianis rebus studebat : Petreius, summæ nobilitatis adolescens, suis ac suorum opibus Cæsarem enixe juvabat.

XXXVI. Eodemque tempore Domitius in Macedoniam venit : et quum ad eum frequentes civitatum legationes convenire cœpissent, nuntiatum est adesse Scipionem cum legionibus, magna et opinione et fama omnium : nam plerumque in novitate fama antecedit. Hic nullo in loco Macedoniæ moratus, magno impetu contendit ad Domitium, et quum ab eo millia passuum xx abfuisset, subito se ad Cassium Longinum in Thessaliam convertit. Hoc adeo celeriter fecit, ut simul adesse et venire nuntiaretur : et quo iter expeditius faceret, M. Favonium ad flumen Haliacmonem, quod Macedoniam a Thessalia dividit, cum cohortibus vɪɪɪ præsidio impedimentis legionum reliquit, castellumque ibi muniri jussit. Eodem tempore equitatus regis Cotys ad castra Cassii advolavit, qui circum Thessaliam esse consueverat. Tum timore perterritus Cassius, cognito Scipionis adventu, visisque equitibus, quos Scipionis esse arbitrabatur, ad montes se convertit qui Thessaliam cingunt, atque ex

sius. Celui-ci, effrayé et croyant voir la cavalerie de
Scipion, qu'il savait être proche, gagna les montagnes qui ceignent la Thessalie, et se dirigea vers Ambracie. Scipion se hâtait de le suivre, lorsqu'il apprit,
par des lettres de M. Favonius, que Domitius arrivai
avec ses légions, et que Favonius ne pourrait tenir,
s'il n'était secouru. Cette nouvelle fit changer à Scipion
de route et de projet : il cessa de suivre Cassius, et se
hâta d'aller secourir Favonius. Il marcha jour et nuit, et
arriva si à propos, que l'on aperçut à la fois les éclaireurs
de l'armée de Scipion, et la poussière que soulevait celle
de Domitius. Ainsi Favonius dut son salut à la diligence
de Scipion, et Cassius dut le sien à l'habile manœuvre de
Domitius.

XXXVII. Scipion resta deux jours campé près de la rivière qui coulait entre son camp et celui de Domitius ; le
troisième jour, dès l'aurore, il passa l'Haliacmon à gué,
campa de ce côté, et le lendemain il rangea ses troupes en
bataille à la tête du camp. Domitius résolut, à cette vue, de
former ses légions et de combattre. Une plaine de six milles
séparait les deux armées : Domitius s'approcha du camp

his locis Ambraciam versus iter facere cœpit. At Scipionem, properan-
tem sequi, litteræ sunt consecutæ a M. Favonio, Domitium cum legionibus adesse, neque se præsidium, ubi constitutus esset, sine auxilio
Scipionis tenere posse. Quibus litteris acceptis, consilium Scipio iterque
commutat; Cassium sequi desistit, Favonio auxilium ferre contendit.
Itaque, die ac nocte continuato itinere, ad eum pervenit, tam opportuno
tempore, ut simul Domitiani exercitus pulvis cerneretur, et primi ante-
cursores Scipionis viderentur. Ita Cassio industria Domitii, Favonio
Scipionis celeritas salutem attulit.

XXXVII. Scipio, biduum castris stativis moratus ad flumen, quod
inter eum et Domitii agmen fluebat, Haliacmonem, tertio die prima
luce exercitum vado transducit, et castris positis, postero die mane
copias ante frontem castrorum struit. Domitius tum quoque sibi dubi-
tandum non putavit, quin, productis legionibus, prœlio decertaret. Sed,
quum esset inter bina castra campus circiter millium passuum sex,
Domitius castris Scipionis aciem suam subjecit : ille a vallo non disce-

ennemi; mais Scipion ne voulut point s'éloigner de ses retranchements. Domitius eut beaucoup de peine à contenir
ses troupes : ce qui empêcha l'engagement, ce fut surtout
un ravin escarpé qui couvrait le camp ennemi et en rendait
l'accès fort difficile. Scipion, témoin de cette ardeur des
troupes et de leur empressement à combattre, craignit
d'être obligé le lendemain de livrer bataille malgré lui, ou
de se tenir honteusement renfermé dans son camp, après
avoir d'abord donné une si haute opinion de lui; sa marche
téméraire finit par une retraite honteuse : il repassa le fleuve,
de nuit, à la hâte et sans bruit, retourna au lieu d'où il était
venu, et campa près du fleuve sur une hauteur. Peu de
jours après, il dressa la nuit une embuscade de cavalerie
dans un endroit où nos soldats allaient ordinairement au
fourrage. Q. Varus, commandant de la cavalerie de Domitius, y étant venu selon sa coutume, ils sortirent tout à coup
et se montrèrent; les nôtres soutinrent bravement le choc,
reprirent promptement leurs rangs, et se jetèrent tous ensemble sur l'ennemi. Ils en tuèrent environ quatre-vingts,
mirent le reste en fuite, et rentrèrent dans le camp avec
une perte de deux hommes.

dere perseveravit : attamen ægre retentis Domitianis militibus, est
factum, ne prœlio contenderetur; et maxime, quod rivus difficilibus
ripis, castris Scipionis subjectus, progressus nostrorum impediebat.
Quorum studium alacritatemque pugnandi quum cognovisset Scipic,
suspicatus fore, ut postero die aut invitus dimicare cogeretur, aut
magna cum infamia castris se continere, qui magna exspectatione venisset, temere progressus turpem habuit exitum, et noctu, ne conclamatis
quidem vasis, flumen transit; atque in eamdem partem, ex qua venerat, rediit; ibique prope flumen edito natura loco castra posuit. Paucis
diebus interpositis, noctu insidias equitum collocavit, quo in loco superioribus fere diebus nostri pabulari consueverant. Et quum quotidiana
consuetudine Q. Varus, præfectus equitum Domitii, venisset, subito
illi ex insidiis consurrexerunt. Sed nostri fortiter eorum impetum tulerunt, celeriterque ad suos quisque ordines rediit, atque ultro universi
in hostes impetum fecerunt. Ex his circiter LXXX interfectis, reliquis
in fugam conjectis, nostri, duobus amissis, in castra se receperunt.

XXXVIII. Sur ces entrefaites, Domitius, espérant attirer Scipion au combat, feignit de décamper faute de vivres; il donna le signal du départ selon la coutume militaire, et, après une marche de trois milles, il plaça ses troupes et sa cavalerie dans un poste avantageux et couvert. Scipion, disposé à le suivre, envoya à la découverte sa cavalerie et une partie de son infanterie légère, pour reconnaître la route; mais à peine se furent-elles avancées jusqu'aux premières embuscades, que le hennissement des chevaux excita leurs soupçons. Elles commencèrent à se replier vers le corps d'armée; à ce mouvement de retraite, ceux qui les suivaient firent halte. Les nôtres, se voyant découverts, sans perdre le temps à attendre les autres, enlevèrent deux escadrons, parmi lesquels se trouva M. Opimius, commandant de la cavalerie. Tout le reste de ces escadrons fut tué, ou pris et mené à Domitius.

XXXIX. On a vu que César avait retiré les garnisons de la côte; il laissa seulement trois cohortes à Oricum pour la garde de la ville et des galères venues d'Italie. Son lieutenant Acilius fut chargé du commandement de la place; il retira les vaisseaux dans le fond du port, derrière la ville,

---

XXXVIII. His rebus gestis, Domitius, sperans Scipionem ad pugnam elici posse, simulavit, sese angustiis rei frumentariæ adductum castra movere; vasisque militari more conclamatis, progressus millia passuum tria, loco idoneo et occulto omnem exercitum equitatumque collocavit. Scipio, ad sequendum paratus, equitatum magnamque partem levis armaturæ ad explorandum iter Domitii et cognoscendum præmisit. Qui quum essent progressi, primæque turmæ insidias intravissent, ex fremitu equorum illata suspicione, ad suos se recipere cœperunt; quique hos sequebantur, celerem eorum receptum conspicati, restiterunt. Nostri, cognitis hosti insidiis, ne frustra reliquos exspectarent, duas nacti turmas exceperunt (in his fuit M. Opimius, præfectus equitum) : reliquos omnes earum turmarum aut interfecerunt, aut captos ad Domitium perduxerunt.

XXXIX. Deductis oræ maritimæ præsidiis, Cæsar, ut supra demonstratum est, tres cohortes Orici oppidi tuendi causa reliquit, iisdemque custodiam navium longarum transdidit, quas ex Italia transduxerat.

et les attacha à terre ; puis, faisant couler bas à l'entrée du
port un vaisseau de charge, il relia à celui-ci un autre navire sur lequel il éleva une tour qui devait fermer l'entrée
du port, et la garnit de soldats, pour la défendre contre
toute attaque imprévue.

XL. Le fils de Pompée, qui commandait la flotte d'Égypte,
sut ces dispositions. Il vint à Oricum, releva à la remorque
le vaisseau enfoncé, et attaqua l'autre avec plusieurs vaisseaux garnis tous de hautes tours. De là il dominait et combattait avec avantage ; il envoyait sans cesse des troupes
fraîches pour relever celles qui étaient fatiguées ; afin de
partager nos forces, il attaquait à la fois la ville par terre
avec les échelles, par mer avec sa flotte : les nôtres, accablés de fatigue et de traits, furent obligés de se retirer
dans les chaloupes : Pompée se rendit ainsi maître du
vaisseau. En même temps il se saisit d'une hauteur que la
nature avait élevée de l'autre côté de cette ville, où elle
formait une espèce d'île, et, à l'aide de leviers et de cy-
lindres, il fit glisser des galères à deux rangs jusqu'au fond
du port. Il assaillit ainsi des deux côtés nos galères vides
et à terre, en prit quatre et brûla le reste. Cela fait, il laissa

Huic officio oppidoque præerat Acilius legatus. Is naves nostras interiorem in partem post oppidum reduxit, et ad terram deligavit, faucibus-
que portus navem onerariam submersam objecit, et huic alteram conjunxit, super qua turrim effectam ad ipsum introitum portus opposuit,
et militibus complevit, tuendamque ad omnes repentinos casus
transdidit.

XL. Quibus cognitis rebus, Cn. Pompeius filius, qui classi ægyptiæ
præerat, ad Oricum venit, submersamque navim, remulco multisque
contendens funibus, adduxit : atque alteram navem, quæ erat ad custodiam ab Acilio posita, pluribus aggressus navibus, in quibus ad
libram fecerat turres, ut ex superiori pugnans loco, integrosque semper
defatigatis summittens, et reliquis partibus simul ex terra scalis, et
classe mœnia oppidi tentans, ut adversariorum manus diduceret, labore
et multitudine telorum nostros vicit : defectisque defensoribus, qui
omnes scaphis excepti refugerant, eam navem expugnavit ; eodemque
tempore ex altera parte molem tenuit naturalem objectam, quæ pene

D. Lélius, qu'il avait tiré de la flotte d'Asie, et le chargea
d'empêcher l'arrivage des convois de Bullis et d'Amantia.
Pour lui, il se rendit à Lissus, attaqua dans le port trente
vaisseaux de charge que M. Antoine y avait laissés, et les
brûla tous. Il essaya aussi de prendre la ville; mais les citoyens romains qui en composaient le conseil la défendirent de concert avec la garnison de César. Au bout de trois
jours, il se retira avec quelque perte, sans avoir pu réussir.

XLI. César, informé que Pompée était près d'Asparagium, y marcha avec ses troupes, prit en chemin la ville
des Parthiniens, où Pompée avait une garnison, arriva le
troisième jour en Macédoine, et campa en présence de l'ennemi. Le lendemain, il fit sortir toutes ses troupes, les
rangea, et présenta la bataille à Pompée. Mais, voyant qu'il
restait dans son camp, il fit rentrer les légions et changea
de dessein. Il partit le jour suivant pour Dyrrachium, par un
long détour et par un chemin étroit et difficile, dans l'espoir
ou d'y attirer Pompée, ou de couper ses communications
avec cette place, où il avait rassemblé ses vivres et toutes
ses munitions de guerre. Il ne se trompa point. Pompée ne

insulam contra oppidum effecerat, qua biremes, subjectis scutulis,
impulsas vectibus in interiorem partem transduxit. Ita ex utraque
parte naves longas aggressus, quæ erant deligatæ ad terram atque
inanes, quatuor ex his abduxit, reliquas incendit. Hoc confecto negotio,
D. Lælium ab asiatica classe abductum reliquit, qui commeatus Bullide
atque Amantia importari in oppidum prohibebat : ipse, Lissum profectus, naves onerarias triginta, a M. Antonio relictas, intra portum
aggressus, omnes incendit : Lissum expugnare conatus, defendentibus
civibus romanis, qui ejus erant conventus, militibusque, quos præsidii
causa miserat Cæsar, triduum moratus, paucis in oppugnatione amissis,
re infecta, inde discessit.

XLI. Cæsar, postquam Pompeium ad Asparagium esse cognovit,
eodem cum exercitu profectus, expugnato in itinere oppido Parthinorum, in quo Pompeius præsidium habebat, tertio die in Macedoniam
ad Pompeium pervenit, juxtaque eum castra posuit; et postridie, eductis
omnibus copiis, acie instructa, decernendi potestatem Pompeio fecit.
Ubi illum suis locis se tenere animum advertit, reducto in castra exer-

pénétra pas d'abord les intentions de César ; il l'avait vu prendre un chemin opposé : il crut que le besoin de vivres déterminait sa retraite. Mais le lendemain, mieux instruit par ses coureurs, il leva son camp, espérant le prévenir en prenant un chemin plus court. César s'y attendait ; il exhorta les troupes à soutenir courageusement la fatigue, ne fit qu'une halte de quelques heures pendant la nuit, et arriva le matin devant Dyrrachium, au moment où l'on apercevait les premières troupes de Pompée, et là il assit son camp.

XLII. Pompée, ainsi séparé de Dyrrachium et déçu dans ses projets, prit une autre résolution. Il alla camper sur une hauteur appelée Pétra, qui formait une petite anse où les vaisseaux étaient abrités contre certains vents ; il ordonna d'y faire venir une partie de ses galères, et d'apporter du blé et des vivres de l'Asie et des pays qui étaient dans sa dépendance. César, comprenant que la guerre traînerait en longueur, et n'espérant plus rien de ses convois d'Italie, parce que la flotte de Pompée gardait soigneusement toute la côte, et que les vaisseaux qu'il avait fait construire pendant l'hiver en Sicile, en Gaule et en Italie, tardaient à

---

citu, aliud sibi consilium capiendum existimavit. Itaque postero die omnibus copiis, magno circuitu, difficili angustoque itinere Dyrrachium profectus est, sperans, Pompeium aut Dyrrachium compelli, aut ab eo intercludi posse, quod omnem commeatum totiusque belli apparatum is eo contulisset, ut accidit. Pompeius enim, primo ignorans ejus consilium, quod diverso ab ea regione itinere profectum videbat, angustiis rei frumentariæ compulsum discessisse existimabat : postea, per exploratores certior factus, postero die castra movit, breviore itinere se occurrere ei posse sperans. Quod fore suspicatus Cæsar, militesque adhortatus, ut æquo animo laborem ferrent, parva parte noctis itinere intermisso, mane Dyrrachium venit, quum primum agmen Pompeii procul cerneretur, atque ibi castra posuit.

XLII. Pompeius, interclusus Dyrrachio, ubi propositum tenere non potuit, secundo usus consilio, edito loco, qui appellatur Petra, aditumque habet navibus mediocrem, atque eas a quibusdam protegit ventis, castra communit. Eo partem navium longarum convenire, frumentum commeatumque ab Asia atque omnibus regionibus, quas tenebat, com-

venir, envoya en Épire Q. Titius et L. Canuleius, son lieutenant, pour avoir des vivres; et comme ce pays était assez
éloigné, il établit des magasins en différents lieux, ordonna
aux villes voisines de fournir des transports, et mit en ré-
quisition tout le blé qui pouvait être à Lissus, chez les Parthiniens, et dans tous les châteaux. Il s'en trouva fort peu;
le pays, montueux et stérile, ne consomme ordinairement
que des blés importés; et d'ailleurs Pompée y avait pourvu
peu de jours avant, en livrant les Parthiniens au pillage;
on avait fouillé les habitations, et la cavalerie avait enlevé
tous les grains qu'elle y avait trouvés.

XLIII. César régla alors ses dispositions d'après la nature
des lieux. Le camp de Pompée était environné de collines
hautes et escarpées; il commença par s'en saisir et y plaça
des gardes et des forts. De là, autant que le terrain le permit, il fit tirer d'un fort à l'autre des lignes de circonvallation pour enfermer Pompée. Plusieurs motifs l'engageaient
à agir de la sorte; le besoin urgent de vivres, le désir d'en
pouvoir faire venir de tous côtés avec moins de risque,
d'interdire le fourrage aux ennemis, de rendre inutile, par

portari imperat. Cæsar, longius bellum ductum iri existimans, et de
italicis commeatibus desperans, quod tanta diligentia omnia littora a
Pompeianis tenebantur, classesque ipsius, quas hieme in Sicilia, Gallia,
Italia fecerat, morabantur, in Epirum rei frumentariæ causa Q. Titium
et L. Canuleium legatum misit : quodque hæ regiones aberant longius,
locis certis horrea constituit, vecturasque frumenti finitimis civitatibus
descripsit; item Lisso Parthinisque, et omnibus castellis, quod esset
frumenti, conquiri jussit. Id erat perexiguum, quum ipsius agri natura,
quod sunt loca aspera et montuosa, ac plerumque utuntur frumento
importato; tum quod Pompeius hæc providerat, et superioribus diebus
prædæ loco Parthinos habuerat, frumentumque omne conquisitum,
spoliatis effossisque eorum domibus, per equites comportarat.

XLIII. Quibus rebus cognitis, Cæsar consilium capit ex loci natura.
Erant enim circum castra Pompeii permulti editi atque asperi colles :
hos primum præsidiis tenuit, castellaque ibi communit. Inde, ut loci
cujusque natura ferebat, ex castello in castellum perducta munitione,
circumvallare Pompeium instituit : hæc spectans, quod angusta re fru-

ce moyen, leur cavalerie beaucoup plus nombreuse que la sienne; enfin de diminuer le crédit de Pompée auprès des nations étrangères, en apprenant à toute la terre que César le tenait assiégé sans qu'il osât combattre.

XLIV. Pompée ne voulait s'éloigner ni de la mer ni de Dyrrachium, parce qu'il y avait rassemblé toutes ses munitions de guerre, les traits, les armes, les machines, et que sa flotte pouvait aisément lui amener des vivres : mais il ne pouvait empêcher les travaux de César que par un combat, et il ne voulait pas encore s'y résoudre. Il ne lui restait d'autre ressource que de donner à ses troupes le développement le plus étendu, et d'occuper le plus d'espace possible, afin de diviser les forces de César : c'est ce qu'il fit. Il éleva vingt-quatre forts qui embrassaient une enceinte de quinze mille pas de circuit. Le terrain, couvert de champs ensemencés, fournissait à ses chevaux d'abondants pâturages. Nos forts avaient été liés entre eux par des lignes non interrompues, afin que l'ennemi ne pût pénétrer par aucun point ni nous attaquer par derrière : les soldats de Pompée en firent autant; ils tirèrent à l'intérieur des lignes conti-

mentaria utebatur, quodque Pompeius multitudine equitum valebat, quo minore periculo undique frumentum commeatumque exercitui supportare posset; simul, uti pabulatione Pompeium prohiberet, equitatumque ejus ad rem gerendam inutilem efficeret; tertio, ut auctoritatem, qua ille maxime apud exteras nationes niti videbatur, minueret, quum fama per orbem terrarum percrebuisset, illum a Cæsare obsideri, neque audere prælio dimicare.

XLIV. Pompeius neque a mari Dyrrachioque discedere volebat, quod omnem apparatum belli, tela, arma, tormenta, ibi collocaverat, frumentumque exercitui navibus supportabat; neque munitiones Cæsaris prohibere poterat, nisi prœlio decertare vellet, quod eo tempore statuerat non esse faciendum. Relinquebatur, ut, extremam rationem belli sequens, quam plurimos colles occuparet, et quam latissimas regiones præsidiis teneret, Cæsarisque copias, quam maxime posset, distineret; id quod accidit. Castellis enim xxiv effectis, xv millia passuum in circuitu amplexus, hoc spatio pabulabatur; multaque erant intra eum locum manu sata, quibus interim jumenta pasceret. Atque ut nostri

nues qui empêchaient de pénétrer dans leur enceinte, et
de les prendre par derrière; mais ils avaient sur nous l'a-
vantage d'être plus nombreux, et d'avoir moins d'espace à
défendre. Quand César voulait s'emparer d'une position,
Pompée, sans en venir à une action générale qu'il avait résolu d'éviter, envoyait dans des postes favorables une foule
d'archers et de frondeurs, qui nous blessaient beaucoup
de monde. Nos soldats redoutaient ce genre d'attaque, et
presque tous, pour se garantir des traits, s'étaient fait des
tuniques de cuir ou de pièces de diverses étoffes.

XLV. De part et d'autre, on se disputait vivement le
moindre poste, César pour resserrer Pompée, Pompée pour
s'étendre sur un vaste circuit de collines. On se livrait dans
ce but de fréquents combats. Dans une de ces occasions,
la neuvième légion de César se saisit d'une hauteur, et
commença à s'y retrancher. Pompée s'empara d'une colline opposée qui en était voisine, et se mit à inquiéter nos
travailleurs, et comme notre poste offrait d'un côté un accès
facile, il fit avancer ses archers, ses frondeurs, son infanterie légère, ses machines, pour nous empêcher d'élever

perpetuas munitiones habebant, perductasque ex castellis in proxima castella, ne quo loco erumperent Pompeiani, et nostros post tergum adorirentur, ita illi interiore spatio perpetuas munitiones efficiebant, ne quo
loco nostri intrare, atque ipsos a tergo circumvenire possent. Sed illi operibus vincebant, quod et numero militum præstabant, et interiore spatio
minorem circuitum habebant. Quæ quum erant loca Cæsari capienda,
etsi prohibere Pompeius totis copiis et dimicare non constituerat, tamen
suis locis sagittarios funditoresque mittebat, quorum magnum habebat
numerum, multique ex nostris vulnerabantur; magnusque incesserat
timor sagittarum, atque omnes fere milites aut ex coactis, aut ex centonibus, aut ex coriis tunicas, aut tegmenta fecerant, quibus tela vitarent.

XLV. In occupandis præsidiis magna vi uterque nitebatur, Cæsar,
ut quam angustissime Pompeium contineret, Pompeius, ut quam plurimos colles quam maximo circuitu occuparet; crebraque ob eam causam prœlia flebant. In his quum legio Cæsaris IX præsidium quoddam
occupavisset, et munire cœpisset, huic loco propinquum et contrarium
collem Pompeius occupavit, nostroque opere prohibere cœpit : et, quum

des retranchements : nous ne pouvions à la fois travailler
et nous défendre. César, voyant ses troupes exposées de
toutes parts aux traits de l'ennemi, résolut de quitter la
place, et ordonna la retraite. Mais il fallait descendre le
coteau; et l'ennemi était d'autant plus ardent à nous harceler dans notre marche, qu'il semblait que la crainte seule
nous fît abandonner ce poste. C'est alors, dit-on, que Pompée s'écria fièrement au milieu des siens, « qu'il consentait
à passer pour un général inhabile, si les légions de César se
tiraient de ce mauvais pas sans un extrême dommage. »

XLVI. César, inquiet pour la retraite de son armée, fit
porter des claies au haut de la colline, en face de l'ennemi,
et, mettant les soldats sous cet abri, leur ordonna de creuser
un fossé d'une médiocre largeur, et d'embarrasser partout
le passage; puis il plaça des frondeurs dans des endroits
favorables pour protéger la retraite, puis donna le signal du
départ. Les ennemis n'en furent que plus insolents et plus
hardis à nous poursuivre et à nous presser; ils renversèrent
les claies qui bordaient les retranchements, afin de franchir
le fossé. A cette vue, César, craignant que sa retraite n'eût

una ex parte prope æquum aditum haberet, primum sagittariis funditoribusque circumjectis, postea levis armaturæ magna multitudine missa,
tormentisque prolatis, munitiones impediebat: neque erat facile nostris,
uno tempore propugnare et munire. Cæsar, quum suos ex omnibus partibus vulnerari videret, recipere se jussit, et loco excedere. Erat per declive receptus : illi autem hoc acrius instabant, neque regredi nostros
patiebantur, quod timore adducti locum relinquere videbantur. Dicitur
eo tempore glorians apud suos Pompeius dixisse. « Non recusare se, quin
nullius usus imperator existimaretur, si sine maximo detrimento legiones Cæsaris sese recepissent indè, quo temere essent progressæ. »

XLVI. Cæsar, receptui suorum timens, crates ad extremum tumulum
contra hostem proferri, et adversas locari; intra has mediocri latitudine
fossam, tectis militibus, obduci jussit, locumque in omnes partes quam
maxime impediri. Ipse idoneis locis funditores instruxit, ut præsidio
nostris se recipientibus essent. His rebus completis, legiones reduci
jussit. Pompeiani hoc insolentius atque audacius nostros premere et
instare cœperunt, cratesque, pro munitione objectas, propulerunt, ut

l'air d'une déroute, et qu'il n'en résultât quelque échec, les
arrêta à la moitié du chemin, ordonna à Antoine qui les commandait, de les exhorter, et fit sonner la charge. Aussitôt les
soldats de la neuvième légion serrent les rangs, lancent le javelot, remontent en courant vers les ennemis, les poussent
vigoureusement et les forcent à tourner le dos. Les claies, les
perches, les fossés gênent et embarrassent leur fuite. Nos soldats, contents de se retirer sans dommage après leur avoir
tué bien du monde et n'avoir perdu que cinq hommes, revinrent tranquillement, et allèrent se saisir de quelques
collines peu éloignées de celle-ci, où ils se retranchèrent.

XLVII. Le nombre des châteaux et des postes, la largeur de l'enceinte, le système général d'attaque et de
défense, tout donnait à cette manière de faire la guerre un
aspect inusité et nouveau : car, ordinairement, une armée
en assiége une autre quand celle-ci est affaiblie par la perte
d'une bataille ou par quelque autre échec, et qu'elle est
inférieure en forces : en l'investissant, on a pour but de
lui couper les vivres. Ici César, avec des troupes moins

---

fossas transcenderent. Quod quum animadvertisset Cæsar, veritus, ne
non reducti, sed rejecti viderentur, majusque detrimentum caperetur,
a medio fere spatio suos per Antonium, qui ei legioni præerat, cohortatus, tuba signum dari, atque in hostes impetum fieri jussit. Milites
legionis IX subito constipati pila conjecerunt, et ex inferiore loco adversus clivum incitati cursu, præcipites Pompeianos egerunt, et terga vertere coegerunt : quibus ad recipiendum crates directæ, longuriique
objecti et institutæ fossæ magno impedimento fuerunt. Nostri vero,
qui satis habebant sine detrimento discedere, compluribus interfectis,
quinque omnino suorum amissis, quietissime se receperunt, pauloque
citra eum locum morati, aliis comprehensis collibus, munitiones perfe-
cerunt.

XLVII. Erat nova et inusitata belli ratio, quum tot castellorum numero, tantoque spatio, et tantis munitionibus, et toto obsidionis genere,
tum etiam reliquis rebus. Nam quicumque alterum obsidere conati
sunt, perculsos atque infirmos hostes adorti, aut prœlio superatos, aut
aliqua offensione permotos continuerunt, quum ipsi numero militum
equitumque præstarent : causa autem obsidionis hæc fere esse consuevit,

nombreuses, enfermait une armée encore intacte, abondamment pourvue de tout, dont les vaisseaux amenaient des vivres de toutes parts; si bien que le vent, quel qu'il fût, ne pouvait leur être défavorable à tous à la fois. César, au contraire, avait consommé toutes les subsistances qu'il avait pu se procurer, et était réduit à une extrême disette. Mais les soldats supportaient ces maux avec une admirable patience; ils se souvenaient qu'en Espagne, l'année précédente, ils avaient, malgré une pareille détresse, terminé une grande guerre par leur fermeté et leur constance; ils se rappelaient une semblable disette à Alise, une plus grande encore à Avaricum, suivie bientôt des plus glorieuses victoires remportées sur les plus puissantes nations. Ils ne refusaient donc ni orge ni légumes; le bétail, que l'on tirait de l'Épire en assez grande quantité, était leur mets le plus précieux.

XLVIII. Une espèce de racine, appelée chara, fut trouvée par les soldats qui avaient servi avec Valerius. Mêlée avec du lait, elle était d'un grand secours : ils en faisaient une sorte de pain; et cette plante était fort commune. Dans

---

ut frumento hostes prohibeantur. At contra, integras atque incolumes copias Cæsar inferiore militum numero continebat, quum illi omnium rerum copia abundarent : quotidie enim magnus undique navium numerus conveniebat, quæ commeatum supportarent; neque ullus flare ventus poterat, quin aliqua ex parte secundum cursum haberent. Ipse autem, consumptis omnibus longe lateque frumentis, summis erat in angustiis : sed tamen hæc singulari patientia milites ferebant. Recordabantur enim, eadem se superiore anno in Hispania perpessos, labore et patientia maximum bellum confecisse : meminerant, ad Alesiam magnam se inopiam perpessos, multo etiam majorem ad Avaricum, maximarum se gentium victores discessisse. Non, illis hordeum quum daretur, non legumina recusabant : pecus vero, cujus rei summa erat ex Epiro copia, magno in honore habebant.

XLVIII. Est etiam genus radicis inventum ab iis, qui fuerant cum Valerio, quod appellatur chara, quod admixtum lacte multum inopiam levabat. Id ad similitudinem panis efficiebant. Ejus erat magna copia. Ex hoc effectos panes, quum in colloquiis Pompeiani famem nostris objectarent, vulgo in eos jaciebant, ut spem eorum minuerent.

les pourparlers avec les soldats de Pompée, quand ceux-ci les raillaient sur leur misère, les nôtres leur jetaient de ces pains pour rabattre leur espoir.

XLIX. D'ailleurs la moisson approchait, et l'espoir de se voir bientôt dans l'abondance les consolait de leur détresse. Souvent on entendait dire aux soldats dans leurs veillées et dans leurs colloques « qu'ils mangeraient plutôt l'écorce des arbres que de laisser échapper Pompée. » Ils savaient par les déserteurs que les chevaux des ennemis pouvaient à peine se soutenir, et que toutes les bêtes de somme avaient péri ; que des maladies, causées par l'étroit espace dans lequel ils étaient resserrés et par l'infection que répandait la multitude des cadavres, régnaient dans leur camp ; accablés de travaux journaliers et nouveaux pour eux, ils manquaient d'eau ; César avait ou détourné ou comblé tous les ruisseaux, toutes les sources qui allaient à la mer. Comme le pays était montueux et inégal et rempli de vallées étroites, il avait entassé dans ces vallées des monceaux de terre pour servir de digues et retenir les eaux : les ennemis furent alors obligés de suivre les lieux bas et marécageux, et d'y creuser des puits ;

XLIX. Jamque frumenta maturescere incipiebant, atque ipsa spes inopiam sustentabat, quod celeriter se habituros copiam confidebant : crebræque voces militum in vigiliis colloquiisque audiebantur, « prius se cortice ex arboribus victuros, quam Pompeium e manibus dimissuros. » Libenter etiam ex perfugis cognoscebant, equos eorum vix tolerari, reliqua vero jumenta interisse ; uti autem ipsos valetudine non bona, quum angustiis loci, et odore tetro ex multitudine cadaverum, et quotidianis laboribus, insuetos operum, tum aquæ summa inopia affectos : omnia enim flumina, atque omnes rivos, qui ad mare pertinebant, Cæsar aut averterat, aut magnis operibus obstruxerat. Atque ut erant loca montuosa, et ad specus angustiæ vallium, has sublicis in terram demissis præsepserat, terramque aggesserat, ut aquam continerent. Itaque illi necessario loca sequi demissa ac palustria, et puteos fodere, cogebantur : atque hunc laborem ad quotidiana opera addebant : qui tamen fontes a quibusdam præsidiis aberant longius, et celeriter æstibus exarescebant. At Cæsaris exercitus optima valetudine summaque aquæ copia utebatur ; tum commeatus omni genere

nouvelle fatigue ajoutée à toutes les autres, sans compter que les puits étaient souvent éloignés de leurs postes, et bientôt taris par la chaleur. Le camp de César, au contraire, était sain, abondant en eau et en vivres; le blé seul manquait : mais chaque jour l'approche de la moisson nous promettait des temps meilleurs et ranimait nos espérances.

L. Dans ce nouveau genre de guerre, chacun inventait de nouvelles manœuvres. Ayant remarqué, à la lueur des feux, que nos cohortes se tenaient la nuit rassemblées près des retranchements, les ennemis s'en approchaient sans bruit, lançaient leurs flèches dans les groupes, et se retiraient aussitôt. Nos soldats, avertis par l'expérience, firent leurs feux en d'autres endroits que les postes où ils se tenaient. . . . .

LI. Cependant P. Sylla, à qui César avait laissé le commandement du camp pendant son absence, instruit de ce qui se passait, fit marcher deux légions au secours de la cohorte, et n'eut point de peine à repousser les soldats de Pompée. Ils ne purent soutenir notre vue ni notre choc : dès que les premiers eurent été renversés, le reste tourna le dos

præter frumentum abundabat : quibus quotidie melius succedere tempus majoremque spem maturitate frumentorum proponi videbant.

L. In novo genere belli novæ ab utrisque bellandi rationes reperiebantur. Illi, animum quum advertissent ex ignibus, nocte cohortes nostras ad munitiones excubare, silentio aggressi universas, intra multitudinem sagittas conjiciebant, et se confestim ad suos recipiebant. Quibus rebus nostri, usu docti, hæc reperiebant remedia, ut alio loco ignes facerent, [alio excubarent]*.....

LI. Interim certior factus P. Sylla, quem discedens castris præfccerat Cæsar, auxilio cohorti venit cum legionibus II; cujus adventu facile sunt repulsi Pompeiani. Neque vero conspectum aut impetum nostrorum tulerunt; primisque dejectis, reliqui se verterunt, et loco cesserunt. Sed insequentes nostros, ne longius prosequerentur, Sylla revocavit. At plerique existimant, si acrius insequi voluisset, bellum eo die potuisse finiri. Cujus consilium reprehendendum non videtur :

---

* Ce passage est tronqué : les derniers mots, *alio excubarent*, ne se trouvent pas dans les manuscrits et ont été ajoutés par d'anciens éditeurs.

et prit la fuite; mais Sylla rappela les siens, et leur défendit de les poursuivre. Bien des gens pensent que, s'il eût poussé ses avantages, ce jour même eût pu terminer la guerre. On ne saurait toutefois blâmer sa conduite : les devoirs d'un lieutenant sont autres que ceux d'un général en chef; l'un ne peut s'écarter des ordres qu'il a reçus, l'autre est libre de faire tout ce qu'il croit utile au succès. Sylla, laissé par César à la garde du camp, crut avoir assez fait en dégageant ses troupes, et ne voulut point se soumettre aux chances peut-être heureuses d'un combat par un empiétement de pouvoir. La retraite était fort difficile pour l'ennemi. Sorti d'un terrain désavantageux, il avait gagné la hauteur : il ne pouvait se retirer sans craindre d'être attaqué à la descente par les nôtres à qui leur position donnait un avantage marqué; et déjà il ne restait plus que peu de temps jusqu'au coucher du soleil; car, dans l'espoir de décider l'affaire, on avait combattu presque jusqu'à la fin du jour. Pompée, prenant conseil des circonstances et de la nécessité, se saisit d'une hauteur assez éloignée de notre fort, pour que les traits lancés par les machines ne pussent y atteindre. Il s'arrêta dans cet endroit, s'y retrancha, et y fit camper toutes ses troupes.

LII. Il s'était livré en ce même temps deux autres com-

---

aliæ enim sunt legati partes, atque imperatoris : alter omnia agere ad præscriptum, alter libere ad summam rerum consulere debet. Sylla, a Cæsare castris relictus, liberatis suis, hoc fuit contentus, neque prœlio decertare voluit (quæ res tamen fortasse aliquem reciperet casum), ne imperatorias sibi partes sumpsisse videretur. Pompeianis magnam res ad receptum difficultatem afferebat. Nam, ex iniquo progressi loco, in summo constiterant : si per declive sese reciperent, nostros ex superiore insequentes loco verebantur : neque multum ad solis occasum supererat temporis : spe enim conficiendi negotii prope in noctem rem duxerant. Ita, necessario atque ex tempore capto consilio, Pompeius tumulum quemdam occupavit, qui tantum aberat a nostro castello, ut telum tormentumve missum adigi non posset. Hoc consedit loco, atque eum communiit, omnesque ibi copias continuit.

LII. Eodem tempore duobus præterea locis pugnatum est : nam plura castella Pompeius pariter, distinendæ manus causa, tentaverat,

bats. Pompée, pour faire diversion, avait attaqué à la fois plusieurs de nos forts, afin que nos quartiers ne pussent mutuellement se secourir. Dans l'une de ces attaques, Volcatius Tullus soutint avec trois cohortes l'effort d'une légion, et la repoussa; dans l'autre, nos troupes germaines firent une sortie, tuèrent beaucoup d'ennemis, et se retirèrent sans perte.

LIII. Il y eut donc six combats le même jour, trois à Dyrrachium et trois aux retranchements; et en calculant les pertes de l'ennemi, on reconnut que Pompée devait avoir perdu à peu près deux mille hommes, au nombre desquels beaucoup de vétérans et de centurions. De ce nombre fut L. Valerius Flaccus, fils de celui qui avait été préteur en Asie. Six enseignes tombèrent entre nos mains; et, dans tous ces combats, nous ne perdîmes que vingt hommes. Mais, dans le fort, il n'y eut pas un soldat qui ne fût blessé; quatre centurions d'une même cohorte perdirent les yeux. Et quand les soldats voulurent rendre compte à César des périls qu'ils avaient courus, ils lui montrèrent environ trente mille flèches ramassées dans l'enceinte; on lui apporta le bouclier du centurion Scéva, percé de cent vingt coups. César, en récompense de ses glorieux services, lui fit présent,

ne ex proximis præsidiis succurri posset. Uno loco Volcatius Tullus impetum legionis sustinuit cohortibus tribus, atque eam loco depulit; altero Germani, munitiones nostras egressi, compluribus interfectis, sese ad suos incolumes receperunt.

LIII. Ita uno die sex prœliis factis, tribus ad Dyrrachium, tribus ad munitiones, quum horum omnium ratio haberetur, ad duorum millium numero ex Pompeianis cecidisse reperiebamus, evocatos centurionesque complures. In eo fuit numero L. Valerius Flaccus, L. filius ejus qui prætor Asiam obtinuerat; signaque sunt sex militaria relata. Nostri non amplius viginti omnibus sunt prœliis desiderati. Sed in castello nemo fuit omnino militum, quin vulneraretur; quatuorque ex una cohorte centuriones oculos amiserunt. Et quum laboris sui periculique testimonium afferre vellent, millia sagittarum circiter xxx, in castellum conjecta, Cæsari renumeraverunt: scutoque ad eum relato Scævæ centurionis, inventa sunt in eo foramina cxx. Quem Cæsar, ut erat de se

tant en son nom qu'au nom de la république, d'une somme
de douze cents sesterces, et l'éleva du huitième rang au
premier ; car c'était à lui surtout qu'était due évidemment
la conservation de ce fort. Toute cette cohorte reçut double
solde, double ration de blé, et de nombreuses récompenses
militaires.

LIV. Pompée passa la nuit à s'environner de nouveaux
retranchements ; les jours suivants, il fit construire des tours
et, ayant élevé le rempart à la hauteur de quinze pieds, il
couvrit de parapets cette partie de son camp. Cinq jours
après, profitant d'une nuit obscure, vers la troisième veille,
il fit fermer les portes et toutes les avenues, emmena ses
troupes en silence, et rentra dans sa première position.

LV. Nous avons dit que Cassius Longinus et Calvisius
Sabinus avaient reçu la soumission de l'Étolie, de l'Acarnanie et d'Amphiloque. César, voulant s'étendre davantage,
fit une tentative sur l'Achaïe. Il y envoya Fufius Calenus, et
lui adjoignit C. Sabinus et Cassius, avec leurs cohortes. A
leur approche, Rutilius Lupus, qui commandait en Achaïe
au nom de Pompée, entreprit de fortifier l'isthme pour leur

meritus et de republica, donatum millibus ducentis, atque ab octavis
ordinibus ad primum pilum se transducere pronuntiavit : ejus enim
opera castellum magna ex parte conservatum esse constabat : cohor-
temque postea duplici stipendio, frumento, veste, speciariis militari-
busque donis amplissime donavit.

LIV. Pompeius, noctu magnis additis munitionibus, reliquis diebus
turres exstruxit, et in altitudinem pedum quindecim effectis operibus,
vineis eam partem castrorum obtexit ; et v intermissis diebus, alteram
noctem subnubilam nactus, obstructis omnibus castrorum portis, et ad
impediendum objectis, tertia inita vigilia, silentio exercitum eduxit,
et se in antiquas munitiones recepit.

LV. Ætolia, Acarnania, Amphilochis, per Cassium Longinum et Cal-
visium Sabinum, ut demonstravimus, receptis, tentandam sibi Achaïam,
ac paulo longius progrediendum, existimabat Cæsar. Itaque eo Fufium
Calenum misit, et C. Sabinum et Cassium cum cohortibus adjungit.
Quorum cognito adventu, Rutilius Lupus, qui Achaïam, missus a
Pompeio, obtinebat, isthmum præmunire instituit, ut Achaïa Fufium

en fermer l'entrée. Cependant Delphes, Thèbes, Orchomène se rendirent d'elles-mêmes à Fufius. Il emporta de force quelques villes; il tâcha d'attirer les autres par des négociations au parti de César. Tels étaient ses principaux soins.

LVI. Tous les jours suivants César rangea ses troupes dans la plaine, et présenta la bataille à Pompée : il s'approchait si près des retranchements, que la première ligne n'en était guère qu'à une portée de trait. Pompée, pour maintenir sa réputation et son prestige, faisait aussi sortir ses troupes; mais il les tenait si rapprochées du camp, que sa troisième ligne y touchait, et que toutes pouvaient être défendues par les traits lancés du rempart.

LVII. Tandis que ces événements se passaient en Achaïe et à Dyrrachium, César, ne pouvant plus douter que Scipion ne fût arrivé en Macédoine, et toujours animé du même désir de la paix, lui envoya Clodius, leur ami commun, que Scipion même lui avait autrefois donné et recommandé, et que, depuis, César avait admis à son intimité. Il lui donna des lettres et des ordres, dont le sens était « que jusqu'ici César avait tout fait pour amener la paix;

prohiberet. Calenus Delphos, Thebas, Orchomenum, voluntate ipsarum civitatum recepit; nonnullas urbes per vim expugnavit; reliquas civitates, circummissis legationibus, amicitia Cæsari conciliare studebat. In his rebus, fere erat Fufius occupatus.

LVI. Omnibus deinceps diebus Cæsar exercitum in aciem æquum in locum produxit, si Pompeius prœlio decertare vellet, ut pene castris Pompeii legiones subjiceret; tantumque a vallo ejus prima acies aberat, uti ne in eam telum tormentumve adigi posset. Pompeius autem, ut famam et opinionem hominum teneret, sic pro castris exercitum constituebat, ut tertia acies vallum contingeret, omnis quidem instructus exercitus telis ex vallo adjectis protegi posset.

LVII. Hæc quum in Achaia atque apud Dyrrachium gererentur, Scipionemque in Macedoniam venisse constaret, non oblitus pristini instituti Cæsar, mittit ad eum Clodium, suum atque illius familiarem, quem, ab illo transditum initio et commendatum, in suorum necessariorum numero habere instituerat. Huic dat litteras mandataque ad eum, quorum hæc erat summa : « Sese omnia de pace expertum : nihil

que sans doute il fallait imputer le peu de succès de ses démarches à la faute de ses envoyés, qui avaient craint de prendre mal leur temps pour en parler à Pompée; mais que Scipion, grâce à son crédit, pouvait proposer librement ce qui lui semblait convenable, et même forcer la main à Pompée, et le redresser s'il avait tort; qu'étant à la tête d'une armée qui ne reconnaissait que ses ordres, il pouvait appuyer par la force l'autorité de son nom; qu'alors chacun lui serait redevable du repos de l'Italie, de la paix des provinces et du salut de l'empire. » Clodius porta ces instructions à Scipion. Les premiers jours on parut l'écouter assez volontiers; mais bientôt on refusa de l'entendre : on sut depuis, après la guerre, que Scipion avait été fortement blâmé par Favonius. Clodius retourna donc vers César sans avoir réussi.

LVIII. César, pour resserrer davantage la cavalerie de Pompée à Dyrrachium et lui ôter les fourrages, fortifia avec soin les deux passages étroits dont nous avons parlé, et y fit construire des forts. Pompée, voyant que sa cavalerie lui devenait inutile, la fit embarquer quelques jours après, et la renvoya au camp. Le manque de fourrage y était si grand,

adhuc arbitrari factum, vitio eorum, quos esse auctores ejus rei voluisset, quod sua mandata perferre non opportuno tempore ad Pompeium vererentur. Scipionem ea esse auctoritate, ut non solum libere, quæ probasset, exponere, sed etiam magna ex parte compellere, atque errantem regere posset : præesse autem suo nomine exercitui, ut præter auctoritatem, vires quoque ad coercendum haberet : quod si fecisset, quietem Italiæ, pacem provinciarum, salutem imperii, uni omnes acceptam relaturos. » Hæc ad eum mandata Clodius refert. Ac primis diebus, ut videbatur, libenter auditus; reliquis ad colloquium non admittitur, castigato Scipione a Favonio, ut postea confecto bello reperiebamus : infectaque re sese ad Cæsarem recepit.

LVIII. Cæsar, quo facilius equitatum Pompeianum ad Dyrrachium contineret, et pabulatione prohiberet, aditus duos, quos esse angustos demonstravimus, magnis operibus præmunivit, castellaque his locis posuit. Pompeius, ubi nihil profici equitatu cognovit, paucis intermissis diebus, rursum eum navibus ad se intra munitiones recipit. Erat summa

qu'on nourrissait les chevaux de feuilles d'arbre et de racines
tendres de jonc pilées : car tous les grains semés dans l'enceinte des postes étaient consommés; il fallait, par un long
trajet sur mer, faire venir des fourrages de Corcyre et d'A-
carnanie; encore n'en avait-on pas suffisamment : on était
obligé, pour compléter les rations, d'y ajouter de l'orge.
Mais quand l'orge, le fourrage, les racines, les feuilles même
vinrent à manquer, et que les chevaux tombèrent d'inani-
tion, Pompée résolut alors de tenter une sortie.

LIX. Il y avait dans la cavalerie de César deux frères Allobroges, Roscillus et Égus, fils d'Abducillus, qui avait tenu
longtemps le premier rang dans sa nation; ils étaient pleins
de courage, et avaient rendu de nombreux services à César
dans toutes les guerres des Gaules. César les en avait récompensés en leur confiant, chez eux, les charges les plus importantes; il les avait fait admettre au sénat malgré l'usage
établi, leur avait donné dans la Gaule des terres prises sur
l'ennemi et de grandes sommes d'argent; enfin, il les avait
élevés de la pauvreté à l'opulence. Leur valeur ne les faisait
pas moins chérir de l'armée qu'estimer de César : mais les
bontés du général leur inspirèrent une arrogance folle et

inopia pabuli, adeo ut foliis ex arboribus strictis, et teneris arun-
dinum radicibus contusis, equos alerent : frumenta enim, quæ fuerant
intra munitiones sata, consumpserant, et cogebantur, Corcyra atque
Acarnania, longo interjecto navigationis spatio, pabulum supportare :
quoque erat ejus rei minor copia, hordeo adaugere, atque his rationibus equitatum tolerare. Sed, postquam non modo hordeum pabulum-
que omnibus in locis, herbæque desectæ, sed etiam fructus ex arboribus deficiebant, corruptis equis macie, conandum sibi aliquid Pompeius
de eruptione existimavit.

LIX. Erant apud Cæsarem ex equitum numero Allobroges duo fra-
tres, Roscillus et Ægus, Abducilli filii, qui principatum in civitate multis annis obtinuerat, singulari virtute homines, quorum opera Cæsar
omnibus gallicis bellis optima fortissimaque erat usus. His domi ob
has causas amplissimos magistratus mandaverat, atque eos extra ordinem in senatum legendos curaverat, agrosque in Gallia, ex hostibus
captos, præmiaque rei pecuniariæ magna tribuerat, locupletesque ex

grossière ; ils méprisaient leurs compatriotes, retenaient la
paye de leurs cavaliers, et détournaient à leur profit tout
le butin. Ceux-ci, irrités de ces injustices, vinrent en corps
s'en plaindre hautement à César : ils les accusèrent, en
outre, de produire de faux états du nombre des cavaliers,
et de s'en attribuer la solde.

LX. César écarta l'accusation ; il ne crut pas la circonstance favorable pour punir, et d'ailleurs il avait beaucoup
d'égards pour leur valeur ; il se contenta de les reprendre
en particulier de leur honteuse avarice ; il les avertit de
compter bien plutôt sur son affection, et de juger de l'avenir
par ses bienfaits passés. Cette affaire ne laissa point de leur
attirer la haine et le mépris ; ils le comprirent aisément,
tant par les reproches d'autrui que par ceux de leur propre
conscience. Dans cette situation, la honte, et peut-être la
crainte que leur châtiment ne fût que différé, les décida à
nous quitter et à chercher une nouvelle fortune et d'autres
alliances. Ils ne communiquèrent leur complot qu'à un petit
nombre de gens de leur suite, et résolurent d'abord,
comme on le sut par la suite, de tuer G. Volusenus, préfet

egentibus fecerat. Hi propter virtutem non solum apud Cæsarem in
honore erant, sed etiam apud exercitum cari habebantur : sed freti
amicitia Cæsaris, et stulta ac barbara arrogantia elati, despiciebant
suos, stipendiumque equitum fraudabant, et prædam omnem domum
avertebant. Quibus illi rebus permoti, universi Cæsarem adierunt, pa-
lamque de eorum injuriis sunt questi ; et ad cetera addiderunt, falsum
ab his equitum numerum deferri, quorum stipendium averterent.

LX. Cæsar neque tempus illud animadversionis esse existimans, et
multa virtuti eorum concedens, rem totam distulit ; illos secreto casti-
gavit, quod quæstui equites haberent ; monuitque, ut ex sua amicitia
omnia exspectarent, et ex præteritis suis officiis reliqua sperarent. Magnam tamen hæc res illis offensionem et contemptionem ad omnes attulit ; idque ita esse, quum ex aliorum objectationibus, tum etiam ex
domestico judicio atque animi conscientia intelligebant. Quo pudore
adducti, et fortasse non se liberari, sed in aliud tempus reservari arbi-
trati, discedere a nobis, et novam tentare fortunam, novasque experiri
amicitias constituerunt : et cum paucis collocuti clientibus suis, quibus

de la cavalerie, afin de ne point venir vers Pompée sans lui apporter quelque gage de leur zèle. Mais l'occasion ne se présenta point; l'entreprise parut trop difficile : ils se bornèrent à emprunter le plus d'argent possible, sous prétexte de restituer ce que l'on réclamait d'eux; ils achetèrent un grand nombre de chevaux, et se rendirent au camp de Pompée avec leurs complices.

LXI. Leur naissance, leur brillant équipage, leur suite nombreuse, la quantité de chevaux qu'ils amenaient avec eux, la faveur dont César les avait honorés, leur réputation de courage, la nouveauté de l'événement, tout leur donnait de l'importance aux yeux de Pompée. Aussi il les promena dans tous les postes, et affecta de les montrer aux soldats ; car jusque-là on n'avait vu ni soldat ni cavalier déserter le parti de César, tandis que tous les jours il en arrivait à César du camp de Pompée, surtout parmi ceux qui avaient été tirés de l'Épire, de l'Étolie et des autres contrées que César avait soumises. Ces deux transfuges étaient instruits de tout ; ils connaissaient les parties de nos retranchements qui n'étaient pas achevées et celles que les gens de l'art ju-

tantum facinus committere audebant, primum conati sunt, præfectum equitum, C. Volusenum, interficere, (ut postea, bello confecto, cognitum est), ut cum munere aliquo perfugisse ad Pompeium viderentur. Postquam id difficilius visum est, neque facultas perficiendi dabatur; quam maximas potuerunt pecunias mutuati, perinde ac suis satisfacere et fraudata restituere vellent, multis coemptis equis, ad Pompeium transierunt cum iis quos sui consilii participes habebant.

LXI. Quos Pompeius, quod erant honesto loco nati, et instructi liberaliter, magnoque comitatu et multis jumentis venerant, virique fortes habebantur, et in honore apud Cæsarem fuerant, quodque novum et præter consuetudinem acciderat, per omnia sua præsidia circumduxit, atque ostentavit : nam ante id tempus nemo aut miles aut eques a Cæsare ad Pompeium transierat, quum pene quotidie a Pompeio ad Cæsarem perfugerent, vulgo vero universi in Epiro atque Ætolia conscripti milites earumque regionum omnium, quæ a Cæsare tenebantur. Sed hi, cognitis omnibus rebus, seu quid in munitionibus perfectum non erat, seu quid a peritioribus rei militaris desiderari videbatur, tem-

14

geaient faibles, le moment favorable pour l'attaque, la distance des forts, la surveillance plus ou moins exacte selon le caractère ou le degré de zèle de chacun ; ils avaient tout redit à Pompée.

LXII. Pompée, instruit de ces choses, et déjà résolu à tenter une sortie, ainsi qu'on l'a dit plus haut, ordonne à ses troupes de couvrir leurs casques avec de l'osier et de se pourvoir de fascines. Cela fait, il embarque de nuit, sur des chaloupes et des esquifs, un corps nombreux d'infanterie légère et d'archers, avec un amas de fascines ; et, vers minuit, ayant tiré soixante cohortes de son grand camp et de ses forts, il les mène vers cette partie du camp de César, qui était voisine de la mer et la plus éloignée du centre. Il envoie au même lieu les chaloupes qu'il avait remplies d'infanterie et d'archers, ainsi que les galères qu'il avait à Dyrrachium, et donne à chacun ses ordres. César avait établi dans ce poste le questeur Lentulus Marcellinus avec la neuvième légion, et lui avait donné pour second, à cause du mauvais état de sa santé, Fulvius Postumus.

LXIII. Ce poste était défendu par un fossé de quinze pieds

poribusque rerum et spatiis locorum et custodiarum varia diligentia animadversa, prout cujusque eorum, qui negotiis præerant, aut natura aut studium ferebat, hæc ad Pompeio omnia detulerunt.

LXII. Quibus ille cognitis, eruptionisque jam ante capto consilio, ut demonstratum est, tegmenta galeis milites ex viminibus facere, atque aggere comportare jubet. His paratis rebus, magnum numerum levis armaturæ et sagittariorum aggeremque omnem noctu in scaphas et naves actuarias imposuit, et de media nocte cohortes lx, ex maximis castris præsidiisque deductas, ad eam partem munitionum ducit, quæ pertinebant ad mare, longissimeque a maximis castris Cæsaris aberant. Eodem naves, quas demonstravimus aggere et levis armaturæ militibus completas, quasque ad Dyrrachium naves longas habebat, mittit, et quid a quoque fieri velit, præcipit. Ad eas munitiones Cæsar Lentulum Marcellinum quæstorem cum legione nona positum habebat. Huic, quod valetudine minus commoda utebatur, Fulvium Postumum adjutorem submiserat.

LXIII. Erat eo loco fossa pedum xv, et vallus contra hostem in altitu-

et du côté de l'ennemi, par un rempart qui avait dix pieds de haut et autant de large. A six cents pas de là, du côté opposé, était un autre rempart un peu moins élevé. Quelques jours auparavant, César, craignant d'être enveloppé par les vaisseaux ennemis, avait ordonné de faire cette double enceinte, afin qu'on pût se mieux défendre, si le combat devenait douteux. Mais l'étendue de la circonvallation, qui avait dix-huit mille pas, jointe aux travaux continus de chaque jour, ne permettait point de l'achever. La ligne qui devait joindre ces deux retranchements, et se prolonger le long de la mer, n'avait pu être finie. Pompée le savait par les transfuges allobroges, et cette trahison nous attira un cruel échec. Tandis que nos cohortes de la neuvième légion étaient campées près de la mer, les soldats de Pompée arrivèrent dès le point du jour, et se montrèrent tout à coup : les troupes venues par mer lançaient leurs traits sur le rempart extérieur, et comblaient le fossé de fascines ; en même temps les légionnaires essayaient d'escalader le rempart intérieur, et effrayaient les nôtres avec des machines de toute espèce ; une foule d'archers nous pressait des deux

dinem pedum x, tantumdemque ejus valli agger in latitudinem patebat. Ab eo, intermisso spatio pedum DC, alter conversus in contrariam partem erat vallus, humiliore paulo munitione : hoc enim superioribus diebus timens Cæsar, ne navibus nostri circumvenirentur, duplicem eo loco fecerat vallum, ut, si ancipiti prœlio dimicaretur, posset resisti. Sed operum magnitudo, et continens omnium dierum labor, quod millia passuum in circuitu xviii munitione erat complexus, perficiendi spatium non dabat. Itaque contra mare transversum vallum, qui has duas munitiones contingeret, nondum perfecerat. Quæ res nota erat Pompeio, delata per Allobroges perfugas, magnumque nostris attulit incommodum. Nam, ut ad mare nostræ cohortes nonæ legionis excubuerant, accessere subito prima luce Pompeiani exercitus, novusque eorum adventus exstitit; simul ex navibus circumvecti milites in exteriorem vallum tela jaciebant, fossæque aggere complebantur : et legionarii, interioris munitionis defensores, scalis admotis, tormentis cujusque generis, telisque terrebant; magnaque multitudo sagittariorum ab utraque parte circumfundebatur. Multum autem ab ictu lapidum, quod

côtés. Nous n'avions d'autres armes que des pierres, et les tissus d'osier dont ils avaient garni leurs casques les en garantissaient aisément. Nos soldats étaient accablés et se défendaient avec peine. Cependant les ennemis remarquent le défaut de fortification dont nous avons parlé; ils débarquent entre les deux retranchements dont les ouvrages étaient imparfaits, nous prennent en queue, nous rejettent hors des remparts, et nous forcent à tourner le dos.

LXIV. Marcellinus, averti de ce désordre, envoie un renfort de cohortes; mais celles-ci, apercevant les fuyards, ne purent ni les rallier, ni soutenir seules le choc de l'ennemi. Les troupes qu'on envoyait, entraînées elles-mêmes dans la déroute, grossissaient encore l'effroi et le péril, et ce grand nombre d'hommes ne faisait qu'embarrasser la retraite. Dans ce combat, le porte-aigle, blessé à mort et se sentant défaillir, s'adresse à nos cavaliers : « Tant que j'ai vécu, dit-il, j'ai soigneusement défendu cette aigle; aujourd'hui que je meurs, je la remets à César avec la même fidélité. Ne souffrez pas, je vous en conjure, que notre gloire militaire reçoive un affront inouï dans l'armée de César;

unum nostris erat telum, viminea tegmenta galeis imposita defendebant. Itaque, quum omnibus rebus nostri premerentur, atque ægre resisterent, animadversum est vitium munitionis, quod supra demonstratum est, atque inter duos vallos, qua perfectum opus non erat, per mare navibus expositi in adversos nostros impetum fecerunt, atque ex utraque munitione dejectos terga vertere coegerunt.

LXIV. Hoc tumultu nuntiato, Marcellinus cohortes subsidio nostris laborantibus submittit : quæ ex castris fugientes conspicatæ, neque illos suo adventu confirmare potuerunt, neque ipsæ hostium impetum tulerunt. Itaque quodcumque addebatur subsidio, id, corruptum timore fugientium, terrorem et periculum augebat : hominum enim multitudine receptus impediebatur. In eo prœlio, quum gravi vulnere esset affectus aquilifer, et a viribus deficeretur, conspicatus equites nostros, « Hanc ego, inquit, et vivus multos per annos magna diligentia defendi, et nunc moriens eadem fide Cæsari restituo. Nolite, obsecro, committere, quod ante in exercitu Cæsaris non accidit, ut rei militaris dedecus admittatur; incolumemque ad eum referte. » Hoc casu

remettez-la intacte entre ses mains» L'aigle fut sauvée ainsi; mais tous les centurions de la première cohorte périrent, hormis le premier.

LXV. Déjà les soldats de Pompée, après avoir fait un grand carnage des nôtres, approchaient du camp de Marcellinus et jetaient l'épouvante parmi le reste de nos troupes, quand on vit M. Antoine, qui occupait le poste le plus voisin, descendre des hauteurs avec douze cohortes. Son arrivée retint l'ennemi, raffermit les nôtres et les remit de leur extrême frayeur. Bientôt César, averti, selon l'usage, par les feux allumés dans les forts, arriva sur le même point avec quelques cohortes des postes avancés. Après avoir reconnu le dommage, il s'aperçut que Pompée était sorti de ses retranchements, et avait établi son camp le long de la mer, pour communiquer avec sa flotte et avoir le fourrage libre : alors, son premier plan ayant manqué, il changea de système et se retrancha près de Pompée.

LXVI. Les retranchements terminés, les éclaireurs rapportèrent à César qu'un certain nombre de cohortes, formant à peu près une légion, étaient derrière le bois, et se

aquila conservatur, omnibus primæ cohortis centurionibus interfectis, præter principem priorem.

LXV. Jamque Pompeiani, magna cæde nostrorum, castris Marcellini appropinquabant, non mediocri terrore illato reliquis cohortibus : et M. Antonius, qui proximum locum præsidiorum tenebat, ea re nuntiata, cum cohortibus XII descendens ex loco superiore cernebatur. Cujus adventus Pompeianos compressit, nostrosque firmavit, ut se ex maximo timore colligerent. Neque multo post Cæsar, significatione per castella fumo facta, ut erat superioris temporis consuetudo, deductis quibusdem cohortibus ex præsidiis, eodem venit. Qui cognito detrimento, quum animadvertisset, Pompeium extra munitiones egressum, castra secundum mare, ut libere pabulari posset, nec minus aditum navibus haberet, commutata ratione belli, quoniam propositum non tenuerat, juxta Pompeium munire jussit.

LXVI. Qua perfecta munitione, animadversum est ab speculatoribus Cæsaris, cohortes quasdam, quod instar legionis videretur, esse post silvam, et in vetera castra duci. Castrorum hic situs erat. Superioribus

14.

dirigeaient vers l'ancien camp. Telle était la position des
deux armées : les jours précédents, la neuvième légion de
César s'étant opposée aux troupes de Pompée, et retran-
chée, comme on l'a dit, sur une hauteur voisine, y avait
établi son camp. Ce camp touchait à un bois, et n'était
éloigné de la mer que de quatre cents pas. César changea
ensuite d'avis pour certaines raisons, et porta son camp un
peu plus avant. Quelques jours après, Pompée occupa ce
même emplacement; mais, comme il voulait y mettre
plusieurs légions, il laissa le retranchement intérieur, et
en fit faire un plus grand à l'entour. L'ancienne enceinte
enfermée dans une autre plus étendue lui tenait lieu de
fort et de citadelle. Il fit de plus tirer une ligne d'environ
quatre cents pas, depuis son aile gauche jusqu'au fleuve,
afin que les soldats pussent aller à l'eau librement et sans
danger. Mais bientôt, changeant aussi d'avis pour des raisons inutiles à dire, il abandonna ce poste. Ainsi ce camp
était resté vide plusieurs jours; mais les fortifications en
étaient toujours demeurées entières.

LXVII. Les espions de César lui annoncèrent qu'une légion
se portait de ce côté, et leur récit était confirmé par ce qu'on

diebus, nona Cæsaris legio quum se objecisset Pompeianis copiis, atque
opera, ut demonstravimus, circummuniret, castra eo loco posuit. Hæc
silvam quamdam contingebant, neque longius a mari passibus cᴅ aberant. Post, mutato consilio quibusdam de causis, Cæsar paulo ultra
eum locum castra transtulit : paucisque intermissis diebus hæc eadem
Pompeius occupaverat, et, quod eo loco plures erat legiones habiturus,
relicto interiore vallo, majorem adjecerat munitionem. Ita minora castra, inclusa majoribus, castelli atque arcis locum obtinebant. Item ab
angulo castrorum sinistro munitionem ad flumen perduxerat, circiter
passus cᴅ, quo liberius ac sine periculo milites aquarentur. Sed is
quoque, mutato consilio quibusdam de causis, quas commemorari necesse non est, eo loco excesserat. Ita complures dies manserant castra :
munitiones quidem integræ omnes erant.

LXVII. Eo signo legionis illato speculatores Cæsari renuntiarunt. Hoc
idem visum ex superioribus quibusdam castellis confirmaverant. Is
locus aberat a novis Pompeii castris circiter passus ᴅ. Hanc legionem

couvrait du haut des forts. Ce lieu se trouvait à cinq cents pas de distance du nouveau camp de Pompée. César crut pouvoir accabler cette légion, et réparer ainsi l'échec de la journée. Il laissa aux retranchements deux cohortes pour faire démonstration, et il en prit avec lui trente-trois, au nombre desquelles était la neuvième légion, qui avait perdu beaucoup de centurions et de soldats. Il partit par un chemin détourné, le plus secrètement possible, et marcha sur deux lignes vers le petit camp sur lequel la légion de Pompée s'était dirigée. Son attente ne fut pas trompée ; il arriva avant que Pompée s'en fût aperçu, et, malgré la hauteur des retranchements, l'aile gauche qu'il commandait, ayant attaqué vivement l'ennemi, l'en chassa. Les portes étaient fermées par une herse : on y fut retenu quelque temps, malgré les efforts des nôtres, par la vigoureuse défense des ennemis, secondés par ce même T. Pulcion qui avait, comme on l'a vu, trahi l'armée de C. Antoine. Enfin, la valeur des nôtres triompha ; ils coupèrent la herse, entrèrent dans le grand camp, puis dans le fort qui y était enfermé et lui servait de forteresse ; et comme l'ennemi s'y était réfugié, on y tua quelques soldats qui voulurent se défendre.

sperans Cæsar se opprimere posse, et cupiens ejus diei detrimentum sarcire, reliquit in opere cohortes duas, quæ speciem munitionis præberent : ipse diverso itinere, quam potuit occultissime, reliquas cohortes, numero xxxiii, in quibus erat legio nona, multis amissis centurionibus, deminutoque militum numero, ad legionem Pompeii castraque minora duplici acie duxit. Neque eum prima opinio fefellit : nam et pervenit prius quam Pompeius sentire posset ; et tametsi erant munitiones castrorum magnæ, tamen sinistro cornu, ubi erat ipse, celeriter aggressus Pompeianos ex vallo deturbavit. Erat objectus portis ericius. Hic paulisper est pugnatum, quum irrumpere nostri conarentur, illi castra defenderent, fortissime T. Pulcione, cujus opera proditum exercitum C. Antonii demonstravimus, e loco propugnante : sed tamen nostri virtute vicerunt ; excisoque ericio, primo in majora castra, post etiam in castellum, quod erat inclusum majoribus castris, irruperunt, et quod eo pulsa legio sese receperat, nonnullos ibi repugnantes interfecerunt.

LXVIII. Mais la fortune, qui a tant d'influence en toutes
choses, et surtout à la guerre, opère en un instant des ré-
volutions imprévues : on le vit bien alors. Les cohortes de
l'aile droite de César, ne connaissant pas le terrain, suivirent le retranchement qui s'étendait, comme il a été dit,
depuis le camp jusqu'au fleuve : elles crurent que c'était
celui du camp même dont elles cherchaient la porte. Voyant
ensuite qu'il touchait au fleuve, et qu'il était sans défense,
elles le renversèrent, le franchirent, et toute notre cavalerie suivit ces cohortes.

LXIX. Cependant, après un assez long temps, Pompée,
averti de ce qui se passait, retira des travaux sa cinquième
légion, et marcha avec elle au secours des siens : sa cavalerie s'approcha aussi de la nôtre. Nos soldats, maîtres du
camp, voyaient l'armée ennemie s'avancer en bataille. En
un moment tout changea : la légion de Pompée, rassurée
par l'espoir d'un prompt secours, tint ferme à la porte
Décumane, et vint nous attaquer avec impétuosité. Notre
cavalerie, qui ne pouvait monter au retranchement que
par un passage étroit, craignait pour sa retraite et

LXVIII. Sed fortuna, quæ plurimum potest, quum in reliquis rebus,
tum præcipue in bello, parvis momentis magnas rerum commutatio-
nes efficit : ut tum accidit. Munitionem, quam pertinere a castris ad
flumen supra demonstravimus, dextri Cæsaris cornu cohortes, igno-
rantia loci, sunt secutæ, quum portam quærerent, castrorumque eam
munitionem esse arbitrarentur. Quod quum esset animadversum, conjunctam esse flumini, prorutis his munitionibus, defendente nullo,
transcenderunt, omnisque noster equitatus eas cohortes est secutus.

LXIX. Interim Pompeius, hac satis longa interjecta mora, et re nuntiata, quintam legionem, ab opere deductam, subsidio suis duxit :
eodemque tempore equitatus ejus nostris, qui castra occupaverant,
cernebatur, omniaque sunt subito mutata. Pompeiana enim legio,
celeris spe subsidii confirmata, ab Decumana porta resistere conabatur,
atque ultro in nostros impetum faciebat. Equitatus Cæsaris, quod
angusto itinere per aggeres ascendebat, receptui suo timens, initium
fugæ faciebat. Dextrum cornu, quod erat a sinistro seclusum, terrore
equitum animadverso, ne intra munitionem opprimeretur, ea parte,

commençait à fuir. L'aile droite, séparée de la gauche, voyant cette épouvante, se retira aussi par l'ouverture qui lui avait servi de passage, de peur d'être accablée dans les retranchements. La plupart, pour ne pas s'engager dans le défilé, se jetaient dans des fossés de dix pieds, où les premiers, étant écrasés, faisaient de leurs corps un pont pour les autres. L'aile gauche, qui du haut du rempart voyait Pompée s'avancer et les nôtres prendre la fuite, craignant d'être enveloppée dans ce défilé étroit où elle aurait l'ennemi au dedans et au dehors, songea à se retirer par où elle était venue. Partout régnaient l'effroi, le désordre, la fuite; et malgré la présence de César, qui arrachait les enseignes aux mains des fuyards et leur ordonnait de faire halte, les uns abandonnaient leurs chevaux et continuaient à fuir, les autres jetaient les enseignes par frayeur, et aucun ne s'arrêtait.

LXX. Dans ce désastre général, deux choses empêchèrent l'entière destruction de l'armée : d'abord Pompée, qui sans doute ne s'attendait pas à ce succès, après avoir vu, peu de temps auparavant, ses troupes chassées de leur camp, craignit quelque embuscade, et hésita à s'approcher

qua proruerat, sese recipiebat, ac plerique ex iis, ne in angustias inciderent, decem pedum munitionis se in fossas præcipitabant : primisque oppressis, reliqui per horum corpora salutem sibi atque exitum pariebant. Sinistro cornu milites, quum ex vallo Pompeium adesse et suos fugere cernerent, veriti, ne angustiis intercluderentur, quum extra et intus hostem haberent, eodem, quo venerant, receptu sibi consulebant; omniaque erant tumultus, timoris, fugæ plena, adeo ut, quum Cæsar signa fugientium manu prehenderet, et consistere juberet, alii dimissis equis eumdem cursum conficerent, alii ex metu etiam signa dimitterent, neque quisquam omnino consisteret.

LXX. His tantis malis hæc subsidia succurrebant, quo minus omnis dederetur exercitus, quod Pompeius insidias timens (credo, quod hæc præter spem acciderant ejus, qui paulo ante ex castris fugientes suos conspexerat), munitionibus appropinquare aliquandiu non audebat, equitesque ejus, angustis portis, atque his a Cæsaris militibus occupatis, ad insequendum tardabantur. Ita parvæ res magnum in utramque par-

des retranchements; ensuite sa cavalerie fut retardée par le passage étroit des portes qu'occupaient nos soldats. Ainsi les plus petites circonstances eurent de part et d'autre d'importants résultats : le retranchement tiré du camp au fleuve empêcha l'entière et prompte victoire de César, qui déjà avait forcé le camp de Pompée; ce même retranchement, arrêtant la poursuite de l'ennemi, nous sauva de notre perte.

LXXI. Ces deux combats, donnés le même jour, coûtèrent à César neuf cent soixante hommes, plusieurs illustres chevaliers romains, Felginas Tuticanus Gallus, fils de sénateur; C. Felginas, de Plaisance; A. Granius, de Pouzzoles; M. Sacrativir, de Capoue; trente-deux tribuns militaires ou centurions : mais la plupart étaient morts sans blessure, écrasés dans le fossé, aux retranchements, ou sur le bord du fleuve, par leurs compagnons qui fuyaient effrayés. On perdit trente-deux enseignes. Cette journée valut à Pompée le titre d'*imperator*. Il le garda, et se laissa désormais saluer de ce nom; mais il ne couronna de lauriers ni ses lettres ni ses faisceaux. Labienus obtint qu'il lui remît les prisonniers. Voulant sans doute mériter la confiance du

---

tem momentum habuerunt. Munitiones enim, a castris ad flumen perductæ, expugnatis jam castris Pompeii, propriam et expeditam Cæsaris victoriam interpellaverunt : eadem res, celeritate insequentium tardata, nostris salutem attulit.

LXXI. Duobus his unius diei prœliis Cæsar desideravit milites DCCCCLX, et notos equites romanos, Felginatem Tuticanum Gallum, senatoris filium; C. Felginatem, Placentia; A. Granium, Puteolis; M. Sacrativirum, Capua; tribunos militum et centuriones XXXII. Sed horum omnium pars magna, in fossis munitionibusque et fluminis ripis oppressa suorum terrore ac fuga, sine ullo vulnere interiit, signaque sunt militaria XXXII amissa. Pompeius eo prœlio imperator est appellatus. Hoc nomen obtinuit, atque ita se postea salutari passus est; sed neque in litteris, quas scribere est solitus, neque in fascibus insignia laureæ prætulit. At Labienus, quum ab eo impetravisset, ut sibi captivos transdi juberet, omnes productos, ostentationis, ut videbatur, causa, quo major perfugæ fides haberetur, commilitones appellans, et magna

nouveau parti où il s'était jeté, il les promena à la tête du camp, les appela du nom de camarades, puis, leur demandant avec insulte « si l'usage des vétérans était de fuir, » il les fit égorger devant les yeux de tous.

LXXII. Ce succès inspira tant de confiance et d'orgueil aux soldats de Pompée, qu'ils ne parlaient plus de la guerre, mais de leur victoire, qu'ils croyaient décisive ; ils ne songeaient pas qu'ils ne devaient cet avantage qu'à notre petit nombre, aux inconvénients d'un terrain où nous étions resserrés par le camp même que nous avions forcé, à la terreur causée par une double attaque du dedans et du dehors, à la séparation de nos troupes qui les empêchait de se secourir mutuellement. Ils ne considéraient point qu'il n'y avait pas eu de véritable combat, de violente mêlée, et que nos soldats, en se précipitant en foule dans des passages trop étroits, s'étaient fait plus de mal eux-mêmes qu'ils n'en avaient reçu de l'ennemi. Enfin ils oubliaient et les vicissitudes si fréquentes à la guerre, et les désastres produits souvent par la plus petite cause, par une fausse supposition, une terreur panique, un scrupule, et les tristes résultats que peut amener l'erreur d'un chef

verborum contumelia interrogans, « solerentne veterani milites fugere, » in omnium conspectu interficit.

LXXII. His rebus tantum fiduciæ ac spiritus Pompeianis accessit, ut non de ratione belli cogitarent, sed vicisse jam sibi viderentur. Non illi paucitatem nostrorum militum, non iniquitatem loci atque angustias, præoccupatis castris, et ancipitem terrorem intra extraque munitiones, non abscissum in duas partes exercitum, quum altera alteri auxilium ferre non posset, causæ fuisse cogitabant. Non ad hæc addebant, non ex concursu acri facto, non prœlio dimicatum, sibique ipsos multitudine atque angustiis majus attulisse detrimentum, quam ab hoste accepissent. Non denique communes belli casus recordabantur, quam parvulæ sæpe causæ vel falsæ suspicionis, vel terroris repentini, vel objectæ religionis, magna detrimenta intulissent; quoties vel culpa ducis, vel tribuni vitio, in exercitu esset offensum : sed, proinde ac si virtute vicissent, neque ulla commutatio rerum posset accidere, per orbem terrarum fama ac litteris victoriam ejus diei concelebrabant.

ou la faute d'un tribun. Fiers comme s'ils avaient vaincu
par leur courage, confiants comme s'ils étaient assurés de
la fortune, ils publiaient partout leur victoire : la renommée et leurs lettres l'annoncèrent à toute la terre.

LXXIII. César, forcé de renoncer à son premier plan,
changea tout à fait son système de guerre. Il retira à la
fois toutes ses garnisons, renonça à l'attaque, rassembla
en un seul lieu toute l'armée, et, s'adressant aux soldats,
il les exhorta à ne pas se laisser abattre et à ne pas s'alar-
mer d'un revers assez léger auprès de tant de succès.
« Rendons grâces à la fortune, leur disait-il, d'avoir soumis l'Italie sans peine, pacifié les deux Espagnes défendues
par des peuples belliqueux et par les chefs les plus expérimentés et les plus habiles, réduit en notre pouvoir ces
provinces voisines, si fertiles en blé ; n'oublions pas avec
quel bonheur nous avons passé sans perte à travers
les flottes ennemies, maîtresses de tous les ports et de
toutes les côtes. Si tout ne réussit pas, il faut aider la
fortune par le zèle et le courage ; c'est à son inconstance,
non à votre général, que doit être imputé ce revers : le
poste était bien choisi ; le camp avait été pris, et les en-

LXXIII. Cæsar, ab superioribus consiliis depulsus, omnem sibi com-
mutandam belli rationem existimavit. Itaque, uno tempore præsidiis
omnibus deductis, et oppugnatione dimissa, coactoque in unum locum
exercitu, concionem apud milites habuit, hortatusque est, « ne ea,
quæ accidissent, graviter ferrent, neve his rebus terrerentur, multisque secundis prœliis unum adversum, et id mediocre, opponerent :
habendam fortunæ gratiam, quod Italiam sine aliquo vulnere cepisse nt;
quod duas Hispanias, bellicosissimorum hominum peritissimis atq ue
exercitatissimis ducibus, pacavissent; quod finitimas frumentarias que
provincias in potestatem redegissent; denique recordari debere, qua
felicitate inter medias hostium classes, oppletis non solum portib us,
sed etiam littoribus, omnes incolumes essent transportati : si non
omnia caderent secunda, fortunam esse industria sublevandam : quod
esset acceptum detrimenti, ejus juri potius, quam suæ culpæ, debere
tribui : locum se æquum ad dimicandum dedisse, potitum esse hostium castris, expulisse ac superasse pugnantes : sed sive ipsorum per-

nemis chassés et battus. Quoi qu'il en soit, que l'impru-
dence, une faute, ou le hasard, vous ait enlevé une victoire
certaine, c'est au courage à tout réparer. Alors le mal
tournera à bien, comme il est arrivé à Gergovie, et ceux
qui d'abord ont craint d'en venir aux mains, se présenteront d'eux-mêmes au combat. »

LXXIV. Ce discours fini, il nota d'infamie plusieurs enseignes, et les cassa. L'armée entière ressentit une si vive douleur de cet échec ; elle eut tant de désir d'en réparer le dés-
honneur, que tous, sans attendre l'ordre du tribun ou du
centurion, s'imposaient, par punition, les plus rudes travaux, et brûlaient du désir de combattre. Déjà quelques-
uns des principaux officiers, émus par les paroles de César,
pensaient qu'on devait garder ce même poste et livrer bataille ; mais César, se défiant de ses soldats encore troublés,
voulut leur laisser le temps de se remettre en quittant les
retranchements : d'ailleurs il craignait fort pour les subsistances. Ainsi, sans tarder davantage, après avoir pourvu
au soin des blessés et des malades, il fit partir silencieuse-
ment du camp, à l'entrée de la nuit, tout le bagage, et
l'envoya devant à Apollonia, avec défense qu'on s'arrêtât

turbatio, sive error aliquis, sive etiam fortuna partam jam præsentemque
victoriam interpellavisset, daudam omnibus operam, ut acceptum
incommodum virtute sarciretur : quod si esset factum, detrimentum
in bonum verteret, uti ad Gergoviam accidisset ; atque ii, qui ante
dimicare timuissent, ultro se prœlio offerrent. »

LXXIV. Hac habita concione, nonnullos signiferos ignominia notavit
ac loco movit. Exercitui quidem omni tantus incessit ex incommodo
dolor, tantumque studium infamiæ sarciendæ, ut nemo aut tribuni aut
centurionis imperium desideraret, et sibi quisque etiam pœnæ loco
graviores imponeret labores, simulque omnes arderent cupiditate pugnandi, quum superioris etiam ordinis nonnulli, oratione permoti,
manendum eo loco, et rem prœlio committendam existimarent. Contra
ea Cæsar neque satis militibus perterritis confidebat, spatiumque inter-
ponendum ad recreandos animos putabat, relictis munitionibus, et
magnopere rei frumentariæ timebat. Itaque, nulla interposita mora,
sauciorum modo et ægrorum habita ratione, impedimenta omnia silen-

en chemin ; une légion fut chargée de servir d'escorte.

LXXV. Cela fait, il retint dans le camp deux légions, et, dès la quatrième veille, il fit sortir les autres par diverses portes, et les dirigea sur la même route : à quelque temps de là, pour garder l'ordre militaire, et aussi afin que sa marche ne fût connue que le plus tard possible, il fit donner le signal du départ, sortit aussitôt, suivit son arrière-garde et fut bientôt hors de la vue du camp. Pompée, à peine averti, ne mit aucun retard à nous poursuivre, et, se flattant encore de nous surprendre au milieu de l'embarras d'une marche, il sortit de son camp avec toute son armée, et fit prendre les devants à sa cavalerie, pour arrêter notre arrière-garde ; mais il ne put l'atteindre, parce que César, s'étant débarrassé du bagage, avait pu le devancer. Cependant lorsqu'on arriva aux bords escarpés du fleuve Genusus, notre arrière-garde fut atteinte et attaquée par la cavalerie ennemie. César lui opposa la sienne, et y mêla quatre cents vélites du premier rang : ils firent si bien leur devoir, qu'ils repoussèrent les cavaliers ennemis, en tuèrent un grand nombre, et regagnèrent leur corps sans aucune perte.

tio prima nocte ex castris Apolloniam præmisit, ac conquiescere ante Iter confectum vetuit. His una legio missa præsidio est.

LXXV. His explicitis rebus, duas in castris legiones retinuit, reliquas de quarta vigilia, compluribus portis eductas, eodem itinere præmisit; parvoque spatio intermisso, ut et militare institutum servaretur, et quam serissime ejus profectio cognosceretur, conclamari jussit; statimque egressus, et novissimum agmen consecutus, celeriter ex conspectu castrorum discessit. Neque vero Pompeius, cognito consilio ejus, moram ullam ad insequendum intulit : sed eadem spectans, si itinere impedito perterritos deprehendere posset, exercitum e castris eduxit, equitatumque præmisit ad novissimum agmen demorandum; neque consequi potuit, quod multum expedito itinere antecesserat Cæsar. Sed quum ventum esset ad flumen Genusum, quod ripis erat impeditis, consecutus equitatus novissimos prœlio detinebat. Huic suos Cæsar equites opposuit, expeditosque antesignanos admiscuit cn; qui tantum profecerunt, ut, equestri prœlio commisso, pellerent omnes, compluresque interficerent, ipsi incolumes se ad agmen reciperent.

LXXVI. César, ayant fait ce jour-là tout le chemin qu'il s'était proposé, passa le Genusus, s'arrêta dans son ancien camp vis-à-vis Asparagium, et retint tous les soldats dans l'enceinte du retranchement; il envoya sa cavalerie au fourrage, et lui ordonna de rentrer aussitôt par la porte Décumane. Pompée avait fait la même route pour le suivre, et s'établit aussi à Asparagium, dans son ancien camp. Ses soldats n'ayant rien à faire, puisque les fortifications existaient encore, s'écartèrent pour aller au bois et au fourrage ; plusieurs même, se voyant si près du camp qu'ils venaient de quitter, déposaient leurs armes dans leurs tentes, et allaient chercher les hardes et les bagages dont ils avaient laissé une grande partie au camp dans la précipitation du départ. César s'y attendait; les voyant hors d'état de le poursuivre, il donna vers le milieu du jour le signal du départ; il fit ce même jour une double marche, et prit une avance de huit milles; ce que Pompée ne put faire, étant retenu par l'absence de ses soldats.

LXXVII. Le lendemain, César fit encore partir tout le bagage à l'entrée de la nuit, et se mit en marche vers la

LXXVI. Confecto justo itinere ejus diei, quod proposuerat Cæsar, transductoque exercitu flumen Genusum, veteribus suis in castris contra Asparagium consedit, militesque omnes intra vallum castrorum continuit, equitatumque, per causam pabulandi emissum, confestim Decumana porta in castra se recipere jussit. Simili ratione Pompeius, confecto ejusdem diei itinere, in suis veteribus castris ad Asparagium consedit, ejusque milites, quod ab opere, integris munitionibus, vacabant, alii lignandi pabulandique causa longius progrediebantur; alii, quod subito consilium profectionis ceperant, magna parte impedimentorum et sarcinarum relicta, ad hæc repetenda invitati propinquitate superiorum castrorum, depositis in contubernio armis, vallum relinquebant. Quibus ad sequendum impeditis, Cæsar, quod fore providerat, meridiano fere tempore, signo profectionis dato exercitum educit, duplicatoque ejus diei itinere, octo millia passuum ex eo loco discedit, quod facere Pompeius, discessu militum, non potuit.

LXXVII. Postero die Cæsar, similiter præmissis prima nocte impedimentis, de quarta vigilia ipse egreditur, ut, si qua imposita esset

quatrième veille, afin que, s'il fallait combattre, l'armée se trouvât prête et sans embarras. Il agit de même les jours suivants. Par ce moyen il traversa sans accident les rivières les plus profondes et les chemins les plus difficiles. Pompée ne put regagner le temps perdu à la première journée, malgré ses marches forcées et quoiqu'il le désirât vivement; le quatrième jour il renonça à nous suivre et changea de projet.

LXXVIII. César ne pouvait se dispenser de passer par Apollonia, pour y déposer ses blessés, payer les troupes, raffermir ses alliés, placer des garnisons dans les villes; il mit à ces dispositions le moins de temps qu'il put, afin d'éviter les retards : il craignait pour Domitius, et marchait vers lui en toute hâte, de peur d'être devancé par Pompée. Voici quel était le plan de César : si Pompée prenait le même chemin que lui, il l'éloignait de la mer et de Dyrrachium, où se trouvait le reste de ses troupes, ainsi que ses vivres et ses magasins, et le forçait ainsi de combattre à chances égales; s'il passait en Italie, César s'étant réuni à Domitius pouvait marcher par l'Illyrie au secours de cette contrée ; s'il voulait assiéger Apollonia et Oricum, et lui ôter toute communica-

dimicandi necessitas, subitum casum expedito exercitu subiret. Hoc idem reliquis fecit diebus. Quibus rebus perfectum est, ut altissimis fluminibus atque impeditissimis itineribus nullum acciperet incommodum. Pompeius enim, primi diei mora illata, et reliquorum dierum frustra labore suscepto, quum se magnis itineribus extenderet, et prægressos consequi cuperet, quarto die finem sequendi fecit, atque aliud sibi consilium capiendum existimavit.

LXXVIII. Cæsari, ad saucios deponendos, stipendium exercitui dandum, socios confirmandos, præsidium urbibus relinquendum, necesse erat adire Apolloniam. Sed his rebus tantum temporis tribuit, quantum erat properanti necesse : timensque Domitio, ne adventu Pompeii præoccuparetur, ad eum omni celeritate et studio incitatus ferebatur. Totius autem rei consilium his rationibus explicabat, ut, si Pompeius eodem contenderet, abductum illum a mari atque ab iis copiis, quas Dyrrachii comparaverat, frumento ac commeatu abstractum, pari conditione belli secum decertare cogeret : si in Italiam transiret, conjuncto exercitu

tion avec la côte, César, se tournant contre Scipion, eût forcé Pompée à venir le défendre. Il dépêche donc des courriers à Cn. Domitius, et lui fait connaître ses intentions ; il laisse quatre cohortes à Apollonia, une à Lissus, trois à Oricum avec les blessés, et prend sa marche par l'Épire et l'Acarnanie. Cependant Pompée, soupçonnant le projet de César, croyait devoir se hâter d'aller au secours de Scipion, en cas que César se portât de ce côté. Si César s'obstinait à ne pas s'éloigner de la côte et du voisinage d'Oricum, à cause des légions et des chevaux qu'il attendait d'Italie, il irait fondre sur Domitius avec toutes ses forces.

LXXIX. Ainsi l'un et l'autre avaient des motifs de se hâter, ou pour secourir les siens, ou pour ne pas manquer l'occasion d'écraser son ennemi. Mais César avait été obligé de se rendre à Apollonia, tandis que, par la Candavie, Pompée allait directement en Macédoine. Un événement imprévu vint encore contrarier César. Domitius, après être resté plusieurs jours devant le camp de Scipion, s'en était éloigné afin de pourvoir aux subsistances, et marchait sur Héraclée, ville voisine de la Candavie, en sorte que le hasard le poussait au devant de Pompée. César ignorait cette

cum Domitio per Illyricum Italiæ subsidio proficisceretur : sin Apolloniam Oricumque oppugnare, et se omni maritima ora excludere conaretur, obsesso tamen Scipione, necessario illam suis auxilium ferre cogeret. Itaque, præmissis nuntiis ad Cn. Domitium, Cæsar scripsit, et, quid fieri vellet, ostendit : præsidioque Apolloniæ cohortibus IV, Lissi I, III Orici relictis, quique erant ex vulneribus ægri, depositis, per Epirum atque Acarnaniam iter facere cœpit. Pompeius quoque, de Cæsaris consilio conjectura judicans, ad Scipionem properandum sibi existimabat, si Cæsar iter illo haberet, ut subsidium Scipioni ferret : si ab ora maritima Oriciaque discedere nollet, quod legiones equitatumque ex Italia exspectaret, ipse ut omnibus copiis Domitium aggrederetur.

LXXIX. Iis de causis uterque eorum celeritati studebat, et suis ut esset auxilio, et, ad opprimendos adversarios, ne occasioni temporis deesset. Sed Cæsarem Apollonia a directo itinere averterat : Pompeius per Candaviam iter in Macedoniam expeditum habebat. Accessit etiam ex improviso aliud incommodum, quod Domitius, qui dies complures

circonstance. En même temps, les lettres envoyées par Pompée dans toutes les provinces et les villes avaient beaucoup exagéré ses succès de Dyrrhachium : le bruit courait que César était en fuite, et avait perdu presque toutes ses troupes. Ces fausses rumeurs avaient rendu les chemins peu sûrs, et détourné quelques villes de son parti. Il arriva de là que plusieurs exprès envoyés par César à Domitius et par Domitius à César ne purent achever leur route. Cependant quelques Allobroges, amis de ce Roscillus et de cet Égus, que nous avons vus passer dans le parti de Pompée, rencontrèrent des éclaireurs de Domitius, et, soit vanité, soit souvenir d'anciennes liaisons formées ensemble dans la guerre des Gaules, ils leur racontèrent tous les faits, le départ de César et l'arrivée de Pompée. Domitius ainsi averti, quoiqu'il n'eût à peine que quatre heures d'avance, échappa au péril, grâce à ses ennemis ; il marcha vers Éginium, à l'entrée de la Thessalie, et rencontra César qui venait le joindre.

LXXX. Après la jonction des deux armées, César se rendit à Gomphi, première ville de Thessalie en venant de

---

castris Scipionis castra collata habuisset, rei frumentariæ causa ab eo discesserat, et Heracleam, quæ est subjecta Candaviæ, iter fecerat, ut ipsa fortuna illum objicere Pompeio videretur. Hæc ad id tempus Cæsar ignorabat. Simul, a Pompeio litteris per omnes provincias civitatesque dimissis, de prœlio ad Dyrrachium facto, elatius inflatiusque multo, quam res erat gesta, fama percrebuerat, « pulsum fugere Cæsarem, pene omnibus copiis amissis. » Hæc itinera infesta reddiderat, hæc civitates nonnullas ab ejus amicitia averterat. Quibus accidit rebus, ut pluribus dimissi itineribus, a Cæsare ad Domitium, et ab Domitio ad Cæsarem, nulla ratione iter conficere possent. Sed Allobroges, Roscilli atque Ægi familiares, quos perfugisse ad Pompeium demonstravimus, conspicati in itinere exploratores Domitii, seu pristina sua consuetudine, quod una in Gallia bella gesserant, seu gloria elati, cuncta, ut erant acta, exposuerunt, et Cæsaris profectionem et adventum Pompeii docuerunt. A quibus Domitius certior factus, vix IV horarum spatio antecedens, hostium beneficio periculum vitavit, et ad Æginium, quod est objectum oppositumque Thessaliæ, Cæsari venienti occurrit.

LXXX. Conjuncto exercitu, Cæsar Gomphos pervenit, quod est

l'Épire. Peu de mois auparavant, les habitants de cette ville s'étaient empressés de faire à César toutes leurs offres de service et de lui demander une garnison; mais déjà la renommée y avait porté les récits exagérés du combat de Dyrrachium. Aussi, Androsthène, préteur de Thessalie, aimant mieux s'associer aux succès de Pompée qu'aux revers de César, fit rentrer dans la ville tous les hommes libres et les esclaves de la campagne, ferma les portes, et envoya demander du secours à Scipion et à Pompée; il leur manda que la place tiendrait, si l'on venait promptement la secourir, mais qu'elle ne pourrait soutenir un long siége. Scipion, à la nouvelle de la retraite de Dyrrachium, avait mené ses légions à Larisse, et Pompée était encore assez loin de la Thessalie. César, ayant retranché son camp, fit préparer pour une attaque soudaine les échelles, les claies, les galères; puis exhortant ses troupes, il leur montra la nécessité de prendre une ville pleine de vivres et de richesses, qui pourvoirait avec abondance à tous leurs besoins; d'effrayer les autres villes par cet exemple, et d'emporter prompte-

oppidum primum Thessaliæ venientibus ab Epiro, quæ gens paucis ante mensibus ultro ad Cæsarem legatos miserat, ut suis omnibus facultatibus uteretur, præsidiumque ab eo militum petierat. Sed eo fama jam præcurrerat, quam supra docuimus, de prœlio dyrrachino, quod multis auxerat partibus. Itaque Androsthenes, prætor Thessaliæ, quum se victoriæ Pompeii comitem esse mallet, quam socium Cæsaris in rebus adversis, omnem ex agris multitudinem servorum ac liberorum in oppidum cogit, portasque præcludit, et ad Scipionem Pompeiumque nuntios mittit, ut sibi subsidio veniant; se confidere munitionibus oppidi, si celeriter succurratur : longinquam oppugnationem sustinere non posse. Scipio, discessu exercituum a Dyrrachio cognito, Larissam legiones adduxerat : Pompeius nondum Thessaliæ appropinquabat. Cæsar, castris munitis, scalas musculosque ad repentinam oppugnationem fieri, et crates parari jussit. Quibus rebus effectis, cohortatus milites docuit, « quantum usum haberet ad sublevandam omnium rerum inopiam, potiri oppido pleno atque opulento; simul reliquis civitatibus hujus urbis exemplo inferre terrorem; et id fieri celeriter, prius quam auxilia concurrerent. » Itaque, usus singulari militum stu-

ment la place avant qu'elle ne reçût de secours. Profitant
de l'ardeur merveilleuse des troupes, le jour même de son
arrivée il commença l'attaque après la neuvième heure, et
avant le coucher du soleil il fut maître de cette ville, malgré ses hautes murailles; il la livra au pillage, en partit
aussitôt, et arriva à Métropolis avant la nouvelle de sa victoire et les courriers qui l'apportaient.

LXXXI. Les Métropolites, prévenus par les mêmes
bruits, prirent d'abord la même résolution, fermèrent
les portes, et garnirent de troupes leurs murailles; mais
bientôt, apprenant le désastre de Gomphi par des prisonniers que César avait fait approcher des murs, ils
le reçurent. César eut grand soin de leur conservation,
et le contraste du sort de ces deux villes engagea toutes
les autres à se soumettre pleinement, à l'exception de
Larisse, que Scipion occupait avec toutes ses troupes.
César, trouvant en ce lieu les blés presque mûrs, résolut
d'y attendre Pompée, et d'y établir le théâtre de la
guerre.

LXXXII. Pompée arriva peu de jours après en Thessalie,
harangua son armée, et lui témoigna sa satisfaction : il

dio, eodem, quo venerat, die, post horam nonam, oppidum altissimis
mœnibus oppugnare aggressus, ante solis occasum expugnavit, et ad
diripiendum militibus concessit; statimque ab oppido castra movit,
et Metropolim venit, sic, ut nuntios expugnati oppidi famamque antecederet.

LXXXI. Metropolitæ, primum eodem usi consilio, iisdem permoti
rumoribus, portas clauserunt, murosque armatis compleverunt : sed
postea, casu civitatis comprehensis cognito ex captivis, quos Cæsar ad
murum producendos curaverat, portas aperuerunt. Quibus diligentis-
sime conservatis, collata fortuna Metropolitum cum casu Gomphen-
sium, nulla Thessaliæ fuit civitas, præter Larissæos, qui magnis
exercitibus Scipionis tenebantur, quin Cæsari parerent, atque imperata
facerent. Ille, segetis idoneum locum in agris nactus, quæ prope jam
matura erat, ibi adventum exspectare Pompeii, eoque omnem rationem
belli conferre constituit.

LXXXII. Pompeius paucis post diebus in Thessaliam pervenit; con-

invita les soldats de Scipion « à prendre part aux dépouilles et aux récompenses de sa victoire; » puis, ayant
réuni toutes les légions dans le même camp, il partagea
l'honneur du commandement avec Scipion, ordonna qu'on
lui élevât un prétoire, et fit sonner la trompette devant sa
tente. Ce renfort et cette jonction de deux grandes armées
confirmèrent plus que jamais la confiance des troupes et
leur espoir de vaincre; chaque moment écoulé leur semblait être un retard à leur retour en Italie. Si Pompée
voulait agir avec circonspection et prudence, on répondait
« que c'était l'affaire d'un jour; mais que, sans doute,
fier de commander, il se plaisait à traîner à sa suite
des consulaires et des prétoriens. » Déjà l'on se disputait hautement les récompenses et les sacerdoces; on
désignait les consuls pour les années suivantes; on se
partageait les maisons et les biens des partisans de César.
Une grande discussion s'éleva dans le conseil : on agitait
si, aux prochains comices, L. Hirrus, que Pompée
avait envoyé chez les Parthes, pourrait, malgré son
absence, aspirer à la préture. Les amis d'Hirrus sollici-
taient Pompée de tenir sa promesse, et de ne pas tromper

cionatusque apud cunctum exercitum, suis agit gratias : Scipionis milites cohortatur, « ut, parta jam victoria, prædæ ac præmiorum velint
esse participes : » receptisque omnibus in una castra legionibus,
suum cum Scipione honorem partitur, classicumque apud eum cani,
et alterum illi jubet prætorium tendi. Auctis copiis Pompeii, duobusque
magnis exercitibus conjunctis, pristina omnium confirmatur opinio,
et spes victoriæ augetur adeo, ut, quidquid intercederet temporis, id
morari reditum in Italiam videretur; et, si quando quid Pompeius
tardius aut consideratius faceret, « unius esse negotium diei, sed
illum delectari imperio, et consulares prætoriosque servorum habere
numero, » dicerent. Jamque inter se palam de præmiis ac sacerdotiis
contendebant, in annosque consulatum definiebant; alii domos bonaque
eorum, qui in castris erant Cæsaris, petebant : magnaque inter eos
in consilio fuit controversa, oporteretne L. Hirri, quod is a Pompeio
ad Parthos missus esset, proximis comitiis prætoriis absentis rationem
haberi; quum ejus necessarii fidem implorarent Pompeii, præstaret,

15.

la confiance qu'Hirrus avait eue en son crédit; les autres, exposés aux mêmes fatigues, aux mêmes périls, s'opposaient à ce qu'on donnât à Hirrus la préférence sur tous.

LXXXIII. Domitius, Scipion, Lentulus Spinther se disputaient chaque jour avec la plus vive aigreur le sacerdoce dont César était revêtu; Lentulus réclamait les égards dus à son âge; Domitius faisait valoir sa popularité et sa considération dans Rome; Scipion se fondait sur la parenté qui l'unissait à Pompée. Attius Rufus accusait de trahison L. Afranius, pour les événements d'Espagne. L. Domitius disait en plein conseil qu'il fallait, après la fin de la guerre, remettre à ceux des sénateurs qui avaient servi la cause de Pompée, trois tablettes pour juger les citoyens qui étaient restés à Rome ou dans les places soumises à Pompée sans l'aider dans cette guerre : l'une servirait pour absoudre, les deux autres pour condamner soit à mort, soit à une amende. En un mot, tous ne s'entretenaient que de leurs prétentions, de récompenses pécuniaires ou de vengeances; ils pensaient, non aux moyens

quod proficiscenti recepisset, ne per ejus auctoritatem deceptus videretur; reliqui, in labore pari ac periculo, ne unus omnes antecederet, recusarent.

LXXXIII. Jam de sacerdotio Cæsaris Domitius, Scipio, Lentulusque Spinther, quotidianis contentionibus ad gravissimas verborum contumelias palam descenderunt, quum Lentulus ætatis honorem ostentaret, Domitius urbanam gratiam dignitatemque jactaret, Scipio affinitate Pompeii confideret. Postulavit etiam L. Afranium proditionis exercitus Attius Rufus apud Pompeium, quod gestum in Hispania diceret. Et L. Domitius in consilio dixit, placere sibi, bello confecto, ternas tabellas dari ad judicandum iis, qui ordinis essent senatorii, belloque una cum ipsis interfuissent; sententiasque de singulis ferrent, qui Romæ remansissent, quique intra præsidia Pompeii fuissent, neque operam in re militari præstitissent : unam fore tabellam, qui liberandos omni periculo censerent; alteram, qui capitis damnarent; tertiam, qui pecunia mulctarent. Postremo omnes aut de honoribus suis, aut de præmiis pecuniæ, aut de persequendis inimicitiis agebant; nec,

de vaincre, mais à la manière dont ils useraient de la victoire.

LXXXIV. Après avoir assuré ses subsistances, et donné à ses soldats le temps de se remettre de l'affaire de Dyrrachium, César, ayant lieu de compter sur les dispositions de ses troupes, essaya de reconnaître les intentions de Pompée, et de voir s'il voudrait accepter le combat. Il sortit donc du camp et rangea son armée en bataille : d'abord il se plaça à peu de distance de son camp et assez loin du camp de Pompée ; les jours suivants il s'avança davantage, et vint au pied même des hauteurs que l'ennemi occupait. L'armée sentait ainsi de jour en jour renaître sa confiance. Toutefois il continuait pour sa cavalerie le système indiqué plus haut : comme elle était beaucoup moins nombreuse que celle de Pompée, il y mêlait dans le combat des fantassins jeunes et agiles, choisis dans les premiers rangs, et qu'une habitude journalière avait familiarisés avec ce genre de manœuvre. Par cette disposition, mille de ses cavaliers ne craignaient pas dans l'occasion de soutenir en plaine le choc de sept mille chevaux : le nombre ne les étonnait pas ; ils eurent même l'avantage

quibus rationibus superare possent, sed, quemadmodum uti victoria deberent, cogitabant.

LXXXIV. Re frumentaria præparata confirmatisque militibus, et satis longo spatio temporis a dyrrachinis prœliis intermisso, quo satis perspectum habere militum animum videretur, tentandum Cæsar existimavit, quidnam Pompeius propositi aut voluntatis ad dimicandum haberet. Itaque ex castris exercitum eduxit, aciemque instruxit, primum suis locis, pauloque a castris Pompeii longius; continentibus vero diebus, ut progrederetur a castris suis, collibusque Pompeianis aciem subjiceret. Quæ res in dies confirmatiorem ejus exercitum efficiebat. Superius tamen institutum in equitibus, quod demonstravimus, servabat, ut, quoniam numero multis partibus esset inferior, adolescentes atque expeditos ex antesignanis electos milites ad pernicitatem, armis inter equites prœliari juberet, qui quotidiana consuetudine usum quoque ejus generis prœliorum perciperent. His erat rebus effectum, ut equitum mille apertioribus etiam locis vii millium Pompeianorum impetum, quum adesset usus, sustinere auderent, neque magnopere

dans une de ces dernières rencontres, et tuèrent avec plusieurs autres l'Allobroge Égus, un de ces deux transfuges
que nous avons vus passer au parti de Pompée.

LXXXV. Pompée se bornait à ranger ses troupes en ba
taille au pied de la montagne où il était campé, et attendait sans doute que César s'engageât dans quelque poste
désavantageux. César, désespérant de l'attirer au combat,
ne vit rien de mieux à faire que de décamper et d'être toujours en marche; il pensait, au moyen de ces déplace-
ments continuels, trouver plus aisément des vivres, rencontrer enfin quelque occasion de combattre, et, par ses
marches incessantes, épuiser l'armée ennemie, peu accou-
tumée à la fatigue. L'ordre et le signal du départ donnés,
les tentes déjà pliées, il s'aperçut que l'armée de Pompée s'était avancée hors des retranchements un peu plus
que de coutume, et qu'on pouvait la combattre sans désavantage. Alors, s'adressant à ses troupes, qui déjà étaient
aux portes du camp : « Il faut, dit-il, différer aujourd'hui
le départ et songer au combat. Longtemps nous l'avons
désiré : soyons prêts maintenant; nous ne retrouverons

---

eorum multitudine terrerentur. Namque etiam per eos dies prœlium
secundum equestre fecit, atque Ægum Allobrogem ex duobus, quos
perfugisse ad Pompeium supra docuimus, cum quibusdam interfecit.

LXXXV. Pompeius, quia castra in colle habebat, ad infimas radices
montis aciem instruebat; semper, ut videbatur, spectans, si iniquis
locis Cæsar se subjiceret. Cæsar, nulla ratione ad pugnam elici posse
Pompeium existimans, hanc sibi commodissimam belli rationem judi-
ravit, uti castra ex eo loco moveret, semperque esset in itineribus,
hæc sperans, ut, movendis castris, pluribusque adeundis locis, commodiore frumentaria re uteretur, simulque, in itinere ut aliquam
occasionem dimicandi nancisceretur, et insolitum ad laborem Pompeii
exercitum quotidianis itineribus defatigaret. His constitutis rebus,
signo jam profectionis dato, tabernaculisque detensis, animadversum
est, paulo ante, extra quotidianam consuetudinem, longius a vallo esse
aciem Pompeii progressam, ut non iniquo loco posse dimicari videretur. Tunc Cæsar apud suos, quum jam esset agmen in portis : « Diffe-
rendum est, inquit, iter in præsentia nobis, et de prœlio cogitandum,

pas aisément une occasion semblable. » Aussitôt il fait marcher son armée en avant.

LXXXVI. Pompée, comme on le sut depuis, cédant aux instances des siens, s'était déterminé à combattre. Il avait même dit, quelques jours auparavant, en plein conseil, « que l'armée de César serait défaite avant qu'on en vînt aux mains. » Et comme la plupart s'étonnaient : « Je sais, dit-il, qu'une telle promesse semble incroyable ; mais écoutez mon dessein, et vous irez au combat avec plus d'assurance. J'ai dit à notre cavalerie, et elle s'est engagée à le faire, de prendre en flanc l'aile droite de l'ennemi, quand elle en serait proche, et, l'enveloppant par derrière, d'y jeter le désordre et de la mettre en déroute avant que nous ayons lancé un seul trait. Ainsi nous terminerons la guerre sans exposer les légions et presque sans tirer l'épée ; la supériorité de notre cavalerie nous garantit le succès. » En même temps il les exhorta « à se tenir prêts, et, puisque enfin leurs vœux étaient exaucés, à ne point démentir l'opinion qu'on s'était formée de leur expérience et de leur courage. »

si, ut semper depoposcimus, animo simus ad dimicandum parati ; non facile occasionem postea reperiemus : » confestimque expeditas copias educit.

LXXXVI. Pompeius quoque, ut postea cognitum est, suorum omnium hortatu statuerat prœlio decertare. Namque etiam in consilio superioribus diebus dixerat, « priusquam concurrerent acies, fore, uti exercitus Cæsaris pelleretur. » Id quum essent plerique admirati : « Scio me, inquit, pene incredibilem rem polliceri : sed rationem consilii mei accipite, quo firmiore animo in prœlium prodeatis. Persuasi equitibus nostris (idque mihi se facturos confirmaverunt), ut, quum propius sit accessum, dextrum Cæsaris cornu ab latere aperto aggrederentur, ut, circumventa ab tergo acie, prius perturbatum exercitum pellerent, quam a nobis telum in hostem jaceretur. Ita sine periculo legionum, et pene sine vulnere, bellum conficiemus. Id autem difficile non est, quum tantum equitatu valeamus. » Simul denuntiavit, « ut essent animo parati in posterum ; et, quoniam fieret dimicandi potestas, ut sæpe cogitavissent, ne usu manuque reliquorum opinionem fallerent. »

LXXXVII. Labienus prend alors la parole, applaudit au projet de Pompée, et affectant du mépris pour l'armée de César : « Ne crois pas, ô Pompée, que ces troupes soient les mêmes qui vainquirent la Gaule et la Germanie. J'ai pris part à tous les combats ; je ne parle pas ici au hasard de choses que je n'aie point vues. Il reste peu de ces soldats ; la plus grande partie a péri soit par les combats, soit par les maladies pestilentielles d'automne sous le climat de l'Italie ; beaucoup se sont retirés dans leurs foyers, ou ont été laissés sur le continent. N'avez-vous pas vous-mêmes entendu dire que de ces malades restés à Brindes on a formé des cohortes ? Les troupes que vous voyez sont de ces nouvelles levées faites dans la Gaule citérieure, et la plupart dans les colonies transpadanes ; ce qui en faisait la force a péri aux deux combats de Dyrrachium. » Après ce discours, il jura de ne rentrer au camp que vainqueur, et invita les autres à faire le même serment ; Pompée, qui l'approuvait, se hâta de le prêter, et personne ne balança à suivre cet exemple. Après cela le conseil se sépara plein de joie et d'espoir. Ils se croyaient déjà en possession de la victoire ;

LXXXVII. Hunc Labienus excepit ; et, quum Cæsaris copias despiceret, Pompeii consilium summis laudibus efferret : « Noli, inquit, existimare, Pompei, hunc esse exercitum, qui Galliam Germaniamque devicerit. Omnibus interfui prœliis, neque temere incognitam rem pronuntio. Perexigua pars illius exercitus superest : magna pars deperiit, quod accidere tot prœliis fuit necesse : multos autumni pestilentia in Italia consumpsit, multi domum discesserunt, multi sunt relicti in continenti. An non exaudistis, ex iis, qui per causam valetudinis remanserunt, cohortes esse Brundisii factas ? Hæ copiæ, quas videtis, ex dilectibus horum annorum in citeriore Gallia sunt refectæ, et plerique sunt ex coloniis transpadanis : attamen, quod fuit roboris duobus prœliis dyrrachinis interiit. » Hæc quum dixisset, juravit, « se, nisi victorem, in castra non reversurum ; » reliquosque, ut idem facerent, hortatus est. Hos laudans Pompeius, idem juravit : nec vero ex reliquis fuit quisquam, qui jurare dubitaret. Hæc quum facta essent in consilio, magna spe et lætitia omnium discessum est : ac jam animo victoriam præcipiebant, quod

la parole d'un si habile général, et dans une circonstance si décisive, ne leur permettait aucun doute.

LXXXVIII. César, s'étant approché du camp de Pompée, observa son ordre de bataille. A l'aile gauche étaient la première et la troisième légion, que César lui avait renvoyées au commencement des troubles, en vertu d'un décret du sénat. C'est là que se tenait Pompée. Le centre était occupé par Scipion et les légions de Syrie : celles de Cilicie, avec les cohortes espagnoles amenées par Afranius, avaient été mises à l'aile droite; c'était sur elles que Pompée comptait le plus. Le reste avait été distribué entre le centre et les deux ailes, et le tout formait cent dix cohortes, en tout quarante-cinq mille hommes. Deux mille vétérans environ, déjà récompensés de leurs services dans les campagnes précédentes, étaient venus le joindre, et avaient été dispersés dans toute son armée; les autres cohortes, au nombre de sept, furent laissées à la garde du camp et des forts voisins. Sa droite était couverte par un ruisseau dont les bords étaient escarpés : aussi mit-il à l'aile gauche toute la cavalerie, les archers et les frondeurs.

de re tanta, et a tam perito imperatore, nihil frustra confirmari videbatur.

LXXXVIII. Cæsar, quum Pompeii castris appropinquasset, ad hunc modum aciem ejus instructam animadvertit. Erant in sinistro cornu legiones duæ, transditæ a Cæsare initio dissensionis ex S. C., quarum una prima, altera tertia appellabatur : in eo loco ipse erat Pompeius. Mediam aciem Scipio cum legionibus syriacis tenebat. Ciliciensis legio, conjuncta cum cohortibus hispanis, quas traductas ab Afranio docuimus, in dextro cornu erant collocatæ. Has firmissimas se habere Pompeius existimabat. Reliquas inter aciem mediam cornuaque interjecerat, numeroque cohortes ex expleverat. Hæc erant millia XLV : evocatorum circiter duo, quæ ex beneficiariis superiorum exercituum ad eum convenerant : quæ tota acie disperserat. Reliquas cohortes septem castris propinquisque castellis præsidio disposuerat. Dextrum cornu ejus rivus quidam impeditis ripis muniebat : quam ob causam cunctum equitatum, sagittarios funditoresque omnes, in sinistro cornu objecerat.

LXXXIX. César ne changea rien à son ordre de bataille.
Il avait placé la dixième légion à l'aile droite, et à la gauche
la neuvième, quoique fort affaiblie par les journées de
Dyrrachium. Il y joignit la huitième légion, de sorte que
les deux réunies n'en faisaient à peu près qu'une : il leur
recommanda de se soutenir mutuellement. Sa ligne était
de quatre-vingts cohortes, environ vingt-deux mille hommes. Deux cohortes furent laissées à la garde du camp;
l'aile gauche était commandée par Antoine, la droite par
P. Sylla, le centre par C. Domitius. Quant à César, il se plaça
en face de Pompée. Mais, d'après ce qu'il avait observé,
craignant que son aile droite ne fût enveloppée par la nombreuse cavalerie de l'ennemi, il tira de sa troisième ligne
une cohorte par légion, et en forma une quatrième ligne
pour l'opposer à la cavalerie; il lui montra ce qu'elle avait
à faire et l'avertit que le succès de la journée dépendrait
de sa valeur. En même temps, il commanda à la troisième
ligne et en général à toute l'armée de ne point s'ébranler
sans son ordre, se réservant, quand le moment sera venu,
de donner lui-même le signal au moyen de l'étendard.

XC. Ensuite, haranguant ses soldats suivant la coutume

LXXXIX. Cæsar, superius institutum servans, decimam legionem in
dextro cornu, nonam in sinistro collocaverat, tametsi erat dyrrachinis
prœliis vehementer attenuata; et huic sic adjunxit octavam, ut pene
unam ex duabus efficeret; atque alteram alteri præsidio esse jusserat.
Cohortes in acie LXXX constitutas habebat, quæ summa erat millium
XXII. Cohortes duas castris præsidio reliquerat. Sinistro cornu Antonium, dextro P. Syllam, media acie C. Domitium præposuerat : ipse
contra Pompeium constitit. Simul, his rebus animadversis, quas demonstravimus, timens, ne a multitudine equitum dextrum cornu cir-
cumveniretur, celeriter ex tertia acie singulas cohortes detraxit, atque
ex his quartam instituit equitatuique opposuit, et, quid fieri vellet,
ostendit; monuitque, ejus diei victoriam in earum cohortium virtute
constare. Simul tertiæ aciei totique exercitui imperavit, ne injussu
suo concurreret; se, quum id fieri vellet, vexillo signum daturum.

XC. Exercitum quum militari more ad pugnam cohortaretur, suaque
in eum perpetui temporis officia prædicaret, in primis commemoravit,

militaire, et leur ayant rappelé ses continüels bienfaits, il
les prit à témoin de ses nombreuses instances pour obtenir
la paix, des conférences de Vatinius, de celles d'A. Clodius avec Scipion, des négociations entamées à Oricum
avec Libon pour l'envoi de députés. Il ajouta qu'il n'avait
jamais voulu prodiguer le sang des troupes, ni priver la
république d'une de ses armées. Ce discours fini, ses
troupes brûlaient de combattre; César céda à leurs vœux
et fit sonner la charge.

XCI. Il y avait dans l'armée de César un vétéran appelé
Crastinus, qui l'année précédente avait été primipile de la
dixième légion; homme d'une rare valeur. A peine le signal
est-il donné : « Suivez-moi, s'écrie-t-il, vous qui fûtes autrefois mes soldats, et montrez à votre général le zèle
que vous avez promis. Ce combat est le dernier; il doit
lui rendre son honneur, et à nous la liberté. » Puis, se
tournant vers César : « Général, mort ou vif, j'agirai aujourd'hui de manière à mériter vos éloges. » A ces mots,
le premier il s'élance de l'aile droite; cent vingt volontaires
de la même centurie le suivent.

XCII. Il ne restait d'espace entre les deux armées que le

« testibus se militibus uti posse, quanto studio pacem petiisset; quæ
per Vatinium in colloquiis, quæ per A. Clodium cum Scipione egisset,
quibus modis ad Oricum cum Libone de mittendis legatis contendisset :
neque se unquam abuti militum sanguine, neque rempublicam alter-
utro exercitu privare voluisse. » Hac habita oratione, exposcentibus
militibus, et studio pugnæ ardentibus, tuba signum dedit.

XCI. Erat Crastinus evocatus in exercitu Cæsaris, qui superiore
anno apud eum primum pilum in legione decima duxerat, vir singulari
virtute. Hic, signo dato. « Sequimini me, inquit, manipulares mei qui
fuistis, et vestro imperatori, quam constituistis, operam date. Unum
hoc prœlium superest; quo confecto, et ille suam dignitatem, et nos
nostram libertatem recuperabimus. » Simul respiciens Cæsarem : « Fa-
ciam, inquit, hodie, imperator, ut aut vivo mihi, aut mortuo gratias
agas. » Hæc quum dixisset, primus ex dextro cornu procucurrit, atque
eum electi milites circiter cxx voluntarii ejusdem centuriæ sunt prosecuti.

XCII. Inter duas acies tantum erat relictum spatii, ut satis esset ad

le rain nécessaire pour le choc : mais Pompée avait recommandé aux siens d'essuyer notre premier effort sans s'ébranler, et de laisser ainsi notre ligne s'ouvrir : C. Triarius en avait, dit-on, donné le conseil, afin d'amortir notre élan et d'épuiser nos forces, puis d'attaquer en masse nos rangs entr'ouverts et épars : il pensait que nos javelots feraient moins d'effet sur des corps immobiles que sur des troupes qui iraient elles-mêmes au-devant des coups, et que nos soldats, obligés de doubler la course, perdraient haleine et succomberaient à la fatigue. En cela, Pompée agit, je crois, sans raison; car l'enthousiasme et la vivacité naturelle à l'homme s'enflamment encore par l'ardeur du combat. Loin de comprimer ce premier élan, un général doit l'exciter et l'accroître; et ce n'est pas pour rien que s'est établi l'antique usage de faire sonner toutes les trompettes et pousser de grands cris par toute une armée, dans le but d'effrayer l'ennemi et d'exciter l'ardeur des troupes.

XCIII. Cependant, à un signal donné, nos soldats s'élancent le javelot à la main; mais, ayant remarqué que ceux de Pompée restent immobiles, ils ralentissent le pas et s'arrêtent d'eux-mêmes au milieu de leur course, pour ne pas

---

concursum utriusque exercitus : sed Pompeius suis prædixerat, ut Cæsaris impetum exciperent, neve se loco moverent, aciemque ejus distrahi paterentur : idque admonitu C. Triarii fecisse dicebatur, ut primus excursus visque militum infringeretur, aciesque distenderetur, atque in suis ordinibus dispositi dispersos adorirentur : leniusque casura pila sperabat, in loco retentis militibus, quam si ipsi immissis telis occurrissent : simul fore, ut, duplicato cursu, Cæsaris milites exanimarentur, et lassitudine conficerentur. Quod nobis quidem nulla ratione factum a Pompeio videtur, propterea quod est quædam animi incitatio atque alacritas naturaliter innata omnibus, quæ studio pugnæ incenditur. Hanc non reprimere, sed augere imperatores debent; neque frustra antiquitus institutum est, ut signa undique concinerent, clamoremque universi tollerent : quibus rebus et hostes terreri, et suos incitari existimaverunt.

XCIII. Sed nostri milites, dato signo, quum infestis pilis procucurrissent, atque animadvertissent, non concurri a Pompeianis, usu periti,

arriver hors d'haleine, en cela instruits par l'expérience et
l'épreuve des combats précédents. Quelques moments
après, ils recommencent leur charge, lancent leurs javelots,
et, d'après l'ordre de César, ils tirent aussitôt l'épée. Les
soldats de Pompée font bonne contenance, ils reçoivent la
décharge des traits, soutiennent sans se rompre le choc
des légions, lancent aussi le javelot et mettent l'épée à la
main. En même temps la cavalerie de l'aile gauche de
Pompée s'élance, comme elle en avait l'ordre, et la foule
des archers se répand de toutes parts. Notre cavalerie ne
peut soutenir l'attaque, et recule un peu : celle de Pompée
redouble d'ardeur, se déploie par escadrons, et se dispose à nous prendre en flanc et à nous envelopper. A cette
vue, César donne le signal à la quatrième ligne, qu'il avait
formée de six cohortes. Elles s'élancent aussitôt, et chargent
si vivement la cavalerie de Pompée, qu'elle plie de tous
côtés, tourne bride, et non-seulement quitte la place, mais
s'enfuit à la hâte sur les plus hautes montagnes. Alors les
frondeurs et les archers, se trouvant sans défense, sans
armes, sans appui, sont taillés en pièces. Avec la même
impétuosité, les cohortes se portent sur l'aile gauche, dont

ac superioribus pugnis exercitati, sua sponte cursum represserunt, et
ad medium fere spatium constiterunt, ne consumptis viribus appropin-
quarent, parvoque intermisso temporis spatio, ac rursus renovato cursu,
pila miserunt, celeriterque, ut erat præceptum a Cæsare, gladios
strinxerunt. Neque vero Pompeiani huic rei defuerunt : nam et tela
missa conservaverunt, pilisque missis, ad gladios redierunt. Eodem
tempore equites ab sinistro Pompeii cornu, ut erat imperatum, universi procucurrerunt, omnisque multitudo sagittariorum se profudit :
quorum impetum noster equitatus non tulit, sed paulum loco motus
cessit : equitesque Pompeiani hoc acrius instare, et se turmatim expli-
care, aciemque nostram a latere aperto circuire cœperunt. Quod ubi
Cæsar animum advertit, quartæ aciei, quam instituerat sex cohortium
numero, signum dedit. Illi celeriter procucurrerunt, infestisque signis
tanta vi in Pompeii equites impetum fecerunt, ut eorum nemo consisteret, omnesque conversi, non solum loco excederent, sed protinus incitati
fuga montes altissimos peterent. Quibus submotis, omnes sagittarii

le centre résistait encore, la prennent à revers et l'enveloppent.

XCIV. En même temps César fit avancer la troisième ligne,
qu'il avait tenue en réserve jusqu'alors. Ces troupes fraîches,
ayant relevé celles qui avaient combattu, les soldats de
Pompée, pressés à dos et de front, ne purent résister, et
tous prirent la fuite. César ne s'était pas trompé en annonçant, dans sa harangue, que les cohortes placées en quatrième ligne pour agir contre la cavalerie ennemie com-
menceraient la victoire. Ce fut, en effet, par elles que la
cavalerie fut d'abord repoussée; ce furent elles qui taillè-
rent en pièces les archers et les frondeurs; qui enveloppè-
rent l'aile gauche de l'ennemi et commencèrent la déroute.
Dès que Pompée vit la défaite de sa cavalerie et la frayeur
qui avait saisi la partie de son armée sur laquelle il comptait le plus, se fiant peu au reste, il quitta la bataille, et
poussa son cheval droit au camp; là, s'adressant aux centurions qu'il avait postés à la porte prétorienne, il leur dit
à haute voix, pour être entendu des soldats : « Gardez le
camp, et défendez-le soigneusement en cas de quelque

funditoresque destituti, inermes, sine præsidio, interfecti sunt. Eodem
impetu cohortes sinistrum cornu, pugnantibus etiam tum ac resistentibus in acie Pompeianis, circumierunt, eosque a tergo sunt adorti.

XCIV. Eodem tempore tertiam aciem Cæsar, quæ quieta fuerat, et se
ad id tempus loco tenuerat, procurrere jussit. Ita, quum recentes atque
integri defessis successissent, alii autem a tergo adorirentur, sustinere
Pompeiani non potuerunt, atque universi terga verterunt. Neque vero
Cæsarem fefellit, quin ab iis cohortibus, quæ contra equitatum in
quarta acie collocatæ essent, initium victoriæ oriretur, ut ipse in
cohortandis militibus pronuntiaverat. Ab his enim primum equitatus
est pulsus : ab iisdem factæ cædes sagittariorum atque funditorum : ab
iisdem acies Pompeiana a sinistra parte erat circumita, atque initium
fugæ factum. Sed Pompeius, ut equitatum suum pulsum, vidit, atque
eam partem, cui maxime confidebat, perterritam animum advertit, aliis
diffisus, acie excessit, protinusque se in castra equo contulit, et iis
centurionibus, quos in statione ad prætoriam portam posuerat, clare,
ut milites exaudirent: « Tuemini, inquit, castra, et defendite diligenter,

revers; je vais en faire le tour et assurer les postes. » Ensuite il se retire au prétoire, désespérant du succès, et néanmoins attendant l'événement.

XCV. César, ayant forcé les ennemis en déroute de se
jeter dans leurs retranchements, ne voulut pas leur laisser
le temps de se remettre; il exhorta les soldats à profiter
de leur avantage et à attaquer le camp. Ceux-ci, quoique
déjà épuisés par la chaleur, car le combat s'était prolongé
jusqu'au milieu du jour, retrouvent des forces dans leur
courage, et obéissent. Le camp fut d'abord vaillamment
défendu par les cohortes qui en avaient la garde, et surtout
par les Thraces et les Barbares; car les autres, qui avaient
fui du champ de bataille, pleins de frayeur et accablés de
fatigue, jetaient leurs armes, leurs drapeaux, et pensaient
bien plus à se sauver qu'à défendre le camp. Bientôt les
soldats qui avaient tenu bon sur le rempart ne purent résister
à une grêle de traits; ils se retirèrent couverts de blessures,
ayant à leur tête les centurions et les tribuns, et s'enfuirent
sur les hauteurs voisines du camp.

XCVI. Tout annonçait, dans le camp de Pompée, les re-

si quid durius acciderit : ego reliquas portas circumeo, et castrorum
præsidia confirmo. » Hæc quum dixisset, se in prætorium contulit,
summæ rei diffidens, et tamen eventum exspectans.

XCV. Cæsar, Pompeianis ex fuga intra vallum compulsis, nullum
spatium perterritis dare oportere æstimans, milites cohortatus est, ut
beneficio fortunæ uterentur, castraque oppugnarent : qui, etsi magno
æstu fatigati (nam ad meridiem res erat perducta), tamen, ad omnem
laborem animo parati, imperio paruerunt. Castra a cohortibus, quæ
ibi præsidio erant relictæ, industrie defendebantur, multo etiam acrius
a Thracibus Barbarisque auxiliis. Nam qui acie refugerant milites, et
animo perterriti, et lassitudine confecti, missis plerique armis signisque
militaribus, magis de reliqua fuga, quam de castrorum defensione
cogitabant. Neque vero diutius, qui in vallo constiterant, multitudinem
telorum sustinere potuerunt; sed confecti vulneribus locum reliquerunt: protinusque omnes, ducibus usi centurionibus tribunisque militum, in altissimos montes, qui ad castra pertinebant, confugerunt.

XCVI. In castris Pompeii videre licuit triclinia strata, magnum

cherches du luxe et l'espérance de la victoire; on y voyait des tables à trois lits, dressées, des buffets chargés d'argenterie, des tentes couvertes de gazon frais, quelques-unes même, comme celle de L. Lentulus, ombragées par des guirlandes de lierre; il était aisé de voir, à tant de luxe frivole, qu'ils n'avaient conçu aucun doute sur le succès : et cependant ils accusaient de mollesse l'armée de César, si pauvre, mais si forte, et qui toujours avait manqué des choses les plus nécessaires. Pompée, aussitôt que nous fûmes dans ses retranchements, se saisit du premier cheval qu'il trouva, quitta les marques de sa dignité, s'échappa par la porte Décumane, et courut à toute bride vers Larisse. Il ne s'y arrêta pas; mais avec la même vitesse, recueillant quelques fuyards, il courut toute la nuit, escorté de trente cavaliers, arriva à la mer, et monta sur un vaisseau de transport. Il se plaignit, dit-on, plusieurs fois, d'avoir été si étrangement trompé dans ses espérances, et en quelque sorte trahi par ceux de qui il attendait la victoire, et qui avaient été les premiers à fuir.

XCVII. Maître du camp, César obtint des soldats qu'ils laisseraient le pillage pour achever le succès. Il entreprit

argenti pondus expositum, recentibus cespitibus tabernacula constrata, L. etiam Lentuli et nonnullorum tabernacula protecta edera; multaque præterea, quæ nimiam luxuriam et victoriæ fiduciam designarent : ut facile æstimari posset, nihil eos de eventu ejus diei timuisse, qui non necessarias conquirerent voluptates. At hi miserrimo ac patientissimo exercitui Cæsaris luxuriem objiciebant, cui semper omnia ad necessarium usum defuissent. Pompeius, jam quum intra vallum nostri versarentur, equum nactus, detractis insignibus imperatoriis, Decumana porta se ex castris ejecit, protinusque equo citato Larissam contendit. Neque ibi constitit, sed eadem celeritate, paucos suos ex fuga nactus, nocturno itinere non intermisso, comitatu equitum triginta ad mare pervenit, navemque frumentariam conscendit; sæpe, ut dicebatur, querens, tantum se opinionem fefellisse, ut, a quo genere hominum victoriam sperasset, ab eo, initio fugæ facto, pene proditus videretur.

XCVII. Cæsar, castris potitus, a militibus contendit, ne, in præda occupati, reliqui negotii gerendi facultatem dimitterent. Qua re imne.

alors de tirer une ligne autour de la hauteur où les troupes ennemies s'étaient réfugiées. Celles-ci, s'apercevant que le manque d'eau rendait la position mauvaise, l'abandonnent d'elles-mêmes, et veulent se retirer sur Larisse. César se douta de ce projet; il partagea ses troupes, en laissa une partie dans son camp, une autre dans celui de Pompée, prit avec lui quatre légions, marcha au devant de l'ennemi par un chemin plus facile, et, arrivé à une distance de six milles, rangea son armée en bataille. A cette vue, les ennemis s'arrêtèrent sur une montagne, au pied de laquelle coulait une rivière. Malgré la fatigue de tout le jour et l'approche de la nuit, les soldats de César, encouragés par ses discours, se mettent à tirer une ligne qui coupait toute communication avec la rivière et empêchait l'ennemi d'aller à l'eau pendant la nuit. L'ouvrage achevé, les ennemis députèrent vers César pour se rendre. Quelques sénateurs qui s'étaient joints à eux cherchèrent, à la faveur des ténèbres, leur salut dans la fuite.

XCVIII. A la pointe du jour, César ordonna à tous ceux qui étaient postés sur la montagne, de descendre dans la plaine, et de mettre bas les armes; ils le firent sans délai, se prosternèrent à ses pieds, les bras étendus et les

trata, montem opere circumvenire instituit. Pompeiani, quod is mons erat sine aqua, diffisi ei loco, relicto monte, universi (juris ejus) Larissam versus se recipere cœperunt. Qua spe animadversa, Cæsar copias suas divisit, partemque legionum in castris Pompeii remanere jussit, partem in sua castra remisit; quatuor secum legiones duxit, commodioreque itinere Pompeianis occurrere cœpit, et progressus millia passuum sex, aciem instruxit. Qua re animadversa, Pompeiani in quodam monte constiterunt : hunc montem flumen subluebat. Cæsar, milites cohortatus, etsi totius diei continenti labore erant confecti, noxque jam suberat, tamen munitione flumen a monte seclusit, ne noctu aquari Pompeiani possent. Quo jam perfecto opere, illi de deditione, missis legatis, agere cœperunt. Pauci ordinis senatorii, qui se cum iis conjunxerant, nocte fuga salutem petierunt.

XCVIII. Cæsar prima luce omnes eos, qui in monte consederant, ex superioribus locis in planitiem descendere, atque arma projicere jussit. Quod ubi sine recusatione fecerunt, passisque palmis, projecti ad ter-

larmes aux yeux, et demandèrent la vie. Il les fit relever,
les consola, les rassura en leur disant quelques mots de sa
clémence, et les sauva tous. Il défendit à ses troupes de
leur faire le moindre mal, et de leur enlever quoi que ce
fût. Ces mesures ainsi prises, il fit venir d'autres légions
de son camp, y renvoya celles qu'il avait amenées, afin
qu'elles prissent quelque repos, et le jour même il arriva
à Larisse.

XCIX. Cette victoire ne lui coûta que deux cents soldats;
mais il perdit environ trente centurions pleins de bravoure.
Crastinus, dont nous avons parlé plus haut, fut tué d'un
coup d'épée au visage, en combattant vaillamment. Ce
qu'il avait dit au moment de l'action se trouva vrai : César
reconnut, en effet, que Crastinus avait montré dans ce
combat un merveilleux courage et lui avait rendu d'éminents services. Pompée perdit environ quinze mille hommes : plus de vingt-quatre mille se rendirent (car les
cohortes même qui avaient été placées dans les forts se
soumirent à Sylla); en outre, beaucoup se réfugièrent dans
les villes voisines. Neuf aigles et cent quatre-vingts enseignes

ram, flentes ab eo salutem petierunt; consolatus consurgere jussit, et
pauca apud eos de lenitate sua locutus, quo minore essent timore,
omnes conservavit; militibusque suis commendavit, ne qui eorum vio-
larentur, neu quid sui desiderarent. Hac adhibita diligentia, ex castris
sibi legiones alias occurrere, et eas, quas secum duxerat, invicem re-
quiescere, atque in castra reverti jussit; eodemque die Larissam pervenit.

XCIX. In eo proelio non amplius cc milites desideravit; sed centuriones, fortes viros, circiter xxx amisit. Interfectus est etiam fortissime
pugnans Crastinus, cujus mentionem supra fecimus, gladio in os adversum conjecto. Neque id fuit falsum, quod ille, in pugnam profi-
ciscens, dixerat : sic enim Cæsar existimabat, eo proelio excellentissi-
mam virtutem Crastini fuisse, optimeque eum de se meritum judicabat.
Ex Pompeiano exercitu circiter millia quindecim cecidisse videbantur :
sed in deditionem venerunt amplius millia xxiv (namque etiam cohortes, quæ præsidio in castellis fuerant, sese Syllæ dediderunt) : multi
præterea in finitimas civitates refugerunt : signaque militaria ex proelio

prises dans ce combat furent apportées à César. L. Domitius, au moment où il fuyait du camp pour gagner la montagne, tomba de lassitude et fut tué par la cavalerie.

C. Vers le même temps, D. Lelius vint à Brindes avec sa flotte, et s'empara de l'île située à l'entrée du port, par le même moyen que Libon avait déjà employé. De son côté, Vatinius, qui commandait à Brindes, fit ponter et armer quelques barques, et tâcha d'attirer les vaisseaux de Lelius. Une galère à cinq rangs s'étant trop avancée, il la prit avec deux autres moins considérables dans la partie étroite du port, et répandit sa cavalerie sur la côte, pour empêcher les ennemis de faire de l'eau. Mais Lelius, se trouvant dans la saison la plus favorable à la navigation, se servait de ses vaisseaux de charge pour amener l'eau de Corcyre et de Dyrrachium. Rien ne le détournait de sa résolution : ni la nouvelle de la bataille livrée en Thessalie, ni la perte de plusieurs de ses vaisseaux, ni le manque des choses nécessaires ne purent le déterminer à quitter le port et l'île.

CI. A peu près à cette époque, Cassius vint en Sicile avec une flotte composée de vaisseaux de Syrie, de Phénicie

---

ad Cæsarem sunt relata CLXXX, et aquilæ novem. **L.** Domitius, ex castris in montem refugiens, quum vires eum lassitudine defecissent, ab equitibus est interfectus.

C. Eodem tempore D. Lælius cum classe ad Brundisium venit; eademque ratione, qua factum a Libone antea demonstravimus, insulam objectam portui brundisino tenuit. Similiter Vatinius, qui Brundisio præerat, tectis instructisque scaphis, elicuit naves Lælianas; atque ex his longius productam unam qiunqueremem, et minores duas, in angustiis portus cepit, itemque per equites dispositos aqua prohibere classiarios instituit. Sed Lælius, tempore anni commodiore usus ad navigandum, onerariis navibus Corcyra Dyrrachioque aquam suis supportabat, neque a proposito deterrebatur, neque ante prœlium in Thessalia factum cognitum, aut ignominia amissarum navium, aut necessariarum rerum inopia, ex portu insulaque expediri potuit.

CI. Iisdem fere temporibus, Cassius cum classe Syrorum, et Phœnicum, et Cilicum, in Siciliam venit : et quum esset Cæsaris classis divisa in duas partes, et dimidiæ parti præesset P. Sulpicius prætor

et de Cilicie. Celle de César était divisée en deux parties,
l'une à Vibo, dans le détroit, commandée par le préteur
P. Sulpicius, l'autre à Messine, commandée par M. Pomponius. Cassius fit voile vers Messine, et arriva avant que
Pomponius en fût informé. Il le surprit en désordre et au
dépourvu; et, profitant d'un vent favorable, il remplit
quelques vaisseaux de charge de poix, de résine, d'étoupe
et autres matières combustibles, et les lança sur les vaisseaux de Pomponius; tous furent brûlés au nombre de
trente-cinq, dont vingt étaient pontés. L'effroi fut tel dans
la ville, que, malgré la légion qui était en garnison à Messine, on eut beaucoup de peine à la défendre; et si des
cavaliers disposés à cet effet n'eussent apporté en ce moment même la nouvelle de la victoire de César, on pense
que la place eût été emportée. Mais la nouvelle arriva à propos et sauva la ville. Cassius se porta ensuite à Vibo contre
la flotte de Sulpicius : nos soldats, ayant rangé leurs vaisseaux sur la côte, prirent, dans la crainte d'un sort pareil,
les mesures que leur conseillait la prudence. Cassius, se-
condé encore par un bon vent, envoya contre la flotte qua-

Vibone ad fretum, dimidiæ M. Pomponius ad Messanam, prius Cassius ad Messanam navibus advolavit, quam Pomponius de ejus adventu
cognosceret; perturbatumque eum nactus, nullis custodiis, neque ordinibus certis, magno vento et secundo completas onerarias naves tæda,
et pice, et stupa, reliquisque rebus, quæ sunt ad incendia, in Pompo-
nianam classem immisit, atque omnes naves incendit xxxv, et quibus
erant xx constratæ : tantusque eo facto timor incessit, ut, quum esset
legio præsidio Messanæ, vix oppidum defenderetur : et, nisi eo ipso
tempore quidam nuntii de Cæsaris victoria per dispositos equites essent
allati, existimabant plerique futurum fuisse uti amitteretur : sed op-
portunissime nuntiis allatis, oppidum fuit defensum. Cassiusque ad
Sulpicianam inde classem profectus est Vibonem; applicatisque nostris
ad terram navibus, propter eumdem timorem pari atque ante ratione
egerunt. Cassius, secundum nactus ventum, onerarias naves circiter xl,
præparatas ad incendium, immisit, et flamma ab utroque cornu comprehensa, naves sunt combustæ v. Quumque ignis magnitudine venti
latius serperet, milites, qui ex veteribus legionibus erant relicti præsidio

rante brûlots, qui y mirent le feu aux deux extrémités, et cinq navires furent consumés. Déjà la flamme, poussée par le vent, allait étendre ses ravages, lorsque les soldats des vieilles légions, laissés pour cause de maladie à la garde des vaisseaux, indignés de cet affront, montèrent d'eux-mêmes sur les navires, mirent à la voile, et, se jetant sur la flotte ennemie, prirent deux galères à cinq rangs, dont l'une était montée par Cassius; mais celui-ci se sauva sur une chaloupe : on prit encore deux trirèmes. Peu de temps après, on sut par les soldats mêmes de Pompée la bataille de Thessalie; jusqu'alors on la prenait pour une feinte des lieutenants et des amis de César. Cassius, mieux instruit, s'éloigna avec sa flotte.

CII. César, laissant tout le reste, crut devoir poursuivre Pompée, quelque part qu'il se fût retiré, afin qu'il ne pût lever de nouvelles troupes et recommencer la guerre. Dans ce but, chaque jour il faisait, avec sa cavalerie, de très-longues marches; une légion avait ordre de le suivre à petites journées. Cependant Pompée avait publié un édit à Amphipolis, pour que toute la jeunesse de la Province, Grecs ou citoyens romains, vînt dans cette ville lui prêter serment. Voulait-il

navibus, ex numero ægrorum, ignominiam non tulerunt; sed sua sponte naves conscenderunt, et a terra solverunt, impetuque facto in Cassianam classem, quinqueremes duas, in quarum altera erat Cassius, ceperunt : sed Cassius, exceptus scapha, refugit : præterea duæ sunt deprehensæ triremes. Neque multo post de prœlio facto in Thessalia cognitum est, ut ipsis Pompeianis fides fieret : nam ante id tempus fingi a legatis amicisque Cæsaris arbitrabantur. Quibus rebus cognitis, ex iis locis Cassius cum classe discessit.

CII. Cæsar, omnibus rebus relictis, persequendum sibi Pompeium existimavit, quascumque in partes ex fuga se recepisset, ne rursus copias comparare alias, et bellum renovare posset : et quantumcumque itineris equitatu efficere poterat, quotidie progrediebatur; legionemque unam minoribus itineribus subsequi jussit. Erat edictum Pompeii nomine Amphipoli propositum, uti omnes ejus Provinciæ juniores, Græci civesque romani, jurandi causa convenirent; sed, utrum avertendæ suspicionis causa Pompeius proposuisset, ut quam diutissime longioris fugæ consilium occultaret, an novis dilectibus, si nemo premeret, Ma-

ainsi détourner les soupçons, déguiser le plus longtemps possible tout projet d'une retraite plus lointaine, ou essayer, au moyen de nouvelles levées, d'occuper la Macédoine? c'est ce qu'on ne saurait dire. Il ne resta à l'ancre qu'une seule nuit, fit venir d'Amphipolis ses amis, se procura l'argent dont il avait besoin, et, sur la nouvelle de l'arrivée de César, partit, et se trouva en peu de jours à Mitylène. Les vents contraires l'y retinrent deux jours; il y prit quelques vaisseaux légers qu'il avait joints à sa flotte, et de là se rendit en Cilicie, puis à Chypre. Là, il apprend que les habitants d'Antioche et les citoyens romains qui y commerçaient s'étaient saisis de la citadelle, et devaient lui fermer les portes; et qu'ils avaient fait dire à ceux qui s'étaient retirés dans les villes voisines après sa défaite, de ne point venir à Antioche, sous peine de la vie. L. Lentulus, consul de l'année précédente, P. Lentulus, personnage consulaire, et plusieurs autres, avaient éprouvé le même traitement à Rhodes. Enfin, aucun de ceux qui, fuyant à la suite de Pompée, étaient abordés dans cette île, ne fut reçu ni dans la ville ni dans le port. On leur signifia de s'éloigner, et ils furent forcés de se remettre en mer. Le bruit de l'arrivée de César se répandait déjà dans les villes.

cedoniam tenere conaretur, existimari non poterat. Ipse ad anchoram una nocte constitit, et vocatis ad se Amphipoli hospitibus, et pecunia ad necessarios sumptus corrogata, cognito Cæsaris adventu, ex eo loco discessit, et Mitylenas paucis diebus venit. Biduum tempestate retentus, navibusque aliis additis actuariis, in Ciliciam atque inde Cyprum pervenit. Ibi cognoscit, consensu omnium Antiochensium civiumque romanorum, qui illic negotiarentur, arcem captam esse, excludendi sui causa, nuntiosque dimissos ad eos, qui se ex fuga in finitimas civitates recepisse dicerentur, ne Antiochiam adirent : id si fecissent, magno eorum capitis periculo futurum. Idem hoc L. Lentulo, qui superiore anno consul fuerat, et P. Lentulo consulari, ac nonnullis aliis acciderat Rhodi : nam quicumque ex fuga Pompeium sequerentur, atque in insulam venissent, oppido ac portu recepti non erant : missisque ad eos nuntiis, ut ex iis locis discederent, contra voluntatem suam naves solverunt. Jamque de Cæsaris adventu fama ad civitates perferebatur.

CIII. Ces nouvelles détournèrent Pompée du projet d'aller en Syrie. Il enleva les fonds des compagnies, en emprunta de quelques particuliers, chargea ses vaisseaux d'une grande quantité de monnaie de cuivre pour la solde des troupes, arma deux mille hommes tant parmi les marchands que parmi les domestiques des compagnies, choisit ceux de ses partisans qui parurent le plus propres au service, et se rendit à Péluse. Là se trouvait par hasard le jeune roi Ptolémée qui avec des troupes nombreuses faisait la guerre à sa sœur Cléopâtre, que peu de mois auparavant il avait chassée du royaume à l'aide de ses parents et de ses amis. Le camp de Cléopâtre était à peu de distance de celui de son frère. Pompée députa vers ce prince, et lui demanda, au nom de l'hospitalité et de l'amitié qui l'avait uni à son père, de le recevoir dans Alexandrie, et de protéger son infortune. Ses envoyés, après avoir rempli leur mission, entamèrent des entretiens avec les soldats du roi, et se mirent à parler d'une façon trop libre, les exhortant à servir Pompée et à ne pas le délaisser dans sa disgrâce. De ce nombre étaient plusieurs soldats de Pompée, que Gabinius avait tirés de

CIII. Quibus cognitis rebus, Pompeius, deposito adeundæ Syriæ consilio, pecunia societatis sublata, et a quibusdam privatis sumpta, æris magno pondere ad militarem usum in naves imposito, duobusque millibus hominum armatis, partim quos ex familiis societatum delegerat, partim a negotiatoribus coegerat; quosque ex suis quisque ad hanc rem idoneos existimabat, Pelusium pervenit. Ibi casu rex erat Ptolemæus, puer ætate; magnis copiis, cum sorore Cleopatra gerens bellum; quam paucis ante mensibus per suos propinquos atque amicos regno expulerat : castraque Cleopatræ non longo spatio ab ejus castris distabant. Ad eum Pompeius misit, ut pro hospitio atque amicitia patris Alexandria reciperetur, atque illius opibus in calamitate tegeretur. Sed; qui ab eo missi erant, confecto legationis officio, liberius cum militibus regis colloqui cœperunt, eosque hortari, ut suum officium Pompeio præstarent, neve ejus fortunam despicerent. In hoc erant numero complures Pompeii milites, quos, ex ejus exercitu acceptos in Syria, Gabinius Alexandriam transduxerat, belloque confecto, apud Ptolemæum, patrem pueri, reliquerat.

16.

l'armée de Syrie et amenés à Alexandrie, où, après la guerre,
il les avait laissés au service de Ptolémée, père du jeune roi.

CIV. Les favoris chargés d'administrer le royaume pendant la jeunesse du prince connurent bientôt ces démarches; et, soit qu'ils craignissent, comme ils le dirent ensuite, que Pompée ne séduisît l'armée pour se rendre
maître d'Alexandrie et de l'Égypte, soit mépris de sa fortune (la disgrâce, on le sait, fait souvent succéder la haine
à l'amitié), après avoir répondu avec obligeance, et invité
Pompée à se rendre auprès du roi, ils tinrent conseil entre
eux, et envoyèrent secrètement Achillas, préfet du palais,
homme de résolution et d'audace, et L. Septimius, tribun
militaire, avec ordre de tuer Pompée. Ceux-ci allèrent donc à
sa rencontre avec un air de franchise : Septimius était un
peu connu de lui, pour avoir commandé sous ses ordres
dans la guerre des pirates. Pompée, en le voyant, passe
dans une chaloupe avec quelques-uns des siens; là, il est
tué par Achillas et Septimius. L. Lentulus est également
arrêté par ordre du roi, et mis à mort dans la prison.

CV. A son arrivée en Asie, César apprit que T. Ampius
avait eu dessein d'enlever le trésor du temple de Diane, à

CIV. His tunc cognitis rebus, amici regis, qui propter ætatem ejus
in procuratione erant regni; sive timore adducti, ut postea prædicabant,
ne, sollicitato exercitu regio, Pompeius Alexandriam Ægyptumque
occuparet, sive despectâ ejus fortuna, ut plerumque in calamitate ex
amicis inimici exsistunt, iis, qui erant ab eo missi, palam liberaliter
responderunt, eumque ad regem venire jusserunt : ipsi, clam consilio
inito, Achillam, præfectum regium, singulari hominem audacia, et
L. Septimium, tribunum militum, ad interficiendum Pompeium miserunt. Ab his liberaliter ipse appellatus, et quadam notitia Septimii
productus, quod bello prædonum apud eum ordinem duxerat, navicu-
am parvulam conscendit cum paucis suis; et ibi ab Achilla et Septimio
nterficitur. Item L. Lentulus comprehenditur ab rege, et in custodia
necatur.

CV. Cæsar, quum in Asiam venisset, reperiebat, T. Ampium conatum esse tollere pecunias Epheso ex fano Dianæ, ejusque rei causa
senatores omnes ex provincia evocasse, ut iis testibus in summa pecu-

Éphèse, et qu'à cet effet il avait convoqué tous les sénateurs de la province pour attester, s'il le fallait, quelle était la somme qu'il avait prise ; mais l'approche de César le troubla, et il s'enfuit. Ainsi César sauva deux fois le trésor d'Éphèse. On assurait aussi, d'après des calculs exacts, que dans le temple de Minerve, en Élide, le jour même où César avait été vainqueur à Pharsale, la statue de la Victoire, qui était placée vis-à-vis celle de Minerve, s'était tournée vers les portes du temple. Le même jour, à Antioche, en Syrie, on entendit deux fois de si grands cris d'armées et un tel bruit de trompettes, que toute la ville s'arma et courut au rempart. La même chose arriva à Ptolémaïs. A Pergame, dans le sanctuaire du temple, où les prêtres seuls ont le droit d'entrer et que les Grecs nomment *adyta*, les tambours sacrés retentirent d'eux-mêmes. A Tralles, dans le temple de la Victoire, où les habitants avaient consacré une statue à César, on montrait un palmier, qui, à travers les pierres du temple, s'était élevé jusqu'à la voûte.

CVI. César ne s'arrêta que peu de jours en Asie ; sachant que Pompée avait paru à Chypre, et soupçonnant que ses liaisons avec le roi d'Égypte et les avantages qu'offrait ce

niæ uteretur; sed interpellatum adventu Cæsaris profugisse. Ita duobus temporibus Ephesiæ pecuniæ Cæsar auxilium tulit. Item constabat, Elide in templo Minervæ, repetitis atque enumeratis diebus, quo die prœlium secundum fecisset Cæsar, simulacrum Victoriæ, quod ante ipsam Minervam collocatum erat, et ante ad simulacrum Minervæ spectabat, ad valvas se templi limenque convertisse. Eodemque die Antiochiæ in Syria bis tantus exercitus clamor, et signorum sonus exauditus est, ut in muris armata civitas discurreret. Hoc idem Ptolemaide accidit. Pergami in occultis ac remotis templi, quo præter sacerdotes adire fas non est, quæ Græci ἄδυτα appellant, tympana sonuerunt. Item Trallibus in templo Victoriæ, ubi Cæsaris statuam consecraverant, palma per eos dies in tecto inter coagmenta lapidum in pavimento exstitisse ostendebatur.

CVI. Cæsar, paucos dies in Asia moratus, quum audisset Pompeium Cypri visum, conjectans eum in Ægyptum iter habere, propter necessitudines regni reliquasque ejus loci opportunitates, cum legionibus,

pays l'attireraient de ce côté, il se rendit à Alexandrie avec dix galères de Rhodes et quelques autres d'Asie, sur lesquelles il avait embarqué huit cents chevaux et deux légions, l'une qu'il avait amenée de Thessalie, l'autre qu'il avait fait venir d'Achaïe, sous les ordres de son lieutenant Q. Fufius. Ces deux légions formaient environ trois mille deux cents hommes : le reste, blessé ou épuisé de fatigue, n'avait pu suivre. Mais César, comptant sur le bruit des derniers événements, n'avait pas craint de partir avec si peu de forces, et pensait ne rencontrer aucun péril. Il apprend à Alexandrie la mort de Pompée; mais à peine a-t-il mis pied à terre, qu'il entend les cris des troupes que le roi avait laissées en garnison dans cette ville. On accourt : la vue des faisceaux portés devant César soulève la multitude et semble être une atteinte à la majesté royale. Ce premier tumulte s'apaise; mais, les jours suivants, les rassemblements hostiles et tumultueux se renouvellent, et plusieurs soldats sont tués en divers quartiers de la ville.

CVII. César fait alors venir d'Asie d'autres légions, qu'il avait formées des débris de celles de Pompée. Pour lui, il était retenu à Alexandrie par les vents étésiens, qui sont

---

una, quam ex Thessalia se sequi jusserat, et altera, quam ex Achaia a Q. Fufio legato evocaverat, equitibusque DCCC, et navibus longis rhodiis X, et asiaticis paucis, Alexandriam pervenit. In his erant legionibus hominum tria millia CC : reliqui, vulneribus ex prœliis, et labore ac magnitudiae itineris confecti, consequi non potuerant. Sed Cæsar, confisus fama rerum gestarum, infirmis auxiliis proficisci non dubitaverat, atque omnem sibi locum tutum fore existimabat. Alexandriæ de Pompeii morte cognoscit : atque ibi primum e navi egrediens clamorem militum audit, quos rex in oppido præsidii causa reliquerat, et concursum ad se fieri videt, quod fasces anteferrentur. In hoc omnis multitudo majestatem regiam minui prædicabat. Hoc sedato tumultu, crebræ continuis diebus ex concursu multitudinis concitationes fiebant, compluresque milites hujus urbis omnibus partibus interficiebantur.

CVII. Quibus rebus animadversis, legiones sibi alias ex Asia adduci jussit, quas ex Pompeianis militibus confecerat : ipse enim necessario Etesiis tenebatur, qui Alexandria navigantibus sunt adversissimi venti.

tout à fait contraires aux navires sortant de ce port. Cependant les différends élevés entre les deux rois lui parurent exiger l'intervention du peuple romain et la sienne en sa qualité de consul; il s'y crut d'autant plus obligé que, sous son consulat précédent, une loi et un décret du sénat avaient reconnu l'alliance de Ptolémée leur père. Il déclara donc qu'il jugeait convenable que le roi Ptolémée et Cléopâtre, sa sœur, licenciassent leurs armées, et vinssent discuter devant lui leur querelle, plutôt que de la décider entre eux par les armes.

CVIII. L'administration du royaume avait été confiée, à cause de l'extrême jeunesse du roi, à l'eunuque Pothin, son gouverneur. Cet homme commença par se plaindre et s'indigner que le roi fût cité pour plaider sa cause; il trouva bientôt parmi les amis du roi des gens de son avis et disposés à le seconder : il appela secrètement l'armée de Péluse à Alexandrie, et en donna le commandement à ce même Achillas, dont il a été fait mention. Après lui avoir prodigué, au nom du roi et du sien propre, les plus brillantes promesses, il l'instruisit, par lettres et par messages, de ses intentions. Le testament de Ptolémée le père

Interim controversias regum ad populum romanum, et ad se, quod esset consul, pertinere existimans, atque eo magis officio suo convenire, quod superiore consulatu, cum patre Ptolemæo, et lege et S. C. societas erat facta, ostendit sibi placere, regem Ptolemæum, atque sororem ejus Cleopatram exercitus, quos haberent, dimittere, et de controversiis jure apud se potius, quam inter se armis disceptare.

CVIII. Erat in procuratione regni propter ætatem pueri nutricius ejus, eunuchus, nomine Pothinus. Is primum inter suos queri atque indignari cœpit, regem ad dicendam causam evocari : deinde adjutores quosdam, conscios sui, nactus ex regis amicis, exercitum a Pelusio clam Alexandriam evocavit, atque eumdem Achillam, cujus supra meminimus, omnibus copiis præfecit. Hunc incitatum suis, et regis inflatum pollicitationibus, quæ fieri vellet, litteris nuntiisque edocuit. In testamento Ptolemæi patris hæredes erant scripti ex duobus filiis major, et ex duabus ea quæ ætate antecedebat. Hæc uti fierent, per omnes deos, perque fœdera, quæ Romæ fecisset, eodem testamento Pto-

avait désigné pour ses héritiers l'aîné de ses deux fils, et aussi la plus âgée de ses deux filles; par le même testament il conjurait le peuple romain, au nom des dieux et de son alliance avec lui, de faire observer ces dispositions. Une copie de ce testament avait été portée à Rome par ses ambassadeurs pour être déposée dans le trésor public; l'embarras des affaires ne l'ayant point permis, elle avait été remise entre les mains de Pompée; une autre absolument semblable avait été laissée à Alexandrie : c'était celle que l'on produisait.

CIX. Tandis que cette affaire se traitait devant César, et qu'il souhaitait vivement, en sa qualité d'arbitre et d'ami, de terminer à l'amiable la querelle des deux rois, tout à coup on annonce à Alexandrie l'approche des troupes et de la cavalerie royale. César avait trop peu de troupes pour risquer une bataille hors des murs; il ne lui restait d'autre parti à prendre que de garder le poste qu'il occupait dans la ville, jusqu'à ce qu'il connût les intentions d'Achillas. Cependant il fit prendre les armes à tous ses soldats, et il engagea le roi à envoyer vers Achillas les personnages les plus considérés, pour lui signifier ses volontés. Dioscoride et Séra-

lemæus populum romanum obtestabatur. Tabulæ testamenti unæ per legatos ejus Romam erant allatæ, ut in ærario ponerentur (hæ quum propter publicas occupationes poni non potuissent, apud Pompeium sunt depositæ); alteræ, eodem exemplo, relictæ atque obsignatæ Alexandriæ proferebantur.

CIX. De his rebus quum ageretur apud Cæsarem, isque maxime vellet, pro communi amico atque arbitro controversias regum componere, subito exercitus regius equitatusque omnis venire Alexandriam nuntiatur. Cæsaris copiæ nequaquam erant tantæ, ut eis, extra oppidum si esset dimicandum, confideret. Relinquebatur, ut se suis locis oppido teneret, consiliumque Achillæ cognosceret. Milites tamen omnes in armis esse jussit; regemque hortatus est, ut ex suis necessariis, quos haberet maximæ auctoritatis, legatos ad Achillam mitteret, et quid eset suæ voluntatis, ostenderet. A quo missi Dioscorides et Serapion, qui ambo legati Romæ fuerant, magnamque apud patrem Ptolemæum auctoritatem habuerant, ad Achillam pervenerunt. Quos ille,

pion, qui avaient été ambassadeurs à Rome et qui avaient joui d'un grand crédit sous le règne précédent, furent chargés de se rendre près d'Achillas. Aussitôt qu'ils parurent, Achillas, sans les entendre et sans s'informer du but de leur mission, les fait saisir et massacrer : l'un, frappé et laissé pour mort, fut emporté par les siens ; l'autre périt sur la place. César alors s'assura de la personne du roi, dont le nom devait être d'un grand poids auprès du peuple, en montrant que la guerre était plutôt entreprise par quelques hommes et par des brigands, que d'après un ordre du roi.

CX. L'armée d'Achillas ne laissait pas d'avoir quelque importance, soit par le nombre, soit par la qualité et l'expérience des soldats. Il avait vingt mille hommes sous les armes. Ces troupes se composaient des soldats de Gabinius, qui tous avaient pris les habitudes et les mœurs d'Alexandrie. Ils avaient perdu le souvenir de Rome et de sa discipline ; ils s'étaient mariés dans le pays, et la plupart avaient des enfants. Leur troupe s'était grossie d'un ramas de voleurs et de brigands de Syrie, de Cilicie, et des contrées voisines, sans compter une foule de gens condamnés

quum in conspectum ejus venissent, prius quam audiret, aut cujus rei causa missi essent, cognosceret, corripi ac interfici jussit : quorum alter accepto vulnere occupatus, per suos pro occiso sublatus, alter interfectus est. Quo facto, regem ut in sua potestate haberet, Cæsar effecit, magnamque regium nomen apud suos auctoritatem habere existimans, et ut potius privato paucorum et latronum, quam regio consilio, susceptum bellum videretur.

CX. Erant cum Achilla copiæ, ut neque numero, neque genere hominum, neque usu rei militaris contemnendæ viderentur : millia enim xx in armis habebat. Hæ constabant ex Gabinianis militibus, qui jam in consuetudinem alexandrinæ vitæ ac licentiæ venerant, et nomen disciplinamque populi romani dedidicerant, uxoresque duxerant, ex quibus plerique liberos habebant. Huc accedebant collecti ex prædonibus latronibusque Syriæ Ciliciæque provinciæ, finitimarumque regionum. Multi præterea capitis damnati exsulesque convenerant : fugitivisque omnibus nostris certus erat Alexandriæ receptus, certaque vitæ condi-

à mort ou bannis. Nos esclaves fugitifs trouvaient à Alexandrie une retraite et une existence assurées, dès qu'ils s'enrôlaient et se faisaient soldats. Si quelqu'un d'eux était arrêté par son maître, tous accouraient et l'arrachaient de ses mains, sachant bien qu'également coupables ils étaient intéressés à la même cause. Suivant une vieille coutume des armées égyptiennes, ils pouvaient demander la tête des favoris, s'enrichir par le pillage des riches, assiéger le palais des rois, ôter ou donner la couronne. Il y avait en outre deux mille cavaliers vieillis dans les guerres d'Alexandrie; c'étaient eux qui avaient rétabli Ptolémée, égorgé les deux fils de Bibulus, fait la guerre aux Égyptiens. Ils avaient donc assez d'expérience dans le métier des armes.

CXI. Achillas, plein de confiance dans ses troupes et regardant avec mépris notre poignée de soldats, était maître de la ville, à l'exception du quartier que César occupait, et où il essaya d'abord de le forcer dans sa maison; mais César, ayant placé des cohortes à l'entrée des rues, résista à son attaque. En même temps on combattait vers le port; ce qui mit beaucoup d'acharnement dans la lutte : en effet,

tio, ut, dato nomine, militum essent numero : quorum si quis a domino prehenderetur, concursu militum eripiebatur, qui vim suorum, quod in simili culpa versabantur, ipsi pro suo periculo defendebant. Hi regis amicos ad mortem deposcere, hi bona locupletum diripere stipendii augendi causa, regis domum obsidere, regno expellere, alios arcessere, vetere quodam alexandrini exercitus instituto, consueverant. Erant praeterea equitum millia duo. Inveteraverant hi omnes compluribus Alexandriae bellis. Ptolemaeum patrem in regnum reduxerant, Bibuli filios duos interfecerant, bella cum Ægyptiis gesserant. Hunc usum rei militaris habebant.

CXI. His copiis fidens Achillas paucitatemque militum Caesaris despiciens, occupabat Alexandriam, praeter eam oppidi partem, quam Caesar cum militibus tenebat, primo impetu domum ejus irrumpere conatus : sed Caesar, dispositis per vias cohortibus, impetum ejus sustinuit. Eodem tempore pugnatum est ad portum; ac longe maximam ea res attulit dimicationem. Simul enim, diductis copiis, pluribus viis

tandis que nos troupes éparses combattaient dans plusieurs rues de la ville, l'ennemi se pressait en foule pour s'emparer de notre flotte, laquelle consistait en cinquante galères, envoyées au secours de Pompée, et revenues au port après la bataille de Pharsale. Ces galères étaient à trois et à cinq rangs de rames, armées et équipées. De plus, il y en avait vingt-deux autres, toutes pontées, formant la station ordinaire d'Alexandrie. Une fois maîtres de la flotte, ils l'étaient de toute la mer, et interceptaient l'arrivée des vivres et des secours jusqu'à César. Aussi l'action fut-elle aussi vive qu'elle devait l'être, lorsqu'il s'agissait pour les uns d'une prompte victoire, et pour les autres de leur salut. César l'emporta : ne pouvant avec si peu de troupes occuper un vaste terrain, il brûla toutes ces galères, ainsi que celles qui étaient dans les arsenaux, et sur-le-champ alla faire une descente au Phare.

CXII. Le Phare est une tour très-élevée, d'une admirable architecture, bâtie dans une île dont elle porte le nom. Cette île, située en face d'Alexandrie, en forme le port; des môles de neuf cents pas de long, jetés dans la mer par les anciens rois, forment un canal étroit qui communique

pugnabatur, et magna multitudine naves longas occupare hostes conabantur, quarum erant quinquaginta auxilio missæ ad Pompeium, prœlioque in Thessalia facto, domum redierant. Illæ triremes omnes et quinqueremes erant, aptæ instructæque omnibus rebus ad navigandum. Præter has, duæ et viginti, quæ præsidii causa Alexandriæ esse consueverant, constratæ omnes : quas si occupavissent, classe Cæsari erepta, portum ac mare totum in sua potestate haberent, commeatu auxiliisque Cæsarem prohiberent. Itaque tanta est contentione actum, quanta agi debuit, quam illi celerem in ea re victoriam, hi salutem suam consistere viderent. Sed rem obtinuit Cæsar; omnesque eas naves, et reliquas, quæ erant in navalibus, incendit, quod tam late tueri tam parva manu non poterat; confestimque ad Pharum navibus milites exposuit.

CXII. Pharus est in insula turris, magna altitudine mirificis operibus exstructa, quæ nomen ab insula accepit. Hæc insula, objecta Alexandriæ, portum efficit : sed a superioribus regibus in longitudinem passuum ᴅᴄᴄᴄᴄ in mare jactis molibus, angusto itinere et ponte cum

par un pont avec la ville. Il y a dans cette île des habitations d'Égyptiens, qui forment un bourg de la grandeur d'une ville. Si quelque vaisseau s'écarte un peu par mégarde ou par la violence du vent, les habitants l'attaquent et le pillent selon l'usage des corsaires. L'entrée du port est si étroite, qu'un vaisseau n'y peut aborder, quand ceux qui occupent le Phare s'y opposent. César sentit l'importance de ce poste, et, tandis qu'on se battait ailleurs, il débarqua ses troupes et s'établit dans le Phare. Dès lors il put en sûreté recevoir par mer des vivres et des secours; aussi en fit-il demander à toutes les contrées voisines. Dans les autres quartiers de la ville, on combattit à chances égales; chacun se maintint à son poste, vu l'étroit espace du terrain. Après quelques hommes tués de part et d'autre, César se saisit des postes les plus importants, et s'y fortifia pendant la nuit. Ce quartier de la ville contenait une petite partie du palais, où César s'était d'abord logé en arrivant; le théâtre attenant au palais servait de citadelle, et communiquait au port et à l'arsenal; il en augmenta les fortifications pour s'en faire un rempart, afin qu'on ne pût le forcer de combattre. Cependant la fille cadette de Ptolémée

oppido conjungitur. In hac sunt insula domicilia Ægyptiorum, et vicus, oppidi magnitudine : quæque ubique naves imprudentia aut tempestate paululum suo cursu decesserint, has more prædonum diripere consueverunt. Iis autem invitis, a quibus Pharus tenetur, non potest esse, propter angustias, navibus introitus in portum. Hoc tum veritus Cæsar, hostibus in pugna occupatis, militibusque expositis, Pharum apprehendit, atque ibi præsidium posuit. Quibus est rebus effectum, ut tuto frumentum auxiliaque navibus ad eum supportari possent. Dimisit enim circum omnes propinquas regiones, atque inde auxilia evocavit. Reliquis oppidi partibus sic est pugnatum, ut æquo prœlio discederetur, et neutri pellerentur (id efficiebant angustiæ loci) : paucisque utrinque interfectis, Cæsar, loca maxime necessaria complexus, noctu præmunit. Hoc tratu oppidi pars erat regiæ exigua, in quam ipse habitandi causa initio erat inductus, et theatrum conjunctum domui, quod arcis tenebat locum, aditusque habebat ad portum, et ad reliqua navalia. Has munitiones insequentibus auxit diebus, ut pro muro objectas

regardant le trône comme vacant, et se flattant d'y monter, s'échappa du palais, courut vers Achillas, et voulut diriger la guerre de concert avec lui. Mais bientôt il s'éleva entre eux des disputes pour le commandement. Les soldats y trouvèrent profit, l'un et l'autre cherchant à se les attacher par ses largesses. Cependant Pothin, gouverneur du jeune roi et administrateur du royaume, écrivait du quartier de César à Achillas, pour l'exhorter au courage et à la persévérance; ses messagers ayant été découverts et saisis, César le fit mourir. Ainsi commença la guerre d'Alexandrie.

haberet, neu dimicare invitus cogeretur. Interim filia minor Ptolemæi regis, vacuam possessionem regni sperans, ad Achillam sese ex regia transjecit, unaque bellum administrare cœpit. Sed celeriter est inter eos de principatu controversia orta; quæ res apud milites largitiones auxit : magnis enim jacturis sibi quisque eorum animos conciliabat. Hæc dum apud hostes geruntur, Pothinus, nutricius pueri, et procurator regni, in parte Cæsaris, quum ad Achillam nuntios mitteret, hortareturque, ne a negotio desisteret, neve animo deficeret, indicatis deprehensisque internuntiis, a Cæsare est interfectus. Hæc initia belli alexandrini fuerunt.

NOTES SUR LES TROIS LIVRES

DE LA GUERRE CIVILE

La *Guerre civile* ne comportant qu'un petit nombre de notes, nous n'avons pas cru devoir, en raison de leur brièveté, les éparpiller à la fin de chaque livre, où elles auraient été perdues. Nous les groupons ici pour en rendre la recherche plus facile.

LIVRE PREMIER.

I. *Fabius*. Dion Cassius et Appien disent que ces lettres furent remises par Curion. La plupart des manuscrits portent le nom de Fabius.

II. *M. Marcellus*. Le même qui, après la guerre de Pompée, obtint son pardon de la clémence de César.

III. *Pompée*. On se rappelle que Pompée était alors aux portes de Rome. Sa dignité de proconsul l'empêchait d'entrer dans la ville.

Le censeur L. Pison. L. Pison était beau-père de César.

IV. *D'anciennes inimitiés*. César, étant consul, avait fait conduire Caton en prison.

La honte d'un refus anime Caton. Caton avait brigué le consulat et avait échoué par les intrigues de César et de Pompée. *Voyez* DION CASSIUS, liv. XL.

Un autre Sylla. On sait que les livres sibyllins avaient promis l'empire de Rome à trois Cornélius. La prédiction s'était vérifiée pour deux d'entre eux, L. Corn. Cinna, consul, et Corn. Sylla, dictateur. Corn. Lentulus avait conçu de son nom les mêmes espérances.

V. *De détourner le péril qui les menace*. Le consul avait dit aux tribuns de sortir du sénat, s'ils ne voulaient pas qu'on fît outrage à leur dignité (DION CASSIUS, liv. XLI; APPIEN, liv. II).

Les extrêmes périls. Cette formule investissait les consuls du pouvoir le plus étendu. Ils pouvaient lever des troupes, infliger des châtiments, réprimer à leur gré les séditieux. *Voyez* SALLUSTE, *Catilin.*, ch. XXIX.

VI. *Hors de Rome*. On voulait que Pompée pût assister à la délibération.

VIII. *Ariminum*. Ville d'Italie. *Rimini*, dans la Romagne.

IX. *Une faveur.* Le peuple avait permis à César de briguer le consulat, quoique absent. Pompée fit casser ce plébiscite.

XI. *Arretium.* Aujourd'hui *Arezzo*, en Toscane.

Pisaurum. En Ombrie. Aujourd'hui *Pesaro.*

XIV. *En laissant le trésor ouvert.* L'histoire dit, au contraire, que César trouva le trésor fermé et ordonna de le briser (FLORUS, liv. IV).

XV. *Toutes les préfectures.* On appelait *préfectures* les villes qui, chaque année, recevaient de Rome des préfets pour administrer la justice : elles étaient moins favorisées que les colonies et les villes municipales.

Cingulum. Ville du Picenum.

Camerinum. Ville d'Ombrie; aujourd'hui *Camerino*; Marche d'Ancône.

Corfinium. Aujourd'hui *Santo-Perino*, dans l'Abruzze citérieure.

XVI. *Firmum.* Ville du Picenum, près de la mer; aujourd'hui *Firmo.*

XVIII. *Sulmone.* Aujourd'hui *Solmona*; Abruzze citérieure.

De la huitième légion. On croit qu'il faut lire *treizième légion.* La huitième n'était pas encore venue, comme on verra ci-après.

Norique. Aujourd'hui partie de la Bavière.

XIX. *Ayant lu la lettre.* On peut voir cette lettre dans Cicéron, *à Atticus,* liv. VIII, lett. 2.

XXIII. *Marruciniens.* Peuple samnite, entre les Apennins et la mer Adriatique.

Frentaniens. Près des Dauniens, en Apulie; Abruzze citérieure.

Larinates, dont la ville est *Larinum.* Aujourd'hui *Larino*; royaume de Naples.

XXIV. *Luceria.* Aujourd'hui *Lucera*; royaume de Naples.

Canusium. En Apulie Daunienne; aujourd'hui *Canosa.*

Brindes. En Calabre.

XXV. *Dyrrachium.* Ville et port de Macédoine; aujourd'hui *Durazzo.*

XXX. *Les Caralitains.* Habitants de Caralis, ville et promontoire de Sardaigne; aujourd'hui *Cagliari.*

XXXIV. *Igilium.* Petite île de la mer Tyrrhénienne; aujourd'hui *Ciglio.*

XXXVIII. *Varron.* M. Terentius Varron, si célèbre par son érudition.

Veltones. Peuple de l'Espagne ultérieure. — Partie de l'Estramadure et du royaume de Léon.

Les Celtibères. L'Aragon.

Les Cantabres. La Biscaie.

Ilerda. Lérida.

XLVIII. *Cinga.* Rivière de l'Espagne citérieure. Aujourd'hui la *Senga.*

LX. *Les Oscenses.* Peuple de l'Espagne citérieure, dont la ville est Osca, aujourd'hui *Huesca.*

Les Illurgavoniens. Peuple à l'embouchure de l'Èbre. Aujourd'hui partie de la Catalogne et du royaume de Valence.

LXXXIV. *Enfin, assiégés.* Le grand Condé admirait cette manœuvre de César. « Il alla lui-même en Catalogne, dit Bossuet, reconnaître les lieux où ce fameux capitaine, par l'avantage des postes, contraignit cinq légions romaines et deux chefs expérimentés à poser les armes sans combat. » (*Oraison funèbre du prince de Condé.*)

LXXXV. *Deux provinces.* L'Espagne et l'Afrique.

LIVRE DEUXIÈME.

XVIII. *Hispalis.* Sur la rive gauche du Bétis. — Séville.

Le trésor et les ornements du temple d'Hercule. Le temple d'Hercule était hors des murs. Varron en fit transporter les richesses à Cadix, pour les soustraire à l'avidité de César.

XIX. *Qu'on appelait Coloniques.* On appelait ainsi les cohortes levées dans les colonies.

Carmone. Ville de la Bétique, à peu de distance d'Hispalis.

XX. *Qu'on appelait Vernacula.* C'est-à-dire composée d'esclaves nés dans la maison de leurs maîtres, et d'affranchis.

Italica. Ville sur le Bétis, près d'Hispalis. Aujourd'hui *Sevilla la Vieja,* en Andalousie.

XXII. *Et partit pour Rome.* César y allait prendre possession de la dictature qu'on lui avait décernée.

XXIII. *Clupea.* Ville de l'Afrique propre.

XXIV. *Le camp cornélien.* C'était le nom que l'on donnait au lieu où P. Cornelius Scipion l'Africain avait autrefois assis son camp.

XXXII. *Deux généraux vaincus.* Petreius et Afranius.

Deux provinces soumises. L'Espagne citérieure et l'Espagne ultérieure.

XXXIV. *Marruciniens.* Peuple d'Italie. — Abruzze ultérieure.

XXXV. *Ne laissa dans le camp qu'un trompette.* C'était avec la trompette qu'on donnait le signal pour relever les sentinelles. — Varus voulait faire croire que le camp était toujours occupé.

XXXVIII. *Leptis parva.* Ville d'Afrique, à peu de distance d'Adrumète.

LIVRE TROISIÈME.

IV. *Lentulus.* Consul de l'année précédente (an de Rome 705).

L'armée d'Antoine. C. Antonius, frère de M. Antoine. Son armée avait été livrée à Pompée par Pulcion. Voyez Suétone, *Vie de J. César,* ch. x et lxxvii

Tarcondarius Castor. Gendre de Dejotarus.

V. *C. Cassius,* qui fut un des meurtriers de César.

VII. *Oricum.* Ville d'Épire.

Corcyre. Ile de la mer Ionienne, voisine de l'Épire. Aujourd'hui *Corfou.*

VIII. *Salone.* Ville maritime de Dalmatie.

IX. Des critiques ont remarqué que ce chapitre n'avait aucun rapport avec ce qui précède. On pense que le morceau a été transposé.

Issa. Ile de l'Illyrie, sur la côte de la Dalmatie, avec une ville du même nom; aujourd'hui *Sophiano.*

XI. *Candavie.* Contrée de la Macédoine.

Une garnison de Parthiniens. Peuple d'Illyrie.

XXI. *Casilinum.* Ville de Campanie.

XXVIII. *Lissus.* Aujourd'hui *Alessio,* en Albanie.

XXIX. *Asparagium*. Cette ville n'est citée que par César. D'Anville la palce entre Dyrrachinm et Apollonie.

XXXI. *Amanus*. Montagne de Syrie.

La Province. Portion de l'Asie Mineure, appelée province romaine.

XXXVI. *Ambracie*. Ville d'Épire.

XLVIII. *Chara*. M. Cuvier pense que le *chara* dont parle César était une espèce de chou sauvage, tel qu'il en existe dans toute la Hongrie. « On y trouve, dit-il, à l'état sauvage, une plante de la famille des choux, dont les racines, longues quelquefois de quatre pieds, et grosses comme le bras, se mangent cuites dans du lait, et servent d'aliment dans les temps de disette. »

LXII. *Ordonne à ses troupes de couvrir leurs casques avec de l'osier*. On verra au chapitre suivant quel était le but de Pompée.

LXIII. *Dix-huit mille pas*. Juste-Lipse et Oudendorp proposent de lire : trente-huit mille pas.

LXXIII. *Ces provinces voisines*. La Sicile et l'Afrique.

Comme il est arrivé à Gergovie. — *Voyez* le livre VII de la *Guerre des Gaules*, ch. 51 et suivants.

LXXXIII. *Le sacerdoce*. Le peuple l'avait élu grand-pontife.

Sur la parenté. Scipion était le beau-père de Pompée; il lui avait donné en mariage Cornélie, sa fille.

XCII. *C. Triarius*. Il avait été lieutenant de Lucullus dans la guerre contre Mithridate.

XCVI. On trouvera des détails sur la fuite de Pompée dans Plutarque, *Vies de Pompée et de César*; Appien, liv. II; Lucain, liv. VII et VIII. Les mêmes auteurs rapportent, sur la bataille de Pharsale, quelques particularités omises par César.

CII. *Amphipolis*. Ville de Macédoine.

CIII. *Des compagnies*. Société de chevaliers romains qui affermaient les revenus de l'État.

Ptolémée. Fils de Ptolémée Aulète, et dernier roi d'Égypte.

Cléopâtre. La même qui fut aimée de César, d'Antoine et d'Octave.

CIV. *Les favoris*. Les principaux étaient Pothin, le rhéteur Théodat et Achillas.

Tralles. Ville de l'Asie Mineure.

CVIII. *L'enfance du prince*. Il n'avait alors que treize ans.

Au trésor. On déposait dans le trésor les décrets du sénat, les lois et autres actes publics.

CXI. *Il brûla*. C'est dans cet incendie que la bibliothèque d'Alexandrie fut consumée. Sept cent mille volumes, dit-on, devinrent la proie des flammes.

CXII. *Le Phare*. Cette tour fut construite par Sostrate de Cnide, d'après l'ordre de Ptolémée Philadelphe.

VIE DE JULES CÉSAR

PAR

SUÉTONE.

TRADUITE EN FRANÇAIS PAR

M. DE GOLBERY

17,

VIE DE JULES CÉSAR [1]

I. Caius Julius César.... était dans sa seizième année
quand il perdit son père. Sous les consuls de l'année suivante, il fut désigné pour être prêtre de Jupiter, et répudia
Cossutia, née d'une famille de simples chevaliers, mais qui
était fort riche, et lui avait été fiancée pendant qu'il portait encore la robe prétexte. Tout aussitôt, il épousa Cornélie, fille de César, qui avait été quatre fois consul, et de
laquelle bientôt il eut une fille nommée Julie. Quelque
moyen qu'employât le dictateur Sylla, il ne put le contraindre à la répudier : aussi César fut-il regardé comme
appartenant à la faction opposée, et privé de son sacerdoce,
de la dot de sa femme et des successions de sa maison. Il
fut même obligé de se dérober à tous les regards; et, quoiqu'il fût alors atteint de la fièvre quarte, il lui fallut changer
de retraite presqu'à chaque nuit, et se racheter à prix d'argent des mains des espions, jusqu'à ce qu'enfin il obtint
sa grâce par l'intercession des vestales, de Mamercus Émi-
lius et d'Aurelius Cotta, ses proches et ses alliés. On sait
que Sylla, après s'être quelque temps refusé aux prières

1. Une vie de Jules César nous a paru le complément nécessaire de
ce volume. Après avoir hésité entre Plutarque et Suétone, nous nous
sommes décidés pour ce dernier. La traduction de M. de Golbéry, étant
notre propriété, et faisant partie de notre collection, est celle dont nous
avons dû nous servir.

des hommes les plus éminents et de ses meilleurs amis, s'écria, vaincu par leur persévérance : *Eh bien ! vous l'emportez, il est à vous ; mais sachez que celui dont vous désirez si vivement le salut, causera quelque jour la perte de l'aristocratie que vous avez défendue avec moi, et que dans César il y a beaucoup de Marius.*

II. Il fit ses premières armes en Asie, où il accompagna le préteur M. Thermus. Celui-ci l'ayant envoyé en Bithynie, pour chercher une flotte, il s'arrêta chez Nicomède, non sans être accusé de s'être prostitué à ce roi. Ce qui fortifia ces bruits, c'est que, peu de jours après son retour, César retourna encore en Bithynie, sous prétexte de faire rentrer de l'argent pour un affranchi, son client. Le reste de la campagne fut plus favorable à sa réputation : à la prise de Mitylène, il reçut de Thermus une couronne civique.

III. Il servit aussi sous Servilius Isauricus en Cilicie, mais pendant un temps fort court : ayant appris la mort de Sylla, et comptant sur les troubles nouveaux que fomentait M. Lépidus, il se hâta de revenir à Rome. Toutefois, il s'abstint de prendre part aux affaires de Lépidus, quoiqu'il y fût invité à des conditions très-avantageuses, car il ne se fiait pas à son caractère ; et, d'un autre côté, l'occasion ne lui semblait pas aussi belle qu'il l'avait espéré.

IV. Les désordres civils apaisés, César accusa de concussion Cornélius Dolabella, qui avait été honoré et du consulat et du triomphe ; mais l'accusé ayant été absous, il résolut de se retirer à Rhodes, tant pour échapper aux ressentiments, que pour se reposer et consacrer ses loisirs à suivre les leçons d'Apollonius Molon, le plus illustre alors de tous les maîtres d'éloquence. On était déjà dans les mois d'hiver, quand César exécuta ce trajet ; il fut pris par les pirates, à la hauteur de l'île Pharmacuse. Sans jamais rien perdre de sa dignité, il demeura entre leurs mains l'espace d'environ quarante jours, avec un seul médecin et deux esclaves du service de sa chambre. Quant à ses compagnons et à ses

autres esclaves, il les avait renvoyés dès le premier moment,
afin qu'ils lui fissent parvenir l'argent avec lequel il voulait
se racheter. Après avoir payé cinquante talents, il fut débarqué sur le rivage ; mais il n'eut point de repos qu'il ne
poursuivît avec une flotte, et pour ainsi dire sur la trace de
leur vaisseau, les pirates qui s'en retournaient ; et, les ayant
réduits en son pouvoir, il les punit du supplice dont il les
avait souvent menacés par forme de plaisanterie. Mithridate
dévastait les contrées voisines ; César ne voulut pas paraître
oisif dans ce danger des alliés. De Rhodes où il s'était rendu,
il passa donc en Asie, rassembla des troupes, et, chassant
de la province le gouverneur du roi, il retint dans le devoir
les cités dont la foi était ébranlée ou douteuse.

V. Après son retour à Rome, la première dignité qu'il
dut aux suffrages du peuple fut celle de tribun des soldats.
Tandis qu'il en était revêtu, il seconda de tout son pouvoir
ceux qui voulaient rétablir la puissance tribunitienne, dont
Sylla avait diminué l'étendue. Il opéra, au moyen de la proposition de Plotius, le rappel de L. Cinna, frère de sa femme,
et de tous ceux qui, comme lui, s'étaient attachés à Lépidus dans les troubles civils, et s'étaient enfuis auprès de
Sertorius après la mort du consul : César lui-même prononça un discours sur cette affaire.

VI. Pendant sa questure, il fit à la tribune aux harangues,
et selon l'usage établi, l'éloge funèbre de sa tante Julie, et
de sa femme Cornélie, qui venaient de mourir. Voici comment il s'exprima dans l'éloge de sa tante sur ce qui con-
cerne sa double origine et celle de son père : « La famille
maternelle de ma tante Julie est issue des rois ; sa famille
paternelle est alliée aux dieux immortels. C'est d'Ancus
Martius que sont descendus les rois Martius, et tel fut le nom
de sa mère ; c'est de Vénus que sont issus les Jules, et notre
famille fait partie de leur race. Ainsi, notre maison réunit
à la sainteté des rois, qui sont les plus puissants parmi les
hommes, la majesté révérée des dieux, qui tiennent les rois

eux-mêmes en leur pouvoir. » César, pour remplacer Cornélie, épousa Pompeïa, fille de Q. Pompée, nièce de L. Sylla,
avec laquelle il fit ensuite divorce, dans l'opinion que P. Clodius avait commis sur elle un adultère. Le bruit que, dans
les cérémonies du culte, Clodius était arrivé jusqu'à elle à
la faveur d'un vêtement de femme, avait pris dans Rome
une telle consistance, que le sénat ordonna une information
sur l'atteinte qu'en avait soufferte la religion.

VII. Dans sa questure, l'Espagne ultérieure lui était échue
en partage. Pendant qu'il parcourait les assemblées de cette
province, pour y rendre la justice par délégation du préteur, il vint à Cadix : là, voyant auprès du temple d'Hercule la statue du grand Alexandre, il soupira, comme pour
déplorer son inaction ; il se reprochait de n'avoir rien fait
encore à l'âge où Alexandre avait déjà soumis toute la
terre. Aussitôt il demanda son congé, afin de venir à Rome
saisir le plus tôt possible les occasions de faire quelque
chose de grand. On dit que son esprit ayant été troublé par
un songe dans la nuit précédente, les devins élevèrent ses
espérances au plus haut degré. Il lui avait semblé qu'il
violait sa mère : ils dirent que ce songe lui annonçait la
souveraineté du monde, cette mère qu'il avait vue sous
lui n'étant autre que la terre, qui est la mère commune
de tous.

VIII. Il partit donc avant le temps, et visita les colonies
latines, qui se disposaient à demander le droit de cité.
César les aurait infailliblement excitées à entreprendre
quelque chose, si, pour cela même, les consuls n'eussent
retenu un peu de temps les légions levées pour la Cilicie. Il
n'en médita pas moins de plus grands projets, qui bientôt
devaient s'accomplir dans Rome.

IX. Et en effet, peu de jours avant de prendre possession
de l'édilité, il fut soupçonné d'avoir conspiré avec M. Crassus, homme consulaire, et avec P. Sylla et Antonius, qui
venaient d'être condamnés pour brigue, après avoir été

désignés consuls. On devait, dit-on, attaquer le sénat au commencement de l'année, et quand on aurait tué ceux dont on aurait résolu de se défaire, Crassus envahirait la dictature; César serait nommé par lui général de la cavalerie; puis, la république une fois constituée selon le gré des conjurés, on rendrait le consulat à Sylla et à Autronius. Les auteurs qui ont fait mention de cette conjuration sont Tanusius Geminus dans son Histoire, M. Bibulus dans ses Édits, C. Curion le père dans ses Discours. Cicéron paraît aussi l'indiquer dans une de ses Lettres à Axius. Il dit que César, dans son consulat, a effectué le projet de domination qu'il avait conçu étant édile. Tanusius ajoute que, soit repentir, soit crainte, Crassus ne se trouva point au rendez-vous au jour marqué pour le meurtre, et que, par cette raison, César ne donna pas même le signal convenu. Curion dit que ce signal consistait en ce que César devait laisser tomber sa robe de son épaule. Le même Curion et M. Actorius Nason soutiennent qu'il conspira aussi avec Cn. Pison, encore adolescent, et que, sur le soupçon des menées de ce Pison dans Rome, on lui donna, par commission extraordinaire, le département de l'Espagne; enfin, qu'ils convinrent d'opérer des soulèvements, l'un au dehors, l'autre à Rome, et d'agir avec l'aide des Ambrones et des peuples qui sont au delà du Pô. Les projets de l'un et de l'autre furent déjoués par la mort de Pison.

X. Édile, César ne se borna pas à faire décorer le comitium, le forum et les basiliques; il étendit ce soin jusqu'au Capitole, et y fit, pour le temps de l'exposition, élever des portiques, dans lesquels il montra aux regards du peuple une partie des nombreux objets qu'il avait en son pouvoir. Il donna aussi, tant avec son collègue que pour son propre compte, des combats de bêtes et des jeux; d'où il arriva qu'il recueillit seul la reconnaissance publique, pour des dépenses faites en commun. Son collègue, M. Bibulus, ne se dissimulait pas qu'il lui était arrivé la même chose qu'à Pollux : il disait que, comme on avait coutume d'appeler du seul nom de Castor le temple érigé dans le forum aux deux frères, sa magnificence et celle de César passaient pour n'être que la magnificence du seul César. César y ajouta encore un spectacle de gladiateurs, mais il en fit combattre quelques couples de moins qu'il ne le voulait d'abord ; car il avait effrayé ses ennemis par la multitude de ceux qu'il avait rassemblés de toutes parts, et l'on fixa un nombre de gladiateurs qu'à Rome il ne serait permis à personne de dépasser.

XI. S'étant concilié la faveur du peuple, il essaya de l'intermédiaire de quelques tribuns, afin de se faire décerner l'Égypte pour province, au moyen d'un plébiscite. Il espérait saisir l'occasion de s'emparer d'un commandement extraordinaire, parce qu'on blâmait généralement à Rome la conduite des habitans d'Alexandrie, qui avaient chassé leur roi, l'allié et l'ami du peuple romain. César ne réussit point, la faction aristocratique s'étant opposée à son projet. Il voulut à son tour, et par tous les moyens possibles, affaiblir l'autorité de cette faction. Il releva les trophées de Marius sur Jugurtha, sur les Cimbres et sur les Teutons ; monuments que Sylla avait autrefois renversés ; puis, dans l'instruction dirigée contre les sicaires, et malgré les exceptions prononcées par la loi Cornelia, il rangea parmi ces meurtriers ceux qui, durant la proscription, avaient reçu de l'argent pour avoir porté des citoyens romains sur les listes.

XII. Il suscita aussi un accusateur à C. Rabirius, afin de le faire déclarer ennemi public. C'était par son secours surtout que le sénat, quelques années auparavant, avait comprimé les séditieuses entreprises qui signalèrent le tribunat de L. Saturninus. Le sort ayant désigné César pour juge à l'accusé, il le condamna avec tant d'ardeur, que, devant le peuple, rien ne fut plus utile à l'appelant que la partialité de son juge.

XIII. Déçu de l'espoir d'obtenir un commandement, César demanda le souverain pontificat, non sans répandre d'immenses largesses. Le matin, se disposant à se rendre aux comices, et songeant à l'énormité des dettes qu'il avait contractées, il dit à sa mère, qui l'embrassait, que, s'il n'était souverain pontife, il ne reviendrait pas chez lui. Il obtint sur deux compétiteurs des plus puissants, sur des hommes qui, par leur âge et par leur dignité, lui étaient de beaucoup supérieurs, un tel avantage, qu'il réunit plus de suffrages dans leurs propres tribus, qu'ils n'en eurent ensemble dans toutes les autres.

XIV. César étant créé préteur, on découvrit la conjuration de Catilina : le sénat prononçait unanimement la peine capitale contre les complices; lui seul pensa qu'il fallait les répartir entre les diverses villes municipales, les y renfermer, et vendre leurs biens à l'enchère. Il jeta même une telle terreur dans l'âme de ceux qui conseillaient un parti plus sévère, en insistant fréquemment sur le ressentiment que le peuple en garderait contre eux, que Decimus Silanus, consul désigné, ne craignit pas d'adoucir, par une interprétation, l'avis qu'il eût été honteux de changer; il prétendit qu'on l'avait compris dans un sens plus rigoureux qu'il ne l'avait voulu. César allait l'emporter; déjà un grand nombre de sénateurs passaient de son côté, et parmi eux Cicéron, le frère du consul : c'en était fait, si le discours de Caton n'eût raffermi le sénat chancelant. Mais César ne renonça pas encore à entraver cette décision, jusqu'à ce qu'enfin une troupe de chevaliers romains, qui s'était mise sous les armes pour garder le lieu de l'assemblée, menaça de lui donner la mort pour prix d'une persévérance qui passait toutes les bornes de la modération. Ces chevaliers dirigèrent même contre lui leurs glaives nus, en sorte que ses voisins s'en écartèrent, et que quelques-uns eurent peine à le sauver en le prenant dans leurs bras et en le couvrant de leur toge. Alors, saisi d'effroi, il ne se

borna point à l'abandon de sa proposition ; il ne parut plus
au sénat de tout le reste de l'année.

XV. Le premier jour de sa préture, il déféra au jugement
du peuple Q. Catulus, au sujet de la reconstruction du
Capitole, et il publia une proposition à l'effet de départir
ce soin à un autre. Mais il ne se crut pas de force à lutter
avec les membres de la faction aristocratique, qui, négligeant de rendre leurs devoirs aux nouveaux consuls, accouraient en foule pour lui résister avec opiniâtreté : en conséquence, il se désista de cette action.

XVI. Du reste, il se montra le soutien et l'infatigable
champion de Cécilius Metellus, tribun du peuple, qui portait les lois les plus violentes contre le droit d'opposition
de ses collègues, jusqu'à ce qu'enfin un décret du sénat les
éloigna tous deux du gouvernement de la république. César n'en eut pas moins l'audace de demeurer en possession
de sa charge, et de rendre la justice ; mais quand il apprit
qu'on allait employer, pour l'en arracher, la force et les
armes, il renvoya ses licteurs, se défit de sa robe prétexte,
et se retira chez lui, résolu à se tenir tranquille et à s'ac-
commoder au temps. Deux jours après, la foule s'étant assemblée d'elle-même, et lui promettant à grands cris de le
seconder pour ressaisir sa dignité, il la contint dans le devoir. Le sénat, convoqué à la hâte, à cause de ce rassem-
blement, était loin de s'y attendre ; il lui en fit rendre
grâces par ses principaux membres, et César fut rappelé
au sein de la compagnie, qui lui prodigua les plus grands
éloges ; enfin, on le réintégra dans sa dignité, en rappor-
tant le premier décret.

XVII. Mais il fut bientôt impliqué dans une autre affaire :
il fut nommé parmi les complices de Catilina, d'abord
devant le questeur Novius Niger, par L. Vettius, puis
dans le sénat, par Q. Curius, auquel des récompenses publiques avaient été décernées, parce que, le premier, il
avait révélé les projets des conjurés. Curius se prétendait

instruit par Catilina lui-même : Vettius promettait de produire un billet de la main de César à Catilina. César ne crut
pas devoir souffrir ces attaques; il implora le témoignage
de Cicéron, et, après avoir montré que, de son propre
mouvement, il lui avait dénoncé plusieurs faits relatifs à
la conjuration, il fit si bien, que l'on ne donna point de
récompenses à Curius. Pour Vettius, après qu'on eut fait
enlever de chez lui des gages de sa comparution, après qu'il
eut été maltraité et qu'on eut pillé ses meubles, il fut
presque déchiré devant la tribune, en pleine assemblée,
et César le fit jeter en prison. Il y fit mettre aussi le questeur Novius, pour avoir souffert qu'on dénonçât à son tribunal une autorité supérieure.

XVIII. A l'issue de sa préture, le sort lui départit l'Espagne
ultérieure. Il se défit, par l'intervention de cautions, des
créanciers qui le retenaient; puis, contre l'usage et contre
la loi, il partit avant que l'on eût rien réglé concernant les
provinces. On ne sait pas bien si ce fut dans la crainte d'une
action qu'on se disposait à intenter contre lui, dès qu'il ne
serait plus qu'un simple particulier, ou bien s'il voulut
secourir plus promptement les alliés qui l'imploraient.
Quand il eut pacifié la province, il revint avec la même
précipitation, et sans attendre son successeur, pour demander à la fois le triomphe et le consulat. Mais, les comices
étant déjà indiqués, l'on ne pouvait tenir compte de sa
candidature qu'autant qu'il entrerait dans Rome en simple
particulier; et, lorsqu'il demanda à être affranchi des dispositions de la loi, il trouva beaucoup d'opposants. Il se
vit donc forcé de différer le triomphe, pour n'être point exclu
du consulat.

XIX. Parmi ses deux compétiteurs, L. Lucceius et M. Bibulus, il s'adjoignit Lucceius, sous la condition que ce
dernier, qui jouissait d'une moindre faveur, mais qui était
beaucoup plus riche, promettrait dans toutes les centuries,
et au nom de tous deux, les largesses qu'il puiserait dans

ses propres ressources. La faction aristocratique, l'ayant appris, fut saisie de crainte ; elle pensait qu'il n'était rien que César ne tentât dans l'exercice de la magistrature souveraine, s'il avait un collègue qui s'accordât avec lui, et qui consentît à tous ses projets. On conseilla donc à Bibulus de faire les mêmes promesses, et la plupart des patriciens fournirent de l'argent. Caton lui-même ne niait pas que, pour cette fois, cette largesse ne fût nécessaire au bien de la république. César fut donc fait consul avec Bibulus. Ce fut pour le même motif que les aristocrates eurent soin qu'on n'assignât aux futurs consuls que des commandements de peu d'importance, c'est-à-dire la surveillance des forêts et des chemins. Excité surtout par cette injure, César s'attacha à Cn. Pompée, en lui témoignant tous les égards imaginables ; car Pompée était irrité contre les sénateurs, à cause des retards que l'on mettait à confirmer les actes de son commandement, après la victoire qu'il avait remportée sur Mithridate. César ramena aussi vers Pompée M. Crassus, qui était son ennemi depuis le consulat qu'ils avaient géré ensemble au milieu de continuelles discordes. Il conclut avec l'un et avec l'autre une alliance, en vertu de laquelle, désormais, rien de ce qui déplairait à l'un des trois ne se ferait dans la république.

XX. Après avoir pris possession de sa dignité, César, le premier de tous, institua l'usage de rédiger jour par jour et de publier les actes du sénat et ceux du peuple. Il rétablit aussi l'ancienne coutume de se faire précéder par un huissier et suivre par les licteurs, pendant le mois où il n'avait point les faisceaux. Ayant promulgué une nouvelle loi agraire, il chassa du forum, les armes à la main, son collègue qui y mettait des entraves. Celui-ci s'en plaignit le lendemain dans le sénat ; mais on ne trouva personne qui voulût se charger de faire un rapport sur cette violence, ou d'ouvrir un avis qui tendît à prendre quelques-unes de ces mesures auxquelles on avait recours souvent dans de moindres séditions. Aussi, César lui inspira une telle crainte qu'en attendant le moment de quitter sa charge, il se tint caché dans sa maison, n'agissant plus, dans son opposition, que par voie d'édits. Depuis lors, César disposa seul, et selon son bon plaisir, de toutes les affaires de l'État; si bien que quelques railleurs, en signant certains actes, au lieu d'écrire que telle chose s'était faite sous le consulat de César et de Bibulus, dataient du consulat de Julius et de César, faisant deux fois mention du même consul, qu'ils désignaient ainsi par son nom et par son surnom. L'on colporta aussi les vers suivants :

« Cela ne s'est pas fait sous Bibulus, mais sous César; car je ne me « souviens pas qu'il ait rien été fait sous le consulat de Bibulus. »

Le champ Stellate et des terres de la Campanie affermées pour les besoins de l'État, furent divisés, sans être tirés au sort, entre vingt mille citoyens, pères de trois enfants ou d'un plus grand nombre. Les fermiers de l'État demandaient une réduction; César leur remit le tiers de leur fermage, et les engagea publiquement à ne point enchérir d'une manière inconsidérée lors de l'adjudication de nouveaux revenus. Du reste, il donnait à chacun ce qu'il demandait; car personne ne s'y opposait, et si quelqu'un l'essayait, il savait bien l'intimider. Il ordonna d'enlever du sénat et de conduire en prison Caton, qui l'apostrophait. Il inspira à Lucullus, qui lui résistait avec liberté, une telle crainte d'une action calomnieuse, que celui-ci tomba à ses genoux. Cicéron, dans une affaire judiciaire, ayant déploré l'état de la chose publique, César, le jour même, à la neuvième heure, fit passer P. Clodius, l'ennemi de Cicéron, dans les rangs des plébéiens; ce que, depuis longtemps, il tâchait en vain d'obtenir. Enfin, il suborna Vettius, à prix d'argent, contre les membres du parti contraire, afin qu'il déclarât que quelques-uns l'avaient engagé à tuer Pompée, et qu'amené devant les tribunaux, il désignât ceux qu'on était

convenu de nommer. Ce Vettius ayant effectivement, mais
en vain, dénoncé tantôt l'un, tantôt l'autre, et la fraude
ayant été soupçonnée, César désespéra du succès d'une démarche aussi imprudente. On croit qu'il fit périr le dénon-
ciateur par le poison.

XXI. Vers le même temps, il épousa Calpurnie, fille de
L. Pison, qui allait lui succéder dans le consulat, et il donna
à Cn. Pompée sa fille Julie, en répudiant Servilius Cæpion,
auquel il l'avait d'abord fiancée, et dont peu de temps auparavant il avait tiré grand secours pour combattre Bibulus.
Après cette nouvelle alliance, il commença, dans le Sénat,
à prendre d'abord l'avis de Pompée, tandis qu'il avait coutume d'interroger Crassus le premier, et que le consul devait, d'après la règle d'usage, conserver pendant toute l'année l'ordre qu'il avait suivi aux calendes de janvier pour
recueillir les votes.

XXII. Fort du suffrage de son beau-père et de son gendre,
il choisit les Gaules parmi toutes les autres provinces, pen-
sant qu'elles lui fourniraient l'occasion de s'enrichir, en
même temps qu'un beau champ de triomphes. D'abord il
reçut de la loi Vatinia la Gaule cisalpine et l'Illyrie; bientôt
le sénat y ajouta la Gaule chevelue, car les pères craignirent
que, s'ils la refusaient, le peuple ne vînt à la lui donner aussi.
Transporté de joie, César ne put s'empêcher, quelques jours
après, de se vanter en plein sénat que, malgré ses ennemis,
et à leur grand chagrin, il avait obtenu ce qu'il désirait;
que désormais il marcherait sur leurs têtes. Quelqu'un ayant
répondu par une allusion outrageante, que cela serait difficile à une femme, il répliqua, sur le ton de la plaisanterie,
que Sémiramis avait régné en Assyrie, et qu'autrefois une
grande partie de l'Asie avait été gouvernée par les Ama-
zones.

XXIII. Après son consulat, C. Memmius, ainsi que L. Domitius, demandèrent que l'on examinât les actes de l'année
précédente ; il en déféra la connaissance au sénat, qui ne

voulut point accepter cette affaire. Trois jours s'étant passés en vaines altercations, il partit pour sa province, et sur-le-champ une accusation malveillante pour lui fut intentée contre son questeur.

Bientôt il fut cité lui-même par le tribun du peuple, L. Antistius; mais il en appela au collége des tribuns, et il obtint de ne point être accusé pendant qu'il était absent pour le service de la république. Pour sa sécurité à l'avenir, il regarda toujours comme très-important de s'attacher les magistrats de chaque année, et de ne seconder parmi les candidats, de ne laisser parvenir aux honneurs, que ceux qui auraient accepté la condition de le défendre en son absence; il n'hésita pas même à prendre le serment ou même l'engagement écrit de quelques-uns d'entre eux.

XXIV. Cependant L. Domitius, candidat pour le consulat, se vantait publiquement que, consul, il saurait achever ce qu'il n'avait pu accomplir étant préteur; il menaçait d'enlever à César son armée. Mais celui-ci fit venir à Lucques, ville de sa province, Crassus et Pompée, les força à demander l'autre consulat, afin d'en repousser Domitius, et de proroger son commandement pour cinq ans. Alors, plein de confiance, il ajouta aux légions qu'il avait reçues de la république, d'autres légions levées à ses frais; il en forma une aussi dans la Gaule transalpine, sous le nom gaulois d'*Alauda* (l'alouette); il l'institua et l'organisa selon la discipline et la tenue des Romains, et dans la suite, la gratifia tout entière du droit de cité. César ne laissa désormais échapper aucune occasion de faire la guerre, lors même qu'elle était injuste ou périlleuse : il s'attaqua indistinctement aux peuples alliés et à ceux qui étaient ennemis ou sauvages. Les choses allèrent si loin, que le sénat résolut un jour d'envoyer des députés pour informer sur l'état de la Gaule. Quelques-uns furent d'avis qu'on livrât César aux ennemis; mais le succès ayant couronné ses entreprises, il obtint des actions de grâces aux dieux plus fréquentes et d'un plus grand nombre de jours qu'on ne les avait accordées à qui que ce fût avant lui.

XXV. Voici à peu près ce qu'il fit pendant les neuf années qu'il demeura revêtu du commandement. Il réduisit en province, en lui imposant quarante millions de sesterces*, à titre de tribut annuel, toute la Gaule renfermée entre les Pyrénées, les Alpes, les Cévennes, le Rhin et le Rhône, à l'exception des villes alliées ou de celles qui avaient bien mé rité de Rome. Cette contrée s'étend dans un espace de deux ou trois cents mille pas de pourtour. Le premier des Romains, il construisit un pont sur le Rhin, attaqua les Germains qui habitent au delà de ce fleuve, et leur fit essuyer de grandes défaites. Il attaqua aussi les Bretons, inconnus jusqu'alors, et, quand il les eut vaincus, il leur imposa un tribut et des otages. Au milieu de tant de succès, il n'éprouva pas plus de trois revers : l'un en Bretagne, où sa flotte fut presque anéantie par la violence d'une tempête ; le second dans la Gaule, devant Gergovie, où une légion fut mise en déroute ; enfin le troisième sur le territoire des Germains, où ses lieutenants, Titurius et Aurunculeius, furent tués dans une embuscade.

XXVI. C'est dans ce même temps qu'il perdit d'abord sa mère, puis sa fille, enfin son petit-fils. Cependant le meurtre de P. Clodius avait jeté la discorde dans la république. Le sénat ayant jugé convenable de ne créer qu'un seul consul, et désignant nommément Pompée, César négocia avec les tribuns, qui le destinaient pour collégue à Pompée, afin qu'ils proposassent au peuple de lui accorder, pendant son absence, la permission de se mettre sur les rangs pour son second consulat, quand le temps de son commandement serait près d'expirer. Son dessein était de ne point aban- donner, pour la candidature, une province où la guerre

---

* 7,370,000 francs. Dans toutes les évaluations, je prends pour base le travail de M. Letronne, inséré dans le Tite-Live de M. Lemaire, t. XII, page 115.

n'était pas encore achevée. Il parvint à son but; dès lors, plein d'espérance, et méditant déjà de plus grands projets, il n'épargna plus aucune occasion de faire des libéralités ou de rendre des services à tous sans exception, et cela tant au nom de l'État qu'en son nom particulier. Il commença la construction d'un marché dont le terrain coûta cent mille sesterces *.

Il promit au peuple, en mémoire de sa fille, des présents et un festin, ce que personne n'avait fait avant lui. L'attente générale étant fort grande à ce sujet, il fit aussi préparer chez lui ce qui était nécessaire au festin, quoiqu'il eût adjugé ce soin à des traiteurs. Il avait ordonné d'enlever de force et de sauver les gladiateurs connus, s'il arrivait qu'ils combattissent sous les yeux de spectateurs malveillants. Quant aux élèves, ce n'était point aux jeux publics, ni par des maîtres d'escrime qu'il les faisait instruire, mais dans les maisons particulières et par des chevaliers romains, ou même par des sénateurs habiles à manier les armes. Il les engageait, par ses présents, ses lettres en font foi, à se charger d'instruire chacun de ces gladiateurs, et à leur donner eux-mêmes des préceptes pour leurs exercices. César doubla pour toujours la solde des légions. Quand il y avait abondance de grains, il leur en distribuait sans suivre ni règle ni mesure; quelquefois on le vit donner à chaque homme un esclave pris sur le butin.

XXVII. Pour conserver la bienveillance de Pompée et les relations qui l'unissaient à lui, il lui offrit, comme condition de leur alliance, Octavie, la nièce de sa sœur, qui était mariée à C. Marcellus, et à son tour il lui demanda en mariage sa fille, destinée à Faustus Sylla. Tous ceux qui l'entouraient, et même beaucoup de sénateurs, étaient ses débiteurs, ou sans intérêt ou pour un léger revenu. Il faisait aussi de beaux cadeaux aux citoyens des autres classes

* 20,450 francs.

qui le venaient visiter, ou sur son invitation, ou de leur propre mouvement ; et même il étendait ses libéralités aux affranchis et aux esclaves, selon qu'ils étaient plus ou moins agréables à leur maître ou à leur patron. Il était l'unique et le prompt soutien de quiconque était ou poursuivi ou obéré, ainsi que de la jeunesse prodigue ; et si quelqu'un était accablé sous le poids de crimes trop graves, ou pressé par une misère et des besoins tels qu'il lui fût impossible d'y remédier, il lui disait ouvertement qu'il fallait une guerre civile.

XXVIII. César ne mit pas moins d'ardeur à gagner tous les rois et toutes les provinces de la terre, offrant aux uns des milliers de captifs, envoyant aux autres des troupes auxiliaires, où ils le voulaient et quand ils le voulaient, sans l'ordre du sénat ni du peuple. De plus, il fit exécuter de grands travaux pour embellir les villes les plus puissantes de l'Italie, des Gaules, de l'Espagne, ainsi que celles de l'Asie et de la Grèce, jusqu'à ce qu'enfin, tous les citoyens se demandant avec stupéfaction quel pouvait être le but de tout ceci, le consul Claudius Marcellus annonça par un édit qu'il s'agissait du salut de la république : il proposa au sénat de donner, avant le temps, un successeur à César, et de licencier l'armée victorieuse, attendu qu'il fallait se mettre sur le pied de paix. Il s'opposa aussi à ce qu'on tînt compte de César absent dans les comices, alléguant que Pompée n'avait pas dérogé à la loi par un plébiscite. Il était arrivé en effet que, proposant une loi sur les droits des magistrats, Pompée n'avait pas même excepté César du chapitre où il excluait les absents de la demande des honneurs ; mais bientôt, la loi étant déjà gravée sur l'airain et déposée dans le fisc, il avait corrigé cette erreur, fruit de l'oubli. Non content d'enlever à César ses provinces et le privilége qui lui était accordé, Marcellus demanda qu'on retirât le droit de cité aux colons que César, d'après la motion de Vatinius, avait conduits à Côme ; il soutenait que ce droit leur avait été conféré par suite de brigues et contrairement à la règle.

XXIX. Ébranlé par ces attaques, et jugeant, ainsi qu'on le lui entendit répéter souvent, qu'il serait plus difficile, tant qu'il était à la tête de l'État, de le repousser du premier rang au second, que de le précipiter du second au dernier, César résista de tout son pouvoir ; il employait tantôt l'intervention des tribuns, et tantôt s'appuyait de Servilius Sulpicius, l'autre consul. L'année suivante, C. Marcellus, qui, dans le consulat, avait succédé à son cousin germain, Marcus, poursuivit les mêmes projets. César acheta à grand prix son collègue Emilius Paulus, et C. Curion, le plus violent des tribuns du peuple. Mais, s'étant aperçu qu'il y avait de l'obstination dans tout ce qui se faisait contre lui, et les consuls désignés étant aussi du parti contraire, il adressa au sénat des lettres suppliantes, pour qu'on ne lui enlevât pas le bienfait du peuple, ou du moins pour que les autres généraux quittassent aussi leurs armées : on croit qu'il faisait cette proposition avec l'idée qu'il rassemblerait plus facilement ses vétérans, dès qu'il le voudrait, que Pompée ne réunirait de nouveaux soldats. Il offrit néanmoins à ses adversaires de renvoyer huit légions, et de quitter la Gaule transalpine, pourvu qu'en attendant le consulat, on lui concédât deux légions et la Gaule cisalpine, ou même une seule légion et l'Illyrie.

XXX. Mais, le sénat n'intervenant point, et les ennemis de César se refusant à tout arrangement concernant les affaires de l'État, il passa dans la Gaule citérieure, et s'arrêta à Ravenne, après avoir présidé aux assemblées provinciales. Il était résolu, si le sénat prenait un parti sévère envers les tribuns qui s'interposaient pour lui, à les venger les armes à la main. A la vérité, ce fut là le prétexte de la guerre civile ; mais on pense généralement que les causes en furent autres. Pompée répétait souvent que, ne pouvant achever les travaux qu'il avait commencés, ni répondre, par les seules ressources de sa fortune, à l'attente que, d'après ses promesses, le peuple se faisait de son retour, César avait voulu tout troubler, tout renverser. D'autres prétendent qu'il craignit d'être obligé de rendre compte de ce qu'il avait fait d'illégal dans son premier consulat.

M. Caton déclarait, non sans y ajouter des serments, qu'il le citerait en justice, aussitôt qu'il aurait licencié son armée, et l'on disait généralement que si César revenait en simple particulier, il serait, comme Milon, obligé de se défendre devant des juges entourés d'hommes armés. Asinius Pollion rend ce point fort vraisemblable : il rapporte qu'à la bataille de Pharsale, César, jetant les yeux sur ses adversaires vaincus ou fugitifs, dit en propres termes : *Ils l'ont voulu. Moi, C. César, malgré mes grandes actions, j'étais condamné, si je n'eusse demandé du secours à mon armée.* Quelques-uns croient qu'il était dominé par l'habitude du commandement, et qu'ayant pesé ses forces et celles de ses ennemis, il profita de l'occasion de s'emparer d'un pouvoir qu'il avait souhaité dès sa première jeunesse. Il paraît que telle était l'opinion de Cicéron, qui, dans le troisième livre du *Traité des Devoirs,* nous apprend que César avait sans cesse à la bouche ces vers d'Euripide dont voici le sens :

« S'il faut violer le bon droit, que ce soit pour régner : dans tout le reste, observons la justice. »

XXXI. Lorsqu'on lui annonça que l'opposition des tribuns avait été méconnue, et qu'eux-mêmes étaient sortis de Rome, il fit secrètement partir ses cohortes. Quant à lui, pour ne point exciter de soupçons, il se montra en public, au spectacle ; il s'occupa d'un plan de construction pour un cirque de gladiateurs, et, selon son habitude, il assista à un repas où les convives étaient nombreux. Puis, après le coucher du soleil, il fit atteler à un chariot les mulets d'une boulangerie voisine, et, suivi de fort peu de monde, il prit les chemins les plus détournés ; mais les flambeaux s'éteignirent; il s'égara, et, vers la pointe du jour, ayant enfin trouvé un guide, il marcha par les sentiers les plus étroits, jusqu'au Rubicon, limite de sa province, où l'attendaient ses cohortes. Là, il s'arrêta quelque peu, et réfléchissant à la grandeur de son entreprise, il s'adressa à ceux qui l'entouraient : *Nous pouvons encore, dit-il, retourner sur nos pas ; mais une fois que nous aurons franchi ce faible pont, il nous faudra tout décider par les armes.*

XXXII. Tandis qu'il hésitait, un augure le détermina. Un homme de haute taille se montra subitement assez près du rivage; il jouait du chalumeau. Outre les bergers, plusieurs soldats des postes voisins se rassemblèrent pour l'entendre ; il y avait parmi eux des trompettes. Cet homme s'empara d'un clairon, se leva, et faisant retentir des sons mâles et guerriers, marcha vers l'autre rive. César alors s'écria : *Eh bien ! allons où nous appellent les prodiges des dieux et l'iniquité de mes ennemis. Le sort en est jeté !*

XXXIII. L'armée ayant passé, César prit avec lui les tribuns du peuple, qui l'avaient rejoint après avoir été chassés de Rome ; et, devant les troupes assemblées, il invoqua la fidélité du soldat, en pleurant et en déchirant ses vêtements sur sa poitrine. On croit aussi, mais par suite d'une méprise, qu'il promit à tous de leur donner le cens de chevaliers. Comme il arriva, dans ses allocutions et dans ses exhortations, qu'il se servit souvent du doigt annulaire de la main gauche, comme il répéta fréquemment, en le montrant aux soldats, qu'il ferait tout pour ceux qui défendraient sa dignité, qu'il irait même jusqu'à s'ôter en leur faveur l'anneau qu'il portait, les derniers rangs, qui le voyaient mieux qu'ils ne l'entendaient, prirent pour dit ce que la vue leur avait fait soupçonner, et la renommée répandit que César avait promis à ses soldats le droit de porter l'anneau, et quatre cent mille sesterces.

18.

XXXIV. Voici la série et comme le sommaire des choses que César fit ensuite : Il occupa le Picenum, l'Ombrie, l'Étrurie ; puis, Domitius, qui tenait Corfinium, et que, dans ces troubles, on lui avait donné pour successeur, fut contraint de se rendre à discrétion ; il le renvoya, et marcha, le long de la mer Supérieure, sur Brindes, où s'étaient enfuis les consuls et Pompée, qui voulaient passer le plus tôt possible de l'autre côté de la mer. Ayant vainement essayé, par toutes sortes d'obstacles, d'empêcher leur départ, César se dirigea sur Rome, où il assembla les sénateurs, pour délibérer sur les affaires de la république. Il courut, immédiatement après, s'emparer des meilleures troupes de Pompée, qui étaient en Espagne, sous les ordres de trois lieutenants, M. Petreius, L. Afranius et M. Varron. Avant de partir, il avait dit à ses amis qu'il allait vers une armée sans général, et que de là il reviendrait vers un général sans armée. Quoique retardé par le siége de Marseille, qui lui ferma ses portes, et par le dénûment absolu de vivres, il ne lui fallut que peu de temps pour tout soumettre.

XXXV. Revenu d'Espagne à Rome, César passa en Macédoine ; pendant près de quatre mois, il tint Pompée assiégé, et l'entoura d'ouvrages immenses ; enfin il le vainquit en bataille rangée à Pharsale, le poursuivit dans sa fuite jusqu'à Alexandrie, où il le trouva mort : puis, voyant que le roi Ptolémée lui dressait aussi des embûches, il lui fit une guerre des plus difficiles, n'ayant pour lui ni l'avantage du lieu ni celui du temps, et luttant, en hiver, sans y être préparé, sans aucune provision, contre l'ennemi le plus actif et le plus nombreux, et cela dans les murs mêmes de cet ennemi. Vainqueur, il abandonna le royaume d'Égypte à Cléopatre et à son plus jeune frère ; car il craignait, s'il le réduisait en province, que ce pays ne fournît un jour à un gouverneur turbulent l'occasion d'exciter des séditions. D'Alexandrie, César alla en Syrie, et de là dans le Pont, où

l'appelaient de fréquents messages au sujet de Pharnace.
Ce fils du grand Mithridate profitait de ces temps de troubles pour faire la guerre; il s'enorgueillissait déjà de nombreux succès. Le cinquième jour de son arrivée, après
quatre heures de combat, César le défit en une seule bataille. Souvent il vantait le bonheur de Pompée, qui avait
acquis la plus grande partie de sa gloire aux dépens d'ennemis si peu redoutables. Il vainquit ensuite en Afrique Scipion
et Juba, qui ranimaient les restes du parti contraire. Enfin
il soumit en Espagne les fils de Pompée.

XXXVI. Durant toutes les guerres civiles, il n'éprouva de
défaites que par ses lieutenants. L'un d'eux, C. Curion,
périt en Afrique : un autre, C. Antoine, tomba, en Illyrie,
au pouvoir de ses adversaires. P. Dolabella perdit aussi sa
flotte en Illyrie, et Cn. Domitius Calvinus perdit son armée
dans le Pont. Quant à César, il se battit toujours avec un
rare bonheur, et même la fortune ne fut que deux fois
balancée; d'abord à Dyrrachium, où, après avoir été repoussé, il dit de Pompée, qui ne le poursuivait pas, qu'il
ne savait pas vaincre ; puis, en Espagne, dans la dernière
action, et là les choses parurent tellement désespérées,
qu'il songea même à se donner la mort.

XXXVII. Ses guerres terminées, il triompha cinq fois,
dont quatre dans le même mois, après sa victoire sur Scipion, mais avec un intervalle de quelques jours; ensuite il
triompha encore après la défaite des fils de Pompée. Le
premier et le plus beau de ses triomphes fut celui de la
Gaule ; celui d'Alexandrie vint après, puis celui de Pont, qui
fut suivi de celui d'Afrique ; enfin celui d'Espagne vint le dernier. Chacun fut célébré avec une pompe et un appareil
différents. Le jour de son triomphe sur la Gaule, en passant
devant le Velabrum, il fut presque renversé de son char,
dont l'essieu se rompit ; il monta au Capitole à la lueur des
flambeaux : à sa droite et à sa gauche marchaient quarante
éléphants, sur lesquels étaient des hommes qui portaient

des torches. Dans son triomphe sur le Pont, parmi les trophés que l'on promenait aux regards du peuple, il y avait une inscription en trois mots : « Je suis venu, j'ai vu, j'ai vaincu. » Elle n'indiquait pas, comme dans les autres triomphes, les exploits de la guerre; elle n'en marquait que la rapidité.

XXXVIII. Outre les deux grands sesterces* qu'au commencement de la guerre civile il avait fait compter à chaque fantassin des légions de vétérans, il leur donna vingt mille sesterces monnayés**. Il leur assigna aussi des terres; mais elles n'étaient pas contiguës, car il ne voulut expulser aucun de leurs possesseurs. Il fit distribuer au peuple dix boisseaux de blé, et tout autant de livres d'huile par tête, puis trois cents sesterces***, ainsi qu'il l'avait promis autrefois, et il en ajouta encore cent pour compenser le retard. Il remit les loyers d'un an dans Rome à tous ceux qui les payaient deux mille sesterces. Dans le reste de l'Italie, cette libéralité ne s'étendit qu'à ceux dont les loyers ne dépassaient pas cinq cents. Il y eut de plus un repas public et des distributions de viandes; enfin il donna encore deux repas après sa victoire d'Espagne; car le premier lui ayant paru peu digne de sa générosité, il y en ajouta un des plus somptueux cinq jours après.

XXXIX. Il offrit au peuple divers genres de spectacles, des combats de gladiateurs, et dans tous les quartiers de la ville des comédiens donnèrent des représentations dans toute les langues. Il y eut aussi des jeux au cirque, des athlètes, une bataille navale. Dans la troupe de gladiateurs du forum, on vit combattre Furius Leptinus, de famille prétorienne, et Q. Calpenus, qui avait été sénateur, et qui avait plaidé des causes. Les fils des princes d'Asie et de Bythinie dansèrent la pyrrhique aux jeux Scéniques. Decimus Laberius, chevalier romain, joua ses mimes, reçut cinq cents ses-

---

* 409 fr. — ** 4,090 fr. — *** 61 fr. 35 cent.

terces et un anneau d'or, et, quittant la scène, traversa
l'orchestre pour aller s'asseoir parmi les chevaliers. Au
cirque, l'arène fut agrandie de l'un et de l'autre côté, et
les jeunes gens les plus nobles firent courir des chars
attelés de quatre ou de deux chevaux, et des chevaux
dressés à cette manœuvre recevaient alternativement le
cavalier qui sautait rapidement de l'un sur l'autre. Deux
troupes de jeunes gens, les uns plus grands, les autres
plus petits, célébrèrent les jeux équestres appelés Troyens.
Pendant cinq jours les combats de bêtes se succédèrent,
et l'on finit par une bataille entre deux armées, composées chacune de cinq cents fantassins, vingt éléphants et
trois cents cavaliers. Afin d'ouvrir un plus vaste champ
à leurs manœuvres, on avait enlevé les barrières du
cirque, et l'on avait mis à leur place deux camps opposés.
Des athlètes luttèrent trois jours de suite dans un stade
fait pour la circonstance dans une partie du Champ-de-
Mars. On creusa un lac dans la petite Codète, et des
vaisseaux tyriens et égyptiens à deux, à trois et à quatre
rangs de rames, et montés par un grand nombre de combattants, s'y livrèrent une bataille navale. Il arriva une telle
foule d'hommes pour voir tous ces spectacles, que la
plupart des étrangers furent obligés de se loger dans les car-
refours, ou même de dresser des tentes dans les rues. Beaucoup de personnes furent écrasées ou étouffées dans la
presse, entre autres deux sénateurs.

XL. Fixant ensuite ses pensées sur l'organisation de la
république, César corrigea les fastes, tellement dérangés
par l'abus que les pontifes faisaient des intercalations,
que les fêtes de la moisson n'arrivaient plus en été, ni
celles des vendanges en automne. Il régla l'année d'après
le cours du soleil, et lui donna trois cent soixante-cinq
jours, en supprimant le mois intercalaire et en ajoutant
un jour à chaque quatrième année. Mais afin qu'à l'avenir la disposition des temps coïncidât avec les nouvelles

calendes de janvier, il mit pour cette fois deux autres
mois entre novembre et décembre, en sorte que l'année
où il fit toutes ces dispositions fut de quinze mois, y compris l'intercalation qui, selon l'usage, se présentait à la fin
de cette même année.

XLI. Il compléta le sénat et créa de nouveaux patriciens;
il augmenta le nombre des préteurs, des édiles, des ques-
teurs et des magistrats inférieurs. Il rétablit à leur rang
ceux qui en avaient été dépouillés par les censeurs, ou que
la sentence des juges avait condamnés pour brigue. Il partagea les comices avec le peuple, de telle sorte qu'à l'exception des compétiteurs au consulat, on choisit parmi les
autres candidats, et pour moitié, ceux que voudrait le
peuple, tandis que l'autre moitié des places appartiendrait
à ceux qu'il aurait désignés; or, il les désignait, en faisant
circuler dans les diverses tribus des tablettes où étaient
écrits ce peu de mots : « Le dictateur César à telle tribu :
je vous recommande un tel et un tel, afin qu'ils tiennent
leur dignité de votre suffrage. » Il admit aux honneurs les
fils des proscrits. Il restreignit le pouvoir judiciaire à deux
espèces de juges, ceux de l'ordre des chevaliers et les sénateurs, et supprima les tribuns du fisc, qui constituaient
la troisième juridiction. Il procéda au recensement du
peuple, non dans le lieu où l'on avait coutume de le faire,
ni selon la méthode reçue, mais il le fit opérer dans chaque
quartier par les propriétaires des maisons. Au lieu de trois
cent vingt mille citoyens qui recevaient du blé des gre-
niers publics, il n'en admit aux distributions que cent cinquante mille; et pour qu'à l'avenir le recensement ne pût
pas faire naître de nouveaux troubles, il ordonna que chaque année le préteur tirât au sort entre ceux qui n'avaient
point de rations pour remplacer ceux qui seraient morts
dans l'intervalle.

XLII. Quatre-vingt mille citoyens furent répartis dans les
colonies d'outre-mer. César voulut pourvoir à ce que la

population de la capitale n'en fût pas épuisée ; il défendit à tout citoyen âgé de plus de vingt ans et de moins de quarante de rester plus de trois ans absent de l'Italie. Il interdit aux fils de sénateurs les voyages lointains, à moins qu'ils ne partissent en qualité de volontaires, ou pour accompagner un magistrat ; enfin il ordonna à ceux qui se vouaient à l'éducation des bestiaux d'avoir, parmi leurs bergers, au moins un tiers d'hommes libres en âge de puberté. Il conféra le droit de cité à tous ceux qui pratiquaient la médecine à Rome, ou qui y enseignaient les arts libéraux, afin qu'ils prissent d'autant plus de plaisir à l'habiter, et que d'autres encore y fussent attirés par cette faveur. Quant aux dettes, au lieu de répondre à l'espérance où l'on était d'une abolition sur laquelle on revenait fréquemment, il finit par décréter que les débiteurs satisferaient leurs créanciers selon l'estimation des biens, d'après le prix qu'ils en avaient payé avant la guerre civile, et que l'on déduirait du capital ce qui aurait été soldé à titre d'intérêts, soit en argent, soit en valeurs écrites. Cette disposition réduisait les créances d'environ un quart. César licencia toutes les associations religieuses, excepté celles qui existaient de toute antiquité. Il augmenta les peines établies contre les crimes, et comme les riches en commettaient d'autant plus facilement qu'ils en étaient quittes pour s'exiler sans rien perdre de leur fortune, il appliqua aux auteurs de meurtres prémédités la confiscation totale, et aux autres criminels celle de la moitié de leurs biens.

XLIII. Il se montra fort laborieux et fort sévère dans la distribution de la justice. Il retrancha du nombre des sénateurs ceux qui étaient convaincus de concussion. Il rompit le mariage d'un homme qui avait été préteur, parce qu'il avait épousé une femme deux jours après qu'elle eut quitté son mari, et cependant il n'y avait nul soupçon d'adultère. Il frappa d'impôts les marchandises étrangères, et défendit l'usage des litières, des vêtements de pourpre, et des perles, excepté à certaines personnes d'un certain âge et pour certains jours. Il fit surtout observer la loi somptuaire, plaçant des gardes autour des marchés, afin de saisir et de porter chez lui les denrées défendues. Quelquefois aussi il envoyait des licteurs et des soldats qui allaient prendre jusque sur les tables ce qui avait pu échapper à la surveillance de ses gardes.

XLIV. Il avait conçu sur la disposition et l'embellissement de la ville, sur la sûreté et l'accroissement de l'empire, des projets de jour en jour plus nombreux et plus grands. Avant tout, il voulait, en comblant et en nivelant le lac dans lequel il avait donné un combat naval, construire un temple de Mars tel qu'il n'y en avait encore nulle part ailleurs, puis élever contre le mont Tarpéien un théâtre d'une hauteur extraordinaire. Il voulait réduire le droit civil à une certaine mesure, et rédiger en très-peu de livres ce qu'il y avait de bon et de nécessaire dans l'immense et diffuse quantité des lois existantes. Il voulait ouvrir au public une immense bibliothèque de livres grecs et latins, et M. Varron aurait eu le soin d'acquérir et de classer ces livres. Il voulait dessécher les marais Pontins, faire écouler les eaux du lac Fucin, établir une route de la mer supérieure au Tibre par la crête de l'Apennin, percer l'Isthme, contenir les Daces qui s'étaient répandus dans la Thrace et dans le Pont, porter la guerre chez les Parthes en passant par l'Arménie Mineure, et ne les attaquer en bataille rangée qu'après les avoir éprouvés. C'est pendant qu'il faisait de telles choses, pendant qu'il méditait de tels projets, que la mort le prévint; mais avant d'en parler, il ne sera pas inutile de rapporter succinctement ce qui est relatif à son visage, à son extérieur, à sa tenue et à ses mœurs. Les détails sur ses occupations civiles et militaires ne présenteront pas moins d'intérêt.

XLV. On dit qu'il était d'une haute stature, qu'il avait le

teint blanc, les membres bien faits, le visage plein, l'œil noir et vif, le tempérament robuste; néanmoins, dans les derniers temps de sa vie, il était sujet à s'évanouir, et des terreurs nocturnes le saisissaient ordinairement au milieu du sommeil. Il eut deux attaques d'épilepsie dans l'exercice de ses fonctions. Il mettait trop d'importance au soin de son corps; non-seulement il se faisait tondre et raser la barbe, mais quelques personnes lui ont reproché de s'être fait arracher le poil. Il souffrait très-impatiemment le désagrément d'être chauve, parce qu'il essuya les plaisanteries de ses ennemis à cet égard. Aussi ramenait-il habituellement ses rares cheveux de derrière en avant, et de tous les honneurs que le sénat et le peuple lui décernèrent, il n'y en eut aucun qui lui fît plus de plaisir, ou dont il usât plus volontiers, que le droit de porter perpétuellement une couronne de laurier. On rapporte qu'il était recherché dans ses habillements. Il avait un laticlave garni de franges jusqu'aux mains : c'était toujours par-dessus ce vêtement qu'il portait sa ceinture, laquelle était fort lâche; ce qui donna lieu à ce mot de Sylla, qui avait coutume d'avertir les grands de prendre garde à ce jeune homme dont la ceinture était si mal attachée.

XLVI. Il habita d'abord une maison fort modeste dans le quartier appelé Subura; mais, quand il eut été nommé souverain pontife, il fut logé dans un bâtiment public, sur la voie Sacrée. Beaucoup d'auteurs rapportent que César aimait fort le luxe et l'élégance. Une maison de campagne dont il avait fait jeter les fondements sur le territoire d'Aricie, et qu'il avait fait achever à grands frais, fut, dit-on, entièrement rasée parce qu'elle ne répondait pas à son idée; cependant il était alors sans fortune et obéré de dettes. Il emportait avec lui, dans ses expéditions, des parquets en pièces de rapport et en mosaïque.

XLVII. On dit qu'il ne fit son expédition de Bretagne que dans l'espoir d'y trouver des perles, et qu'il avait coutume de les comparer entre elles et de les peser de la main. On ajoute qu'il se montra toujours très-empressé d'acquérir des pierres précieuses, des sculptures, des statues et des tableaux antiques ; qu'enfin il achetait à un prix très-élevé de jeunes et beaux esclaves, et qu'il défendait d'insérer cette dépense dans ses livres de compte, parce qu'il en avait honte lui-même.

XLVIII. Dans les provinces, il donnait fréquemment des repas divisés en deux tables : à l'une étaient assis les militaires revêtus de quelque grade, et les personnes de sa suite ; à l'autre les magistrats et les plus illustres habitants du pays. Dans les grandes comme dans les petites choses, il maintint exactement et sévèrement la discipline établie dans sa maison, à tel point qu'il fit jeter dans les fers un esclave boulanger qui servait aux convives un autre pain qu'à lui. Un jour, quoique personne n'en rendît plainte, il frappa de la peine capitale un affranchi qu'il aimait beaucoup, par le motif qu'il avait commis un adultère sur la femme d'un chevalier romain.

XLIX. Rien ne donna une plus mauvaise opinion de ses mœurs, et ne lui attira plus d'opprobres et de reproches que ses liaisons avec Nicomède. Elles l'exposèrent aux railleries de tous. Je ne dirai rien de ces vers si connus de Calvus Lucinius :

« Tout ce qu'eut jamais la Bythinie, et le pédéraste de César. »

e tairai les discours de Dolabella et de Curion le pere, dans lesquels Dolabella l'appelle la *rivale de la reine, la planche intérieure de la litière royale;* et Curion, *l'écurie de Nicomède, le mauvais lieu de Bithynie.* Je ne m'arrêterai pas non plus aux édits par lesquels Bibulus affichait publiquement son collègue, en le traitant de *reine de Bithynie,* en ajoutant qu'autrefois il s'était senti du goût pour un roi, qu'aujourd'hui c'était pour un royaume. M. Brutus nous apprend qu'un certain Octavius, que le dérangement de sa tête autorisait à tout dire, se trouvant un jour dans une assemblée nombreuse, appela Pompée roi, puis salua César du nom de reine. C. Memmius aussi lui reproche de s'être mêlé avec d'autres débauchés pour présenter à Nicomède les vases et le vin de la table; et il cite les noms de plusieurs négociants romains qui étaient au nombre des convives. Non content d'avoir consigné dans ses lettres que César avait été conduit vers la couche royale par des satellites, qu'on l'avait placé dans un lit d'or, puis revêtu d'un vêtement de pourpre, et qu'il avait souillé en Bithynie la fleur de l'âge qu'il devait à Vénus, Cicéron l'apostropha un jour en plein sénat; César y défendait la cause de Nysa, fille de Nicomède; il rappelait les obligations qu'il avait à ce roi, « Passons sur tout cela, je te prie, s'écria Cicéron, on ne sait que trop ce qu'il t'a donné et ce qu'il a reçu de toi. » A son triomphe sur les Gaules, les soldats, parmi les vers qu'ils ont coutume de chanter en suivant gaiement le char du général, répétèrent ceux-ci, qui sont fort connus :

« César a soumis les Gaules, Nicomède a soumis César. Eh bien! César triomphe en ce jour, lui qui a soumis les Gaules; Nicomède ne triomphe pas, lui qui a soumis César. »

L. Une opinion bien établie, c'est que César était fort porté au libertinage, et n'épargnait en ce genre aucune dépense; il passe pour avoir corrompu un grand nombre de femmes, et même de celles du premier rang: on cite Posthumie, femme de Servius Sulpicius, Lollia, femme d'Aulus Gabinius, et Tertulla, femme de M. Crassus, ainsi que Mucia, femme de Pompée. Ce qu'il y a de certain, c'est que les Curions, père et fils, et beaucoup d'autres, reprochèrent à Pompée son amour pour la puissance, qui lui faisait recevoir dans son lit la fille de celui pour lequel il avait répudié une femme qui déjà lui avait donné trois enfants, de celui qu'il avait coutume d'appeler un autre Égisthe, en pleurant sur le mal qu'il en avait souffert. Mais

parmi toutes les autres femmes, celle que César aima le
plus fut Servilie, la mère de Brutus; il lui acheta, pendant
son premier consulat, une perle qui lui coûta six millions de sesterces*, et, pendant la guerre civile, outre de
riches cadeaux qu'il lui fit, il lui fit adjuger à vil prix des
terres considérables. Aussi quelques personnes s'étonnant
de la modicité de ce prix, Cicéron répondit spirituellement
par un jeu de mots : « Afin que vous sachiez jusqu'à
quel point le marché est bon, apprenez qu'on a fait déduc-
tion de Tertia (du tiers). » On pensait généralement que
Servilie favorisait un commerce d'amour entre sa fille Tertia
et César.

LI. Ce distique que les soldats répétaient à la cérémonie
du triomphe sur la Gaule, montre que César ne respecta pas
davantage la couche nuptiale dans les provinces :

« Citadins, gardez vos femmes, nous amenons le chauve adultère. »

LII. Il aima aussi des reines, entre autres Eunoé, femme
de Bogud, roi de Mauritanie. Selon ce que rapporte Nason,
il lui fit, ainsi qu'à son mari, d'immenses présents. On cite
surtout Cléopatre ; souvent il prolongeait ses repas avec elle
jusqu'au jour. Naviguant sur un vaisseau dans lequel se
trouvaient ses appartements, ils auraient pénétré en Égypte
jusque vers l'Éthiopie, si l'armée n'eût refusé de les suivre.
Enfin il la fit venir à Rome, et ne la renvoya que comblée
de biens et d'honneurs; il souffrit même qu'un fils auquel
elle avait donné le jour fût appelé de son nom. Quelques
auteurs grecs nous disent qu'il ressemblait à César pour la
figure et pour la démarche. M. Antoine affirma dans le sénat qu'il l'avait reconnu, et cita comme le sachant C. Mat-
tius, C. Oppius, et les autres amis de César. C. Oppius,
comme si la chose avait besoin d'être plaidée et défendue,
publia un livre pour prouver que celui que Cléopatre di-

---

* 1,228,000 francs.

sait fils de César ne l'était pas. Le tribun du peuple Helvius Cinna a avoué à beaucoup de monde qu'il avait écrit
et tenu prête une loi que, selon l'ordre de César, il devait
proposer en son absence : elle lui permettait d'épouser les
femmes qu'il voudrait et tout autant qu'il en voudrait,
pour en avoir des enfants. Enfin, pour que personne ne
doute qu'il était tourmenté de désirs impudiques et adul-
tères, j'ajouterai que dans un de ses discours, Curion le
père l'appelle « le mari de toutes les femmes et la femme
de tous les maris. »

LIII. Ses ennemis mêmes n'ont pas nié qu'il ne fût très-
modéré quant à l'usage du vin. Il y a un mot assez remarquable de Caton à ce sujet. « César, disait-il, était le premier qui eût entrepris à jeun de renverser la république. »
C. Oppius nous apprend qu'il était tellement indifférent
à la qualité des mets, qu'un jour un de ses hôtes lui servant de l'huile ancienne au lieu d'huile fraîche, et tous les
autres la dédaignant, il fut le seul qui dit qu'elle lui plaisait
davantage, de peur de faire à son hôte le reproche de négligence ou de défaut d'usage.

LIV. Il ne montra de désintéressement ni dans l'exercice
du commandement, ni dans celui de la magistrature. Il est
prouvé, par les mémoires de beaucoup de contemporains,
qu'étant proconsul en Espagne, il reçut de l'argent des alliés, après l'avoir en quelque sorte mendié pour payer ses
dettes. Il pilla quelques villes de Lusitanie, quoiqu'elles
n'eussent point refusé de lui obéir, et qu'elles lui ouvris-
sent leurs portes. Dans la Gaule, il dépouilla les chapelles
et les temples des dieux, qui étaient remplis de riches offrandes. On le vit plus souvent détruire les villes pour y
faire du butin, qu'en punition de quelque faute. Aussi avait-
il de l'or en abondance ; il le vendit, tant en Italie que dans
les provinces, sur le pied de trois cents sesterces à la livre *.

* 614 francs.

Pendant son premier consulat, il prit trois mille livres pesant d'or au Capitole, et y substitua tout autant de cuivre doré. Il vendit les alliances et les souverainetés, et il enleva au seul Ptolémée à peu près six mille talents*, tant en son nom qu'en celui de Pompée. Dans la suite, ce ne fut qu'au moyen des rapines les plus manifestes, et par des sacriléges, qu'il subvint aux dépenses qu'occasionnèrent les guerres civiles, ses triomphes et ses libéralités.

LV. Il égala, ou même il surpassa la gloire des plus grands maîtres de l'éloquence et de l'art de la guerre. Après l'accusation qu'il porta contre Dolabella, il fut, sans conteste, rangé parmi les avocats les plus célèbres.

Cicéron énumère les orateurs dans le traité adressé à Brutus, et il nie qu'il y en ait aucun auquel César doive céder le pas; il ajoute qu'il y a dans sa manière de l'élégance, de l'éclat, et même de la grandeur et de la dignité. En écrivant à Cornélius Népos, Cicéron s'exprime ainsi au sujet de César : « Quel est, parmi ceux qui n'ont jamais fait autre chose, l'orateur que vous lui préférez? qui pourrait l'emporter sur lui par la vigueur ou l'abondance des pensées, par la beauté ou l'élégance de l'expression ? » Fort jeune encore, il paraît s'être attaché au genre d'éloquence adopté par Strabon César, et même il a fait entrer mot à mot, dans sa *Divination*, plusieurs passages du discours de cet orateur pour les Sardes. On dit qu'il prononçait ses harangues d'une voix sonore, que ses mouvements et ses gestes étaient animés, sans être dépourvus de grâce. Il laissa plusieurs discours; cependant il y en a qui lui sont mal à propos attribués. C'est avec raison qu'Auguste regardait celui pour Metellus comme ayant plutôt été recueilli par les sténographes que publié par lui; car les périodes de l'orateur sont assez incohérentes. Je trouve même que quelques exemplaires ne sont pas intitulés *Discours pour*

---

* 33,000,000 fr.

Metellus, mais *Discours rédigés pour Metellus;* et néanmoins c'est César qui parle, et qui défend et Metellus et
lui-même contre quelques accusations de leurs ennemis
communs. Auguste a peine à croire aussi que les discours
adressés aux soldats en Espagne soient de César: cependant
on en a deux : l'un qu'on prétend avoir été prononcé à la
première affaire, l'autre à la dernière; mais Asinius Pollion
dit qu'à cette bataille la brusque attaque de l'ennemi ne
lui laissa pas le temps de haranguer ses troupes.

LVI. César a laissé des Mémoires sur tout ce qu'il a fait
dans la guerre des Gaules, et dans la guerre civile contre
Pompée; mais, pour ce qui regarde celles d'Alexandrie,
d'Afrique et d'Espagne, on ne sait quel en est l'auteur. Les
uns supposent qu'ils sont d'Oppius, les autres les attri-
buent à Hirtius, qui aurait aussi complété le dernier livre
de la guerre des Gaules, encore imparfait. Voici comment
Cicéron parle des Commentaires de César dans son traité
adressé à Brutus : « Il a écrit des Mémoires dignes d'éloges;
privé de tout ornement oratoire, son style, semblable à un
beau corps dépouillé de vêtements, se montre nu, simple et
gracieux. César voulait que ceux qui entreprendraient d'écrire
l'histoire trouvassent une source pour y puiser, et il a fait
peut-être une chose agréable aux gens dont l'ineptie cherche
à habiller ces faits d'un style recherché; mais quant aux
hommes de sens, il les a entièrement empêchés d'écrire
après lui sur le même sujet. » Hirtius s'énonce en ces
termes : « Ces Mémoires jouissent d'une approbation tellement générale, que César a bien plutôt enlevé que donné
la faculté d'écrire. Nous avons plus de raison encore de
l'admirer que tous les autres; car les autres savent seulement combien ce livre est correct et exact; nous connais-
sons la facilité et la promptitude avec laquelle il a été écrit. »
Asinius Pollion croit que ces Commentaires ont été rédigés
avec peu de soin, et que souvent ils blessent la vérité, César ayant cru légèrement la plupart des récits, pour les

choses que ses lieutenants avaient faites, et ne racontant pas exactement ce qu'il avait fait par lui-même, soit qu'il le voulût ainsi, soit que la mémoire lui manquât. Asinius Pollion pense qu'il les aurait corrigés et rédigés de nouveau. César a laissé encore un Traité en deux livres sur l'*Analogie*, deux autres intitulés *Anticatons*, et un poëme dont le titre est *le Voyage*. Il a écrit le premier de ces ouvrages en passant les Alpes, lorsqu'après avoir présidé les assemblées de la Gaule citérieure, il retournait à son armée; il a composé le second vers le temps de la bataille de Munda, et le dernier pendant le voyage qu'il fit en vingt-quatre jours de Rome à l'Espagne citérieure. On a encore de lui des Lettres au sénat, et, le premier, il paraît les avoir distribuées par pages en suivant la forme d'un livre-journal, tandis qu'auparavant les consuls et les généraux écrivaient leurs rapports du haut en bas. Enfin l'on a de lui des Lettres à Cicéron, et d'autres adressées à ses amis sur des affaires domestiques. Quand il voulait leur faire savoir quelque chose secrètement, il le mettait en chiffres, c'est-à-dire que les lettres étaient disposées de manière à ne pouvoir jamais former un mot. Si quelqu'un veut en rechercher le sens, ou les déchiffrer, il conviendra de changer le rang des lettres, en prenant la quatrième pour la première, le *d* pour l'*a*, et ainsi de suite. On cite encore quelques écrits de l'adolescence de César; par exemple, ses *louanges d'Hercule*, sa tragédie d'*Œdipe*, sa *Collection de mots remarquables*. Mais Auguste défendit de les communiquer au public, par une lettre très-courte et très-simple écrite à Pompeius Macer, qu'il avait préposé à l'organisation de sa bibliothèque.

LVII. César était fort habile à manier les armes et le cheval, et il supportait la fatigue au delà de tout ce qu'on peut imaginer. Dans la marche, on le voyait quelquefois à cheval, mais le plus souvent il précédait à pied les troupes, et, la tête découverte, ne s'inquiétait ni du soleil ni de la pluie. Il franchit les plus grandes distances avec une incroyable célérité, et faisait jusqu'à cent mille pas par jour dans une voiture de louage. Si des fleuves l'arrêtaient, il les passait à la nage ou sur des outres gonflées de vent. Il prévint souvent, par son arrivée, les courriers qui devaient en porter la nouvelle.

LVIII. On ne sait si dans ses expéditions il fut ou plus prudent ou plus audacieux. Jamais il ne conduisit son armée à travers des lieux propres à masquer des embuscades, sans avoir fait auparavant explorer leur disposition; il ne passa en Bretagne qu'après s'être assuré par lui-même de l'état des ports, de la manière dont il fallait naviguer, et des endroits qui donneraient accès dans l'île. Il traversa les postes ennemis et parvint jusqu'aux siens à la faveur d'un costume gaulois, lorsqu'on lui eut annoncé que son camp était assiégé en Germanie. Il passa de Brindes à Dyrrachium en hiver, et au milieu des flottes ennemies; puis les forces qui, d'après son ordre, devaient le suivre, se faisant attendre, et tous les messages qu'il envoyait afin de les faire venir étant demeurés sans succès, il finit par s'embarquer seul, secrètement sur une petite chaloupe, et, s'enveloppant la tête, il ne se fit connaître et ne permit au pilote de céder à la tempête que lorsque déjà les flots menaçaient de l'engloutir.

LIX. La superstition ne put jamais lui faire abandonner ni différer aucune entreprise. Un jour, la victime ayant échappé au couteau, César n'en marcha pas moins sur-le-champ contre Scipion et Juba. Étant tombé en sortant de son navire, il sut interpréter ce présage en sa faveur, et s'écria : *Je te tiens, Afrique.* Afin d'éluder les prédictions qui voulaient que dans cette province le nom des Scipions fût. d'après l'ordre du destin, toujours heureux, toujours invincible, César prit avec lui dans son camp le plus méprisé de tous les membres de la famille Cornélia, auquel on avait donné d'ignobles surnoms, à raison de la bassesse de sa conduite.

19.

LX. Il livrait les batailles non-seulement d'après un plan arrêté, mais encore selon les occasions qui s'en présentaient; souvent il attaquait pendant la marche même, et par des temps si affreux que personne ne s'attendait à le voir s'avancer contre l'ennemi. Ce ne fut que dans les derniers temps qu'il montra moins d'empressement pour combattre: plus il avait remporté de victoires, moins il croyait devoir tenter la fortune, car il pensait qu'un nouveau succès ne lui donnerait pas à beaucoup près autant qu'un revers pourrait lui ôter. Jamais il ne vainquit d'ennemi qu'il ne lui prît aussi son camp; il ne laissait aucun répit à la terreur des vaincus. Quand l'action était disputée, il renvoyait les chevaux et le sien même le premier, afin que l'on fût contraint de rester, faute de moyens de s'enfuir.

LXI. César montait un cheval remarquable dont les pieds étaient presque de forme humaine; son sabot était fendu de manière à présenter l'apparence de doigts. Il avait élevé avec un grand soin ce cheval né dans sa maison, car les aruspices avaient promis l'empire de la terre à son maître. César fut le premier qui le dompta; jusque-là il n'avait souffert aucun cavalier. Dans la suite, il lui érigea une statue devant le temple de Vénus Génitrix.

LXII. Souvent il rétablit, lui seul, sa ligne de bataille qui pliait, se jetant au-devant des fuyards et les forçant à faire face à l'ennemi. La plupart étaient tellement effrayés, qu'un porte-aigle qu'il arrêtait ainsi le menaça de la pointe de son arme, et qu'un autre abandonna son enseigne entre ses mains.

LXIII. Les faits que nous allons rapporter ne sont pas de moindres preuves de son inébranlable courage; peut-être même l'emportent-ils sur les autres. Après la bataille de Pharsale, il se fit devancer en Asie par ses troupes, et passa le détroit de l'Hellespont sur un faible bâtiment de transport: ayant rencontré C. Cassius, qui commandait dix vaisseaux ennemis, il ne prit point la fuite, mais, au contraire, s'approchant de lui, il l'exhorta à se rendre, et le reçut à son bord après sa soumission.

LXIV. A Alexandrie, voulant prendre un pont de vive force, une brusque sortie de l'ennemi le força de sauter dans une nacelle, puis, voyant que la foule s'y précipitait, il se jeta à la mer, et nagea l'espace de deux cents pas, pour regagner le vaisseau le plus voisin. Pendant ce trajet, il tenait élevée sa main gauche de peur de mouiller des écrits qu'il portait, et en même temps il traînait sa cotte d'armes avec ses dents, de peur que l'ennemi ne s'emparât de sa dépouille.

LXV. Il n'estimait le soldat que par ses forces individuelles, ne se souciant ni de ses mœurs ni de sa fortune, déployant envers lui tantôt une grande sévérité, tantôt une égale indulgence; car il ne le tenait sévèrement ni partout ni toujours, mais seulement quand l'ennemi était proche. C'est alors qu'il se montrait l'inexorable gardien de la discipline, ne faisant connaître ni le temps de la marche, ni celui du combat, mais voulant que le soldat fût à tout moment prêt et disposé à marcher où il le conduirait. Très-souvent il le mettait ainsi à l'épreuve sans motif, et surtout par la pluie ou les jours de fête. De temps en temps il recommandait de ne pas le perdre de vue, puis tout à coup, soit le jour, soit la nuit, il se dérobait aux regards et forçait sa marche, pour fatiguer ainsi ceux qui le suivaient plus lentement.

LXVI. Quand il voyait ses troupes effrayées de ce que la renommée rapportait du nombre des ennemis, ce n'est pas en réfutant ces bruits ou en les atténuant qu'il rassurait les soldats; il amplifiait, au contraire, jusqu'au mensonge. Ainsi, quand on attendait avec terreur l'arrivée de Juba, César rassembla ses soldats. « Sachez, leur dit-il, que dans très-peu de jours le roi sera devant vous avec dix légions, trente mille cavaliers, cent mille hommes armés à la légère, et trois cents éléphants. Que l'on cesse donc de s'en informer davantage, et d'évaluer son armée plus haut : que l'on s'en rapporte à moi qui suis bien instruit ; sinon, je mettrai ces nouvellistes sur le plus vieux de nos vaisseaux, afin de les livrer à la merci de tous les vents. »

LXVII. Il ne faisait pas une égale attention à toutes les fautes, mais il se montrait fort ardent à poursuivre et à punir les déserteurs et les séditieux, et fermait les yeux sur le reste. Quelquefois, après une victoire péniblement obtenue, il dispensait les soldats des devoirs ordinaires, et leur donnait la faculté de se répandre çà et là pour se livrer aux plaisirs. Il avait coutume de dire que ses soldats savaient combattre lors même qu'ils étaient parfumés. Quand il les haranguait, il ne les appelait point *soldats* : se servant d'un terme plus flatteur, il les nommait ses *camarades*. Il avait un tel soin de leur tenue, qu'il leur donnait des armes ornées d'or et d'argent, non-seulement pour le coup d'œil, mais encore afin qu'ils ne les abandonnassent dans le combat qu'à la dernière extrémité, par la crainte du dommage qu'ils devaient en éprouver. César aimait ses soldats au point qu'ayant appris la défaite de Titurius, il laissa croître sa barbe et ses cheveux, et ne les coupa qu'après s'être vengé. Toutes ces choses augmentèrent leur dévouement à sa personne, et portèrent leur bravoure au dernier point.

LXVIII. Quand il s'engagea dans la guerre civile, les centurions de chaque légion offrirent de fournir chacun un cavalier de son pécule ; tous les soldats promirent de servir gratuitement, sans aucune ration ni paye, les plus riches se chargeant en outre de fournir aux besoins des plus pauvres ; et, pendant une guerre si longue, il n'y en eut aucun qui manqua à son engagement. La plupart des captifs refusaient la vie qu'on leur accordait sous la condition de prendre parti contre lui. Dans les siéges qu'ils eurent à soutenir comme dans ceux qu'ils entreprirent, ils savaient si bien supporter la faim et les autres privations, qu'ayant vu dans les retranchements de Dyrrachium l'espèce de pain d'herbe dont ils se nourrissaient, Pompée s'écria qu'il avait affaire à des bêtes sauvages; et en même temps il ordonna de faire disparaître promptement ce pain, sans le montrer à personne, de peur d'abattre les esprits des siens par la vue de la patience et de l'obstination de l'ennemi. Une preuve de la valeur avec laquelle ils combattaient, c'est qu'ayant une seule fois éprouvé un revers auprès de Dyrrachium, ils demandèrent eux-mêmes à être punis; aussi leur général jugea-t-il convenable de les consoler, et non de les châtier. Dans les autres batailles, quoique de beaucoup inférieurs en nombre, ils défirent aisément les troupes qui leur étaient opposées. Une seule cohorte de la sixième légion, préposée à la garde d'un petit fort, soutint pendant quelques heures l'attaque de quatre légions de Pompée, et périt presque en entier sous la multitude des traits de l'ennemi; on en trouva cent trente mille dans l'enceinte. Ces actions n'étonneront plus si l'on considère les exploits extraordinaires de quelques-uns des guerriers de César: je ne citerai que le centurion Cassius Scéva et le soldat Acilius. Bien qu'il eût perdu un œil, bien qu'il eût la cuisse et l'épaule percées, et que son bouclier fût traversé de cent vingt coups, Scéva demeura ferme à la garde de la porte d'un fort qui lui était confié. Acilius suivit, dans une bataille navale près de Marseille, le bel exemple donné chez les Grecs par Cynégire: ayant saisi la poupe d'un navire ennemi, sa main droite fut coupée; alors il sauta dans le navire, opposant aux assaillans la pointe de son bouclier.

LXIX. Pendant dix ans que dura la guerre des Gaules, il ne s'éleva aucune sédition parmi les soldats de César. Il s'en manifesta quelques-unes dans les guerres civiles, mais elles furent apaisées sur-le-champ moins par son indulgence que par son autorité. Jamais il ne céda aux mutins, il marchait même au-devant d'eux. Auprès de Plaisance, il licencia ignominieusement la neuvième légion, quoique

Pompée fût encore sous les armes. Ce ne fut qu'avec peine, après beaucoup d'humbles prières, et après la punition des coupables, qu'il consentit à la rétablir.

LXX. A Rome, les soldats de la dixième légion demandèrent à grands cris, et non sans danger pour la ville, qu'on leur accordât leur congé et des récompenses : bien que la guerre régnât encore en Afrique, et malgré ses amis, César n'hésita point à les aborder non plus qu'à les licencier. Pour changer leurs dispositions et les vaincre, il lui suffit d'un seul mot; il les traita de *Quirites* (citoyens); ils répondirent sur-le-champ qu'ils étaient soldats, et, malgré son refus, ils le suivirent en Afrique. Cela ne l'empêcha pas d'enlever aux plus séditieux le tiers du butin et des terres qui leur étaient destinés.

LXXI. Dès sa première jeunesse, il se montra zélé et fidèle envers ses clients. Il défendit si vivement Masintha, jeune homme de noble famille, contre le roi Hiempsal, que, dans la chaleur de la discussion, il saisit, par la barbe Juba, fils de ce roi. Masintha ayant été déclaré tributaire, il l'arracha des mains de ceux qui s'étaient emparés de sa personne, le cacha longtemps chez lui, et bientôt après, lorsqu'à l'issue de sa préture il se rendit en Espagne, il l'emmena dans sa litière, au milieu des faisceaux des licteurs et du nombreux cortége qui l'accompagnait à son départ.

LXXII. Il eut toujours pour ses amis beaucoup de bonté et d'égards. Un jour, C. Oppius l'accompagnant sur des routes détournées fut atteint subitement d'une maladie : César lui céda le seul abri qu'il y eût, et coucha par terre en plein air. Parvenu déjà au pouvoir suprême, il éleva aux premières dignités quelques personnes de très-basse condition, et comme on lui en faisait le reproche, il déclara publiquement que s'il se fût servi, pour conserver son rang, de brigands et de meurtriers, on le verrait leur témoigner la même reconnaissance.

LXXIII. D'un autre côté, il ne conçut jamais d'inimitiés

si fortes, qu'il ne les abjurât volontiers dans l'occasion. C. Memmius l'avait attaqué avec une extrême véhémence dans ses discours. Il y avait répondu par écrit avec non moins d'emportement ; mais il ne le soutint pas néanmoins dans la demande du consulat qu'il fit peu de temps après. C. Calvus, qui lui avait lancé quelques épigrammes diffamatoires, cherchant à se réconcilier avec lui par l'intermédiaire de ses amis, César lui écrivit le premier, et de son propre mouvement. Il ne s'était point dissimulé que les vers de Valerius Catulle, au sujet de Mamurra, le flétrissaient d'une honte éternelle, et cependant, quand ce poëte vint s'en excuser, il l'invita le jour même à sa table, et continua ses relations d'hospitalité avec son père de la même façon qu'autrefois.

LXXIV. Son caractère était fort doux, même dans la vengeance. Il avait juré de faire crucifier les pirates qui l'avaient pris ; quand il les eut contraints à se rendre, il ne les fit mettre en croix qu'après les avoir fait étrangler. Jamais il ne put se déterminer à maltraiter Cornelius Phagita, aux embûches duquel il avait échappé avec peine et à prix d'argent, lorsqu'accablé de souffrances, il cherchait autrefois à se soustraire aux recherches de Sylla. Philémon, esclave de son service particulier, avait promis à ses ennemis de le faire périr par le poison : César ne prononça contre lui aucun supplice extraordinaire, et se contenta de la simple peine de mort. Ayant été appelé en témoignage contre P. Clodius, auteur d'un adultère commis avec Pompeia, et qui, pour cela même, était accusé d'avoir profané les cérémonies de la religion, César nia qu'il eût aucune connaissance du fait, quoique sa mère Aurélie et sa sœur Julie eussent déjà fidèlement rapporté la vérité devant les mêmes juges. Aussi, lorsqu'on lui demanda pourquoi il avait répudié sa femme : « C'est, dit-il, parce que je veux que les miens ne soient pas moins exempts de soupçon que de crime. »

LXXV. Dans l'administration des affaires publiques comme dans ses victoires sur ses rivaux, il fit toujours preuve d'une modération et d'une clémence admirables. Pompée avait proclamé qu'il tiendrait pour ennemis tous ceux qui refuseraient de défendre la république; César déclara qu'il compterait comme amis tous ceux qui resteraient neutres et ne se mettraient d'aucun parti. Il autorisa ceux auxquels il avait donné des grades sur la recommandation de Pompée à passer dans son armée. A Lérida, on avait entamé des négociations; il s'était établi réciproquement des relations et un commerce journalier; tout à coup Afranius et Faustus, revenant de leur résolution de se rendre, massacrèrent tous les soldats de César qui se trouvaient dans leur camp; mais César ne put jamais se résoudre à imiter la perfidie dont on avait usé envers lui. A la bataille de Pharsale, il fit publier qu'on épargnât les citoyens, et il n'y eut aucun des siens auquel il ne permît de sauver, dans le parti contraire, celui qu'il voudrait. On ne voit pas non plus que personne ait péri autrement que dans l'action, excepté toutefois Afranius, Faustus et le jeune L. César; encore ne pense-t-on pas qu'ils aient été tués de son consentement. Cependant les deux premiers avaient repris les armes, après avoir obtenu leur pardon, et le troisième, après avoir fait périr cruellement par le fer et le feu les esclaves et les affranchis de César, avait fait égorger jusqu'aux bêtes achetées pour être données en spectacle au peuple. Dans les derniers temps, César étendit sa clémence à ceux auxquels il n'avait pas encore pardonné, et leur permit à tous de revenir en Italie, d'y exercer des magistratures et d'y commander. Il rétablit même les statues de Sylla et de Pompée que le peuple avait renversées. Dans la suite, lorsqu'il apprenait quelque trame ou quelque médisance dirigée contre lui, il aimait mieux prévenir le mal que d'en punir les auteurs. En conséquence, des conspirations et des réunions nocturnes ayant été découvertes, il ne chercha point à pénétrer plus avant, et se contenta de faire voir par un édit qu'il les connaissait. Quant à ceux qui l'attaquaient par leurs propos, il crut qu'il suffisait de les avertir publiquement de ne point continuer. Il supporta avec beaucoup de patience un libelle calomnieux d'Aulus Cécina et des vers où Pitholaüs déchirait sa réputation.

LXXVI. Cependant on lui impute d'autres actions, d'autres discours, qui justifieraient le reproche d'abus de pouvoir qu'on lui adressa, et feraient considérer sa mort comme un juste châtiment. Non-seulement il reçut des honneurs excessifs, tels que le consulat prolongé, la dictature perpétuelle, la censure des mœurs, le prénom d'Imperator, le surnom de Père de la patrie, une statue parmi celles des rois, une place élevée à l'orchestre; mais il souffrit encore qu'on lui en décernât qui dépassent la mesure des grandeurs humaines : il eut au sénat et au tribunal un siége d'or, dans les pompes du cirque un char et un brancard comme les dieux. Il eut des temples, des autels; ses statues furent placées à côté de celles des dieux; on lui dressa un lit sacré, on lui nomma un pontife et des prêtres lupercaux; enfin l'un des mois de l'année fut appelé de son nom. Il n'est point d'honneurs que, selon son caprice, il ne reçût et ne donnât de même. Il ne prit de son troisième et de son quatrième consulat que le titre, et se contenta du pouvoir dictatorial qu'on lui avait conféré en même temps. Dans l'une et dans l'autre année, il se substitua pour les trois derniers mois deux consuls, et, dans l'intervalle, il ne tint de comices que pour la nomination des tribuns et des édiles du peuple. Au lieu de préteurs, il établit des lieutenants chargés d'administrer la ville en son absence. Un consul étant mort la veille des calendes de janvier, il donna sa dignité vacante à celui qui la demandait, pour le peu d'heures qui restait à courir. C'est avec le même arbitraire, avec le même mépris des usages de sa patrie qu'il constitua des magistratures pour plusieurs années, accorda les insignes du consulat à dix anciens préteurs, et reçut dans le sénat quelques Gaulois à demi barbares qu'il avait faits citoyens. Il nomma en outre plusieurs de ses esclaves intendants de la Monnaie et des revenus publics. Il abandonna le soin et le commandement de trois légions, qu'il avait laissées à Alexandrie, à Rufion, fils d'un de ses affranchis et l'un de ses débauchés favoris.

LXXVII. Selon ce que rapporte T. Ampius, il lui échappait publiquement des paroles qui marquent combien peu il savait se contenir. Il dit que la république n'était qu'un nom sans corps et même sans apparence; que Sylla, qui avait déposé la dictature, était bien ignorant;— que, quant à lui, il fallait qu'on lui parlât avce retenue, et qu'on regardât comme loi ce qu'il aurait dit. Enfin il en vint à un tel point d'arrogance, que, dans un sacrifice, un aruspice ayant annoncé de tristes présages fondés sur l'absence du cœur de la victime, il répondit que, quand il le voudrait, les présages seraient meilleurs, et qu'il ne fallait pas regarder comme un prodige qu'une bête manquât de cœur.

LXXVIII. Mais voici ce qui lui attira la haine la plus forte et la plus irréconciliable. Le sénat s'étant présenté en corps pour lui remettre des décrets rendus en son honneur, il le reçut assis devant le temple de Vénus Génitrix. Quelques-uns croient que dans le moment où il allait se lever, Cornelius Balbus l'en empêcha; d'autres disent qu'il ne l'essaya même pas, et qu'il regarda d'un œil sévère C. Trebatius, qui l'avertissait de le faire. Cela parut d'autant plus intolérable de sa part, que lui-même, dans un de ses triomphes, avait manifesté une profonde indignation de ce qu'au passage de son char devant les siéges des tribuns, un membre de leur collége, Pontius Aquila, ne se fût pas levé; il s'était écrié dans cette occasion : « Eh bien! Aquila, redemande-moi donc aussi la république, et ta qualité de tribun; » et pendant plusieurs jours de suite, il n'avait rien

promis à qui que ce fût, sans y mettre cette restriction :
« Si toutefois Pontius Aquila le permet. »

LXXIX. Cependant, à cet outrage qu'il venait de faire au
sénat il ajouta une action bien plus arrogante encore. A
son retour des fêtes latines, le peuple fit entendre des acclamations immodérées et d'un genre nouveau, et du sein de
la foule quelqu'un posa sur sa statue une couronne de laurier nouée d'une bandelette blanche. Les tribuns du peuple
Epidius Marullus et Césetius Flavus firent ôter la bandelette et conduire cet homme en prison. César en fut blessé,
soit parce que l'on accueillait mal les idées de royauté, soit,
comme il le prétendait, qu'on lui eût enlevé l'honneur du
refus ; il en fit de vifs reproches aux tribuns, et les priva
de leur pouvoir. Jamais, depuis lors, il ne put repousser le
honteux reproche d'avoir ambitionné la dignité royale,
quoique un jour, le peuple l'ayant salué du titre de roi, il eût
répondu qu'il était César et non pas roi ; quoique aux fêtes
Lupercales et devant la tribune aux harangues il eût souvent repoussé le diadème que le consul Antoine voulait
mettre sur sa tête, et l'eût envoyé au Capitole dans le temple
de Jupiter. Il se répandit même un bruit assez accrédité :
on dit qu'il se rendrait à Alexandrie ou à Ilion, et qu'en
même temps il y transporterait toutes les ressources de
l'empire, épuisant l'Italie par des levées, et laissant à ses
amis l'administration de Rome. On assurait qu'à la première assemblée du sénat le quindécemvir L. Cotta propo-
serait d'appeler César roi, les livres du destin portant que
les Parthes ne pourraient être vaincus que par un roi.

LXXX. Ce bruit fut pour les conjurés une raison de hâter
l'exécution de leurs projets, pour ne pas être obligés de
consentir à une pareille loi. Tous mirent donc en commun
les projets qui d'abord avaient été conçus isolément, et
qui n'appartenaient qu'à des réunions de deux ou trois
individus. Le peuple même avait cessé d'être content de
l'état présent des affaires ; il laissait voir ouvertement sa

haine pour toute domination et demandait des libérateurs.
Après la nomination des sénateurs étrangers, on afficha ces
mots : « Salut au public ; que personne ne montre le chemin du sénat aux nouveaux sénateurs. » On chantait généralement :

> « César traîne les Gaulois en triomphe, il les traîne au Sénat ; les Gau-
> lois ont quitté leurs braies pour prendre le laticlave. »

Au théâtre, le licteur ayant annoncé, selon l'usage, l'entrée
du consul Q. Maximus, que César s'était substitué pour
trois mois, on s'écria de toutes parts qu'il n'était pas consul.
Après la disgrâce des tribuns Césetius et Marullus, on trouva
aux comices beaucoup de suffrages qui les nommaient consuls. Quelques personnes écrivirent sur la statue de L. Brutus : *Oh ! si tu vivais !* et sur celle de César :

> « Brutus, parce qu'il chassa les rois, fut le premier consul ; celui-ci,
> parce qu'il chassa les consuls, finit par être roi. »

Le nombre des conjurés s'élevait à plus de soixante ; C. Cassius, Marcus et Decimus Brutus, étaient les chefs de la con-
spiration. Ils hésitèrent d'abord, ne sachant s'ils ne se divi-
seraient pas en deux bandes, dont l'une précipiterait César
du haut du pont, lorsque, dans les comices du Champ-de-
Mars, il appellerait les tribus aux suffrages, tandis que
l'autre le recevrait pour le tuer ; ou bien, s'il ne con-
venait pas mieux de l'attaquer dans la voie Sacrée ou à
l'entrée du théâtre. Mais une réunion du sénat ayant été
indiquée pour les ides de mars dans la salle de Pompée,
le temps et le lieu leur parurent unanimement préfé-
rables.

LXXXI. Cependant des prodiges manifestes annoncèrent
à César le meurtre qu'on méditait contre lui. Peu de mois
auparavant des colons conduits à Capoue, en vertu de la
loi Julia, se disposant à construire des maisons de cam-

pagne, détruisirent des sépultures d'une haute antiquité ; ils mirent d'autant plus de soins à cette opération, que, dans leurs recherches, ils trouvèrent un assez bon nombre de vases d'un travail fort ancien. On découvrit dans le tombeau où reposait, disait-on, Capys, fondateur de Capoue, une table d'airain portant en caractères et en mots grecs une prédiction que voici : « Quand on aura découvert les os de Capys, le descendant d'Iule sera tué de la main de ses proches, et bientôt sa mort sera vengée par les malheurs de l'Italie. » Et afin qu'on ne croie pas que c'est là une fable mensongère, j'en citerai l'auteur : c'est Cornélius Balbus, qui vivait avec César dans une grande intimité. Dans les derniers jours, César apprit que les chevaux qu'il avait consacrés au passage du Rubicon, et qu'il avait laissé errer sans maîtres, s'abstenaient avec opiniâtreté de toute nourriture, et versaient d'abondantes larmes. Tandis qu'il immolait une victime, l'aruspice Spurinna l'avertit de prendre garde à un danger qui ne se ferait pas attendre au delà des ides de mars. La veille de ces ides, un roitelet se dirigeant vers la salle de Pompée avec une petite branche de laurier, des oiseaux de toute espèce sortirent du bocage voisin, le poursuivirent et le mirent en pièces. Enfin pendant la nuit que le jour du crime vint dissiper, César, dans son sommeil, crut plusieurs fois qu'il volait au-dessus des nuages, puis qu'il joignait sa main à celle de Jupiter. Sa femme Calpurnie vit en songe s'écrouler le frontispice de sa maison ; elle rêva qu'on tuait son époux entre ses bras. Tout à coup les portes de la chambre s'ouvrirent d'elles-mêmes. Retenu par ces présages et par sa santé chancelante, César hésita longtemps ; il voulait rester chez lui, et différer ce qu'il avait à proposer au sénat. Enfin, Brutus l'ayant engagé à ne point faire attendre en vain les nombreux sénateurs qui étaient réunis déjà depuis longtemps, il sortit environ à la cinquième heure. Quelqu'un qui le rencontra sur son chemin lui remit un billet

qui dévoilait les projets des conjurés; mais il le mêla avec
d'autres écrits qu'il tenait à sa main gauche, comme pour
les lire plus tard. Bientôt après, plusieurs victimes ayant été
immolées, et le sacrifice ne pouvant réussir, il entra dans
le sénat sans tenir compte de ces scrupules religieux, et se
moqua de Spurinna, en taxant sa prédiction de fausseté,
puisque les ides de mars étaient venues, et qu'il ne lui
était arrivé aucun mal. Spurinna répondit à ses railleries :
« Il est vrai, elles sont venues, mais elles ne sont pas encore passées. »

LXXXII. Lorsqu'il s'assit, les conjurés l'entourèrent dans
le dessein apparent de lui rendre leurs devoirs, et tout à
coup Cimber Tillius, qui s'était chargé du commencement
de l'action, s'approcha de lui comme pour lui demander
quelque faveur. Mais César se refusant à l'entendre, et
lui faisant signe de remettre l'affaire à un autre moment,
Cimber, saisissant sa toge, le prit par les deux épaules.
« Quoi! de la violence! » s'écria César; et, dans le moment même, l'un des Cassius auquel il tournait le dos le
blessa un peu au-dessous du gosier. César, arrêtant le bras
de Cassius, le perça de son poinçon, puis, voulant s'élancer
de son siége, une autre blessure l'en empêcha. Quand il
vit que de tous côtés des poignards le menaçaient, il s'enveloppa la tête de sa toge, et en même temps il la prit de
la main gauche pour en abaisser sur ses jambes la partie
supérieure, afin que, la partie inférieure de son corps étant
voilée, il pût tomber plus décemment. César fut percé de
vingt-trois coups : après le premier, il fit entendre un seul
gémissement, sans proférer aucune parole. Cependant,
quelques auteurs ont écrit que, voyant Brutus s'avancer
contre lui, il s'écria : Καὶ σὺ, τέκνον! « Et toi aussi, mon
fils! » Lorsqu'il fut mort, tout le monde s'enfuit, et il
demeura quelque temps à terre, jusqu'à ce que trois
esclaves le portassent chez lui, après l'avoir placé sur une
litière d'où l'on voyait pendre son bras. Parmi tant de bles-

sures, il n'y avait de mortelle, dans l'opinion du médecin Antistius, que celle qui lui avait été portée la seconde, et qui l'avait atteint à la poitrine. L'intention des conjurés était de traîner dans le Tibre le corps de César, de vendre ses biens à l'encan, d'annuler ses actes : la crainte qu'ils avaient du consul M. Antoine et de Lépide, général de la cavalerie, les fit renoncer à leur dessein.

LXXXIII. Sur la demande de L. Pison, son beau-père, on ouvrit son testament, et on le lut dans la maison d'Antoine. César l'avait fait aux dernières ides de septembre, pendant qu'il était à sa terre de Lavicum, et il l'avait confié à la première des vestales. Q. Tubéron rapporte que, depuis son premier consulat jusqu'au commencement de la guerre civile, c'était à Cn. Pompée qu'il destinait son héritage, et que sa volonté à ce sujet était connue de toute l'armée. Mais dans son dernier testament, il nommait trois héritiers; c'étaient les petits-fils de ses sœurs, savoir : C. Octavius pour les trois quarts, et L. Pinarius avec Q. Pedius pour l'autre quart; à la fin, il adoptait Octavius et lui donnait son nom. Il désignait plusieurs de ses meurtriers parmi les tuteurs de son fils, pour le cas où il lui en naîtrait un. Décimus Brutus était inscrit parmi les héritiers de seconde ligne. Enfin, il léguait au peuple, en général, ses jardins voisins du Tibre, et à chacun en particulier trois cents sesterces.

LXXXIV. Le jour de ses funérailles étant fixé, on éleva un bûcher dans le Champ-de-Mars, à côté du tombeau de Julie, et l'on plaça devant la tribune aux harangues une chapelle faite sur le modèle du temple de Vénus Génitrix. On y mit un lit d'ivoire couvert de pourpre et d'or; au chevet était un trophée, avec le vêtement que portait César quand il fut tué. La journée ne paraissant pas devoir suffire au défilé de ceux qui apportaient des offrandes, on publia que chacun, sans observer aucun ordre, pourrait les porter au Champ-de-Mars, en suivant telle rue de la ville qu'il lui

plairait. Dans les jeux funèbres, on chanta quelques passages du *Jugement des armes* de Pacuvius ; ils étaient
propres à exciter la pitié et l'indignation contre le crime,
par exemple :

« Je ne les ai donc sauvés qu'afin qu'ils me perdissent ! »

et d'autres vers de l'Electre d'Atilius, qui avaient le même
sens. Au lieu d'éloge, le consul Antoine fit lire par un hé-
raut le sénatus-consulte qui avait à la fois décerné à César
tous les honneurs divins et humains, puis le serment par
lequel tous s'étaient liés pour le salut d'un seul. Antoine y
ajouta fort peu de mots. Ce furent des magistrats et des
hommes distingués par les fonctions qu'ils avaient remplies
qui portèrent le lit de César au Forum devant la tribune aux
harangues. Les uns voulaient qu'on brulât le corps dans le
sanctuaire de Jupiter, les autres que ce fût dans la salle de
Pompée : tout à coup deux hommes ayant un glaive à la
ceinture, et tenant chacun deux javelots, y mirent le feu
avec des torches ardentes. Aussitôt la foule des assistants
s'empressa d'y jeter des fagots, les siéges même des juges,
enfin tout ce qui se trouvait à sa portée.

Bientôt après, les joueurs de trompettes et les ouvriers
qui travaillaient pour les spectacles, dépouillant et déchirant
les vêtements qui leur restaient des triomphes précédents,
et qu'ils avaient mis pour la circonstance présente, les abandonnèrent aux flammes. Les légionnaires vétérans y déposèrent aussi les armes dont ils s'étaient servis pour ces funérailles. Beaucoup de dames romaines jetèrent dans le
bûcher les bijoux qu'elles portaient, ainsi que les bulles et
les robes prétextes de leurs enfants ; dans l'excès du deuil
public, on remarqua une multitude d'étrangers qui, réunis
en groupes, manifestaient leur douleur chacun selon l'usage
de sa patrie : les Juifs surtout vinrent plusieurs nuits de
suite visiter le bûcher.

LXXXV. Au retour des funérailles, le peuple se porta vers

les maisons de Brutus et de Cassius avec des torches allumées. On eut de la peine à repousser la foule; celle-ci rencontrant sur son passage Helvius Cinna, et par suite d'une erreur de nom, le prenant pour Cornélius, le tua en haine de ce que la veille ce Cornélius avait fait un discours véhément contre César : sa tête fut promenée au bout d'une pique. Ensuite on éleva dans le Forum une colonne de marbre de Numidie, et l'on y inscrivit ces mots : AU PÈRE DE LA PATRIE. Pendant longtemps on fit auprès d'elle des sacrifices et des vœux; on apaisait les différends en jurant par le nom de César.

LXXXVI. César a laissé à quelques-uns des siens la pensée qu'il n'avait pas voulu vivre plus longtemps, et qu'il s'en souciait peu, parce que sa santé était altérée. On veut que ce soit là le motif qui lui fit négliger les avertissements de la religion et les conseils de ses amis. Il y a des personnes qui croient que, se fiant au dernier sénatus-consulte, et sur la foi des serments, il avait renvoyé la garde espagnole qui le suivait partout. Selon d'autres, au contraire, César pensait qu'il valait mieux succomber une fois aux complots qui le menaçaient que de les craindre toujours. Enfin d'autres encore rapportent qu'il avait coutume de dire que son salut ne lui importait pas autant qu'à la république; que depuis longtemps il avait acquis assez de gloire et de puissance, mais que, s'il lui arrivait malheur, la république ne serait pas tranquille et subirait des guerres civiles qui rendraient sa condition beaucoup plus déplorable.

LXXXVII. Mais ce qui est assez généralement reconnu, c'est que le genre de mort dont il périt était celui qu'il eût pu désirer. Ayant autrefois lu dans Xénophon que Cyrus, dans sa dernière maladie, avait donné quelques ordres pour ses funérailles, il manifesta son aversion pour une mort aussi lente, et en souhaita pour lui une qui fût subite et prompte. La veille même du jour où il fut tué, il était à table chez M. Lepidus : la conversation s'engagea sur la

question de savoir quelle était la fin la plus désirable ; César
préféra la plus brusque et la plus inattendue.

LXXXVIII. Il périt dans la cinquante-sixième année de
son âge, et fut mis au nombre des dieux, non-seulement
par un décret du sénat, mais encore par l'intime persua-
sion du vulgaire. Pendant les jeux qu'il avait fait vœu de
célébrer, et que donna son héritier Auguste, une étoile
chevelue qui se levait vers la onzième heure brilla sept
jours de suite ; l'on crut que c'était l'âme de César reçue
dans le ciel. C'est pour cette raison qu'il est représenté
ordinairement avec une étoile au-dessus de la tête. On fit
murer la porte de la salle où il avait été tué ; les ides de
mars furent appelés *jours parricides*, et il fut défendu
d'assembler jamais le sénat ce jour-là.

LXXXIX. Parmi ses meurtriers, presque aucun ne lui
survécut plus de trois ans, et ne mourut de sa mort naturelle. Condamnés tous, ils périrent chacun d'une manière
différente, les uns par des naufrages, les autres dans les
combats. Quelques-uns se tuèrent du même poignard dont
ils avaient frappé César.

TABLE DES MATIÈRES

LIVRE VIII.

ATTRIBUÉ A HIRTIUS.

COMMENTAIRES SUR LA GUERRE CIVILE

LIVRE PREMIER.

LIVRE II.

LIVRE III.

FIN DE LA TABLE.

PARIS. — IMPRIMERIE CHARLES BLOT, RUE BLEUE, 7.